U0562075

丁乃通中国民间故事分类研究

白 帆 著

北京时代华文书局

图书在版编目（CIP）数据

丁乃通中国民间故事分类研究 / 白帆著 . —北京：北京时代华文书局，2020.4
（中国艺术研究院学术文库 / 王文章主编）
ISBN 978-7-5699-3430-4

Ⅰ.①丁⋯ Ⅱ.①白⋯ Ⅲ.①民间故事－分类－文学研究－中国 Ⅳ.①I207.7

中国版本图书馆 CIP 数据核字（2020）第 010385 号

中国艺术研究院学术文库
Zhongguo Yishu Yanjiuyuan Xueshu Wenku

丁乃通中国民间故事分类研究
Ding Naitong Zhongguo Minjian Gushi Fenlei Yanjiu

著　　者	白　帆
出 版 人	陈　涛
项目统筹	余　玲
责任编辑	周海燕　陈冬梅
责任校对	王翛冰
装帧设计	迟　稳　赵芝英
责任印制	訾　敬

出版发行｜北京时代华文书局 http://www.bjsdsj.com.cn
　　　　　北京市东城区安定门外大街 138 号皇城国际大厦 A 座 8 楼
　　　　　邮编：100011　电话：010-64267955　64267677

印　　刷｜北京盛通印刷股份有限公司　010-52249888
　　　　　（如发现印装质量问题，请与印刷厂联系调换）

开　　本	710mm×1000mm　1/16		
印　　张	24	字　　数	380 千字
版　　次	2021 年 6 月第 1 版	印　　次	2021 年 6 月第 1 次印刷
书　　号	ISBN 978-7-5699-3430-4		
定　　价	75.00 元		

版权所有，侵权必究

《中国艺术研究院学术文库》
编辑委员会

主　任　王文章

副主任　吕品田　　田黎明　　谭　平
　　　　贾磊磊　　李树峰

委　员　丁亚平　　方　宁　　方李莉　　牛克诚
　　　　牛根富　　王列生　　王海霞　　王　馗
　　　　田　青　　刘万鸣　　刘　托　　刘　祯
　　　　刘梦溪　　孙玉明　　朱乐耕　　陈孟昕
　　　　何家英　　李　一　　李胜洪　　李心峰
　　　　宋宝珍　　吴文科　　吴为山　　杨飞云
　　　　杨　斌　　范　曾　　罗　微　　欧建平
　　　　骆芃芃　　祝东力　　项　阳　　莫　言
　　　　秦华生　　高显莉　　贾志刚　　管　峻
　　　　　　　　　　　　　　（按姓氏笔画排序）

编辑部

主　任　陈　曦

副主任　戴　健

成　员　朱蕾　李雷　陈越　柯凡
　　　　蒲宏凌　（按姓氏笔画排序）

《中国艺术研究院学术文库》
出版委员会

主　任　田海明

副主任　韩　进　　陈　涛

委　员　余　玲　　杨迎会　　李　强　　宋启发
　　　　　宋　春　　陈丽杰　　周海燕　　赵秀彦
　　　　　唐元明　　唐　伽　　贾兴权　　徐敏峰
　　　　　黄　轩　　曾　丽　　（按姓氏笔画排序）

总　序

王文章

　　以宏阔的视野和多元的思考方式，通过学术探求，超越当代社会功利，承续传统人文精神，努力寻求新时代的文化价值和精神理想，是文化学者义不容辞的责任。多年以来，中国艺术研究院的学者们，正是以"推陈出新"学术使命的担当为己任，关注文化艺术发展实践，求真求实，尽可能地从揭示不同艺术门类的本体规律出发做深入的研究。正因此，中国艺术研究院学者们的学术成果，才具有了独特的价值。

　　中国艺术研究院在曲折的发展历程中，经历聚散沉浮，但秉持学术自省、求真求实和理论创新的纯粹学术精神，是其一以贯之的主体性追求。一代又一代的学者扎根中国艺术研究院这片学术沃土，以学术为立身之本，奉献出了《中国戏曲通史》、《中国戏曲通论》、《中国古代音乐史稿》、《中国美术史》、《中国舞蹈发展史》、《中国话剧通史》、《中国电影发展史》、《中国建筑艺术史》、《美学概论》等新中国奠基性的艺术史论著作。及至近年来的《中国民间美术全集》、《中国当代电影发展史》、《中国近代戏曲史》、《中国少数民族戏曲剧种发展史》、《中国音乐文物大系》、《中华艺术通史》、《中国先进文化论》、《非物质文化遗产概论》、《西部人文资源研究丛书》等一大批学术专著，都在学界产生了重要影响。近十多年来，中国艺术研究院的学者出版学术专著至少在千种以上，并发表了大量的学术论文。处于大变革时代的中国艺术研究院的学者们以自己的创造智慧，在时代的发展中，为我国当代的文化建设和学术发展作出了当之无愧的贡献。

为检阅、展示中国艺术研究院学者们研究成果的概貌，我院特编选出版"中国艺术研究院学术文库"丛书。入选作者均为我院在职的副研究员、研究员。虽然他（她）们只是我院包括离退休学者和青年学者在内众多的研究人员中的一部分，也只是每人一本专著或自选集入编，但从整体上看，丛书基本可以从学术精神上体现中国艺术研究院作为一个学术群体的自觉人文追求和学术探索的锐气，也体现了不同学者的独立研究个性和理论品格。他们的研究内容包括戏曲、音乐、美术、舞蹈、话剧、影视、摄影、建筑艺术、红学、艺术设计、非物质文化遗产和文学等，几乎涵盖了文化艺术的所有门类，学者们或以新的观念与方法，对各门类艺术史论作了新的揭示与概括，或着眼现实，从不同的角度表达了对当前文化艺术发展趋向的敏锐观察与深刻洞见。丛书通过对我院近年来学术成果的检阅性、集中性展示，可以强烈感受到我院新时期以来的学术创新和学术探索，并看到我国艺术学理论前沿的许多重要成果，同时也可以代表性地勾勒出新世纪以来我国文化艺术发展及其理论研究的时代轨迹。

中国艺术研究院作为我国唯一的一所集艺术研究、艺术创作、艺术教育为一体的国家级综合性艺术学术机构，始终以学术精进为己任，以推动我国文化艺术和学术繁荣为职责。进入新世纪以来，中国艺术研究院改变了单一的艺术研究体制，逐步形成了艺术研究、艺术创作、艺术教育三足鼎立的发展格局，全院同志共同努力，力求把中国艺术研究院办成国内一流、世界知名的艺术研究中心、艺术教育中心和国际艺术交流中心。在这样的发展格局中，我院的学术研究始终保持着生机勃勃的活力，基础性的艺术史论研究和对策性、实用性研究并行不悖。我们看到，在一大批个人的优秀研究成果不断涌现的同时，我院正陆续出版的"中国艺术学大系"、"中国艺术学博导文库·中国艺术研究院卷"，正在编撰中的"中华文化观念通诠"、"昆曲艺术大典"、"中国京剧大典"等一系列集体研究成果，不仅展现出我院作为国家级艺术研究机构的学术自觉，也充分体现出我院领军国内艺术学地位的应有学术贡献。这套"中国艺术研究院学术文库"和拟编选的本套文库离退休著名学者著述部分，正是我院多年艺术学科建设和学术积累的一个集中性展示。

多年来，中国艺术研究院的几代学者积淀起一种自身的学术传统，那就是勇于理论创新，秉持学术自省和理论联系实际的一以贯之的纯粹学术精神。对此，我们既可以从我院老一辈著名学者如张庚、王朝闻、郭汉城、杨荫浏、冯其庸等先生的学术生涯中深切感受，也可以从我院更多的中青年学者中看到这一点。令人十分欣喜的一个现象是我院的学者们从不固步自封，不断着眼于当代文化艺术发展的新问题，不断及时把握相关艺术领域发现的新史料、新文献，不断吸收借鉴学术演进的新观念、新方法，从而不断推出既带有学术群体共性，又体现学者在不同学术领域和不同研究方向上深度理论开掘的独特性。

在构建艺术研究、艺术创作和艺术教育三足鼎立的发展格局基础上，中国艺术研究院的艺术家们，在中国画、油画、书法、篆刻、雕塑、陶艺、版画及当代艺术的创作和文学创作各个方面，都以体现深厚传统和时代创新的创造性，在广阔的题材领域取得了丰硕的成果，这些成果在反映社会生活的深度和广度及艺术探索的独创性等方面，都站在时代前沿的位置而起到对当代文学艺术创作的引领作用。无疑，我院在文学艺术创作领域的活跃，以及近十多年来在非物质文化遗产保护实践方面的开创性，都为我院的学术研究提供了更鲜活的对象和更开阔的视域。而在我院的艺术教育方面，作为被国务院学位委员会批准的全国首家艺术学一级学科单位，十多年来艺术教育长足发展，各专业在校学生已达近千人。教学不仅注重传授知识，注重培养学生认识问题和解决问题的能力，同时更注重治学境界的养成及人文和思想道德的涵养。研究生院教学相长的良好气氛，也进一步促进了我院学术研究思想的活跃。艺术创作、艺术教育与学术研究并行，三者在交融中互为促进，不断向新的高度登攀。

在新的发展时期，中国艺术研究院将不断完善发展的思路和目标，继续培养和汇聚中国一流的学者、艺术家队伍，不断深化改革，实施无漏洞管理和效益管理，努力做到全面协调可持续发展，坚持以人为本，坚持知识创新、学术创新和理论创新，尊重学者、艺术家的学术创新、艺术创新精神，充分调动、发挥他们的聪明才智，在艺术研究领域拿出更多科学的、具有独创性的、充满鲜活生命力和深刻概括力的研究成果；在艺术创作领域推出更多具有思想震撼力和艺术感染力、具有时代标志性和代表性的精品力作；同时，培养更多德才兼备的优秀青年人才，真正把中国艺术研究院办成全国一流、世界知名的艺术研究中心、艺术教育中心和国际艺术交流中心，为中华民族伟大复兴的中国梦的实现和促进我国艺术与学术的发展作出新的贡献。

2014年8月26日

序

20世纪70年代，在国际故事学界对中国民间故事研究的了解和认识较为有限的情况下，丁乃通编纂了《中国民间故事类型索引》，并撰写了一系列民间故事类型研究的学术论文。这些以英文撰写的学术成果，更为直接地为国际故事学界了解中国民间故事打开了一扇窗。

丁乃通对中国民间故事进行的分类研究囊括了古代典籍中记载的和现代搜集整理的流传在人民口头上的民间故事，与之前的中国民间故事分类研究相比，在故事文本的数量和流传民族与流传地域上都是空前的。在分类方法上，他选取了大多数国家的学者所认可的阿尔奈—汤普森分类体系，因而在民间故事文本的选取上遵从了这一分类体系的传统，主要对狭义民间故事进行了分类。在国际通行的研究方法中，学者们更倾向于以母题对民间传说和神话进行研究，而不做类型方面的考察。但鉴于中国民间故事文类界限相比印欧民间故事较为模糊的这一复杂现实，丁乃通将中国民间传说中民间故事特征较为突出的、角色替代较为丰富的民间传说也纳入了其分类对象的范围之中。同时，在这一国际通行分类法视域下的中国民间故事，也能够更为快速和广泛地为国际故事学界所了解和接受，并且这一影响延续到了21世纪新增补的国际民间故事分类体系之中。另外，这部索引的中文译本又为中国故事学界了解阿尔奈—汤普森分类法提供了很好的契机，从而在一定程度上拓宽了国内故事学界的研究思路。因此，丁乃通中国民间故事分类研究在中外故事学界所承担的桥梁作用得以实现。丁乃通还通过撰写多篇学术论文对具体的故事类型进行较为深入的探讨以及参与或组织学术会议、协助国内学者走向国际学界做出诸多努力等方式，使得中国民间故事在国际故事学界的视野中呈现出更为清晰的轮廓。

世纪之交，金荣华结合最新的中国民间故事文本搜集整理成果对《中国民间故事类型索引》进行了增补和修订，在一定程度上弥补了原著的缺憾，是对丁乃通中国民间故事分类研究的承继。21世纪初，中国民间故事分类研究在古代民间故事研究方面取得的新进展中，也对与丁乃通的中国民间故事分类成果相一致的部分有所标注，从而实现了国内创新分类体系与国际通用分类体系之间的衔接。

今天，故事学研究已经随着数字化时代的到来进入一个新的历史时期。在已经建成的较为成熟的国际民间故事数据库中，大都采用了阿尔奈—汤普森—乌特系统作为分类基础。这对尚在建设中的中国民间故事数字化工程具有一定的借鉴意义。

目 录

绪 论

第一节 新时代的再思考——选题意义与研究现状 / 2

第二节 研究路径与理论方法 / 14

第三节 基本思路与逻辑结构 / 20

第一章 丁乃通民间故事分类研究背景

第一节 理论背景 / 23

第二节 学术背景 / 65

第二章 丁乃通对阿尔奈—汤普森分类法的应用

第一节 研究内容 / 84

第二节 研究的影响、发展与应用 / 116

第三章 丁乃通对历史—地理研究法的应用

第一节 民间故事类型国际比较研究 / 142

第二节　民间故事类型洲际比较研究 / 164

结　论 / 193

参考文献

一、中文文献 / 196

二、外文文献 / 201

三、互联网资料 / 205

附　录

附录一　AT系统内的中国与国际民间故事类型比较表 / 206

附录二　《中国民间故事类型索引》与《中国民间故事类型》对照表 / 241

附录三　丁乃通特藏藏书目录 / 247

附录四　丁乃通特藏资料目录 / 272

附录五　印欧民间故事型式表 / 324

附录六　灰姑娘民间故事类型异文举隅 / 336

附录七　蛇母题民间故事简况与部分异文梗概 / 348

附录八　图像资料 / 365

后　记 / 370

绪　论

　　1910年，芬兰学者安蒂·阿尔奈（Antti Aarne，1867—1925）出版《民间故事类型索引》（*Verzeichnis der Märchentypen*）。美国学者斯蒂·汤普森（Stith Thompson，1885—1976）先后于20世纪20年代和60年代，分两次对这一索引进行翻译（德译英）和增补，出版了《民间故事类型》（*The Types of the Folktale*）。二者合称为"阿尔奈—汤普森分类体系"（the Aarne-Thompson Classification System），取两位学者姓氏的首字母，简称"AT分类法"。

　　20世纪70年代，丁乃通（Nai-tung Ting，1915—1989）编纂了《口头传统和非宗教主要古典文学作品中的中国民间故事类型索引》（*A Type Index of Chinese Folktales: In the Oral Tradition and Major Works of Non-Religious Classical Literature*），这一以英文撰写的学术成果与汉文成果相较，以一种更为直接的方式进入国际故事学界的视野。

　　20世纪80年代至90年代，这一工具书性质的专著先后三次被译为中文，从而在一定程度上为中国民间故事学界的分类研究拓宽了思路。世纪之交，金荣华对其进行了增补和修订，是为《民间故事类型索引》，增强了其实用性和科学性，也是这部索引进一步中国化的成果。

　　21世纪初，德国学者汉斯-乔治·乌特（Hans-Jörg Uther）出版《国际民间故事类型》（*The Types of International Folktales*）一书，与阿尔奈—汤普森分类体系合称为"阿尔奈—汤普森—乌特分类体系"（the Aarne-Thompson-Uther Classification System），其民间故事类型所对应的中国异文的文献出处，主要参考了丁乃通的索引。

与此同时，在中国古代民间故事分类研究方面所取得的新进展中，也对与丁乃通中国民间故事分类成果相一致的部分进行了专门标注，从而实现了国内分类体系新成果与国际通用民间故事分类体系之间的贯通与连接。

21世纪之初，在建设中国民间故事数字化档案库（digital archive）的过程中，如若对国际通用的民间故事分类体系加以借鉴或者应用，或许将为国际民间故事比较研究做出重要贡献。

第一节　新时代的再思考——选题意义与研究现状

正如每一种语言都存在其固定的语法结构，使得有限的音节和字或字母可以构成一定数量的词汇，并且这些词汇可以组合成无限的语句表达无穷尽的思想一样，民间故事在情节构成方面也存在着一定的规律性和结构性。那么民间故事是否像语言一样具有一定数量的相对稳定的基本构成因子呢？故事学界给出的答案是母题（motif）。语言学中的字之于词，大抵相当于故事学中的母题之于类型（type）。在语言文字学中，一个字的研究层面可以是三维的，包括形、音、义三个维度。相应地，故事研究也可以归为三个维度——故事结构相当于"故事之形"，故事演述相当于"故事之音"，故事内容相当于"故事之义"。对于整个故事学学科而言，忽略这三个研究层面中任何一个层面的研究都是不完整的。然而，在具体的研究之中，又可以有所侧重。于是，在故事学研究中，出现了侧重于结合"故事之形"和"故事之义"两个层面来进行研究的类型学，也出现了侧重于"故事之音"研究的表演理论（Performance Theory）。

类型学研究是民间故事（folktale）研究的重要研究方法之一，20世纪初肇始于芬兰历史—地理学派（Finnish Historic-Geographical School），试图找寻同一故事类型在不同地区间的源流关系与播布脉络。这一理论及其研究方法为美国学者斯蒂·汤普森所进一步发展，将研究对象的范围拓展至欧、美、亚、非四大洲，对阿尔奈的研究成果进行翻译和增补，重新编为《民间故事类型》一书，与原版一致，同样由芬兰科学院的重要学术丛刊《民俗学者通讯》（Folklore Fellows' Communications）刊发。人们将这种研究民间故事的方法称为"阿尔奈—汤普森分类体系"，简称"AT分类法"。这一研究方法逐渐为各国学者所接受和采纳，纷纷据此以本国或本地区的民间故事文本为对象，编纂相应的民间故事类型索引。1978年，丁乃通首先将这一研究方法运用到中国民间故事的研究之中。"虽然AT分类法依据的是欧洲民间故事的框架，并不完全具备国际通用性，但是它作为事实的标准（de facto standard）已经被研究者使用了100多年，历史上积累了大量的研究成果。"[①]2004年，德国学者汉斯-乔治·乌特出版《国际民间故事类型》。出于对这一类型索引的肯定，故事学界将其与"阿尔奈—汤普森体系"一起合称为"阿尔奈—汤普森—乌特分类体系"，简称"ATU分类法"或"ATU分类体系"。

一、学术价值与现实意义

类型学是故事学研究中的重要研究理论，阿尔奈—汤普森分类法是类型学的主要研究方法。因此，对于丁乃通民间故事分类方法及其具体故事类型研究的回顾和梳理，在中国故事学研究中具有不可忽略的价值。同时，这一过程也是对目前故事学主流研究方法的再认识和再思考。丁乃通的分类研究使得中国民间故事与世界各个国家与地区的民间故事之间的相同之处与相异之处呈现出较为清晰的脉络和纹理，也使得中国民间故事与世界民间故事之间的对话成为可能，从而引起了世界故事学界对中国民间故事研究的重视，并且为国内外中国民间故事研究者所广泛应用至今。因此，对丁乃通的民间故事研究资料、成果及其应用情况的梳理和掌握，既是对以中国民间故事为研究对象的故事学研究历程中一个重要里程碑的回顾，同时也可以加深对于类型学基础理论理解的深度。到目前为止，学界对于丁乃通故事研究较为集

---

① ［日］樋口淳：《东亚口头传承数字化之策略、实践及国际协作的可能性》，莎日娜编译，《民间文化论坛》2015年第6期。

中和全面的整理极少。

另外，鉴于大多数国家在建立数字化口头传统数据库过程中处理民间故事分类之时，都选择了使用"阿尔奈—汤普森—乌特分类体系"，而我国民间文艺家协会正在推进的中国民间文学数据库的建立工作，仅完成了第一阶段和第二阶段，即对故事文本进行的文类区分整理工作，而如何着手开展第三阶段工作的首要问题，即如何确定具体故事类型的分类依据，尚悬而未决。[①]故本书所讨论的内容，在中国民间故事学研究中具有一定的必要性和前沿性。此外，为国际学界提供一个更为清晰、准确地了解中国民间故事及其相关研究的途径，乃大势所趋，符合当前的时代背景以及我国故事学进一步发展的需求。

二、国内外相关研究现状与研究史略

目前，民俗学界以丁乃通在民间故事分类领域研究成果为对象的相关研究尚较为薄弱，仅有专著一部，论文若干。这些研究大都集中于两个层面，一是对丁乃通学术成就的评述，一是对其治学生涯的回顾。

《中国民间故事类型索引》在学界曾引起过较大的争论，学界对此部索引不可替代的学术价值给予肯定的同时，也对其不足和缺陷进行了商榷。

国际学者认为，这一索引的主要优点为"涵盖了大量从民间搜集而来的珍贵文本"（1980年）[②]；"索引所涵盖的大量的中国民间文学资料——700余种……将中国1973年之前20世纪的民间文学文本搜集整理成果做了很好的展

[①] 参见2015年10月10日和11日中国社会科学院主办、中国社会科学院民族文学研究所和芬兰文学学会民俗档案馆共同承办的"中国社会科学论坛（2015·文学）——数字化的口头传统：策略、实践与合作"讨论部分。

[②] David Holm, "A Book Review on A Type Index of Chinese Folktales, by Nai-tung Ting, *The China Quarterly*", No. 84, 1980, p. 784.

示，作者的工作量令人钦佩"（1981年）①；"成功扭转了西方民俗学者对中国民间文学现状的偏见——他们认为中国民间文学属于相对于西方民间文学而言的另外一个传统体系"（1981年）②。

关于这部索引的价值，国内具有代表性的学者认为，此部索引具有开拓性：一方面，为中国与西方民俗学界之间建立了一个较为便利的沟通渠道；另一方面，相较于之前的中国民间故事类型索引而言，其在所涵盖文本资料的数量和质量上，皆具有较为可观的进展。他们认为，《中国民间故事类型索引》（1978年）"中译本的出版为加强国际学术交流起到了新的开拓作用"（1983年）③；"它对于研究中国民间故事产生的年代、地区、传播途径等，对于不同国家、民族、地区民间故事的综合比较研究，都有着不可低估的意义"（1983年）④；"资料的丰富……编著者在整个工作上……全部作业都是那样认真、严谨的"（1985年）⑤；"对于我国研究者，这本书是引向与世界民间故事进行比较研究的桥梁；对于国外学者，这本书则是将他们领入中国民间故事宝库的大门"（1985年）⑥。对中国民间故事资料而言，这是一部"较为全面

---

① James W. Heisig, "A Book Review on A Type Index of Chinese Folktales (in the oral tradition and major works of non-religious classical literature), by Nai-tung Ting, and on A Type Index of Korean Folktales, by In-hak Choi", *Asian Folklore Studies*, Vol. 40, No.1, 1981, pp. 114-115.
② C. H. Wang, "A Book Review on The Type Index of Chinese Folktales in the Oral Tradition and Major Works of Non-Religious Classical Literature, by Nai-tung Ting", *The Journal of Asian Studies*, Vol. 40, No. 2, 1981, p. 368.
③ 乌丙安：《〈中国民间故事类型索引〉中译本序》，[美]丁乃通：《中国民间故事类型索引》，孟慧英、董晓萍、李扬译，春风文艺出版社1983年版，第1页。
④ 孟慧英、董晓萍、李扬：《译者的话》，[美]丁乃通：《中国民间故事类型索引》，孟慧英、董晓萍、李扬译，春风文艺出版社1983年版，第6页。
⑤ 钟敬文：《序》，[美]丁乃通：《中国民间故事类型索引》，郑建成等译，中国民间文艺出版社1986年版，第1、2页。
⑥ 贾芝：《序》，[美]丁乃通：《中国民间故事类型索引》，郑建成等译，中国民间文艺出版社1986年版，第8页。

的索引"（1994年）①；此部索引"对我国民间文学工作者来说，也不失为一部有价值的工具书"（1998年）②。"从反映中国民间故事的实际风貌而言，丁乃通的著作无疑前进了一大步。还有……对故事形态的描述达到精细入微的程度，这也是超越前人的"（2002年）③。我们以为，这一运用国际通行分类法对中国民间故事所进行的分类研究成果，使得中国民间故事能够以一种国际故事学界更为容易理解和接受的方式出现在其视野之中，从而在一定程度上有助于引起国际学界对中国民间故事研究的兴趣并得到一定的关注，有助于提高其对中国民间故事学术价值的重视程度。

对于此部索引的不足之处，有国际学者认为，其"没能将民间故事以外的传说和神话纳入其中，是一种局限"（1980年）④，"索引的编纂没能让读者领略到这些民间故事'令人振奋'的魅力"（1981年）⑤，"AT体例，不仅对他个人来说是件苦差事，就是对读者来说也是件麻烦事"（1998年）⑥。总之，此部索引并未很全面地将中国民间故事的特性和引人入胜之处展现给外国学者。国内具有代表性的学者大都对AT分类法是否适用于中国民间故事文本的现实持保留意见，认为"AT分类法……主要是依据欧洲民间故事的实际状况构成的……将所有的中国故事楔入这个体系，有时就会出现削足适履的不协

---

① 刘魁立：《关于中国民间故事研究》，《北京师范大学学报》（社会科学版）1994年第6期。
② 刘魁立：《世界各国民间故事情节类型索引述评》，《刘魁立民俗学论集》，上海文艺出版社1998年版，第384页。
③ 刘守华：《导论》，《中国民间故事类型研究》，华中师范大学出版社2002年版，第15页。
④ David Holm, "A Book Review on A Type Index of Chinese Folktales, by Nai-tung Ting", *The China Quarterly*, No. 84, 1980, p. 784.
⑤ C. H. Wang, "A Book Review on The Type Index of Chinese Folktales in the Oral Tradition and Major Works of Non-Religious Classical Literature, by Nai-tung Ting", *The Journal of Asian Studies*, Vol. 40, No. 2, 1981, p. 368.
⑥ [德]艾伯华：《丁乃通的〈中国民间故事类型索引〉：以口头传统与无宗教的古典文学文献为主》，董晓萍译，《民族文学研究》2008年第3期。原文系德文撰写，发表于1998年。

绪 论

调情况"（2002年）①。

民间故事分类的两大问题，包括中国民间故事进行分类时对民间故事广义或狭义的选择，以及AT分类法是否适用于中国民间故事分类研究。对民间故事的界定有广义和狭义之分。广义的民间故事指散文体口头叙事作品，包括神话和传说；狭义的民间故事则剔除了神话和传说。在民间故事研究中，对于广义民间故事与狭义民间故事的不同选择，较为明显、集中地体现在学者们对中国民间故事所进行的分类研究之中。选取广义民间故事的，主要是以中国古代文献中的民间故事文本为主要研究对象而进行的分类，集中于中国民间故事类型研究之初和最近十年的研究。比如，《中国民间故事类型》（*Typen chinesischer Volksmärchen*，1937年）、《中国古代民间故事类型研究》（2007年）等②。德国学者沃夫曼·艾伯华（Wolfram Eberhard）所编纂的《中国民间故事类型》"除收有'民间故事'外，同时还包含传说、寓言、笑话，甚至偶尔也含有轶事和史事传说"③。顾希佳的《中国古代民间故事长编》（2012年），是对先秦至清代的民间故事文本资料进行的编纂和分类，其中所涉及的文本包括狭义的民间故事和民间传说，不包括寓言和笑话。

以广义民间故事为研究对象的学者，坚持中国民间故事的复杂性，即一定数量的民间传说甚至神话，与民间故事之间的界限并不十分清晰；而以狭义民间故事为研究对象的学者，则选取了国际公认的对民间故事内涵的界定，使得中国民间故事能够持有一种国际故事学研究的"通用语"，为中国民间故事打开了通向世界的大门。

---

① 刘守华：《导论》，《中国民间故事类型研究》，华中师范大学出版社2002年版，第16页。
② 钟敬文的《中国民间故事型式》（1931年）对其分类对象没有做出明确的界定。它吸收了对民间故事进行分类的研究方法，但并未囿于AT分类法的框架，而是以《印度欧罗巴民间故事型式》（*Some Types of Indo - European Folk - Tales*）为蓝本，从中国民间故事文本中自行总结出了四十个型式。参见钟敬文：《中国民间故事型式》，《钟敬文民间文艺学文选》，安徽教育出版社2010年版，第307—323页。
③ [德]艾伯华：《中国民间故事类型》，王燕生、周祖生译，商务印书馆1999年版，第2页。

1910年，阿尔奈将民间故事类型系统化推向了一个新的高度。此部索引将北欧以及欧洲其他地区一些国家所出版或保存的民间故事文本进行了比较和分析，综合整理包含相同情节的不同异文，以简短的文字概括出故事情节梗概，并依据一定的原则对这些故事情节加以分类编排，从而归纳出大量的基本类型。之后，美国著名民间文艺学家汤普森分别于1927年和1961年完成对阿尔奈的《民间故事类型索引》（1910年）的增补。1961年，汤普森对旧有的分类体系再次进行增补，将分类对象的范围拓展至亚、非、欧、美四大洲，并整理出版了《民间故事类型》。[1]

此后，AT分类法为民俗学界所广泛接受，各国学者纷纷依据这一研究方法对本国或本民族或某一语言的民间故事进行分类研究。当然，这一索引也存在着研究对象有限、文本数量不足以及对类型的具体情节描述不够详尽等不尽如人意之处[2]。此外，还有1971年日本学者池田弘子出版的《日本民间叙事类型与母题索引》（*A Type and Motif Index of Japanese Folk-Literature*）[3]，1973年问世的《墨西哥民间故事索引》（*Index of Mexican Folktales*）[4]等。运用AT分类法，"必待提供了故事的相对大量的文本，而且是越多越好；还必须

---

[1] Aarne, Antti, *The Types of the Folktale: A Classification and Bibliography*, translated and enlarged by Stith Thompson, Second Revision, *Folklore Fellows' Communications No. 184*, Helsinki: Finish Academy of Science, 1961.

[2] 李扬译著：《西方民俗学译论集》，中国海洋大学出版社2003年版，第114—118页。

[3] Ikeda, Hiroko, *A Type and Motif Index of Japanese Folk-Literature, Folklore Fellows' Communications No.209*, Helsinki: Finish Academy of Science, 1971.

[4] Robe, Stanley L., *Index of Mexican Folktales: Including Narritive Texts from Mexico, Central America, and the Hispanic United States, Classified according to Antti Aarne and Stith Thompson, The Types of the Folktale*, Second Revision, Helsinki, 1961. Folklore Studies: 26. Advisory Editors: Bertrand Bronson, Alan Dundes, Wolfram Eberhard, Wayland Hand, Jaan Puhvel, S. L. Robe. Berkley, Los Angeles, London: University of California Press, 1973. 这部专著所涉及的民间故事异文流传地域主要包括墨西哥文化所涵盖的墨西哥国内，以及中美洲和美国境内的西班牙语地区。

有足够复杂的故事，让人能够分解其特征，逐一地加以研究"①。中国民间故事异文的庞大数量及其丰富程度，使得历史—地理学派研究方法的应用成为可能。

陈丽娜认为，民间文学研究者要进行民间故事的相关研究，需要对故事类型有所了解，而娴熟类型索引更是必要的功课，丁乃通的《中国民间故事类型索引》是重要基石。②2004年，《国际民间故事类型》对各个故事类型的具体情节进行了重新描述，力求更加准确和详尽。

近三十年来，中国民间故事文本搜集整理工作的稳步推进，也为索引的增订提供了足够宽广坚实的基础与足够优厚的条件。始于20世纪80年代、完成于21世纪初的全国民间文学搜集整理工程成果之一，即《中国民间故事集成》中的省、市、自治区卷本③，是20世纪后半叶至21世纪初最为权威和全面的中国民间故事搜集整理成果。《民间故事类型索引》将这一成果作为基础文本的一部分进行整理，从而进一步完善了AT分类法视域下的中国民间故事体系。

金荣华的《民间故事类型索引》将部分外国故事也得以增补其中④，较为直观地呈现了中国民间故事与外国民间故事之间的异同与关系，从而体现出AT分类法的独特之处与突出的价值，对AT分类法在21世纪中国民间故事研究

---

① [美]斯蒂·汤普森：《世界民间故事分类学》，郑海等译，上海文艺出版社1991年版，第527页。
② 陈丽娜：《中国民间故事类型研究》（上），曾永义主编：《古典文学研究辑刊》六编第十六册，花木兰文化出版社2012年版，第142页。
③ 中国民间文艺家协会于21世纪初开始对以《中国民间故事集成》的各地区各级卷本为主的，包括其他已出版的民间文学作品和作品集进行了数字化，称"中国口头文学遗产数字化工程"，第一期工程已于2014年完成，第二期工程已列入协会2015年工作计划。详情参见中国民间文艺家协会官方网站，《2015年中国民协主要工作一览》，2015年2月2日发布，http://www.cflas.com.cn/_d276945524.htm；《2014年中国民协工作计划一览表》，2014年3月19日发布，http://www.cflas.com.cn/_d276596991.htm；《中国民间文艺家协会2013年工作要点》，2013年4月17日发布，http://www.cflas.com.cn/_d2760 50145htm。
④ 金荣华：《民间故事类型索引·前言》，中国口传文学学会2007年版。

中的应用起到了推动作用①。

除以AT分类法的具体分类框架为依据而进行的分类之外，也有学者开辟出研究中国民间故事分类的另一路径，即以突出中国民间故事特色为指导思想而进行的分类。沿着这一方向而进行的中国民间故事分类研究，主要集中在两个时期：一是民间故事分类研究法刚刚引入中国民间故事研究之初，一是21世纪以来。

1928年，钟敬文（1903—2002年）和杨成志（1903—1991年）将《印度欧罗巴民间故事型式》（*Some Types of Indo-European Folk-Tales*）②由日文版转译为中文。艾伯华的《中国民间故事类型》吸收了钟敬文的型式分类法，以及钟敬文赠予的当时国内的中国民间故事搜集整理和研究的最新成果，共涵盖故事类型300余个③。

李扬认为，刘守华的分类方法属于"文类分类法"（genre classification）④。祁连休的《中国古代民间故事类型研究》（2007年），其分类文本涵盖了春秋战国至清代古典文献中的民间故事，以"故事类型核"为分类依据。⑤这一体系依据中国古典文献中的民间故事自身的特点进行了分类，形成了一套有着

---

① 金荣华：《民间故事类型索引》，中国口传文学学会2007年版。
② 《印度欧罗巴民间故事型式》为《民俗学手册》（*The Handbook of Folklore*）一书的附录，包含民间故事型式70个。参见 [美] 约瑟·雅科布斯编：《印欧民间故事型式表》，杨成志、钟敬文编译，民俗学会编审，中山大学语言历史学研究所1928年版。具体内容参见附录六。
③ [德] 艾伯华：《中国民间故事类型》，王燕生、周祖生译，商务印书馆1999年版。
④ 李扬：《AT体系与中国民间故事分类》，李扬译著：《西方民俗学译论集》，中国海洋大学出版社2003年版，第178—180页。
⑤ 祁连休认为，"同一故事类型中的各种异文出现的变化、发展，不能脱离该故事类型最基本的情节——我们可将其称为'故事类型核'。故事类型核通常由一个或多个母题（情节单元）组成……是我们鉴别各种民间故事是否属于某一故事类型最主要的，甚至可以说是唯一的准绳"。参见祁连休：《中国古代民间故事类型研究》（卷上），河北教育出版社2007年版，第1页。

独特的类型名称与具体情节描述的故事类型索引。①此外，祁连休还在与艾伯华和丁乃通的分类相吻合的类型篇末注出了相应的类型。宁稼雨在《先唐叙事文学故事主题类型索引》（2011年）中的类型名称命名，借鉴了我国古代章回体小说标题的形式，具有一定的古典文学特色。②顾希佳的《中国古代民间故事长编》（2012年）以中国民间文学集成总编委会所编订的类目为序，并在每卷最后附以AT分类法相应的类型编号，是对主题分类和结构分类两种分类法的应用，因而为检索同类型的故事提供了方便。③

阿尔奈—汤普森分类体系之内和之外的这两条民间故事分类研究路线均为对中国民间故事实质与肌理的深层探索。作为检索工具，在使用的便利程度上各有千秋；就故事学、类型学学科研究发展而言，也都各自拥有其相应的价值。

一方面，以国际通用的AT分类法作为主要的研究方法，可以将中国民间故事直接纳入有着百年历史的较为成熟的世界民间故事类型体系之中，便于在国际视域中更加清晰、准确地把握中国民间故事的位置，因而更加有利于民间故事在国际上进行比较研究。对本国学者而言，此部索引提供了一种类型学研究中较为通用的国际视角。尤其此书以英文撰写而成，使得它在国际民间故事研究界有着较为广阔的影响范围。而其中译本的出版，则使得国内学者也能够更为便利地享用这一成果。"丁先生的这部书对于研究中国民间故事，对于沟通中、西文化交流都是一大贡献……认识和探索民间创作的共同

---

① 虽然《中国古代民间故事类型研究》的主要研究对象为中国古代民间故事，但祁连休也在故事类型情节之后，附上了这一类型所对应的现当代中国民间故事文本篇目及出处。因而，此部民间故事类型研究也具有通古达今的历时研究价值。
② 宁稼雨：《先唐叙事文学故事主题类型索引》，南开大学出版社2011年版。
③ 顾希佳：《中国古代民间故事长编》，浙江大学出版社2012年版。

规律……让世人灵犀相通。"①

2004年，德国学者乌特对阿尔奈—汤普森分类体系下的世界民间故事类型进行了增补，将世界范围内的民间故事搜集整理成果纳入其中，将拥有共同故事情节的不同国家和地区的民间故事列于同一个类型之下，在汤普森版索引的基础之上，进一步扩大了民间故事文本来源的范围，从而提供了更为广阔的视野，为国际民间故事比较研究提供了较大的便利。

另一方面，AT分类法以欧洲民间故事文本为基础总结归纳而成，故而部分学者认为，用AT分类法来研究中国民间故事不甚合适。因此，有学者另辟蹊径，仅汲取AT分类法的分类思想，即按故事情节进行总结分类，而抛却AT分类法原有的具体类型体系框架，依据所掌握的中国民间故事的文本文献材料进行总结，并据此架构成新的民间故事类型体系。当然，艾伯华研究的出发点和前提是，认为中国民间故事具有相当的特殊性，无法与其他世界民间故事体系相融合。丁乃通认为，与阿尔奈—汤普森分类体系相较而言，中国特有的民间故事类型仅有268种，约占中国民间故事类型总数的三分之一。②

当然，还有部分学者在突显中国民间故事特性的同时，又认识到AT分类法国际通用这一特点的重要性，于是，将独创体系与AT分类法进行了某种程度上的联系，从而使得以独创体系所涵盖的民间故事为研究对象，并以AT分类法为研究方法所进行的研究成为可能。③

如此一来，似乎得以两全——既尊重了中国民间故事的特性，又为中国民间故事类型与世界民间故事类型体系搭建了桥梁。

---

① 贾芝：《序二》，[美]丁乃通：《中国民间故事类型索引》，郑建威等译，华中师范大学出版社2008年版，第3页。

② [美]丁乃通：《中国民间故事类型索引·前言》，孟慧英、董晓萍、李扬译，春风文艺出版社1983年版，第26页。

③ 祁连休：《中国古代民间故事类型研究》（全三卷），河北教育出版社2007年版。

台湾学者张瑞文认为,"AT分类法并不是不处理神话与传说,只是将它们摆在其他的系统中处理"①。此处所谓"其他的系统"是指汤普森所建立的母题系统。金荣华则指出,"归纳类型,一般只取故事,不取神话和传说。对于神话和传说,通常只做'情节单元'的分析"②。这为AT分类法体系中的民间故事之所以仅取狭义的原因,做出了一定的解释。因而,对于AT分类法,我们可以进行修正,但没必要全盘否定,或完全弃之不用。我们以为,丁乃通的中国民间故事分类研究所具有的开创性意义无可取代,而丁乃通所开辟的这条中国民间故事分类研究之路也值得继续探索。金荣华在民间故事类型方面的研究,尤其是21世纪以来他所组织的民间故事类型索引编纂,则在事实上承继和发展了丁乃通的研究脉络。

另外,丁乃通也发表过一定数量的学术论文,这些论文往往逻辑缜密、视野宏大,其内容主要为民间文学方向的相关研究。华中师范大学的刘守华教授曾组织人力将丁乃通在国际期刊发表的6篇重要论文集中翻译,集结成书出版,即为《中西叙事文学比较研究》(2005年)。这些论文涉及"白蛇传""云中落绣鞋"和"灰姑娘"等重要故事类型,是中西方民间故事比较研究之力作,也是以民间故事分类为基础而进行的更加深入的研究。

关于丁乃通的生平,张瑞文在其博士学位论文《丁乃通先生及其民间故事研究》中进行了较为全面和完整的叙述。③刘守华也曾于丁乃通诞辰九十周

---

① 张瑞文:《丁乃通先生及其民间故事研究》,曾永义主编:《古典文学研究辑刊》六编第十八册,花木兰文化出版社2012年版,第160页。

② 金荣华:《中国民间故事与故事分类》,中国口传文学学会2003年版,第68页。"情节单元"即为母题,二者是同一概念的不同中文译法。

③ 张瑞文:《丁乃通先生及其民间故事研究》,曾永义主编:《古典文学研究辑刊》六编第十八册,花木兰文化出版社2012年版。

年和一百周年前，两度撰文"忆念"丁乃通[①]。文章介绍了丁乃通受邀在华中师范大学讲学的情况，并通过对丁乃通种种治学之往事之回顾，以及丁乃通与刘先生之间的"一批信件"[②]，对丁乃通严谨刻苦的治学精神，及其作为华人学者，将中国优秀的口头传统研究推向世界的强烈责任心，以及为此所做出的诸多努力，进行了具体的描述。丁乃通了解中国民间叙事学的学科价值，也认可中国民间叙事学学者在这一领域之中的建树。

第二节　研究路径与理论方法

当前，中国民间故事类型学研究，尤其是中国民间故事分类研究，在一定程度上较为缺乏对于国际通用分类体系的肯定与应用。我们需要将探索中国民间故事自身特色、开拓中国特色较为鲜明的民间故事类型研究的理论与方法，同国际通用研究理论与方法的中国化并重。其中，芬兰历史—地理学派的阿尔奈—汤普森—乌特分类体系是沿用百年有余的目前国际学界普遍认可的民间故事分类体系。在数字化时代到来的今天，这一分类体系目前已经，也将会继续在全球民间故事数字化数据库的建设中发挥不可替代的作用。

一、中国民间故事分类研究路径简析

20世纪90年代初期，民间文艺学者曾发出这样的感叹："遗憾的是，由于缺乏分类研究，我们对它们（中国民间故事作品）包含多少类型、哪些是中国所独有、哪些是与亚洲其他国家所共有、哪些与世界性类型有关联等都不

[①] 丁乃通生于1915年4月22日，刘守华曾在2004年、2014年先后发表论文《一位美籍华人学者的中国民间文学情结——追忆丁乃通教授》(《民间文化论坛》2004年第3期)、《丁乃通：醉心于中国民间故事研究的美籍华人学者》[《广西师范大学学报》（哲学社会科学版）2014年第6期]，追忆与丁乃通进行学术交流的点滴。

[②] 刘守华：《一位美籍华人学者的中国民间文学情结——追忆丁乃通教授》，《民间文化论坛》2004年第3期。

绪 论

甚了了。"（1993年）①

现而今，在中国民间故事分类研究，即类型索引编纂工作中，对于国际通用分类法的研究与应用皆较为薄弱。AT分类法是一种国际通用的研究工具和学术话语，我们应当客观地评价其价值，在看到其缺陷的同时，也可以肯定其优势和功用，而没有必要将其完全排除在主流研究之外，甚至彻底否定。相反，只有敢于将西方的理论成果结合中国民间故事实际，在一定程度上对其进行合理运用，方能显示中国作为文化大国的自信。比如，我国史诗学在国际学界的影响力之大、影响范围之广，与其结合中国史诗的现实成功介绍和应用国际史诗研究理论与研究方法，并且使用在国际学术界影响范围较大的语言——英文，向国际学界介绍中国史诗现实状况与前沿研究成果，不无关系。

此外，在当前的民间叙事文学研究中，各个国家研究方式方法转变的总体趋势是档案库（archive）资料的数字化。我国的民间故事数据库建设工作，自20世纪80年代起，就已经写入中国民间文学建设的宏伟蓝图之中。经过30余年的努力，目前已经在第一阶段的进程中取得了较为丰硕的成果。长达30余年的民间文学三套集成的搜集整理工作，为数据库建设工程提供了丰厚的基础资料。

在各个国家或民族的口头传统数字化系统中，涉及民间故事的部分，大都采取了阿尔奈—汤普森分类法作为分类依据。在已经建成的数据库中，应用阿尔奈—汤普森分类体系而进行民间故事分类的有芬兰、德国和日本的民间故事数据库，以及蒙古族民间故事数据库②。日本学者樋口淳教授

---

① 马学良、白庚胜：《中国民间故事分类研究的回顾与展望》，《民族文学研究》1993年第1期。
② 参见2015年10月10日和11日中国社会科学院主办、中国社会科学院民族文学研究所和芬兰文学学会民俗档案馆共同承办的"中国社会科学论坛（2015·文学）——数字化的口头传统：策略、实践与合作"，以及斯琴孟和：《蒙古民间故事类型研究与数据库建设》，《中国社会科学报》2014年12月5日第A08版。

认为，在东亚民间故事数据库建设中，"应该……尊重目前国际通用的AT和ATU分类编号……各国的研究者可根据该框架，根据必要加入各国或地区的分类"①。

而在已经初步建成的蒙古英雄史诗数据库中，其对叙事传统的构建部分所选取的分类依据也是母题，其基本分类的架构也是具有层次性、系统性和科学性特征的较为完善的体系。②我国神话母题数据库"W编目"数据库在建设过程中遵循了"专业性""系统性""互通性""易用性"和"可扩展性"原则。其中的"互通性"，实现了这一数据库与国际通用的汤普森民间叙事母题索引，以及其他国际神话母题数据库的对接和共享③，从而在某种程度上扩大了其国际影响范围，提升了其国际影响力度。

当前，民间故事分类方法的选择，对于日后具体分类工作的开展，以及数据库工程的实际使用效果，甚至与其他数据库之间的互通，进而构建成具有世界性的民间故事数据库的可能性，都起着至关重要的作用和深远的影响。因此，阿尔奈—汤普森—乌特民间故事分类体系，或可为现阶段民间故事数据库建设中分类方法的拣择提供一定的借鉴和启示。

当然，运用国际理论并非否定立足于本土的理论探索与创新。换言之，对于国际理论研究成果的运用，与对中国民间故事自身规律所进行的、具有创新性的探索并不矛盾，二者并行不悖。实际上，在民间故事分类法方面的国际国内理论研究相辅相成，只有同时推进两种理论的应用，方能使二者相互参照、相互对比。以他者为鉴，方可更加清晰、更加准确、更加全面地认

---

① [日]樋口淳：《东亚口头传承数字化之策略、实践及国际协作的可能性》，莎日娜编译，《民间文化论坛》2015年第6期。
② 参见巴莫曲布嫫、朝戈金、毕传龙、李刚：《蒙古英雄史诗的数字化建档实践》，《民间文化论坛》2015年第6期。
③ 郭翠潇、王宪昭、巴莫曲布嫫、李刚：《"中国神话母题W编目数据库"：建设与应用》，《民间文化论坛》2015年第6期。

识和了解中国民间故事的现实与真实状况，才可能在相同的理论框架和视域之下，实现对我国民间故事类型和类型体系与其他国家和民族的民间故事类型和类型体系的比较，从而在一个相对而言更为对等的平台上，看到中国与其他国家和民族的民间故事之间的共同之处与相异之处。

因此，在中国民间故事类型的研究上，我们既需要探索中国民间故事的自身特色，开拓新的民间故事类型研究理论与方法，以期更加鲜明地突出我国民间故事的独到之处；也需要肯定国际通用的研究理论与研究方法的价值和意义，并发挥主观能动性，对其进行批判的接受和使用，而不必彻底抛却，全然弃之不顾。故事学应当在尊重中国民间故事基本国情的同时，观照国际民间故事研究现状和历史发展进程与趋势。只有"两条腿走路"，同时推进两种研究方向，方可实现中国民间故事研究更为长久、更为合理的可持续发展。

二、丁乃通中国民间故事分类研究理论与方法概略

20世纪初，芬兰历史—地理学派开启了民间故事分类研究的大门。阿尔奈意识到了对民间故事进行系统分类的必要性，并开始着手编纂民间故事类型索引。这一理论及其研究方法为汤普森所进一步发展，将其研究对象的范围拓展至欧、美、亚、非四大洲，对阿尔奈的研究成果进行增补，并将德文原版翻译为英文，编纂成《民间故事类型》一书。人们将这种研究民间故事的方法称为"阿尔奈—汤普森分类体系"。

这一研究方法在较短的时期内为更多的学者所接受和采纳，纷纷据此以本国或本地区的民间故事文本为对象，编纂相应的民间故事类型索引。1978年，丁乃通首先将这一研究方法运用到中国民间故事研究之中，以英文编纂成《中国民间故事类型索引》，在芬兰《民俗学者通讯》丛刊出版（第223卷），从而为国际学界对中国民间故事进行前所未有的、较为全面和较为准确的了解提供了契机。

丁乃通对于中国民间故事分类的研究在中国故事学研究的发展历程中具有不可替代的重要作用。因此，对于丁乃通民间故事分类方法及其具体故事

类型研究的回顾和梳理，在中国故事学研究中具有不可忽视的价值。同时，这一过程也是对目前故事学研究方法的再认识、再思考。对丁乃通民间故事研究资料、成果及其应用情况的梳理，既是对中国民间故事研究历程中的一个重要里程碑的回顾，同时也可以加深对于类型学基础理论的理解深度。到目前为止，学界围绕丁乃通故事分类研究而进行的较为集中和全面的整理极少。因此，本书的研究在故事学研究中具有一定的必要性和前沿性。

此外，本书还运用了文献学的方法对丁乃通民间故事分类研究相关学术成果进行了梳理，形成具有一定系统性的资料索引。

本书所涉及的几个关键性概念为民间故事、类型、民间故事类型索引（the folktale type index）、母题、母题索引（motif index）、民间故事分类（folktale classification）以及穿透性。

民间故事是散文体民间叙事文学的一种，通常包含叙事文学的时间、地点、人物、情节四要素，情节结构具有一定的规律性，篇幅往往短小精悍，偶有长篇。狭义的民间故事角色可以是人、动物或精怪；人名往往虚指，如王二、李四等。

同一主题的民间故事往往在不同的时代和地域流传播布，从而形成情节结构和内容相近，但细节有所区别的多个异文，这些具有共同情节结构与内容的异文，统称为一个故事类型（the type of folktales）。在阿尔奈—汤普森分类体系中，每个故事类型往往存在一个固定的代码和与之相对应的标题。某一故事类型内的异文往往可以跨越民族、地域，甚至时代的边界，即同一故事类型中的异文可能会来自同一时期的不同民族或地区，也可以在不同的历史时期之间传承。比如，"灰姑娘型故事"的异文既见于中国唐代广西沿海地区的文献记载（如《叶限》），又流传于德国等欧洲国家；前者湮没于历史，而后者则传承至今。

在阿尔奈—汤普森分类体系中，部分民间故事类型之下还存在一些亚型（subtype），某一个民间故事类型的亚型的情节结构与故事类型相近，但又在个别情节上存在一定的差异。这些亚型通常用其所属故事类型的编号和拉丁

绪 论

字母表示，比如56A、56D、66A等。

民间故事类型具有两个层面的特点，即穿破时代或地域的藩篱，不受时代、地域的限制，在同一地域或不同地域的相同或不同历史时期中，为人们所传承、播布的特点，我们称之为穿透性。历史的穿透性是民间故事类型的历时特点，地域的穿透性是民间故事的共时特点。

民间故事类型索引，是指为方便学者对某一民间故事类型进行具体研究所编纂的故事类型及其所包含的异文出处的文献检索目录体系，通常包括故事类型代码、故事类型名称、某一故事类型所包含的文本出处（往往包括书名或资料名称、作者或编纂者、页码、版本信息等），其文本范围可以来自某一国家或地区、某一民族、某一语言，甚至不同的地区、民族或语言。由于地域、语言和文化背景相异，各个民间故事文本往往各具特色，因而会出现不同的分类依据，从而产生不同的分类方法。即使索引囊括的文本范围相似相近，甚至相一致，也会出现这种情况。比如，同为对中国民间故事进行分类的故事类型索引，也会由于编纂者研究的出发点以及所选取的具体文本特点的相异而产生不同分类方法，故而会出现多部相互区别的类型索引。

另外，类型索引往往包括多个层级，其层级数量没有上限，类型代码与类型名称一一对应。第一层级为大类；第二层级为类型；第三层级通常为某一故事类型的亚型（亦称"亚类型"或"亚类"，本书统称"亚型"），在故事情节结构上与上级类型大致相同，且个别情节所在位置（即结构）或内容存在差异。亚型代码与亚型名称也一一对应。

目前，国际上较为通行的故事类型分类方法为阿尔奈—汤普森分类体系，简称AT分类法。这一体系产生于1910年，迄今为止，其历史已超过100年。运用这一体系而进行分类的、已出版的民间故事类型索引，在全球范围内已多达100余部。2004年，德国学者汉斯-乔治·乌特对这一体系进行了增补，扩大了文本范围，增加了故事类型和亚型，并为国际学界所认可，故而，将其作为AT分类法的发展，统称"阿尔奈—汤普森—乌特分类体系"。

母题通常是指民间叙事文学文本的基本研究单位，是民间故事类型划分的基础和主要依据，同一个母题可以出现在不同的异文、类型，甚至不同的文类之中。

母题索引是对母题进行总结归纳、区分类别、编写代码，并将包含这一母题的文本出处列于母题之下的一个检索体系。目前，有学者对某一文类的母题进行了国别索引的编纂。例如，我国学者王宪昭据此编纂了《中国神话母题W编目》（2013年）[①]。

民间故事分类，是指通过对包含共同或相近似的母题和情节结构的民间故事异文进行梳理，并选取或编制一定的故事类型体系，将这些不同的民间故事异文归入民间故事类型体系之中，或者对现存的民间故事类型体系进行修订。

第三节　基本思路与逻辑结构

阿尔奈—汤普森分类体系是国际通用的民间故事分类体系，在国际故事学界有着举足轻重的地位，其研究方法为100多个国家所应用，至今已有百余年的历史。在阿尔奈—汤普森—乌特体系（Aarne-Thompson-Uther System）的形成和发展过程中，我们可以看到，丁乃通应用这一国际通用民间故事分类理论与方法分析中国民间故事的现实，将中国民间故事纳入通行的国际民间故事体系之中，不仅为当时的中国民间故事分类研究拓展了一条新思路，也为外国民间故事研究者更为直接、更为准确地了解中国民间故事现状提供了不可多得的契机。这种国际视野在国际交流上的优越性，在某种程度上是其他分类方法无法替代的。鉴于AT分类法是开放式的系统，对故事类型数有所预留，因而可以依据新增民间故事文本的情况对其进行增订或调整。这一点也体现了此分类系统较为突出的科学性。

[①] 王宪昭：《中国神话母题W编目》，中国社会科学出版社2013年版。

一、基本思路

《中国民间故事类型索引》在系统框架和具体类型的内容方面都对AT分类法有着较为完整的保留，从而较为完好地保留了这一体系的科学性和系统性。同时，它也结合中国民间故事的现实，在分类对象中增加了古代典籍里的民间故事文本，对中国民间传说与民间故事之间联系较为紧密的特殊情况做出了适当的取舍。当然，它在被译为中文的过程中，保留了大量的印欧传统文学中的典故等这一体系所固有的印欧文化因素，从而导致国内学者在使用这一工具书时会遇到一些难以理解之处。因此，对AT分类法的应用，需要依据中国民间故事的现实，在类型名称的表达、情节内容的描述和类型划分等方面做出一定的调整。金荣华对丁乃通的分类研究进行了相应的修订工作，弥补了上述缺憾，也在研究对象方面增补了中国民间故事搜集整理的最新成果。在中国民间故事分类研究中，AT分类系统适用于国际比较研究，而非AT分类法更适合用于国内研究，二者互不冲突，可以并存。目前，数字化时代的背景和中国民间故事发展现状，尤其是对近30年民间故事文本搜集整理成果的进一步研究和应用，要求我们对AT分类法进行反思和再认识，并在民间故事数据库的建设中对其有所借鉴与应用。

二、逻辑结构

本书主体部分从丁乃通中国民间故事研究的背景和具体内容两个方面展开论述。其中，研究的背景包括研究的理论背景和学术背景两方面。理论背景即对阿尔奈—汤普森体系形成与发展历程的大致梳理，包括三个历史时期：阿尔奈—汤普森体系形成之前的"前阿尔奈—汤普森体系时期"、阿尔奈—汤普森体系出现和逐步形成的"阿尔奈—汤普森体系时期"和具有百年历史的分类体系的新历程"阿尔奈—汤普森—乌特体系时期"。第一个历史时期是阿尔奈—汤普森体系形成之前的民间故事分类理论发展概况，为这一体系的形成提供了一定的理论基础，包括卡尔·科隆父子将比较研究法在民间故事研究领域的应用，以及其他初步的民间故事分类。第二个历史时期从其形成与应用两个层面展开。应用主要体现为其他国家或民族或地区的民间故事分类研究对这一分类法的认可、接纳和使用，其中包括丁乃通对中国民间故事分类的研究。第三个历史时期以乌特对这一民间故事分类体系的进一步发展为起始标志，即《国际民间故事类型》的出版，国际学界开始认可阿尔奈—汤普森—乌特体系的形成。

研究的具体内容，包括丁乃通对阿尔奈—汤普森体系的应用，及其对历史—地理研究法的应用。对阿尔奈—汤普森体系的应用，主要从其研究内容、影响、发展等层面展开；对具体民间故事类型的研究，主要以丁乃通所刊发的一系列单篇论文为依据，从民间故事类型的国际比较和洲际比较两大方面进行了分述，梳理了丁乃通对各个民间故事类型进行研究时所运用的材料、方法与思路，以及常用的民间故事类型索引对各个民间故事类型所进行的梗概描述。这些具体研究展开的依据主要源自丁乃通的学术研究手稿及其相关研究资料。

最后，本书将丁乃通中国民间故事分类研究的主要研究成果及其发展与意义进行了一定的总结。

第一章　丁乃通民间故事分类研究背景

AT分类法是芬兰学派的代表性研究理论与研究方法，滥觞于卡尔·科隆（Kaarle Krohn，1863—1933年）的民间故事比较研究。阿尔奈—汤普森分类体系形成之后，引起了世界范围内多个国家和民族故事学者的关注。迈入新世纪，汉斯–乔治·乌特结合其所能查询到的最新的民间故事搜集成果以及各国或各地区民间故事分类成果，对这一体系进行增补修订。以阿尔奈—汤普森分类体系起始的标志（即《民间故事类型索引》的出版）为界，我们大致可以将之前的民间故事分类研究归为"前AT分类体系时期"，之后归为"AT分类体系时期"；自汉斯–乔治·乌特完成对这一体系的进一步完善和增订开始，为"ATU分类体系时期"。丁乃通的中国民间故事分类研究处于"AT分类体系时期"，而其研究成果则一直沿用到"ATU分类体系时期"。

第一节　理论背景

本节主要陈述了阿尔奈—汤普森体系形成之前的理论发展基础、其形成过程与应用情况，以及在21世纪这一理论体系的新进展，并将丁乃通的中国民间故事分类研究置于整个分类体系的发展进程之中，找寻出此研究所处的历史位置及其产生的作用与影响。

一、前阿尔奈—汤普森体系时期

在阿尔奈—汤普森分类体系出现之前，已经有部分学者根据自己的研究需要和认识，开始对民间故事进行初步的类别或类型划分，这显示着民间故事研究已经开始朝着系统化和规范化的基本方向发展。这些基本的思想为阿尔奈—汤普森分类体系的形成提供了一定的条件，奠定了一定的基础。其中，甚至还出现了部分在阿尔奈—汤普森—乌特体系之中依然存在的民间故事类型的基本元素。尤其值得注意的是，卡尔·科隆的民间故事比较研究对阿尔奈所产生的影响较为深刻。在某种程度上，卡尔·科隆的研究是阿尔奈—汤普森分类体系产生所必需的基石。我们将民间故事研究中阿尔奈—汤普森分类体系出现之前的这一时期，称为民间故事分类的前阿尔奈—汤普森分类体系时期。

（一）民间故事分类研究思想之滥觞

不同学科的研究，大多建立在其各自研究对象的分类体系基础之上。例如，生物学有通行的门纲目科属种构架而成的分类体系，语言学也有语系语族构建而成的分类体系。各个分类体系为研究者提供了研究所必需的基础概念系统和基本逻辑系统。在某一学科内部，国际通行的占据主流地位的分类体系，往往能够经受住研究实践以及时间的考验，从而较为广泛地和较为长期地为学界所接受、认可和应用。故事学研究也不例外。

在阿尔奈—汤普森分类体系形成之前，已经有部分学者认识到了民间故事所具有的类型性特征，并依据各自的研究需要与研究经验，对民间故事进行了不同的分类。这些分类思想是阿尔奈—汤普森分类体系形成的基础。然而，由于研究出发点各异，选取分类对象的标准和范围各不相同，具体分类对象（即所选取的有着不同流传地域与播布民族等背景的民间故事文本）也各不相同。因此，不同分类方法的分类依据也各不相同。不同的分类体系相对独立，相互之间的关联不甚紧密，也尚未出现某一分类体系为大部分学者所公认的情形。因此，民间故事的分类在这一时期呈现出百家争鸣的局面。例如，英国学者麦苟劳克将英国民间故事称为"小说的童年"，并以民间故事的内容为依据，对英国民间故事进行了两个层级的分类，第一个层级包含四大类，前两个大类又分别分为三个类别，第三个大类再分为四个类别。①麦苟劳克所分类的民间故事为广义的民间故事，即包含神话和传说在内，这一点可以从最后一个大类"神话解释（地方传说）"中看出。由此也可以发现，麦苟劳克在当时对于民间故事、民间传说与神话之间的界定与区分处于一种相对比较模糊的状态——传说包含于神话的解释之中，这与目前我们一般意义上对于这两种文类之间的关系定位不符。

通常情况下，我们以为共同属于广义民间故事的这两种文类之间为互不包含的并列关系。神话是产生于上古时代反映初民对世界万物认识的具有强烈幻想色彩的散文体民间叙事文类，通常包含创世神话、英雄神话、文明神话等几个大类，反映了人类蒙昧时期的思想观念。传说是指与某一历史遗迹或历史人物相关的散文体民间叙事文类，其叙事中往往会具有较为明确的年代记载或地点记叙，角色名称也往往有名有姓，甚至是历史上真实出现过的人物，而不会使用通常在狭义民间故事中频繁出现的泛称。狭义的民间故事，在篇幅上与神话和传说相较往往短小精悍；角色名称通常使用泛称，比如张三、李四、王五；地点也通常泛泛而谈，比如某一座山上、有一个村子、有一户人家等；在内容上，则较为贴近人们的生活，与神话、传说相比，跟现实生活结合得更为紧密；在情节的铺陈中，大多反映人们在现实生活中的情感与希冀、感悟与警示等。

反观此时的民间故事分类可以发现，当时学界对于民间故事相关文类的界定处于一种较为模糊和混沌的状态。文类的区分与界定对于民间故事分类而言，正如基石之于建筑物，若根基不稳，则其上的建筑物不管如何建造，随时都有可能陷入岌岌可危的状态。因此，一个科学性较强的分类体系的构建，始于对于基本文类的科学界定以及对于分类对象的严格拣择。在民间故事分类之初出现了两种民间故事分类方法，具体情况参见表1—1。

---

① 吴蓉章：《民间文学理论基础》，四川大学出版社1987年版，第108—109页。

表1-1　前AT时期国际民间故事分类举隅简况表[①]

序号	分类者	分类对象	分类依据	一级分类	二级分类
1	夏芝	爱尔兰民间故事《爱尔兰童话故事集》	角色	神仙 鬼 巫 陶兰奥格人（意即少年国） 修道士 恶鬼 巨人 国王、公主、伯爵与盗贼	
2	麦苟劳克	民间故事《小说的童年》	内容	初民心理	生命水系 复活系 分身系
				图腾信仰	变形系 说话的无生物系 友谊的兽系
				初民风俗	食人精系 太步系（"禁忌"） 承继系 献祭系
				神话解释（地方传说）	

这些民间故事分类研究加深了人们对民间故事的认识程度，具有一定的学理意义，为日后较为系统的民间故事分类体系的出现和形成奠定了一定的基础。尤其值得注意的是，部分类型中的核心元素依然存在于今天较为完善的民间故事类型体系之内，古今两者在历史长河中相互呼应，构成人们在民间故事分类方面正确认识的积淀、传承与发展脉络。

比如，麦苟劳克分类系统中的"变形系"，在AT系统和ATU系统中依然有迹可循，这些故事类型以更为细致的形式将"变形"这一核心表现出来——

---

① 参见吴蓉章：《民间文学理论基础》，四川大学出版社1987年版，第108—109页。

民间故事类型"ATU 314 金人""ATT 314 青年变马"①"ATU 407 姑娘变花"②"ATU 751A 农妇变成了啄木鸟"③"ATU 1592A 变形的金子"④和"ATT 1592A 变形的金南瓜"⑤等,皆与变形相关联,甚至构成故事类型的核心关键情节。而以上所提到的各个故事类型也存在于中国民间故事之中⑥,这说明在民间故事分类之初,人们就已经发现了一些跨地域的民间故事类型核心特征。钟敬文也曾指出:"变形……是世界神话、民间故事中所共同的要素之一。它出现在故事中的形态很复杂……在中国……以前者(自动变形)为常见。"⑦只是这些发现在当时并不为人所知,直到国际民间故事类型体系的版图日益完整、人们对民间故事类型的认识日益加深之时,这种民间故事类型的地域穿透性方才日益显露、日渐明晰,并展示出其固有的机理与脉络,构成一幅幅壮美的图景。

这些事实体现出民间故事类型穿透性两个层面的特点,即对历史的穿透性和对地域的穿透性。换言之,即不受时间或地域的限制而得以传承或流传。历史的穿透性是对民间故事类型历时层面特点的概括;地域的穿透性是对民间故事共时层面特点的概括。对于这些前人的尝试性研究的学理意义,我们既要看到其不足与问题,同时也要对其中的探索所存在的学术价值(比如,得以证实的部分成果所发挥的关键性基础作用等)给予适当的肯定。

---

① 参见Uther, Hans-Jörg, *The Type of International Folktales: A Classification and Bibliography Based on the System of Antti Aarne and Stith Thompson, Folklore Fellows' Communications No. 284*, Helsinki: Finish Academy of Science, 2004, pp .198-200. ATU代指乌特《国际民间故事类型》,ATT代指丁乃通《中国民间故事类型索引》。

② Ibid., pp. 240-241.

③ Ibid., pp. 402-403.

④ Ibid., p. 326.

⑤ Ibid., p. 206.

⑥ 参见附录一 附表1-1《AT系统内的中国民间故事类型与国际民间故事类型比较表》。

⑦ 钟敬文:《中国的天鹅处女型故事》,《钟敬文自选集》,首都师范大学出版社2008年版,第326页。

（二）卡尔·科隆的比较研究思想

如前文所述，在芬兰历史—地理研究学派的主流分类方法（即AT分类法）产生之前，一些民俗学家已经开始萌生出将民间故事或者其他民间叙事文类进行分类研究的思想。这些思想对于AT分类法的产生起到了一定的铺垫作用。其中，对AT分类法创始人安蒂·阿尔奈的分类思想影响较为直接和较为深刻的，是芬兰民俗学家卡尔·科隆。

他认为，探求民间故事的历史和发源地没有捷径可走，只能在最大限度上搜集某个类型的故事文本异文，通过对这些异文的梳理，对其传播情况进行总结与归纳。[1] 卡尔·科隆曾经对芬兰档案馆汗牛充栋的手稿资料进行整理，将这些材料按文类分为民间故事、传说、歌谣、谚语等。[2] 除了自己整理资料，他还带领他的学生们一起进行资料的整理，从而使得学生们能够扎实掌握民俗学研究的基础方法。卡尔·科隆也是《民俗学者通讯》丛刊的创刊人之一，在1933年之前曾一力承担编辑之责。[3] 也许，正是这些科学而严格的学术训练，方才成就了阿尔奈民间故事分类思想的缜密和分类体系的系统。

19世纪中期，丹麦学者斯文·格伦特维（Svend Grundtvig, 1824—1883年）成功地运用这一方法对歌谣进行了分析（1853年），而德国的格林兄弟（Jacob Grimm, 1785—1863年；William Grimm, 1786—1859年）和马克斯·穆勒（Max

---

[1] Goldberg, Christine, "The Historic-Geographic Method: Past and Future", *Journal of Folklore Research*, Vol. 21, No. 1, Apr. 1984, p.1.

[2] "Collection of Folk-lore in Finland", *the Journal of American Folklore*, Vol. 5, No. 16, Jan.-Mar., 1892, p. 48.

[3] Dahlström, Greta, "Review of Studia Finnica, Revue de linguistique et déthnologie finnoises; Tome X et XIe (Société de Litterature Finnoise, Helsinki, 1963 and 1964)", *Journal of the International Folk Music Council*, Vol. 17, Part 1(March 1965), p. 58.

Müller，1823—1900年）都将这一思想运用到了神话的研究之中（1856年）。①卡尔·科隆的父亲朱利斯·科隆（Julius Krohn，1835—1888年）则运用这一方法对芬兰史诗《卡勒瓦拉》（*Kalevala*）的不同版本进行了相关研究。19世纪80年代，朱利斯·科隆用比较的研究方法为我们描绘了芬兰民间诗歌的丰富性，而卡尔·科隆则在未来的30年中，随着社会的不断前进而不断推动这一理论的发展，并使之为我们大多数人所坚信。②由此可见，卡尔·科隆的研究使得更多的研究者接受并认可了比较研究的理论和方法，扩大了这一研究理论和方法在学术界的影响范围。

受父亲的影响，卡尔·科隆于1887年将比较这一思想运用到民间故事的分类研究之中，完成其博士学位论文，并在1888年出版了论文。③朱利斯·科隆以诗节（verse）为单位对《卡勒瓦拉》进行了原型研究，而卡尔·科隆运用同样的理论和方法对民间故事所进行的研究，其是以母题为单位的。④母题，又译为情节单元，是民间故事类型研究的基础性概念、民间故事的最小组成单位。故事类型是包含相同或相近母题以及相同故事结构的民间故事文本的集合。在同一故事类型之中，同一故事情节的不同异文往往包含一组较为固定的、内容相近的、可以在不同的异文中相互替代的母题。

1889年7月29日，卡尔·科隆在巴黎参加国际民俗传统大会（International

---

① Dundes, Alan, "The Anthropologist and the Comparative Method in Folklore", *Journal of Folklore Research*, Vol. 23, No.2/3, Special Double Issue: The Comparative Method in Folklore (May-Dec., 1986), p. 132.

② Wilson, William A., "The Evolutionary Premise in Folklore Theory and the 'Finish Method'", *Western Folklore*, Vol. 35, No. 4, Oct. 1976, p. 249.

③ Dundes, Alan, "The Anthropologist and the Comparative Method in Folklore", *Journal of Folklore Research*, Vol. 23, No.2/3, Special Double Issue: The Comparative Method in Folklore (May-Dec., 1986), p. 131.

④ Goldberg, Christine, "The Historic-Geographic Method: Past and Future", *Journal of Folklore Research*, Vol. 21, No. 1, Apr. 1984, p. 2.

Congress of Popular Tradition），发表会议论文《通俗故事起源理论》("The Theories of the Origin of Popular Tales")①。1910年，卡尔·科隆发表论文将其父亲在史诗研究中所使用的比较研究方法称为"芬兰民俗学研究方法"（Über die finische folkloristische methode），是为芬兰历史—地理学派的基础理论。阿兰·邓迪斯（Alan Dundes）认为，此即民俗学研究方法之滥觞。由此可见，比较的研究方法与学术思想是历史—地理学派研究理论与方法的基础和灵魂②。在今天的相关研究之中，我们也应当将比较研究的意识一以贯之。

此外，母题这一概念在民间故事比较分析中的应用，是阿尔奈民间故事分类体系得以形成和发展的另一重要理论基石。在阿尔奈和汤普森之后的研究之中，我们可以看到，作为民间故事中的最小情节单元，母题是一切民间故事进行分析和比较研究的基础，在进行具体民间故事分类工作的进程中，正是对不同民间故事异文中这些母题的比较和分析，方才决定了一个故事类型的核心内容以及一篇异文在不同民间故事类型中的归属。

从对一些问题所进行的分析或所持有的观点上，我们也可以看出卡尔·科隆与安蒂·阿尔奈之间在学术思想方面的传继关系。比如，有人认为，历史—地理学派的民俗学研究因缺乏对现实中复杂情况的灵活应对而显得有些机械。卡尔·科隆对此观点进行了商榷，认为异文的变化具有一定的随机性、天然的关联性和一致性；而安蒂·阿尔奈则归纳出了一个民间故事可能会出现的变化清单，包括"忘记细节""增添细节""与另一个故事相合并"以及"改换角色"等③。这说明了民间故事异文的复杂性之中，包含着一定有迹可循的规律性。显而易见，安蒂·阿尔奈所列出的这个民间故事可能出现的变化

---

① Notes and Queries, *The Journal of American Folklore*, Vol. 2, No. 7, Oct.-Dec., 1889, p. 307.
② 丁乃通对于具体民间故事类型的研究，则是对这一方法在具体中国民间故事类型分析研究中的应用。相关详细论述将在第三章展开。
③ Goldberg, Christine, "The Historic-Geographic Method: Past and Future", *Journal of Folklore Research*, Vol. 21, No. 1, Apr. 1984, p. 2-3.

清单，是异文的变化具有其固有肌理而非机械存在这一观点的重要佐证。

此外，卡尔·科隆不仅仅对安蒂·阿尔奈的学术思想产生了重要影响，还对汤普森的学术思想产生了较为深刻的影响。二人往往英雄所见略同。比如，他们都曾根据包含同一母题或故事情节的不同民间故事文本进行基因图谱的描画工作；面对人们由于在研究之前无法确定同源民间故事异文的可信性，而面对历史—地理学派的研究方法持怀疑态度这一问题，两人都认为可以通过分别分析不同的民间故事类型加以解决[1]。

1918年，卡尔·科隆出版了两卷本芬兰民间诗歌教学用书《卡勒瓦拉诸问题》(*Kalevala Questions*)。他在书中改变了长期以来所持有的观点，认为卡勒瓦拉产生于铁器时期晚期，而非中世纪。而作为芬兰独立的1918年，卡勒瓦拉史诗中所展现出的芬兰人民勇敢独立的传统，正契合了这一时期芬兰人民的民族精神需求[2]。1926年，科隆因外国学者为其主要读者而重写此书，并增添了大量民间故事文本为例证，以《民俗学方法论》(*Folklore Methology*)为名出版。这部论著奠定了历史—地理研究学派的理论基础，也是这一学派建立完整理论体系的标志[3]。

当然，卡尔·科隆也曾经提出过这样一些观点，比如：民间故事大都源自印度和欧洲[4]；与亚洲相比，欧洲的民间故事往往更加严格和复杂，编织也更加严密[5]；等等。随着对世界民间故事认识的日益加深，人们对这些观点又有着各自的判断和认识。比如，人们认识到印欧中心说只是一种充满浪漫色

---

[1] Goldberg, Christine, "The Historic-Geographic Method: Past and Future", *Journal of Folklore Research*, Vol. 21, No. 1, Apr. 1984, p. 3.

[2] Wilson, William A., "The Evolutionary Premise in Folklore Theory and the 'Finish Method'", *Western Folklore*, Vol. 35, No. 4, Oct. 1976, p. 247.

[3] Ibid., p. 242.

[4] Goldberg, Christine, "The Historic-Geographic Method: Past and Future", *Journal of Folklore Research*, Vol. 21, No. 1, Apr. 1984, p. 1.

[5] Ibid., p. 9.

彩的想象，而无法经由实证的方法得以证实；而亚欧民间故事之间的比较，则需要具体问题具体分析，不同的民间故事类型或者不同的民间故事异文文本所呈现出来的各自的特点是有所差异的，是不能一概而论的。

由此可见，卡尔·科隆的学术研究及其相关的学术思想对阿尔奈—汤普森体系中的两位重要人物阿尔奈和汤普森皆产生过重要的影响。其中，民间故事比较研究以及母题这一关键性基础概念在民间故事研究中的应用，则是这一民间故事分类体系得以建立的重要理论基石，这些研究为分类体系的产生与发展提供了必要的土壤。

二、阿尔奈—汤普森体系时期

民间故事分类的阿尔奈—汤普森体系时期包括两个阶段，一是阿尔奈《民间故事类型索引》的出版，一是汤普森对其所进行的两次增补。在第二个阶段中，汤普森曾先后两次对原著进行增订，扩大了其分类对象的范围，即民间故事文本的来源地域；同时，也完善了整个分类框架，增加了相应的民间故事类型。而汤普森对其所进行的德文英译工作，则扩大了这一索引的读者群，有效地拓展了这一分类体系在国际故事学界的影响范围。另外，在汤普森的第二次修订出版之后，也迎来了国际故事学界对阿尔奈—汤普森分类体系进行应用和本土化的新浪潮。《中国民间故事类型索引》正是在这一学术背景之下得以成书的。

（一）阿尔奈—汤普森体系的发端与形成

民间故事类型研究需要研究者掌握这一民间故事大量的异文，并通过这些异文各个细节的比较，方可描画出这些异文所体现出的这一民间故事所历经的发展与播布过程。正是在进行这一研究工作的过程之中，阿尔奈深感对民间故事进行归类并对其类型进行编订索引的必要性，他由此开启了系统性民间故事分类体系的建立工作。

1. 发端

阿尔奈《民间故事类型索引》的编订和出版是阿尔奈—汤普森体系的发端，它建立了比较科学的分类方法，是阿尔奈—汤普森体系重要的组成部分，也为日后汤普森《民间故事类型》的增订工作奠定了重要的基础，在研究方法和研究方向上制定了重要的规范。

在卡尔·科隆的影响下，安蒂·阿尔奈对欧洲三大民间故事——"神奇指环的故事"（The Tale of the Magic Ring AaTh 560）、"神奇物品与神奇水果的故事"（The Tale of the Magic Objects and the Magic Fruits AaTh 560）、"神奇的鸟心"（The Magic Birdheart AaTh 560）进行了比较研究[①]。在进行这些比较研究的过程之中，阿尔奈萌生了编纂民间故事类型索引的想法，认为类型索引的编纂和使用将大大减少民间故事比较研究中的工作量[②]。有了民间故事类型索引，就可以根据研究工作的需要按图索骥，比较轻松便捷地找到研究中所需民间故事类型中的异文的文本文献出处，以及这些异文的流传地域和流传民族等相关信息。这与研究者通过自身逐本查阅可能出现所需异文的文本文献相比，可以节省不少时间和精力。通过民间故事类型索引的查阅，可以避免不同研究者对同一故事类型进行研究时可能产生的重复工作，节省了研究者的脑力劳动和体力劳动成本，在某种程度上是对研究工作人力资源成本的节约。对索引编纂者本人而言，这份工作具有一定的公益性质，需要奉献精神。但是，对整个故事学界而言，对所有日后进行民间故事比较的研究者而言，其价值与意义都是非常重大和不可替代的。

1910年，阿尔奈以德文编纂的《民间故事类型索引》作为民俗学者丛刊的第三卷在赫尔辛基由芬兰社会科学院出版，这标志着民间故事分类研究"阿尔奈—汤普森体系时期"的开始。阿尔奈编订《民间故事类型索引》所使用的文本文献参考资料包括戴尼斯（Danish）的手稿、格林兄弟（the Grimms）的童话故事以及芬兰民间故事文本，并且采纳了卡尔·科隆、奥斯卡·海克曼（Oskar Hackman）、埃克塞尔·奥瑞克（Axel Olrik）、乔汉奈

---

① Hautala, Jouko, *Finnish Folklore Research 1828-1918*, Helsinki: 1969, p. 148.
② Ibid.

斯·博尔特（Johannes Bolte）以及C. W. 冯·西多（C. W. von Sydow）对索引编定提出的建议。①这些"根据内容所编订的目录，涵盖了从多地搜集而来的民间文学文本，不仅包括出版物中的内容，更多的是存在于手稿中的孤本"②。因此，阿尔奈所编订的这部索引，并非为单一国家或民族的民间故事所编订，而是已经具有了一定的国际性③，这也为这一民间故事类型体系在之后的一段历史时期内能够为诸多国家所应用奠定了一定的基础。

当然，其分类对象，即基础文本文献的来源具有一定的局限性，这曾在相当长的一段时间内导致人们对这一分类体系普适性的怀疑——他们认为，以北欧民间故事为主要分类对象所编订的民间故事类型索引，以及从中所总结归纳出来的民间故事类型及其规律与特点，未必适用于其他地区或民族的民间故事。

但是，这部索引给当时相关研究领域的学者们所带来的便利是不言而喻的。虽然这部民间故事类型索引的编订起初只是芬兰民俗学者学会（Folklore Fellows）20世纪初民间文学资料目录编订工作的一部分，但是，这些目录的确给研究芬兰、斯堪的纳维亚和德国民间故事的学者们提供了极大的便利。他们通过查阅索引，就可以初步判定某一材料是否为他们所需要。如果需要查阅相关文献资料，他们只需将类型号码寄给档案馆的工作人员，由工作人员按编号找出资料再为之寄出④。

分类索引"是对从北欧搜集而来的资料中的多种民间故事类型进行分类

---

① Hautala, Jouko, *Finnish Folklore Research 1828-1918*, Helsinki: 1969, p. 148.
② Thompson, Stith, *The Types of the Folktale: A Classification and Bibliography, Antti Aarne's Verzeichnis der Märchentypen, Folklore Fellows' Communications No. 74*, Helsinki: Finish Academy of Science, 1927, p. 8.
③ 刘魁立：《历史比较研究法和历史类型学研究》，《刘魁立民俗学论集》，上海文艺出版社1998年版，第104页。
④ Luomala, Katharine, "A Book Review on The Types of the Folktale: A Classification and Bibliography, translated and enlarged by Stith Thompson, Second Revision, Folklore Fellows' Communications No. 184, Helsinki: Finish Academy of Science, 1961", *American Anthropologist*, New Series, Vol. 65, No. 3, Part 1, June 1963, pp. 748-749.

的公共体系。这一体系必须可以随着搜集资料的增加而扩大和增补新出现的民间故事类型。另外,还必须能够根据研究成果,将一个民间故事类型拆分成多个,或者把多个民间故事类型合并为一个"[①]。而所有这一民间故事类型索引的使用者和分析者都可以根据具体的使用情况,随时对每一个故事类型的具体分类情况提出修改建议和意见,以确保这一体系的科学性。[②] "任何伟大的系统都会为其发展与改变留有空间"[③]。正是这种尊重科学、尊重事实的严谨治学态度,以及在最初就得以确立的开放性索引的定位,方才使得《民间故事类型索引》得以不断发展和完善,并如其创始人所希冀的那样,在百年之后依然为世界各地的民间故事研究者所使用和承继。

  阿尔奈最初写定的分类体系中的一级分类将民间故事分为三大类,即"动物故事"(Animal Tales)、"一般民间故事"(Regular Folktales)和"笑话和趣闻"(Humorous Tales),预留的类型数分别为299个、900个和700个。每个大类之下又各有二级分类(详情参见表1-2)。这一分类体系的框架初步奠定了整个分类体系的基础,并且在而后整个体系的发展与完善过程之中,证明了阿尔奈对于整个故事索引体系框架的正确把握和准确预测。比如,在其1910年写定的分类体系中,第一级分类共包含三个大类,其名称与预留故事类型数基本沿用到了2004年乌特版国际民间故事类型索引之中。虽然乌特版的国际民间故事类型体系增添了大量的故事异文出处,其所涉及的国家、民族与地区较1910年版也有十分可观的扩充与拓展,民间故事文本的来源范围由最初的以北欧为主,扩大到了欧洲、亚洲、美洲、非洲和大洋洲;但是,其一

---

 ① Luomala, Katharine, "A Book Review on The Types of the Folktale: A Classification and Bibliography, translated and enlarged by Stith Thompson, Second Revision, Folklore Fellows' Communications No. 184, Helsinki: Finish Academy of Science, 1961", *American Anthropologist*, New Series, Vol. 65, No. 3, Part 1, June 1963, p. 749.

 ② Ibid.

 ③ Ibid., p. 748.

级分类依然沿用了初版的第一个和第三个故事大类名称——"动物故事""趣闻和笑话",而2004年版一级分类中"动物故事"以及"趣闻和笑话"之间的各个大类,实为初版一级分类中的第二个大类"一般民间故事"的各个二级分类。因此,其整体框架可以说基本沿用了近百年。

此外,在这个框架内一级分类的各个大类所增添的具体故事类型,在数量上依然没有超出当年阿尔奈所编订的类型体系,一级分类所对应的各个预留类型数也依然是299个、900个和700个。由此可见,至少在故事一级分类的设定及其所包含具体故事类型数的预估方面,阿尔奈所编订的故事分类体系具有一定的科学性和可持续性。

表1-2 阿尔奈民间故事分类体系简表①

序号	一级分类	一级分类预留类型数	二级分类	二级分类预留类型数	备注
1	动物故事（1—299）	299	野生动物（1—99）	99	
			野生动物与家畜（100—149）	50	
			人与野生动物（150—199）	50	
			家畜（200—219）	20	
			鸟（220—249）	30	
			鱼（250—274）	25	
			其他动物与物体（275—299）	25	
2	一般民间故事（300—1199）	900	神奇故事 宗教故事 爱情故事 笨魔故事	900	二级分类及各类预留类型数不详
3	趣闻与笑话（1200—1999）	700		700	二级分类情况不详

---

① Jouko Hautala, *Finnish Folklore Research 1828-1918*, Helsinki: 1969, p. 148.

第一章 丁乃通民间故事分类研究背景

阿尔奈除在宏观上对民间故事类型做出了较为准确的整体性把握之外，在微观层面的判断也经受住了时间的考验。比如，索引中具体故事类型以故事名称与故事编号一一对应的形式来表示，在每个类型目下可以找到与各个民间故事异文相对应的具体信息，包括异文的出处、流传地、流传民族，甚至有些还列出了这些民间故事异文所包含的母题。这些格式和体例基本为后来的索引所采用，甚至包括AT系统之外的一些民间故事类型索引，从而成为类型索引编订的规范。再如，初版中的大部分民间故事类型也基本为之后的各个增订版本所沿用[①]。

在故事类型的具体编订方法方面，阿尔奈曾指出，"故事类型的编订主要以完整的故事为基础，尽量避免将一个故事内的多个情节或母题拆解到不同的类型之中……虽然故事类型索引的编排存在一些前后不一致的地方，但编纂索引的最主要目的，是其实用性。其主要价值在于其工具性"[②]。

当然，这部索引在编订过程之中存在的一些问题，比如编排前后不一致、民间故事文本来源较为单一等，也给索引的使用者和后来的索引编订者带来一些障碍。

综上所述，阿尔奈所编纂的《民间故事类型索引》虽然在分类对象（即民间故事异文文本选择范围）上以北欧为主，具有一定的局限性，但是，索引所具备的系统性和科学性在其日后的发展过程中得到了验证。其基本框架的建立、基本体例的使用、基本类型数的预留，以及分类系统开放性的设计，都为这一体系在日后的修订和增补中日趋完善提供了可能。

---

① Luomala, Katharine, "A Book Review on *The Types of the Folktale: A Classification and Bibliography, translated and enlarged by Stith Thompson, Second Revision, Folklore Fellows' Communications No. 184*, Helsinki: Finish Academy of Science, 1961", *American Anthropologist*, New Series, Vol. 65, No. 3, Part 1, June 1963, p.749.

② Ibid.

2. 形成

汤普森对《民间故事类型索引》的翻译和两次增订工作进一步完善了这一分类体系。其由德文到英文的译介工作使得这一重要的分类方法进入更多故事学者的视野，引起了更多学者的关注；其对索引内容的增订，提高了它的实用性与科学性。汤普森对《民间故事类型索引》翻译和两次增订工作的完成，标志着"阿尔奈—汤普森体系"的形成。

1912年，汤普森获得美国加利福尼亚大学英语文学硕士学位。1914年，他在哈佛大学完成其博士学位论文《北美印第安人中的欧洲民间故事》（*European Folktales in the North American Indians*）。在北美，首先注意到卡尔·科隆和阿尔奈关于民间故事研究成果的学者，是康奈尔大学主修国际民间故事的学生T. F. 克雷恩（T. F. Crane）。他于1916年为阿尔奈的类型索引撰写了一篇书评，并得以发表。直到1921年，汤普森方才知晓《民间故事类型索引》一书的存在，并对其进行了深入的研读，撰写了大量读书笔记[1]，为之后的修订工作打下了一定的基础。

汤普森因为没有在博士学位论文的撰写中使用这一工具书而感到十分遗憾，因为这部工具书可以省却他在前期查找资料的很多时间和精力。因而，"他希望以民俗学为专业的人们，把索引作为专业学习的必修部分"[2]，如此，便可以在民间故事研究之中省却很多精力，避免走很多弯路。帮助更多的人避免走自己曾经走过的弯路，大抵也是汤普森如此重视《民间故事类型

---

[1] Dundes, Alan, "The Anthropologist and the Comparative Method in Folklore", *Journal of Folklore Research*, Vol. 23, No.2/3, *Special Double Issue: The Comparative Method in Folklore*, May-Dec., 1986, p. 135.

[2] Luomala, Katharine, "A Book Review on The Types of the Folktale: A Classification and Bibliography, translated and enlarged by Stith Thompson, Second Revision, Folklore Fellows' Communications No. 184, Helsinki: Finish Academy of Science, 1961", *American Anthropologist*, New Series, Vol. 65, No. 3, Part 1, June 1963, p. 748.

第一章　丁乃通民间故事分类研究背景

索引》的修订工作，几十年如一日致力于此的原因之一。

1926—1927年，汤普森多次出访欧洲，会见了一些欧洲民俗学家，其中就包括卡尔·科隆。正是卡尔·科隆鼓励了汤普森对首部类型索引进行修订。汤普森也由此开启了欧美民俗学家之间的频繁互访与交流。这些与欧洲学者相关的民间故事的论著、搜集成果以及档案库，成为汤普森进行民间故事类型索引修订的重要基石。而他对入室弟子的两条最主要的忠告即为学习多门外国语言，以及在哥本哈根、都柏林、赫尔辛基、阿普萨拉等地的档案馆工作。[①]

在1927年和1961年，汤普森曾先后两次完成了对阿尔奈《民间故事类型索引》的翻译和修订工作。每部修订版都在最初系统的基础之上增添了新搜集的民间故事文本资料，并根据最新研究成果对已存的母题和民间故事类型做出修订。在整理新增文献的过程之中，汤普森试图以对民间叙事最小单位的定义和分类研究来弥补民间故事类型索引的不足，于是便开始致力于适用范围更加广阔的《民间文学母题索引》的编订工作（1955—1958年）。[②]不同于阿尔奈首先编纂、汤普森补充编辑的民间故事类型索引，这部母题索引所涵盖的叙事文本不仅仅涉及狭义民间故事，以及无法归入狭义民间故事中的其他散文体民间叙事文类，比如地方传说和神话等，还囊括了韵文体民间叙事文类，比如歌谣等。[③]它将民间文学各个文类文本中的母题抽离出来，与民间故事类型索引相较而言，从一个更加细微或者说更加精确的视角，对民间

[①] Dorson, Richard M., "Stith Thompson（1885-1976）", *The Journal of American Folklore*, Vol. 90, No. 335, Jan.-Mar., 1977, pp. 6-7.

[②] Luomala, Katharine, "A Book Review on The Types of the Folktale: A Classification and Bibliography, translated and enlarged by Stith Thompson, Second Revision, Folklore Fellows' Communications No. 184, Helsinki: Finish Academy of Science, 1961", *American Anthropologist*, New Series, Vol. 65, No. 3, Part 1, June 1963, p. 749.

[③] Thompson, Stith, *Motif-Index of Folk-Literature: A Classification of Narrative Elements in Folktales, Ballads, Myths, Fables, Mediaeval Romances, Exempla, Fabliaux, Jest-Books, and Local Legends*, Indiana University Press, Bloomington & Indianapolis, 1934.

叙事的基本叙事因子进行了一种分类梳理和全景式的俯瞰。"这些索引……对任何对口传叙事具有科学兴趣的学者而言都具有非常重要的研究基础。对于想要知道民间故事文献出处并且有兴趣对其进行进一步了解的任何人而言，它们同样也可以节省时间和提供信息。"（1963年）[①]

1927年版《民间故事类型——分类和参考书目》（*The Types of the Folktale: A Classification and Bibliography*）[②]的工作重点是翻译。汤普森将德文原版翻译成英文，同时也对故事类型的内容进行了一定的增补。这一版本的翻译存在个别的瑕疵，可能会让刚刚接触这部索引的读者难以理解。比如，索引中所出现的"Mt."是对德文Märchentypen（故事类型）的缩写，这种情况出现在英文的语境中可能会在理解上产生歧义或一定的障碍，也可能会使没有德文背景或者对德文的故事学专业词汇不甚熟悉的读者难以捉摸其真正含义。[③]

类似的问题也存在于1961年重订版中。比如，序言中对于某些体例的解释需要对照1927年修订版索引进行阅读，否则也会使故事类型的初学者在理解上产生一定的障碍。[④]

1961年，斯蒂·汤普森完成了对《民间故事类型索引》的第二次修订，出

[①] Luomala, Katharine, "A Book Review on The Types of the Folktale: A Classification and Bibliography, translated and enlarged by Stith Thompson, Second Revision, Folklore Fellows' Communications No. 184, Helsinki: Finish Academy of Science, 1961", *American Anthropologist*, New Series, Vol. 65, No. 3, Part 1, June 1963, p. 747.

[②] Thompson, Stith, The Types of the Folktale: A Classification and Bibliography, Antti Aarne's Verzeichnis der Märchentypen, Folklore Fellows' Communications No. 74, Helsinki: Finish Academy of Science, 1927.

[③] Luomala, Katharine, "A Book Review on The Types of the Folktale: A Classification and Bibliography, translated and enlarged by Stith Thompson, Second Revision, Folklore Fellows' Communications No. 184, Helsinki: Finish Academy of Science, 1961", *American Anthropologist*, New Series, Vol. 65, No. 3, Part 1, June 1963, p. 748.

[④] Ibid.

版了英文版的《民间故事类型》①，其故事文本范围主要集中在欧洲和西亚，其所分类的民间故事数由阿尔奈初版的近六百个增加到了数千个。其附在书末的按字母排序的故事类型检索表也为读者查找所需提供了便利，这也符合阿尔奈编订这部索引的初衷，即使之能够很好地服务于人，实现其使用价值。

当然，在《民间故事类型索引》的使用上，也应当注意方法。"任何工具的价值都只有在正确使用的前提下方可得到体现……我们不应当因为对工具的误解或者误用，而对工具本身的合理性和价值产生怀疑，或者进行批判"②。对其进行正确地理解和合理地使用，也离不开对这一分类体系产生背景、制定原则和使用原则的准确了解和把握。

表1-3　阿尔奈—汤普森民间故事分类体系简表③

序号	一级分类（类型号）	一级分类预留类型数	二级分类（类型号）	二级分类预留类型数	备注
1	动物故事（1—299）	299	野生动物（1—99）	99	
			野生动物与家畜（100—149）	50	
			人与野生动物（150—199）	50	
			家畜（200—219）	20	
			鸟（220—249）	30	
			鱼（250—274）	25	
			其他动物与物体（275—299）	25	

---

① Aarne, Antti, *The Types of the Folktale: A Classification and Bibliography*, translated and enlarged by Stith Thompson, Second Revision, *Folklore Fellows' Communications No. 184*, Helsinki: Finish Academy of Science, 1961.

② Lissa, William A., "A Book Review on The Types of the Folktale: A Classification and Bibliography, translated and enlarged by Stith Thompson, Second Revision, Folklore Fellows' Communications No. 184, Helsinki: Finish Academy of Science, 1961", *The Journal of American Folklore*, Vol. 76., No.301, Jul.-Sep., 1963, p. 266.

③ 本表内容基于Thompson, Stith, *The Folktale*, Berkeley, Los Angelas and London: University of California Press, 1977, Reprint, p. 481-487.

(续表)

序号	一级分类（类型号）	一级分类预留类型数	二级分类（类型号）	二级分类预留类型数	备注
2	一般民间故事（300—1199）	900	神奇故事（300—749）	450	
			宗教故事（750—849）	100	
			爱情故事（850—999）	150	
			笨魔故事（1000—1199）	200	
3	笑话与趣闻（1200—1999）	800	愚人的故事（1200—1349）	150	阿尔奈版二级分类情况不详
			已婚夫妇的故事（1350—1439）	90	
			女性的故事（1440—1524）	85	
			男性的故事（1525—1874）	350	
			说谎的故事（1875—1999）	125	
			程式故事（2000—2399）	400	
			难以分类的故事（2400—2499）	100	

由表1-3可知，汤普森保留了阿尔奈原有的基本分类框架，并在此基础上进行了一定的增补。阿尔奈—汤普森体系在阿尔奈体系原有框架的基础之上，增添了"程式故事"和"难以分类的故事"两个二级分类，故事类型预留数共增加了1500个。

此部修订版索引一经出版，随即在世界范围内引发了一种据此编订各国各地区或各民族民间故事类型索引的趋势，这种趋势一直持续到了20世纪末。阿尔奈—汤普森体系之外的民间故事分类法则往往为欧洲以外的国家和地区所采用[①]。相关具体情况本书将在本章"阿尔奈—汤普森体系的应用"小节中进行讨论。

另外,还有一个不容忽视的事实——"即使不同地区,索引的核心概念也都相当一致。究其原因,是因为阿尔奈—汤普森体系的欧洲传统影响到了后来所有索引的结构……在近15年(1980—1995年)发行的60部类型索引中,有半数涉及欧洲民间故事,主要包括童话故事、寓言和笑话"[②]。由于阿尔奈—汤普森民间故事分类体系最初的编订基础以北欧民间故事为主,汤普森对其所进行的增订虽然在民间故事异文文本的范围上较阿尔奈的版本有所扩大,但文本增补重点依然在欧洲境内。从分类对象的民间故事文本在各个地区所占的比例来看,修订后的索引依然会给人以印欧传统为主的印象。因而,其影响范围主要在欧洲并不足为奇。

由此可见,阿尔奈—汤普森体系在世界民间故事分类领域中的影响范围之广、程度之深,不言自明。这一体系为国际民间故事研究提供了一种共同语言,使不同民族文化背景中的民间故事得以相互沟通和理解,这一贡献是其他民间故事分类体系所无法企及的。而两位学者在编纂工具性索引时甘为人梯的奉献精神,也值得所有受益者敬佩和感激。

每次修订所增添的文本文献也的确使得《民间故事类型》的内容日渐丰富,从而进一步扩大了其适用范围。在两次修订过程中,汤普森为索引增添了欧洲南部、欧洲东南部、近东以及印度等地区的民间故事文本。《民间故事类型》在文本选择上一直遵循以下原则:第一,在文类方面,"并没有

[①] Uther, Hans-Jörg, "Type- and Motif-Indices 1980—1995: An Inventory", *Asian Folklore Studies*, Vol.55, No.2, 1996, p. 301.

[②] Uther, Hans-Jörg, "Type- and Motif-Indices 1980—1995: An Inventory", *Asian Folklore Studies*, Vol.55, No.2, 1996, p. 302.

选择保留所有的广义的民间故事，而是剔除了传说（German Sagen）"①；第二，在对于文献中的民间故事文本的选择方面，"仅选取同时也出现在口头传统中的那部分"②；第三，在民间故事文本流传地域方面，"只涵盖了欧洲和西亚，而将大洋洲、北美洲、南美洲以及非洲排除在外"③。这说明丁乃通仅仅选择狭义的民间故事，而没有将传说纳入分类对象，的确是遵从了AT分类法本身的规则，而并非个人臆想或者随意划定。

人们出于对阿尔奈和汤普森在国际民间故事分类索引编订和修订工作上的认可，将这一民间故事分类法称为"阿尔奈—汤普森分类法"。尤其是汤普森对索引的增订与发展，扩大了分类对象的范围，对不足之处进行了调整和完善。同时，英译本的发行大大拓展了分类法的受众，从而在一定程度上提高了这部索引的学术价值和使用价值，使之在故事学界产生了广泛而深远的影响。至此，阿尔奈—汤普森体系形成。

当然，阿尔奈—汤普森体系也存在一些公认的不足和缺陷，这些不足之处我们将在本节的第三部分进行集中探讨。

（二）阿尔奈—汤普森体系的应用

劳里·航科（Lauri Honko）认为，"作为进行跨越民族和国家边界分析比较研究的必要条件，研究者们持续强调这些索引的适用性并不令人感到意外"④。可见，民间故事类型索引已经成为民间故事比较研究，尤其是跨民族跨国界的比较研究之中不可或缺的研究工具，而为大多数研究者所接受。

---

① Lissa, William A., "A Book Review on The Types of the Folktale: A Classification and Bibliography, translated and enlarged by Stith Thompson, Second Revision, Folklore Fellows' Communications No. 184, Helsinki: Finish Academy of Science, 1961", *The Journal of American Folklore*, Vol. 76., No.301, Jul.-Sep., 1963, p.265.

② Ibid.

③ Ibid.

④ Uther, Hans-Jörg, "Type- and Motif-Indices 1980-1995: An Inventory", *Asian Folklore Studies*, Vol.55, No.2, 1996, p. 301.

芬兰社会科学院出版的《民俗学者通讯》(Folklore Fellows' Communications，简称FFC) 丛刊是展示民间故事分类发展成果的重要平台，它创刊于1903年，前期由卡尔·科隆担任编辑。故而在《民俗学者通讯》刊出书目的目录中，我们可以对20世纪以来民间故事分类发展的基本轮廓做出一个大致的描画。其中，我们可以看到首部国际民间故事类型索引的出现时间为1910年，也可以看到在AT故事分类体系的影响下而出现的各个国别、族别、地区或语言的民间故事类型索引。现将《民俗学者通讯》中以民间故事分类系统为研究对象的各期目录整理如下：

表1-4　《民俗学者通讯》丛书中的民间故事分类与目录书目表①

序号	编著者	著录名称	期刊序号	出版时间	备注
1	阿斯垂德·兰汀（Astrid LunTing）	《哥本哈根民间文学中的民间故事系统》(The System of Tales in the Folklore Collection of Copenhagen)	2	1910年	共24页
2	安蒂·阿尔奈（Antti Aarne）	《民间故事类型索引》(Verzeichnis der Märchentypen)	3	1910年	共76页（X + 66 pp.）
3	奥斯卡·海克曼（Oskar Hackman）	《以阿尔奈民间故事类型索引为基础的瑞典芬兰语民间故事目录》(Katalog der Märchen der finnländischen Schweden mit Zugrundelegung von Aarnes Verzeichnis der Märchentypen)	6	1911年	共38页

---

① 本表内容参见芬兰民俗学者协会网站 Complete Catalogue of the Folklore Fellows' Communications, http://www.folkloreFellows'.fi/?page_id=564, 2015年10月16日。

(续表)

序号	编著者	著录名称	期刊序号	出版时间	备注
4	斯蒂·汤普森（Stith Thompson）	《民间故事类型：分类与目录》，基于安蒂·阿尔奈民间故事类型索引（《民俗学者通讯》第3期）的翻译和扩充 [The Types of the Folk-Tale. A Classification and Bibliography. Antti Aarne's Verzeichnis der Märchentypen （FF Communications No. 3）translated and enlarged]	74	1927年	共279页
5	拉夫·博格斯（Ralph S. Boggs）	《西班牙民间故事索引》（Index of Spanish Folktales）	90	1930年	1993年第2次印刷，共216页
6	沃夫曼·艾伯华（Wolfram Eberhard）	《中国民间故事类型》（Typen Chinesischer Volksmärchen）	120	1937年	1993年第2次印刷，共437页
7	斯蒂·汤普森和沃伦·罗伯茨（Stith Thompson & Warren E. Roberts）	《印度口头故事类型：印度、巴基斯坦和锡兰》（Types of Indic Oral Tales. India, Pakistan, and Ceylon）	180	1960年	1991年第2次印刷，共181页
8	斯蒂·汤普森（Stith Thompson）	《民间故事类型：分类与目录》，基于安蒂·阿尔奈民间故事类型索引（《民俗学者通讯》第3期）的翻译和扩充，第二版 [The Types of the Folktale. A Classification and Bibliography. Antti Aarne's Verzeichnis der Märchentypen（FFC No. 3）translated and enlarged. Second Revision.]	184	1961年	1987年第4次印刷，共558页
9	尚·奥·修雷伯汉雷德·克里斯辰森（Seán Ó Súilleabháin & Reidar Th. Christiansen）	《爱尔兰民间故事类型》（The Types of the Irish Folktale）	188	1963年	2002年第3次印刷，共349页

第一章　丁乃通民间故事分类研究背景

（续表）

序号	编著者	著录名称	期刊序号	出版时间	备注
10	池田弘子（Hiroko Ikeda）	《日本民间文学类型与母题索引》（A Type and Motif Index of Japanese Folk-Literature）	209	1971年	共377页
11	丁乃通（Nai-Tung Ting）	《口头传统和非宗教主要古典文学作品中的中国民间故事类型索引》（A Type Index of Chinese Folktales in the Oral Tradition and Major Works of Non-Religious Classical Literature）	223	1978年	共294页
12	帕秋莎·潘妮提·沃特曼（Patricia Panyity Waterman）	《澳大利亚土著口头叙事中的民间故事类型索引》（A Tale Type Index of Australian Aboriginal Oral Narratives）	238	1987年	共173页
13	海达·杰森（Heda Jason）	《印度口头故事类型》（Types of Indic Oral Tales）	242	1989年	增刊，共100页
14	莉莉安娜·达斯卡洛娃·佩沃斯基等（Liliana Daskalova Perkowski, etc.）	保加利亚民间故事类型索引（Typenverzeichnis der bulgarischen Volksmärchen）	257	1995年	共425页
15	汉斯–乔治·乌特（Hans-Jörg Uther）	《国际民间故事类型：分类与目录》第一部分：动物故事、魔法故事、宗教性故事和现实故事，以及序言（The Types of International Folktales. A Classification and Bibliography. Part I: Animal Tales, Tales of Magic, Religious Tales, and Realistic Tales, with an Introduction.）	284	2004年	2011年第2次印刷，共619页
16	汉斯–乔治·乌特（Hans-Jörg Uther）	《国际民间故事类型：分类与目录》第二部分：笨魔的故事、趣闻与笑话和程式故事（The Types of International Folktales. A Classification and Bibliography. Part II: Tales of the Stupid Ogre, Anecdotes and Jokes, and Formula Tales.）	285	2004年	2011年第2次印刷，共536页

（续表）

序号	编著者	著录名称	期刊序号	出版时间	备注
17	汉斯-乔治·乌特（Hans-Jörg Uther）	《国际民间故事类型：分类与目录》第三部分：参考书目（The Types of International Folktales. A Classification and Bibliography. Part III: Appendices.）	286	2004年	2011年第2次印刷，共285页
18	卡米·奥里欧约瑟普·普乔尔（Carme Oriol & Josep M. Pujol）	《卡特兰民间故事索引》（Index of Catalan Folktales）	294	2008年	共313页
19	布朗尼斯拉娃·科博洛斯（Bronislava Kerbelytė）	《立陶宛民间故事结构-语义类型》（第一卷）（The Structural-Semantic Types of Lithuanian Folk Tales, vol. 1.）	308	2015年	共477页
20	布朗尼斯拉娃·科博洛斯（Bronislava Kerbelytė）	《立陶宛民间故事结构-语义类型》（第二卷）（The Structural-Semantic Types of Lithuanian Folk Tales, vol. 2.）	309	2015年	共331页

从《民俗学者通讯》所出版的这些成果看，受AT分类法的影响所编纂的民间故事类型索引遍及欧洲、美洲、亚洲和大洋洲，仅作品名称涉及的国家和地区就有芬兰、爱尔兰、西班牙、立陶宛、中国、日本、印度、澳大利亚等。经汤普森和乌特修订的国际民间故事类型索引所涵盖的民间故事文本的分布地区则更为广泛。在这些作品中，有一部在20世纪的第1个10年出版，之后在30年代、60年代、70年代和80年代各有两部出版，21世纪的第1个10年又有一部出版，共计10部，丁乃通的专著即为其中之一。同为中国的民间故事分类体系，艾伯华则另辟蹊径，自行总结出了一套分类体系，编就《中国民间故事类型》。当然，这些成果并非阿尔奈—汤普森体系在国际故事学界应用的全貌。

亚洲故事学者对于AT分类法的应用比较有代表性的有东北亚的中国、日本和韩国，以及南亚的印度。1971年，日本的池田弘子依据阿尔奈—汤普森分类法编订出版了《日本民间故事类型与母题索引》。但日本故事学界对这部索引的评价大多持批判态度，认为与日本民间故事的现实相去甚远。而这些倾向几乎完全一致的态度，似乎是出于日本国内故事学界对于域外同行以及女性学者的排斥。这一点从池田弘子致丁乃通的信件对当年这一索引在日本出版未果的状况描述里不难看出①。但不可否认的是，日本故事学界对于阿尔奈—汤普森体系的反对声，也或多或少地影响到了中国故事学界对这一分类体系的态度。

丁乃通的索引于1978年出版。在分类对象的选取原则、分类方法的规则以及整体框架和细部体例的应用等方面，丁乃通均采用和借鉴了阿尔奈—汤普森分类体系。在分类对象的选取，即民间故事的界定上，丁乃通依据阿尔奈—汤普森分类法的惯例，选取了狭义民间故事。

在分类方法上，丁乃通也以阿尔奈—汤普森分类法为依据，将与阿尔奈—汤普森分类法已经存在的民间故事类型相一致的中国民间故事，置于相应的具体民间故事类型条目之下，并对阿尔奈—汤普森分类法中不存在的或者差异较大的民间故事，总结归纳成为新的民间故事类型。

在具体体例上，丁乃通也选取了与国际通行分类法相一致的格式。首先，每个民间故事类型由类型号和与之一一对应的标题（即类型名称）来表示。比如，1*狐狸偷篮子（The Fox Steals the Basket）。其次，每个故事类型之下包括对这个民间故事类型具体情节的概述。例如，故事类型ATT 66A在类型"你好，房子！"（"Hello, House！"）名称之后对故事类型的情节进行了简单的描述："猴子，等等，声称自己的房子会回答自己，因而劝诱自己的敌人效仿。"②当然，由于出版经费的原因，丁乃通将原稿中与AT分类法故事情节几

---

① 参见池田弘子致丁乃通信函，1985年3月6日，中国社会科学院民族文学所资料室藏，丁乃通特藏资料1039-11。
② Ting, Nai-Tung, *A Type Index of Chinese Folktales: In the Oral Tradition and Major Works of Non-Religious Classical Literature, Folklore Fellows' Communications No. 223*, Helsinki: *Finish Academy of Science*, 1978, p. 27.

乎完全一致的民间故事类型的情节描述做了省略，只保留了类型编号和类型名称①。因此，具有情节描述的这部分类型绝大部分属于亚型，在故事编号上往往体现为数字与字母相结合的方式，比如8B、43A、56A等。再次，属于这个故事类型的各个异文的出处。包括这则异文出现的文本文献信息、故事情节结构、流传地域和民族。文本文献信息包括文献的责任者、标题、版次、时间以及异文所在页码。同样，还是因为出版经费原因，丁乃通对部分文本文献中的出版物版次和时间做了删减。删减之后的信息，仅包括文献名称缩写和页码，或责任者和页码。而这些文献的具体信息则作为参考书目而列在了索引正文之后。参考书目包括文献的基本信息：文献的责任者，出版物标题、版次、出版时间以及出现在正文中的与之相对应的出版物标题缩写。

另外，故事情节比较复杂的故事类型，如果某异文仅包含其中一部分情节和母题的，还标出了相应的情节中和母题编号，从而比较清晰地展示了该故事类型的情节结构。例如，ATT 1*狐狸偷篮子，第一个异文文献在出处之后，注有"Ⅰa, e, Ⅱd, g, h"②，表示此异文包含故事类型1*第一个情节的母题a和e，以及第二个情节中的母题d、g和h。如果是复合故事的异文，即民间故事内容中包含不止一个故事类型的，还标出了其所属故事类型之外的其他故事类型。比如，故事类型ATT 66A的第一条异文文献出处之后就出现了"（5+66B+）"，表示在这个异文中，先后包括ATT 5、ATT 66B和ATT 66A三个故事类型；第二条异文文献之后出现了"（91+）"，表示这一异文的故事情节在ATT 66A之前还包括ATT 91的情节内容与结构。

异文的流传地域与民族，也在出版的时候因经费而省略。但是，丁乃通在正文前的说明中，介绍了查找相关文献流传地域与民族的方法，即可据在文

---

① Ibid., p. 14.
② Ting, Nai-Tung, *A Type Index of Chinese Folktales: In the Oral Tradition and Major Works of Non-Religious Classical Literature, Folklore Fellows' Communications No. 223*, Helsinki: Finish Academy of Science, 1978, p. 25.

末的参考文献中已经做出的相关标注而查找。在丁乃通的手稿中，我们也见到了这些原本标注在故事文本文献出处之后的相关信息（参见附录八）。

此外，丁乃通以英文编写而成索引，实际上承担了大量中文民间故事文本文献基本信息的英译工作（比如相关民间故事集的书目等），从而在某种程度上实现了中国民间故事文本文献整体概貌的译介。

在东北亚，除了中国和日本之外，韩国著名故事学家崔仁鹤也借鉴了AT分类法，对韩国民间故事进行了分类，编纂成《韩国民间故事类型索引》（*A Type Index of Korean Folktales*）。此部索引最早以日文撰写，是崔仁鹤在早稻田大学所撰写的博士学位论文，之后译成英文，于1979年由明治大学出版社（Myong Ji University Publishing）在韩国汉城（今首尔）出版。笔者所参阅的即为此版英译本。在具体体例编排上，此部索引依然使用了AT分类法。崔仁鹤在《韩国民间故事类型索引》的序言中说明了此部索引编纂的依据，AT分类法是其中之一，因而在分类体系的框架上做出了一定的调整。首先，从分类对象上而言，崔仁鹤的索引增添了传说和神话。其次，在分类体系的框架方面，对二级分类做了重新总结和归纳，而没有继续沿用AT分类体系中的类型名称。比如，在"动物故事"大类中增添了"植物故事"；将"笑话和趣闻"大类中的二级分类改为"愚人和傻瓜""聪明的人""狡诈的人"，相对于AT分类法原有的"笨人的故事""已婚夫妇的故事""女人（女孩）的故事""男人（男孩）的故事""说谎的故事"而言，进一步强化了整体的逻辑性，也是对原有体系分类实质的归纳。具体分类情况可以从表1-5中看出[①]。

---

① Choi, In-hak, *A Type Index of Korean Folktales*, Seoul: Myong Ji University Publishing, 1979.

表1-5 ATT和ATC一级分类与二级分类比较表①

ATT一级分类（类型号）	ATT二级分类（类型号）	ATC一级分类（类型号）	ATC二级分类（类型号）
一、动物故事（1—299）	野兽（1—99）	一、动物故事（1—146）	1.动物的由来（1—24）
	野兽和家畜（100—149）		2.动物的故事（25—54）
	人和野兽（150—199）		3.植物的由来（55—58）
	家畜（200—219）		4.人和野兽（100—146）
	鸟类（220—249）		
	鱼类（250—274）		
	其他动物与物体（275—299）		
二、一般民间故事（300—1199）	神奇故事（300—749）	二、一般民间故事（200—483）	5.神奇丈夫（200—204）
	宗教故事（750—849）		6.神奇妻子（205—213）
	传奇故事（爱情故事）（850—999）		7.神奇降生（214—219）
	笨魔的故事（1000—1199）		8.人类婚姻与财富获取（220—256）
			9.神奇的物体（257—283）
			10.抵御魔鬼（284—292）
			11.人与民间信仰（300—384）
			12.孝子孝行（385—413）
			13.命运故事（414—438）
			14.冲突（450—483）

① 本表内容基于《中国民间故事类型索引》和《韩国民间故事类型索引》两部索引的比较所得，即Ting, Nai-Tung, *A Type Index of Chinese Folktales: In the Oral Tradition and Major Works of Non-Religious Classical Literature, Folklore Fellows' Communications No. 223*, Helsinki: Finish Academy of Science, 1978. Choi, In-hak, *A Type Index of Korean Folktales*, Seoul: Myong Ji University Publishing, 1979.

（续表）

ATT一级分类（类型号）	ATT二级分类（类型号）	ATC一级分类（类型号）	ATC二级分类（类型号）
三、笑话（1200—1999）	愚人的故事（1200—1349）	三、笑话与趣闻（500—699）	15.愚人和傻瓜（500—568）
	已婚夫妇的故事（1350—1439）		
	女人（女孩）的故事（1440—1524）		16.聪明的人（569—667）
	男人（男孩）的故事（1525—1874）		
	说谎的故事（1875—1999）		17.狡诈的人（668—697）
四、程式故事（2000—2399）	连环故事（2000—2199）	四、程式故事（700—711）	18.程式故事（700—711）
	圈套故事（2200—2299）		
	其他程式故事（2300—2399）		
五、未分类的故事（2400—2499）	未分类的故事（2400—2499）	五、神话故事（720—742）	19.神话故事（720—742）
		六、未分类的故事（750—766）	20.未分类的故事（750—766）

通过比较《中国民间故事类型索引》以及《韩国民间故事类型索引》，可以看出二者均采用了AT分类法的基本框架，一级分类皆包含"动物故事""一般民间故事""笑话""程式故事""未分类的故事"几部分，只不过《韩国民间故事类型索引》在各个一级分类中所预留的故事数量规模相对较小，约为《中国民间故事类型索引》的八分之一到二分之一不等。以上是东北亚地区的简况。

北京大学的张玉安教授曾对东南亚的印度尼西亚和马来西亚的民间故事进行分类研究。劳里·哈维拉提教授也曾指出，在民间故事分类研究方面做出较大成绩的还有欧洲的俄罗斯、爱沙尼亚、法国、匈牙利等国家。除了以国家为民间故事分类对象的范围边界之外，还有一些民间故事类型分类以语系或民族为分类对象的边界。比如，乌特的《德语民间故事类型索引》（2015年），这部索引的分类对象涵盖了流传于德语地区的民间故事，民间故事文本的流传地域包括德国、奥地利、匈牙利、捷克等国家的部分地区。

三、阿尔奈—汤普森—乌特体系时期

在汤普森完成对首部索引的两次修订的近半个世纪之后，汉斯-乔治·乌特完成了对这部索引的第三次修订，出版了《国际民间故事类型》。在近半个世纪之中，民间故事的搜集整理以及分类出现了大量的新成果，乌特将这些成果纳入了修订的新索引中。新索引所涉及的民间故事异文文本来源，扩大到了之前所未能涉及的欧洲少数民族、东亚、非洲、美洲和大洋洲，基本涵盖了人类聚居的各主要大洲。在分类方法方面，在沿用原有的阿尔奈—汤普森体系的同时，他也依据近半个世纪以来学界对这一分类体系所提出的各种问题和不足之处，对其予以调整和修订。于是，学界将这一最新的世界民间故事分类成果与阿尔奈—汤普森体系合称为阿尔奈—汤普森—乌特体系。民间故事的分类研究由此进入了阿尔奈—汤普森—乌特体系时期，即ATU体系时期。

（一）乌特与《国际民间故事类型》

阿尔奈—汤普森体系在编订之初，限于时代背景，所应用的民间故事文本资料范围较为有限，仅以流传于北欧的部分国家和地区的异文文本为主，这使得这一分类体系在编订之初无法将世界民间故事的全貌进行较为完整的展示，因而在这些地区之外的民间故事异文文本所特有的一些故事类型特征无法得到相应的反映和注意。这导致了这一故事类型体系在形成初期，在具体的故事类型编排方面存在一定的不足。但是，阿尔奈在当时已经预见到了这些问题，因此，他将这一系统设计为开放式体系，使之可以根据民间故事异文文本的不断增补而进行一定的补充、调整甚至修订。这一开放性使得后来的汤普森和乌特有可能根据民间故事文本搜集整理的新成果，对其进行多次增补和调整，从而使这一故事类型体系在不断修正的过程之中，更加接近世界民间故事的真实面貌。

1. 阿尔奈—汤普森系统的不足之处

乌特认为，"虽然斯蒂·汤普森先生意识到1961年版的《民间故事类型索引》以欧洲为导向，但有些后来的研究者却不加批判地使用……导致一些地

区民间故事的真实状况没有得到体现,从而使得一些学者得出一个错误的结论,即世界上的大多数民间故事在主题方面皆与欧洲民间故事相关,而具有地区性的民间故事类型却很少"[1]。这似乎与我们通常所认为的"在AT分类法的视域下,各个地区特有的民间故事类型仅占其民间故事类型总数的三分之一,而共有的民间故事类型则有三分之二"这一观点相对应。

在《国际民间故事类型》的序言中,乌特对人们所诟病的阿尔奈—汤普森分类体系的缺陷做出了总结,这些缺陷包括:第一,类型学中所描述的叙事体系与现实世界中的叙事传统存在一定的距离;第二,对文类的划分以及定义在主题或者结构方面,并不能保持一致;第三,19世纪芬兰学派的研究重点有一定的局限性,更为古老的民间故事类型的情况没有得到足够的反映;第四,体系所包含的资料来源地区过于有限,即使人口众多的很多欧洲地区的资料也没有作为其分类对象出现,一些人口数量较少的族群更是没有任何相关资料被纳入;第五,对于地方色彩浓厚的文本收录数量过少,从而无法较为清晰地反映其地方传统;第六,作家文学中的相关文献往往被省略;第七,异文文献往往过于陈旧,缺乏新出版材料的补充;第八,对于故事类型的描述,在大多数情况下往往过于简短,不够精确,而且对于人物的描述通常会带有男权色彩;第九,很多资料存放于档案馆之中,对于大部分学者而言,想要获取这些材料存在一定的困难;第十,无法确定很多所谓不规则故事的内容[2]。

然而,AT分类体系的开放性决定了它的可修正性。乌特针对这些问题,对体系进行了进一步的增补和必要的修正,扩大了其民间故事文本来源的区域,突出了其国际性,对体系编排上所出现的问题进行了调整,突出了其实用性。

---

[1] Uther, Hans-Jörg, "Type- and Motif-Indices 1980-1995: An Inventory", *Asian Folklore Studies*, Vol.55, No.2, 1996, p. 303.

[2] Uther, Hans-Jörg, *The Types of International Folktales: A Classification and Bibliography Based on the System of Antti Aarne and Stith Thompson, Folklore Fellows' Communications No. 284*, Helsinki: Finish Academy of Science, 2004, pp. 7-8.

2. 阿尔奈—汤普森—乌特体系的建立

乌特针对人们在近半个世纪中对阿尔奈—汤普森体系的反思与认识，对其进行了进一步修订和补充。至此，具有近百年历史的国际民间故事分类体系得到了进一步发展。

《民间故事类型索引》从最初阿尔奈写定（1910年）到汤普森前后两次（1927年和1961年）增补，再到乌特（2004年），民间故事类型索引的规模（全书页数）由最初的76页依次被扩充到了279页、558页和1440页，增补版本的页数依次约为最初的3倍、7倍和19倍。每一次增补，都在数量上实现了较大的跨越。与1910年版相比，2004年版预留民间故事类型总数则由1999个拓展为2499个，增幅达25%。其民间故事流传地域，也从初版的以北欧为主的欧洲地区，扩大到了亚洲、美洲、非洲和大洋洲。

在体例方面，阿尔奈—汤普森—乌特系统中的民间故事类型，包括民间故事类型编号、民间故事类型标题、民间故事类型内容描述、备注、可能共同出现在某一复合故事中的民间故事类型、文献或异文。乌特保留了故事类型沿用了近百年的类型编号，在不破坏原有编号体系的基础之上，遵循原有体系的开放性，对这一系统进行了增补和拓展。《国际民间故事类型》的备注部分标注了民间故事类型所涉及的重要文献资料，并且涵盖了民间故事的流传时间、发源地、流传范围或者其他特征。部分民间故事类型通常会与其他民间故事类型组合成复合故事，这些民间故事类型的内容描述之后，列出了可能与之共同出现在一个复合故事中的民间故事类型。这些被列出的民间故事类型至少可以列举出三个组成复合故事的例子，而那些"尤其经常与之相组合的故事"则至少包括八个例子。文献或异文部分，一方面，在同一地区内选取了域内权威的最新版民间故事类型索引；另一方面，这些文献的出处又为这一故事类型在世界范围内的流传地域、民族和语族做出了最好的注解。但是，乌特也指出，ATU系统所使用的文献大部分由英文、法文或德文撰写而成，且其中的一部分编著者也并非本土学者。

针对学界所认识到的阿尔奈—汤普森分类体系的缺陷，阿尔奈—汤普森—乌特体系做出了这些改进：第一，对故事类型的部分故事名称和全部的类型内容进行了重写，综合2003年之前所出版的文本文献，对故事类型的情节内容进行了较为细致和精确的描述。第二，根据国际最新研究成果，在不同的大类中共增加了250余个新故事类型。第三，增添了少数民族地区的民间故事异文。第四，将部分仅具有地域特性或民族特征的亚型合并到了同一个故事类型之中。第五，将个别故事类型做了改动。比如，将之前的故事类型AT 1578移动到了故事类型ATU 927D[①]。乌特对于汤普森版索引的改进和提升包括"民俗学研究规则的转变"，即"承认了书面材料和文学作品的重要性。同样也承认了性别理论与分析对故事类型的描述所产生的影响。这部索引同样在（文本流传）地域方面有所扩大，增加了许多之前没有提及的地区，尤其是北欧的一些地区……乌特的索引弥补了汤普森索引中的不足之处，也将当前所出版的大量主要文本文献纳入其中，这对于民俗学者而言是非常有意义的。这部索引的编纂者以及出版方都值得祝贺和感谢"[②]。

当然，这一分类体系依然存在缺憾之处，比如，相对于阿尔奈—汤普森体系而言，其分类对象，即故事文本文献的范围虽然有所扩大，"选取了《民间故事百科全书》以及《法布拉》两种期刊所刊登的民间故事，但仍旧有很多与这两种期刊同质量的优秀出版物和期刊，比如，《亚洲民俗研究》《民俗学》《美国民俗学》等，没有被选用"[③]。另外，大量英文、德文、法文，以及其他欧洲语言的文学作品并未出现在这部索引所分析的文本文献范围之内，而且对亚洲、非洲、拉丁美洲和澳洲原住民文本文献的收录尚不够彻底，因而无法真正调整目前的这部民间故事类型索引的欧洲中心论。[④]

---

① Uther, Hans-Jörg, *The Types of International Folktales: A Classification and Bibliography Based on the System of Antti Aarne and Stith Thompson, Folklore Fellows' Communications No. 284*, Helsinki: Finish Academy of Science, 2004, pp. 7-15, 565.

② Naithani, Sadhana, "A Book Review on Uther, Hans-Jörg, The Types of International Folktales: A Classification and Bibliography Based on the System of Antti Aarne and Stith Thompson, Folklore Fellows' Communications No. 284,285,286, Helsinki: Finish Academy of Science, 2004.", *Asian Folklore Studies*, Vol. 56, No.1, 2006, p. 98.

③ Ibid., pp 97-98.

④ Ibid., p. 98.

（二）中国与国际民间故事类型之比较

通过对同在AT分类体系之内的《中国民间故事类型索引》（简称ATT）和《国际民间故事类型》（简称ATU）一级分类与二级分类的比较（见表1-6）可以看出中国民间故事分类体系的大致样貌，甚至可以看出AT分类系统到ATU分类系统整体概貌的发展，也能了解到中国民间故事与外国民间故事的区别与联系，从而更加准确地了解中国民间故事的本质。"（如果）我们……不研究其他国家、其他民族、其他地区的民间故事，也不能完全认识我们中国的既有国际性又有各民族特色的民间故事，就不能认识它们是怎样产生和流传的，能够产生怎样的社会效益"。[①]

表1-6　ATT和ATU一级分类与二级分类比较表[②]

ATT一级分类（类型号）	ATT二级分类（类型号）	二级分类预留类型数	ATU一级分类（类型号）	ATU二级分类（类型号）	二级分类预留类型数
一、动物故事（1—299）	野兽（1—99）	99	一、动物故事（1—299）	野兽（1—99）	99
	野兽和家畜（100—149）	50		野兽和家畜（100—149）	50
	人和野兽（150—199）	50		人和野兽（150—199）	50
	家畜（200—219）	20		家畜（200—219）	20
	鸟类（220—249）	30		其他动物与物体（220—299）	80
	鱼类（250—274）	25			
	其他动物与物体（275—299）	25			

---

① 贾芝：《谈民间文学走向世界》，《中南民族学院学报》（人文社会科学版）1986年第2期。

② 本表内容参见Ting, Nai-Tung, *A Type Index of Chinese Folktales: In the Oral Tradition and Major Works of Non-Religious Classical Literature, Folklore Fellows' Communications No. 223*, Helsinki: Finish Academy of Science, 1978. Uther, Hans-Jörg, *The Type of International Folktales: A Classification and Bibliography Based on the System of Antti Aarne and Stith Thompson, Folklore Fellows' Communications No. 284, 285, 286*, Helsinki: Finish Academy of Science, 2004。

（续表）

ATT一级分类（类型号）	ATT二级分类（类型号）	二级分类预留类型数	ATU一级分类（类型号）	ATU二级分类（类型号）	二级分类预留类型数
二、一般民间故事（300—1199）	神奇故事（300—749）	450	二、神奇故事（300—749）	超自然对手（300—399）	100
	宗教故事（750—849）	100		超自然或被施魔法的妻子（丈夫）或其他亲戚（400—459）	60
	传奇故事（爱情故事）（850—999）	50		超自然的任务（460—499）	40
	笨魔的故事（1000—1199）	200		超自然的帮手（500—559）	60
				神奇的事物（560—649）	90
				超自然的力量或知识（650—699）	50
				其他超自然故事（700—749）	50
三、笑话（1200—1999）	笨人的故事（1200—1349）	150	三、宗教故事（750—849）	神的酬谢与惩罚（750—779）	30
	已婚夫妇的故事（1350—1439）	90		被发现的真相（780—799）	20
	女人（女孩）的故事（1440—1524）	185		天堂（800—809）	10
	男人（男孩）的故事（1525—1874）	350		恶魔（810—826）	17
	说谎的故事（1875—1999）	125		其他宗教故事（827—849）	23
四、程式故事（2000—2399）	连环故事（2000—2199）	200	四、现实故事（传奇故事）（850—999）	娶公主的人（850—869）	20
	圈套故事（2200—2299）	100		嫁给王子的人（870—879）	10
	其他程式故事（2300—2399）	100		忠诚与无罪的证据（880—899）	20
				倔强的妻子学会顺从（900—909）	10
				好规矩（910—919）	10
				机智的行为和言语（920—929）	10
				命运的故事（930—949）	10
				强盗与凶手（950—969）	20
				其他现实故事（970—999）	30

（续表）

ATT一级分类（类型号）	ATT二级分类（类型号）	二级分类预留类型数	ATU一级分类（类型号）	ATU二级分类（类型号）	二级分类预留类型数
五、未分类的故事（2400—2499）	未分类的故事（2400—2499）	100	五、笨魔的故事（1000—1199）	劳动契约（1000—1029）	30
				人与魔之间的伙伴关系（1030—1059）	30
				人与魔的比赛（1060—1114）	55
				人杀死（伤害）魔（1115—1144）	30
				魔被人吓到（1145—1154）	10
				人欺骗恶魔（1155—1169）	15
				从恶魔那里拯救的灵魂（1170—1199）	30
			六、趣闻与笑话（1200—1999）	愚人的故事（1200—1349）	150
				已婚夫妇的故事（1350—1439）	90
				女人的故事（1440—1524）	85
				男人的故事（1525—1724）	200
				牧师与宗教人物的笑话（1725—1849）	125
				其他人的趣闻（1850—1874）	25
				荒诞故事（1875—1999）	125
			七、程式故事（2000—2399）	连环故事（2000—2100）	101
				圈套故事（2200—2299）	100
				其他程式故事（2300—2399）	100

第一章　丁乃通民间故事分类研究背景

贾芝曾指出："如果把我们的民间文学与世界其他国家的民间文学做一番比较，那么，就会知道民间文学的共同规律是什么，不同的民族它的文学的民族特点是什么。如果我们不是这样做，我们现在要建立具有中国特色的民间文艺学就不免流为一句空话。"① 对于中国与国际民间故事类型之间的异同，丁乃通曾指出："中国所特有的，即使是这些类型，也有少数与西方相对应的故事类型（在内容上）并非相去甚远（比较1341B$_1$与1341B），其他的类型则曾经在中国周边，比如越南发现过。"②

通过对两部索引的比较，我们发现存在这样几个问题：个别ATT的类型未收入同类型的ATU异文目录内。第一类情况是类型的号码和名称一致，但ATT的情节仅为ATU相应类型情节的一部分。以304型故事为例：首先，故事型号在两个索引中是一致的，皆为"304"。其次，在故事名称方面，ATU 304将名称更新为"危险的守夜"（The Dangerous Night-Watch），ATT 304与AT 304保持一致，皆为"猎人"（The Hunter）。最后，在故事情节方面，二者存在较大的差异，ATT 304型故事仅包含情节"Ⅱ（c）英雄杀死强盗"③，ATU304型故事的情节则较为复杂，大致可以概括为包含四个情节段的故事，即"守夜的年轻人巧遇巨人或强盗等；年轻人进入城堡杀死巨人或强盗，并割下其身体的一部分作为战利品；年轻人在城堡中遇到公主并返回；公主设计找到

---

① 贾芝：《谈民间文学走向世界》，《中南民族学院学报》（人文社会科学版）1986年第2期。
② Ting, Nai-Tung, *A Type Index of Chinese Folktales: In the Oral Tradition and Major Works of Non-Religious Classical Literature, Folklore Fellows' Communications No. 223*, Helsinki: Finish Academy of Science, 1978, p. 17.
③ 参见Ting, Nai-Tung, *A Type Index of Chinese Folktales: In the Oral Tradition and Major Works of Non-Religious Classical Literature, Folklore Fellows' Communications No. 223*, Helsinki: Finish Academy of Science, 1978, p. 51.

真正杀死巨人或强盗的年轻人并与之成婚"①，因而ATT 304可以视作ATU 304的一部分。

第二类情况为二者所相应的类型编号、名称和情节均一致，但ATU异文目录部分并未将相应的ATT类型收入其中。例如，314A型故事："牧羊人和三个巨人"（The Shepherd and the Three Giants）。丁乃通曾在序言部分明确指出，由于出版经费原因，其索引中情节与AT（第二版）相一致的类型仅列出型号与名称，而不再对情节进行描述。②鉴于ATT中仅存类型型号和名称③可以推断，其故事情节应与AT系统一致。另外，在ATU系统中，314A型故事既未对故事名称进行改动，也没有糅进其他类型④，故可以大致判断，其故事情节较之AT（第二版）也不会发生太大的变化。但是，ATU并未将ATT 314A收入其"文本与异文"（Literature/ Variants）部分⑤。同样情况的故事类型还有1074型、1137型、1218型、1890F型、1920D型和1960Z型⑥。

第三类情况即ATT没有出现在正文，而仅在附录的"增补"部分新增的

---

① 参见Uther, Hans-Jörg, *The Type of International Folktales: A Classification and Bibliography Based on the System of Antti Aarne and Stith Thompson, Folklore Fellows' Communications No. 284*, Helsinki: Finish Academy of Science, 2004, p. 186.

② 参见Ting, Nai-Tung, *A Type Index of Chinese Folktales: In the Oral Tradition and Major Works of Non-Religious Classical Literature, Folklore Fellows' Communications No. 223*, Helsinki: Finish Academy of Science, 1978, p. 14.

③ Ibid., p.56.

④ 参见Uther, Hans-Jörg, *The Type of International Folktales: A Classification and Bibliography Based on the System of Antti Aarne and Stith Thompson, Folklore Fellows' Communications No. 284*, Helsinki: Finish Academy of Science, 2004, p. 200.

⑤ Ibid., pp. 200-201.

⑥ 参见Uther, Hans-Jörg, *The Type of International Folktales: A Classification and Bibliography Based on the System of Antti Aarne and Stith Thompson, Folklore Fellows' Communications No. 285*, Helsinki: Finish Academy of Science, 2004, pp. 29-30, 45-46，78-79，479, 487-488, 498-499、507. Ting, Nai-Tung, *A Type Index of Chinese Folktales: In the Oral Tradition and Major Works of Non-Religious Classical Literature, Folklore Fellows' Communications No. 223*, Helsinki: Finish Academy of Science, 1978, p. 160, 161, 164, 238, 239, 242.

第一章　丁乃通民间故事分类研究背景

类型，也没有出现在ATU相应故事类型的异文目录部分。这些"增补"部分中的类型，整理自俄罗斯著名汉学家李福清教授赠予丁乃通的中国民间故事文本，由于丁乃通得到这些文本之时，书稿已经交送付梓，故仅将依据这些中国民间故事文本所整理出的故事类型编订为附录的"增补"部分，作为补充。这一"增补"附录包括三个组成部分：第一部分以李福清赠予的中华人民共和国出版的中国民间故事文本文献为基础，对各部文献分别进行了故事类型的归纳和整理；第二部分以李福清个人收藏的中国民间故事文本文献为分类对象；第三部分整理出了出现在"增补"部分而没有出现在ATT正文部分的七个故事类型，即ATT 40A型、ATT 331型、ATT 785A型、ATT 1352A型、ATT 1266C*型、ATT 1365E1*型和ATT 1704D型，其中，后三个故事类型组成了新的故事亚型[①]。然而，笔者在查阅"增补"附录时发现了另外三个出现在"增补"附录而没有出现在正文中的故事类型，即ATT 310A型、ATT 326型和ATT 333C型。这三个故事类型也没有收录在相应的ATU系统中。

第四类情况是类型号与情节相同，但类型名称不同，ATU异文目录部分也没有收入ATT的相应类型。比如，1339F型：ATU 1339F型与ATT 1339F型名称相异，前者为"把青蛙当青鱼吃"[②]，后者为"煮竹席"[③]。ATU 1339F型故事的情节大致为：某愚人误将青蛙当作青鱼吃掉，或误将肥皂或青蛙当作

[①] 参见Ting, Nai-Tung, *A Type Index of Chinese Folktales: In the Oral Tradition and Major Works of Non-Religious Classical Literature, Folklore Fellows' Communications No. 223*, Helsinki: Finish Academy of Science, 1978, pp. 272-277.

[②] Uther, Hans-Jörg, *The Type of International Folktales: A Classification and Bibliography Based on the System of Antti Aarne and Stith Thompson, Folklore Fellows' Communications No. 285*, Helsinki: Finish Academy of Science, 2004, p. 141.

[③] Ting, Nai-Tung, *A Type Index of Chinese Folktales: In the Oral Tradition and Major Works of Non-Religious Classical Literature, Folklore Fellows' Communications No. 223*, Helsinki: Finish Academy of Science, 1978, p. 171.

干酪或火腿吃[①]；ATT 1339F型故事的情节大致为：某愚人误将竹席当作竹笋吃掉[②]。可见二者故事情节基本一致。但ATU 1339F的故事异文目录中未收入ATT 1339F。

第五类情况是个别ATU类型在ATT中不存在，但存在于艾伯华的故事类型索引之中。这些中国民间故事类型也收入了ATU相应类型的异文目录部分。比如，ATU 295型：豆子（老鼠）、稻草和煤炭，在中国的异文目录部分，仅列出了艾伯华中国民间故事分类（1976年）中的第15号故事类型。ATU 295型故事的主要情节大致为：稻草帮助一起出逃的豆子和煤炭过河，却被煤炭烧断落水，被已经过河的豆子嘲笑。[③]艾伯华中国民间故事分类的第15型为"中山狼"，主要故事情节为忘恩负义的狼杀害了救命恩人。[④]两个故事类型的情节结构以及所要表达的主题思想基本一致。而ATT系统中不存在与ATU 295直接相对应的故事类型名称和类型（ATT系统中与"中山狼"情节相近的类型为155忘恩负义的蛇再度被捉）。再如，ATU 841型故事异文部分的中国故事异文部分亦仅收入了艾伯华中国民间故事的相应类型，且列出了三个版本的三个类型号——1937年版的第177号、1965年版的第79号以及1976年版的第70号。[⑤]

以ATT和ATU为据，中国民间故事类型，包括附录增补的类型在内共856个，其中中国独有的为292个，约占中国类型总数的34%。这个数据与之前

---

① Uther, Hans-Jörg, *The Type of International Folktales: A Classification and Bibliography Based on the System of Antti Aarne and Stith Thompson, Folklore Fellows' Communications No. 285*, Helsinki: Finish Academy of Science, 2004, p. 141.

② Ting, Nai-Tung, *A Type Index of Chinese Folktales: In the Oral Tradition and Major Works of Non-Religious Classical Literature, Folklore Fellows' Communications No. 223*, Helsinki: Finish Academy of Science, 1978, p. 171.

③ Ibid.

④ 参见Uther, Hans-Jörg, *The Type of International Folktales: A Classification and Bibliography Based on the System of Antti Aarne and Stith Thompson, Folklore Fellows' Communications No. 284,285,286*, Helsinki: Finish Academy of Science, 2004, p. 171.

⑤ [德]艾伯华：《中国民间故事类型》，王燕生、周祖生译，商务印书馆1999年版，第28—29页。

ATU与AT（1961年）的比例32%相比，变化不大①。此外，我们也可以看出，ATU系统对原有框架进行了完善和细化，但基本保留了原有的基本思路和整体框架。比如，ATU系统中一级分类的第二部分至第五部分，即"神奇故事""宗教故事""现实故事（传奇故事）""笨魔的故事"，看似无法与ATT系统对应，实则与ATT系统中一级分类的第二部分"一般民间故事"的二级分类，无论在名称上还是在类型数量上，均基本相同。因而，ATT系统与ATU系统可以相互参照。

另外，ATU中关于中国民间故事的分类，除本国学者以及我们所熟知的艾伯华所编纂的类型索引之外，也有其他国际学者对中国民间故事进行分类②。

第二节　学术背景

丁乃通进行中国民间故事分类研究之前，中国民间故事研究主要沿着对主题进行分类的型式分类法这一思路进行分类。这些研究始于19世纪末的英国，在国内则始于五四运动之后的新文化运动之初，也是中国民俗学发轫之时。彼时，民俗学学科相关知识刚刚随着西学东渐之大潮涌入国内，一大批具有远见卓识的大学问家开始着手组织民俗学研究工作，故事学的研究工作便是其中的一部分。在钟敬文和杨成志的译介下，民间故事分类思想随《印欧民间故事型式表》的中译本传入中国，并在学界引起了强烈的反响，由此而产生的关于中国民间故事乃至民间叙事分类的讨论与尝试众多而持久。

从民间故事的研究方法上看，我们可以将中国民间故事分类大致划分为

---

① 《中国民间故事类型索引》共计843个类型（包括亚类），其中，中国特有的民间故事类型为268个。参见［美］丁乃通：《中国民间故事类型索引·前言》，孟慧英、董晓萍、李扬译，春风文艺出版社1983年版，第26页。

② 比如，B. L. Riftin, M. Chasanov, and I. Jusupov, *Dunganski narodnye skazi i predanija* [Dunganian Folktales and Traditions] . Moskva.

两大领域，即AT分类体系之内的民间故事分类研究和AT分类体系之外的民间故事分类研究。前者是国际通行民间故事分类法视阈下的中国民间故事分类研究，以母题和民间故事结构为分类的最基础依据，既体现和尊重了中国民间故事固有的特色，又在使国际故事学界看懂看清中国民间故事的事实方面起着不可替代的重要作用；后者则主要依据民间故事的主题进行分类。

丁乃通所进行的中国民间故事分类研究，选择的是前一种分类方法。这一研究路线为金荣华所承继。刘守华则根据历史—地理研究方法重点进行了具体类型的研究工作。后一领域的分类方法，则以钟敬文的民间故事型式研究为主要代表，钟敬文的这一研究路线为艾伯华所承继和发展。在艾伯华的《中国民间故事类型》中，随处可见对于钟敬文分类方法和思想的运用。国内其他突出中国民间故事特色的分类研究，也大都选择了以民间故事主题为依据的分类方法。

一、国际背景

在丁乃通进行中国民间故事分类研究之前，国际故事学界虽然已经有学者进行了相关研究，但是碍于语言的限制，国际学者对浩如烟海的中国民间故事文本的涉猎极为有限。因此，在研究资料较为有限的情况下，难免存在一定的缺憾。此外，国际学界对于中国少数民族民间故事的了解和认知，则更为有限。认识到民间故事巨大研究价值的丁乃通，看到了这一状况，为改变国际学界对于中国民间故事种种不甚准确的认识，他开始了这项极为艰巨的基础性研究工作。与钟敬文和艾伯华所选取的型式研究法不同，丁乃通与金荣华在中国民间故事分类研究方面选取的研究方法，为国际通行的阿尔奈—汤普森分类法。

（一）艾伯华与《中国民间故事类型》

20世纪30年代末，德国学者艾伯华借鉴了戴尼斯和钟敬文的中国民间故事型式，根据其研究助手曹松叶所搜集和翻译的中国民间故事文本以及钟敬文所赠予的中国民间故事分类研究资料，以德文撰写成《中国民间故事类型》（*Typen chinesischer Volksmärchen*）一书，于1937年在赫尔辛基作为《民俗学者通讯》丛刊第120号出版，1999年译为中文。

一方面，在研究方法上，艾伯华在一定程度上参考了阿尔奈—汤普森分类体系的分类思想，并汲取了当时中国民间故事的最新研究成果。《中国民间故事类型》（后文简称《类型》）一书包括"故事类型（第一章）、研究著述（前言与第二章）和文献索引"①，共归纳出300余个中国民间故事类型。与钟敬文所整理的型式相比较，可以看出其中"有13个故事类型在字词及故事因素划分上几乎完全一样，同时，还有24个类型同钟的划分是如此相似，以至于我们无可置疑地看出艾伯华教授的大作与钟先生文章间的传承关系"②。比如，艾伯华专著中的第132个类型"渔夫和淹死鬼"与钟敬文型式之"水鬼与渔夫"。前者的故事情节为："一个渔夫和淹死鬼结下了友谊。鬼寻找一个替身，渔夫阻止他，鬼放弃了他的意图。鬼做了城隍。渔夫去看望他并向他讨教。"③后者的故事情节为："一渔夫得水鬼之助，生活顺利。一日，水鬼向他告别，谓将得替转生为人。渔翁破坏了他的计划（或水鬼自己未实行自己的计划），他仍留不得去。不久，水鬼得升土地或城隍，复向渔翁辞行。他们以后或一度再见，或永不再见。"④由此可见，二者的情节归纳基本相同，仅仅在具体的文字描述方面稍有差别。艾伯华将钟敬文的研究成果融入自己的分类研究之中，从某种程度上达到了将中国民间故事分类研究理论向西方传输的效果。

另一方面，在分类对象的选取原则上，艾伯华除了将狭义民间故事作为分类对象，还增加了部分传说和轶事。因为他认为，"民间故事里经常出现的

---

① 董晓萍：《导读》，[德]艾伯华：《中国民间故事类型》，王燕生、周祖生译，商务印书馆1999年版，第1页。
② [美]丁乃通：《答爱伯哈德教授》，李扬译著：《西方民俗学译论集》，中国海洋大学出版社2003年版，第120页。
③ [德]艾伯华：《中国民间故事类型》，王燕生、周祖生译，商务印书馆1999年版，第218页。
④ 钟敬文：《钟敬文文集·民间文艺学卷》，安徽教育出版社2002年版，第622页。

母题有时也会突然出现在传记、笑话里"①。这一处理方式，在实质上与丁乃通对民间传说文本的选取有相通之处，即在文本的选取上保留了一部分具有民间故事情节和特性的民间传说。二者虽然在具体的处理方法上略存相异之处，但面对中国民间故事和民间传说较为复杂的现实，都在对分类对象的选择原则上做出了相应的调整，并非机械地完全按照印欧民间故事研究中所严格限定的狭义民间故事的定义对分类对象进行选取和拣择。这一点在某种程度上是对国际民间故事分类法在方法论层面上的中国化。

艾伯华所掌握的3000多个民间故事文本，大部分来自中国东南沿海地区，"有35%以上来自浙江，其中绝大部分又是来自浙江中部，而该省的北部和南部几乎一个也没有。此外还来自其他几个沿海省份，特别是广东。未注明省份的民间故事有相当大的一部分（超过20%）也几乎全都分布在南方的几个沿海省份。内地各省，特别是中国的西北地区几乎是一片空白"②。因此，艾伯华所使用的文本，在地域上有所侧重。当然，这也是碍于当时搜集民间故事文本的时代背景与实际情况所限，况且他仅用了三年时间就完成了这一颇具分量的分类研究。

由此，我们可以将钟敬文与艾伯华所进行的中国民间故事分类研究看作同一条道路，即中国民间故事的型式分类。这一研究路径是阿尔奈—汤普森体系之外的新探索。艾伯华的研究，为国际故事学界打开了一扇了解中国民间故事概貌的门户。其德文撰写的原书，使得西方故事学界，尤其是欧洲故事学界通过这部故事类型的作品，了解到中国民间故事的一些情况。比如，中国民间故事在内容上的丰富、在情节上的曲折复杂，它们大量蕴藏于中国古典文献之中这一现实，等等。

然而，其对中国民间故事状况的反映也存在一定的局限性，使西方故事

---

① [德]艾伯华：《中国民间故事类型》，王燕生、周祖生译，商务印书馆1999年版，第2页。
② 同上，第6页。另外，从《类型》附录的《民间故事地区来源一览表》中，我们可以看到这些具体数字：广东省的民间故事总数为461个，浙江省的民间故事总数为1029个，江苏省为223个。仅这3个东南沿海省份的民间故事数量之和就占到了故事总数的近三分之二。

学界对中国民间故事的认识在某种程度上产生了一些误解和偏差。

此外，艾伯华还对20世纪中期中国民间故事文本搜集整理的真实性产生怀疑，认为："1937年以前出版的中国故事记录本……有的只有出版者的名字，其中仅有寥寥几例注出了讲述人的名字……当时某些作者出版的故事就是作者自己知道的故事……这些出版物的行义也大都很文雅，经过了'润色'，不像日常口语。"①换言之，在艾伯华看来，以文字记录整理出版的民间故事，与实际在民间口头流传的民间故事之间存在着一定的距离。

这些情形成为丁乃通使用阿尔奈—汤普森分类法对中国民间故事进行分类研究的原因之一。对此，丁乃通曾讲道："我致力的那本书，艾伯华给我的刺激，确是个因素。他当时说他要出版的新的类型中，将包括他在60年代，在西德出版的一个集子。其中大部分是中国的建筑工人，替人造房子时，怎样在墙里和天花板中，留下有诅咒性的魔术品，使得搬进去的屋主倒运生病的材料……那样的书出来后，我们如何在美国抬头做人。所以，我只能花时间精力，做钟先生所说许多人不屑做的工作。"②

贾芝也曾经指出："国外学者对中国民间故事宝藏之丰富了解甚少，甚至还存在着与实际相差极远的错误观念，比如有人说中国没有动物故事。事实上，中国各少数民族都有许多妙趣横生的动物故事，就是在汉族中也有很生动的动物故事流传。"③

当然，丁乃通也看到了艾伯华成果的价值，并将其精华吸纳进相关分类研究之中。丁乃通的《中国民间故事类型索引》附录一即为两部索引的比较

---

① ［德］艾伯华：《丁乃通的〈中国民间故事类型索引〉：以口头传统与无宗教的古典文学文献为主》，董晓萍译，《民族文学研究》2008年第3期。

② 张瑞文：《丁乃通先生及其民间故事研究》，曾永义主编：《古典文学研究辑刊》六编第十八册，花木兰文化出版社2012年版，第38页。

③ 贾芝：《序》，［美］丁乃通：《中国民间故事类型索引》，郑建成等译，中国民间文艺出版社1986年版，第3页。

表,但中译本均未收录,具体内容参见本书附录二。

(二)《中国民间叙事——参考文献指南》的编写

1968年起,丁乃通和丁许丽霞开始着手搜集分类研究的基础材料,其中较为重要的一项工作就是《中国民间叙事——参考文献指南》(*Chinese Folk Narratives: Bibliographical Guide*, 1975年)①的编写。

在学者们的通信中,我们可以看到个别中国古典文献中所记载的民间故事的确为西方学者所译介,但相对于卷帙浩繁的民间故事总量而言,不过是沧海一粟。在邀请丁乃通进行编纂《中国民间叙事——参考文献指南》之初,海达·杰森(Heda Jason)在信中做出了如下表述:"鉴于中国(民间)文学几乎不为西方民间文学学者所知晓,你的贡献将成为对其所进行的首次介绍。"②

海达·杰森建议丁乃通在《中国民间叙事——参考文献指南》中加入俄罗斯学者的《聊斋中的狐媚传奇故事》(*The charms of the Foxes being the wonder tales by Liao Chzhai*, 1970年)③,并认为"虽然这些故事是由作家所撰写的,但其情节显然源自于民间传说"④。此书由海达·杰森将俄文译为英文,扩大了其传播的地域以及读者群,在某种程度上推动了中国民间故事在西方的传播。

而国际学界对于中国少数民族民间叙事的了解和认知则更为有限。这一情形在当时海达·杰森致丁乃通的书信中也不难看出——"我还意识到,中国有很多少数民族,但是很惭愧,我对他们了解得不多……如果你可以为《手册》(笔者注:*Hand Book of Sources of Oral Literature, Israel Ethnographic*

---

① Nai-tung Ting and Lee-hsia Hsu Ting, *Chinese Folk Narratives: Bibliographical Guide*, San Francisco Chinese Material Center, 1975.

② 海达·杰森致丁乃通信函,1971年3月16日,中国社会科学院民族文学研究所资料室藏,丁乃通特藏资料1036-01,第1页。

③ V. M. Alekseev, newly edited by L. Z. Ejdin, *Lis'i Chary (The charms of the Foxes & being the wonder tales by Liao Chzhai*, Mosco: Hudozhestvennaia Literature, 1970.

④ 海达·杰森致丁乃通信函,1972年3月6日,中国社会科学院民族文学研究所资料室藏,丁乃通特藏资料1036-04,第1页。

Society）撰写一篇介绍这些少数民族民间文学的文章，或者推荐一位能够胜任这一工作的学者，我将感激不尽。"①为此，杰森还特地嘱托丁乃通为中国少数民族民间文学文献目录撰写介绍性的序言，以增进外国学者对中国少数民族民间叙事的认识。在信中，他写道："不知您是否可以为目录撰写几行序言呢？因为西方对这个领域几乎一无所知，一些阐释性的言语可能会有助于读者的理解。"②

关于《中国民间叙事——参考文献指南》的写作与出版背景，丁乃通曾在1972年2月22日致海达·杰森的信函中做出过如下陈述："台湾和香港地区的书籍出现了严重的抄袭现象，且蔓延迅猛，因而当前急需像我们这样的书目，来尽快警示中国的图书工作者和研究者们反对这一现象。"③另外，西方学界对于亚洲民间文学的了解也不甚了了。海达·杰森在编写《口头文献资料手册》的过程中，仅找到了中国、蒙古和越南的合作者，而找寻亚洲其他国家和地区的合作者依然需要向丁乃通先生求助。④

最后，由于海达·杰森迟迟没有申请到出版经费，而丁乃通认为面对当时港台地区民间故事文本文献出版较为混乱、翻版抄袭严重的状况，此部目录性质的参考文献指南有必要及时出版，故而在取得海达·杰森的允许之后，原本作为"口头文献资料手册"丛书之一的《中国民间叙事——参考文献指南》优先单独出版。

此外，丁乃通还撰写过一系列重要论文，对具体类型进行了较为深入的

---

① 海达·杰森致丁乃通信函，1971年3月16日，中国社会科学院民族文学研究所资料室藏，丁乃通特藏资料1036-01，第2页。
② 海达·杰森致丁乃通信函，1971年9月5日，中国社会科学院民族文学研究所资料室藏，丁乃通特藏资料1036-02。
③ 丁乃通致海达·杰森信函，1972年2月22日，中国社会科学院民族文学研究所资料室藏，丁乃通特藏资料1036-03。
④ 参见海达·杰森致丁乃通信函，1972年3月6日，中国社会科学院民族文学研究所资料室藏，丁乃通特藏资料1036-04，第2页。

研究，这些研究工作也为其索引的编纂工作积累了一定的基础。在这些具体类型的研究中，丁乃通主要应用了历史—地理研究法，通过对民间故事类型异文的比较分析，假设并推导出这些民间故事类型可能存在的发展历程和流布区域。这部分内容将在第三章中进行具体讨论。

二、国内背景

国内背景主要概括了20世纪中期中国民间故事文本搜集整理的基本情况，以及国内故事学界从20世纪至21世纪所进行的中国民间故事分类的主要研究成果。

（一）20世纪中期中国民间故事文本搜集整理简况

《中国民间故事类型索引》的分类对象，主要是20世纪中期中国古代典籍中的民间故事异文文本以及当时已经出版的搜集整理的流传于人们口头的民间故事文本。

20世纪30年代，民间文学的搜集整理重点主要侧重于民间歌谣的采集整理，但民间故事的采录工作也有所开展。刘半农提到"拟将所得材料中有文学的价值者，分别选录，编为民歌俗曲选、民间故事选、谚语选等书"[①]，李家瑞在题记中指出"这计划书的四、七、八、十二各项，都已做成一部分"。此时，对民间故事的界定业已出现广狭之分。但当时的搜集整理尚不存在针对性较强的规范，而往往是对民间文艺各个文类的搜集整理有着整体性的统一规范。

1937年全面抗日战争爆发，受战争影响，搜集整理工作有所停滞，但依然有所进展。从1940年刊发的一篇征文启事可见当时对民间故事搜集整理的要求。在记录上，征集者要求采录内容应忠实于原作品，这在一则广西的征集民间文艺的启事中有所体现："（乙）搜集方法……（二）民间文艺，大部

[①] 刘半农：《国立中央研究院历史语言研究所民间文艺组工作计划书》，《天地人》第2期，1936年3月16日，第58—59页。中国社会科学院民族文学研究所资料室藏，丁乃通特藏3078-07。

分并没有字,只流传在民众口头间,采集此种民间文艺,比较困难,有时须请教当地的老百姓,就他们所唱的,所讲的,照样记下来,切勿凭自己主观的意见,加以增删或更改,致失去它的本来面目。"并且,这份材料还对采录所用的语言语体进行了较为细致的规范,它要求"各地方言土语,必须用土字土音才能表现者,可尽量采用土字土音。但须用罗马字或注音字母注明其读音,以普通文字说明其大意"。如此,不仅是对采录文本的内容有所要求,也对记录所使用的语言文字提出了一定的标准。除此之外,"搜集方法"对于搜集对象的信息完整度也有着一定的要求:"每一篇民间文艺的种类,和其流行地区、流行时间与季节,以及产生它的社会背景,尽可能加以说明。"由此可见,我国当时对民间故事的搜集整理已经形成了一定的规范,而且这些规范已经体现出真实记录等特点,尽量以文字的形式尊重和还原口头文本的原貌,从一个侧面反映出这一时期民间故事搜集整理成果的可信性和真实性。

1942年5月,毛泽东在延安召开文艺座谈会,并对文艺工作的开展发表了重要讲话,提到了民间文学的重要性。这对民间文学事业的开展具有指导性意义。1949年之后,中国民间文艺研究会成立,开展了民间文学作品的搜集整理工作。从丁乃通特藏的现存书目中,我们可以看到在当时的搜集整理过程中所取得的部分重要成果,如《中国民间故事选》《北京的传说》《龙灯》等。此外,我们也可以看到颇具分量的少数民族民间故事集,如《白族民间故事传说集》《大凉山彝族民间故事选》《泽玛姬》等。

20世纪50年代中期,董均伦和江源撰写的《搜集、整理民间故事的一点体会》可以反映出一些关于当时民间故事搜集整理的情况。文中讲到,讲故事的场合有了变动——由之前的夏夜河滩、冬日炕头,转移到了晚饭后农业生产合作社和互助组开会的场所。而会前的间隙,则成为故事搜集者采录故事的最佳时机。在故事讲述氛围的影响下,故事讲述人往往不止一位,且往往自告奋勇。一个故事也可能由多个讲述人共同讲述。而故事讲述人的"性格和经历"往往又会成为决定讲述题材与内容的重要因素。比如,性格开朗的讲述人往往偏爱讲述笑话和趣闻类的民间故事;再如,闯过关东的讲述人,往往会讲述挖人参得宝的故事；又如，一些讲述人会讲述祖辈或他人曾经对其讲述的故事。由此，我们可以看到当时搜集整理民间故事的生动场景。

20世纪50年代末60年代初，中国民间文艺研究会提出民间文学工作的总方针——"全面收集、重点整理、大力推广、加强研究"。中华人民共和国成立之后出现的新故事，在这一时期的搜集整理工作中处于一个比较重要的位置，成为搜集整理工作的重点。这一时期的工作成果也是丰富的，主要体现于全国各地都有大量的民间故事集出版。

20世纪60年代中期到70年代中期，民间故事的搜集整理工作基本停滞，因而也无相关成果出版。

20世纪70年代后期开始，民间故事搜集整理工作逐步得到恢复，工作范围较之前的历史阶段有所扩大，民族民间故事集大量涌现，比如上海文艺出版社的"中国少数民族民间文学丛书·故事大系"开始出版。另外，故事家的作品选集也开始出现，如《金德顺故事集》等。

但是，当时中外交流的程度较低，从而导致西方学者对中国民间故事的搜集整理情况不甚了解，对于相关信息的接收有所滞后，甚至有所误解，诸如此类情况的出现也是可以理解的。

20世纪80年代之初，学者再次呼吁恢复民间叙事的独立性和群众性。丁乃通在一篇文稿中曾提到，贾芝曾于1980年1月的一篇文章中体现出了其去政治化（depoliticization）的观点。贾芝指出，"民间文学的功能除教育之外，还包括娱乐和艺术满足；民间文学研究在与政治运动相捆绑的情况下不可能得到发展……民间文学一定不可以被重写或假造"[1]。自此，我国的文本文献搜集整理工作进入了一个蓬勃发展的全新历史时期。

---

[1] 《1979年至今》（1979 to PRESENT），中国社会科学院民族文学研究所资料室藏，丁乃通特藏资料2046-02。

（二）中国民间故事分类研究主要成果

"关于中国民间故事类型的整理工作，在前个世纪七十年代，已经有一位当时住在香港的英文杂志经营者和编辑者戴尼斯（N. B. Dennys）初步尝试过。"① 戴尼斯在1876年出版的《中国民俗学》（*The Folklore of China*）中将中国古代传说分为八类：关于丈夫与妻子；关于父母与孩子；男子与不可见的世界；人与自然力量争斗；人与人的竞赛；男子完成了英雄事迹；人和野兽；植物和身体的一部分转变成植物。② 这八个类目之下又有15"式"。这里的式相当于我们所说的民间故事类型。其编写这一型式表的目的之一，在于比较中国与西方传说的相似之处，并且认为流传于中国与其他地区的传说具有一定的一致性③。而国内学界的民间故事分类研究，则肇始于中国民俗学学科形成之初。

1928年，即汤普森在美国第一次完成对阿尔奈《民间故事类型索引》的增补，将其译为英文之后不久，在中国，"现代中国民俗学之父"钟敬文与杨成志将约瑟·雅科布斯（Joseph Jacobs）的《印欧民间故事型式表》（*Some Types of Indo-European Folktale*）④ 译成中文（1928年1月）。钟敬文在付印题记中指出，"这篇文章……译文颇借助于冈正雄氏的日译，并承陈达夫、何畏、

---

① 钟敬文：《序》，[美]丁乃通：《中国民间故事类型索引》，郑建成等译，中国民间文艺出版社1986年版，第1页。

② 陈丽娜：《中国民间故事类型研究》（上），曾永义主编：《古典文学研究辑刊》六编第十六册，花木兰文化出版社2012年版，第24页。

③ 同上，第23—29页。

④ [美]约瑟·雅科布斯编：《印欧民间故事型式表》，杨成志、钟敬文编译，民俗学会编审，国立中山大学语言历史学研究所1928年版。见附录五。另，型式表的目录前有声明称："本表是约瑟·雅科布斯（Mr. Joseph Jacobs）为着《民俗学概论》初版，用亨德孙第一版的《北部诸州民俗》（*Folklore of Northern Countries*）书里库路德（Rev. S. Baring-Gould）做的分类表来订正的。"参见[美]约瑟·雅科布斯编：《印欧民间故事型式表》，杨成志、钟敬文编译，民俗学会编审，国立中山大学语言历史学研究所1928年版，第6页。

庄喆、茜微诸先生的指正，我们一样诚恳的感谢着"[1]。此次译介工作，把民间故事的类型学研究法和民间故事分类研究思想介绍到中国，为中国民间故事较为系统的分类方法的探索之路的开启提供了重要的启示。

钟敬文于1929年至1931年间，写就《中国民间故事型式》一文，根据中国民间故事文本总结整理出40余个型式，并于1931年在《民俗学集镌》发表。这是继1876年戴尼斯将中国民间故事分为8类15式之后较为系统的分类[2]。这些型式包括："蜈蚣报恩""水鬼与渔夫""云中落绣鞋""求如愿""偷听话""猫狗报恩""蛇郎""彭祖""十个怪孩子""燕子报恩""熊妻""享夫福女儿""龙蛋""皮匠驸马""卖鱼人遇仙""狗耕田""牛郎""老虎精""螺女""老虎母亲（或外婆）""罗隐""求活佛""蛤蟆儿子""怕漏""人为财死""悭吝的父亲""猴娃娘""大话""虎与鹿""顽皮的儿子（或媳妇）""傻妻""三句遗嘱""百鸟衣""吹箫""蛇吞象""三女婿""择婿""书呆子掉文""撒谎成功""孝子得妻""呆女婿""三句好话""吃白饭""秃子猜谜""说大话的女婿"[3]。其中，"彭祖型""蛤蟆儿子型""吹箫型"各包含两式，"呆女婿型"包含五式，各式在主题上一致，在内容上稍有区别。比如，"彭祖型"所包含的两式皆围绕阎王与彭祖之间斗智斗勇的主题而展开，但是，两者在具体情节上又有所区别：第一式，彭祖战胜阎王，得以继续留在人间；第二式，彭祖斗败，被阎王带往冥间。由此可见，这里的"型"大体相当于AT系统中的"类型"，"式"则大体相当于"亚型"。

虽然钟敬文尚未较为完整地将中国民间故事类型的样貌进行展现，对中

---

[1] 钟敬文：《付印题记》，[美]约瑟·雅科布斯编：《印欧民间故事型式表》，杨成志、钟敬文编译，民俗学会编审，国立中山大学语言历史学研究所1928年版，第4—5页。
[2] 马学良、白庚胜：《中国民间故事分类研究的回顾与展望》，《民族文学研究》1993年第1期。
[3] 钟敬文：《钟敬文民间文艺学文选》，安徽教育出版社2010年版，第307—323页。

国民间故事型式的编写工作也仅完成了计划中的半数①，但是，这一研究成果是对西方民间故事分类法具有先驱意义的应用，同时也开辟了一条为国内大部分研究者所接受的可行之路。这条研究之路，后来为德国学者艾伯华所继承和发展。而其中的核心部分，在丁乃通的分类研究之中也有所体现。这一点将在下一节中进行详细分析，在此暂不展开论述。

在20世纪30年代，我国涌现出一批对民间故事以及相关民间叙事的分类产生兴趣的研究者，他们根据自身的理解，对民间故事以及相关民间叙事进行了富有创见的多种分类。具体情况参见表1-7。

表1-7　20世纪30年代初中国民间叙事分类表②

序号	学者	一级分类	二级分类	三级分类	页码及原出处
1	徐蔚南	传说			第118页 见徐著《民间文学》
		童话			
		寓言			
		趣话			
		神话			
		地方传说			
2	何济——英国俗学会的分类	古曲			第119页 见《东方杂志》二十二卷十四号
		像真有其事而说的			
		像娱乐而说的			
3	何济——法人哈夫曼克里依氏的分类	神仙故事			第119页
		滑稽故事			
		传说等			

---

① 钟敬文在《中国民间故事型式》中曾写道："本拟等写成一百个左右时，再加修订，印一单行本以问世。但数月来，半因为所讲的功课已换了新题目，半因为自己的兴趣又另转了一个方向；这样，写到了原定数目约一半，又只好中断。但这回的结果，却不能与前次一概而论，它总算有了相当的收成，虽然是那样薄弱与粗糙。"参见钟敬文：《钟敬文民间文艺学文选》，安徽教育出版社2010年版，第307页。

② 本表内容参见王显恩编：《中国民间文艺——民俗、民间文学影印资料之七十六》，上海文艺出版社1992年版（影印本，据上海广益书局1932年9月版影印），第118—133页。

(续表)

序号	学者	一级分类	二级分类	三级分类	页码及原出处
4	周作人	神话——神的故事，宗教的			第121—122页 见周著《自己的园地》
		传说——半神的英雄的故事，历史的			
		故事——名人的故事，传记的			
		童话——仙人的故事，文学的			
5	王任叔	地理的			第124页 据黄诏年，见《时事新报学灯》
		历史的			
		神异的			
		恋爱的			
		其他			
6	谢云	神话			第124页 见《福建民间故事集》
		童话			
		故事			
		趣事			
7	许地山	认真说的故事（圣的故事）	神话		第125页 见许译《孟加拉民间故事集》译序
			传说	英雄故事 英雄行传	
		游戏说的故事（庸俗的故事）——野乘	童话 神仙故事	禽语	第125页 见许译《孟加拉民间故事集》译序
				谐语	
				集语	
				喻语	
				寓言	
			民间故狱（野语）		
8	冯飞——童话	小神仙			第125—126页 见赵景深编《童话评论》、冯著《童话与空想》
		巨人			
		异常动物			
		自然人格化			
		其他			
9	赵景深——童话之一	小神仙			第126页 见赵著《童话概要》
		鬼			
		巫			
		陶兰奥格人			
		修道士			
		恶魔			
		巨人			
		国王，王后，公主，伯爵与盗贼			

(续表)

序号	学者	一级分类	二级分类	三级分类	页码及原出处
10	赵景深——童话之二	鬼，巫 和尚，魔 菲丽，巨人 王家，盗贼			第126页 见赵著《童话论集》
11	张梓——童话	纯正的	代表意思想的		第127页 见赵编《童话评论》、张著《论童话》
			代表习俗的		
		游戏的	重复故事		
			趣话，物语		
12	清野——中国上虞传说	人物			第127页 见清野著《中国民间趣事集》
		神鬼			
		动物			
13	叶德均	神话			第129页 见《民俗旬刊》第一期叶著《民间文艺的分类》
		传说			
		地方传说			
		童话			
		寓言			
		趣事			
14	杨荫深	神话			第129—130页 见杨著《中国民间文学概说》
		传说			
		趣事			
		寓言			
15	黄诏年	故事			第131—133页 见《一般》六卷一号黄著《民间民艺的分类》
		传说			
		神话			
		童话			
		寓言			
		喻言			
		笑话			

从表1-7中可见，部分分类仅限于对民间文学作品进行文类的划分，而对于民间故事的分类往往没有统一的对象或依据。一方面，民间故事的界定上存在较大区别，主要包含三种具体情况。第一种情况，故事的内涵较为宽泛，除包括目前学界所界定的神话、传说在内的散文体民间叙事之外，还包括韵文体的民间叙事。这种分类体系中包括"古曲""像真有其事而说的""像娱乐而说的"三个大类，其中的"古曲"应为韵文体民

间叙事。而当前通行的民间故事定义中，其文体则为散文体民间叙事。第二种情况，故事的内涵较为偏狭，仅包含狭义故事中的某一部分，如童话。此类情形主要见诸赵景深对于童话的分类。赵景深仅对童话进行了再分类，而没有涉及民间故事中的其他体裁，诸如寓言、笑话等。第三种情况，其界定标准较为混杂，民间故事的概念不但较狭义的民间故事更为偏狭，且将其与不同层级的概念相并列。比如，黄诏年不但将"故事"与"神话""传说"并列，而且将其与"童话""寓言""笑话"等相并列。

另一方面，分类依据也各不相同，大致可以归为三种情况。第一种以民间故事中的角色为分类依据，比如，赵景深对于童话的分类包括"小神仙""修道士""巨人"等。第二种则依据民间故事的主要内容，比如，王任叔将故事分为"历史的""地理的""人物的"等。第三种按故事性质进行分类，比如，许地山将广义的民间故事分为"认真说的故事（圣的故事）"和"游戏说的故事（庸俗的故事）"等。

这种较为粗略的分类一直为国内的学者所继续探讨着。乌丙安认为，民间故事以内容为依据可以分为"幻想占绝对优势的故事"和"幻想因素少或者没有的故事"。其中，前者又可以细分为"魔法故事"和"动物故事（其中包括部分民间寓言）"，后者又可以细分为"生活故事"和"笑话（其中包括部分民间寓言）"[①]。另外，乌丙安还指出，"一般所说的民间寓言主要具有两种内容：一种是幻想性强的，就其内容看来可以属于动物故事；另一种是幻想因素少的，就其内容看来可以属于笑话"[②]。乌丙安还在其论述中提到了他所了解到的"西欧"以及"日本"通常会使用的民间故事分类。日本将民间故事分为两大类，即"完形故事（即具有完整情节结构的、富于戏剧性纠

[①] 乌丙安：《民间口头传承》，长春出版社2014年版，第96页。
[②] 同上，第96—97页。

葛的传记式的、生活式的故事)和派生故事(即以某一种事物或人的某些事迹为主要内容,可以看出是从完形故事中派生出来的故事,如鸟兽草木、笑话等短小作品)"①。乌丙安综合两者的基本观念,又糅入个人观点,形成了自己的民间故事分类框架。他将民间故事分为"幻想占绝对优势的故事"和"幻想因素少或没有的故事"两大类。前者包括"魔法故事"和"动物故事(其中包括部分民间寓言)"两个类别,后者包括"生活故事"和"笑话(其中包括部分民间寓言)"两个类别。②

天鹰分为三大类,即"现实性因素较强的故事""幻想性因素较强的故事"和"动物故事"。其中,亚型包括"传说故事""表现人与自然关系的传奇故事"等③。由此可见,这里选取的是广义的民间故事。

以上是我国学者对国内分类研究所进行的初步探索。

鉴于我国古籍之中蕴藏着丰富的民间故事,游离于阿尔奈—汤普森—乌特分类体系之外的新探索,大都以这些中国民间故事研究所特有的古籍资料为基础。这是AT分类体系之外的中国民间故事分类研究中普遍存在的一个共同特点,即在研究对象范围的划定上主要选取了广义的民间故事。具体来说,这些分类对象除包括狭义的民间故事之外,往往还包括传说。祁连休和顾希佳对中国古代民间故事所进行的分类研究,在分类对象上选取了中国古代典籍中的民间故事和传说。而在研究方法上,每个民间故事类型所对应的异文大多是一个比较完整的中国民间故事,它们的另一个共同特点就是以主题为类型的划分标准。

祁连休编纂的《中国古代民间故事类型》以朝代为序,分为7个部分,共包含民间故事类型498个。书中不仅对每个故事类型所包含的古代典籍文献做

---

① 乌丙安:《民间口头传承》,长春出版社2014年版,第118页。
② 同上。
③ 吴蓉章:《民间文学理论基础》,四川大学出版社1987年版,第112页。

出了梳理，还将这些故事类型在现当代口头传统中的流传情况做出了相应的整理，因此从中可以看到某一个故事类型从古至今的发展状况。在故事类型之前，祁连休还用一编的篇幅对中国古代民间故事的古今发展流传状况做出了论述，并总结出了与这两种发展趋势相应的在现当代的发展状况，即继续发展、发展较为迅速或逐渐消亡。

顾希佳编订的《中国古代民间故事类型长编》共六卷，在选取内容方面只辑录用文言文写作的古代文本，对于用古代白话写作的小说以及戏曲、曲艺、歌谣、长诗等体裁的作品则一概未收，或是只提到相关的篇名，而不辑录文本。《中国古代民间故事类型》则包含了"中国古代民间故事类型表""中国古代民间故事类型索引"以及若干类型的具体研究。"中国古代民间故事类型表"仅罗列出了类型号和相应的类型名称，"中国古代民间故事类型索引"则包括民间故事类型号、相应的类型名称、民间故事情节、异文的出处，以及在当代口头的流传状况和与AT分类体系的对应关系等。这个故事类型体系是由顾希佳设计的，是全新的类型体系。虽然类型号也由数字和字母构成，每个类型所包含的体例也大致与AT分类法相同，但并非对AT分类法的直接参照，其类型号与AT分类体系中的类型号不存在一一对应的关系。[①]

大概是鉴于阿尔奈—汤普森分类体系近100年来在国际故事学界的影响力，祁连休与顾希佳在各自所编纂的中国古代民间故事类型之中，都将他们所归纳出的类型与AT分类体系中相对应的故事类型做出标注。如此便使得人们可以较为清晰和准确地看到中国古代民间故事类型与国际民间故事类型之间相一致或相重叠的部分。而在其中承担这一桥梁作用的，正是丁乃通的分类研究。

这些多种多样的分类存在的意义在于，从不同层面对中国民间故事类型体系进行了研究和探讨，因而对这些民间故事分类方法的综合性得以了解和

[①] 顾希佳：《中国古代民间故事类型》，浙江大学出版社2014年版。

把控，可以从多个不同的角度对中国民间故事进行分析，这是对其形成较为深刻认识的必由之路。不同的研究者在进行民间故事的具体研究时，可以结合自己的研究重点与研究对象的具体情况，对不同的分类方法进行较为灵活的选择。其缺憾在于，这些分类成果仅适用于中国国内的民间故事研究，而在国际民间故事比较研究方面存在着一定的局限。在比较研究方面，AT体系类型索引既利于宏观比较研究，又利于微观比较研究。

丁乃通的故事类型索引以英文成书，更直接地为国际社会所了解、熟知，并得到一致认可，这在某种程度上让我们看到了中国民间故事研究者与国外民间故事研究者之间存在及时和充分的沟通。因此，我们需要加强中国民间故事研究的对外交流，通过学术论坛、外文期刊论文的发表让国外的研究者及时了解中国民间故事分类研究的发展。我们还要对具有重要价值的中国民间故事分类成果进行多语种的译介，至少要进行学术界通行语言英语的译介工作。中国民间故事研究有必要在世界上发出自己的声音，讲述中国故事。我们将海外的理论专著译介到中国，并取得了丰硕的成果，这的确使得中国民间故事研究界了解到世界民间故事的研究成果。

综上所述，中国民间故事较为系统的分类研究基本可以分为两大主要方向：一是以主题为分类依据的型式分类，一是以母题和情节结构为分类依据的AT分类体系。

丁乃通的中国民间故事分类研究背景包括理论背景和学术背景两大方面。在理论背景中，丁乃通的研究处于故事学研究的阿尔奈—汤普森体系时期，是结合中国民间故事现实对这一理论体系的应用性研究。在学术背景中可以大致发现，丁乃通进行中国民间故事研究是出于为中国民间故事在国际学界正名这一初衷，也可以发现其选择芬兰学派研究方法为主要研究方法的大概缘由。

第二章　丁乃通对阿尔奈—汤普森分类法的应用

首位将阿尔奈—汤普森分类法应用于中国民间故事分类研究的学者是丁乃通。之后，金荣华对这一体系进行了增补。丁乃通分类研究的初衷是为了改变国际民间故事学界对于中国民间故事的研究与发展现实不甚了解的状况，让中国民间故事以一种国际通行的话语，讲述自己的真实状况。因而，这一索引最初的读者群设定，以国际民间故事研究界的学者为主，其撰写的方式、方法与风格皆更贴近于国际故事学界的阅读和研究习惯。然而，这些元素在类型索引的汉译过程中，却在某种程度上成为国内学者接受和理解这一体系的障碍。为此，金荣华在对其进行修订的过程中做出了巨大努力，在承继了其较为突出的开放性体系特征的同时，基本实现了这一索引的中国化，编纂了具有中国特色的民间故事类型索引。

第一节　研究内容

丁乃通在从事英国文学的研究工作过程中认识到了民间故事研究的重要性，并由此开启了对民间故事的研究工作，又因不平于国际故事学界的误解，故而启动了这项费时费力却工具性较强的基础性研究工作。

其分类研究的对象，包括当时丁乃通能够搜集到的、以美国境内图书馆馆藏为主的中国民间故事文本集和古典文献中所包含的民间故事文本。在民间故事文本的选取上，丁乃通遵循了阿尔奈—汤普森分类体系的基本原则，

第二章 丁乃通对阿尔奈—汤普森分类法的应用

选取了狭义的民间故事,将神话和传说排除在外,但同时又根据中国民间故事较为复杂的现实进行了一定的调整,将部分民间故事特征较为突出的传说也纳入了分类对象之中。

在分类方法的选取上,丁乃通较为严格地使用了阿尔奈—汤普森分类体系,包括对于体例的保留、对整体分类系统和分类框架的保留,以及对民间故事符号与名称的保留。这种较为严格的分类方法的使用,一方面最大限度地保留了这一体系的优势,即系统性和开放性;另一方面则无法避免这一体系本身所存在的缺憾,以及与中国文化不相融合的个别国际文化因素,比如,个别包含西方典故的故事类型名称给国内的读者带来一定的理解障碍等,正如钟敬文曾指出的:"没有任何理论是万能的。"[①]

一、研究对象——文本文献资料范围

丁乃通编订《中国民间故事类型索引》所用资料有两个基本来源:一是来自欧美各大图书馆,他曾经到访过的图书馆有"美国国会图书馆、哈佛燕京图书馆、芝加哥大学图书馆、加利福尼亚大学柏克莱分校的东亚图书馆、胡佛研究所图书馆、捷克布拉格的鲁迅图书馆,巴黎国家图书馆和英国剑桥大学图书馆"[②];另一个来源主要是国内外学界友人所赠送的民间故事文本资料,包括国内的钟敬文、贾芝,以及国外的俄罗斯汉学家李福清等。从出版所使用的语言这一角度来看,这些资料可以分为中文文本文献和外文文本文献两大部分。其中,中文文本文献占绝大多数,包括古籍和近现代出版物;外文文本文献则涉及英、德、法、俄等多个语种的资料。

(一)民间故事文本选取原则

在索引编订对象(即民间故事)的选取原则方面,丁乃通主要遵循了二

[①] 钟敬文:《总序》,[美]阿尔伯特·贝茨·洛德:《故事的歌手》,尹虎彬译,中华书局2004年版,第7页。

[②] [美]丁乃通:《中国民间故事类型索引·导言》,郑建威等译,华中师范大学出版社2008年版,第23页。

个原则。一是主要选取狭义的民间故事，但分类对象中包含故事性较强的民间传说。二是民间故事的非宗教性，即将宗教色彩比较强的民间故事文本排除在索引编订对象的范围之外。三是为了避免将文人创作误纳入分类对象之中，将古代典籍中文人士阶层色彩较为浓重的民间故事排除在外。对于前两个选择文本的原则，曾经在故事学界引起了一段时间的争论。

詹姆斯·海西希（James W. Heissig）教授曾撰写书评对丁乃通的专著进行评论，认为"书中的标点应用没有得到文法专家和编辑的修正……另书末附上的非打印的中文资料列表于全书略显突兀，是为缺憾，但瑕不掩瑜"①；并指出丁乃通的索引中缺乏宗教性质的传说和神话这一做法并不可取，"文本搜集整理的规范性值得商榷……另外，拣选文本资料的过程中将宗教故事剔除并非民间文学研究的'国际惯例'"（1981年）；等等。②

对此，丁乃通曾在刊出海西希书评的期刊《亚洲民俗研究》上发表文章做出回应。他认为，任何能够对民间叙事文类传统的区别进行把握的人都会清楚个中缘由。一方面，在中国，这些反映宗教教义的民间故事对于很多佛教徒而言是事实；另一方面，一些在中国被称为"瞎话"的民间故事，是底层的，其性质与西方史诗这种严肃的叙事相去甚远，而理论层面的考量仅仅是剔除这些故事的众多原因之一。另外，鉴于中国传说的数量之巨，无人可以在有生之年将其阅读穷尽，而所有的研究也都需要对研究对象的范围有所划定。③

---

① James W. Heisig, "A Book Review on A Type Index of Chinese Folktales (in the oral tradition and major works of non-religious classical literature), by Nai-tung Ting, and on A Type Index of Korean Folktales, In-hak Choi", *Asian Folklore Studies*, Vol. 40, No.1, 1981, p. 114.

② Ibid., pp. 114–115.

③ 此段内容参见丁乃通：《答海西希》（A Reply to Mr. Heisig），1981年9月16日，中国社会科学院民族文学研究所资料室藏，丁乃通特藏资料2038-01。同见Ting, Nai-Tung, "Correspondence", *Asian Folklore Studies*, Vol. 41, No. 1, 1982, p. 145.

第二章 丁乃通对阿尔奈—汤普森分类法的应用

艾伯华也曾提出过类似的质疑。他认为将神话、传说、佛教故事、狐仙故事、解释鸟兽叫声的故事和工匠行业逸事等排除在分类对象之外，不能够反映中国民间故事的全貌。[①]至于选择狭义的民间故事作为分类对象，丁乃通则是遵从了阿尔奈—汤普森分类法的传统，选择了与汤普森一致的选择分类对象范围的标准，认为"只有通过一个在神奇故事中仅包括童话，而不包括其他种类（神话、传说等等）的索引，人们才能按照国际的传统来真正了解和研究中国民间故事"[②]。这一观点在上一章中也有所提及，即民间故事分类研究通常使用"类型"的方法来进行，类型性特点在狭义的民间故事中体现得更为突出，而其他文类则更适合用"母题"来研究。当然，这也是故事学界长期以来争论的一个焦点。

有学者认为，对于阿尔奈—汤普森体系的应用，不应当过分拘泥于其原有的框架，而应当从中国民间故事较为复杂，尤其是古籍中的传说与民间故事的界限较为模糊不易判断的现实出发，对其进行一定的改造和调整。中国广义民间故事所包含的主要文类之间的关系较为复杂的情况，主要体现在民间传说与民间故事之间。

对此，祁连休曾经进行较为清晰的梳理，他认为，造成区分中国民间故事类型与传说类型困难的原因，主要有"中国古代民间故事，由于讲述人与录写者等方面的缘故，往往带有一定的传说色彩……这些类型在流布过程中，往往交替出现民间故事性质的异文和民间传说性质的异文"[③]。

对于中国民间故事与民间传说之间的复杂关系，丁乃通也曾指出，"中国的传说在数量上，远远超过民间故事，许多中国民间故事又是从传说，尤其是地

[①] [德]艾伯华：《丁乃通的〈中国民间故事类型索引〉：以口头传统与无宗教的古典文学文献为主》，董晓萍译，《民族文学研究》2008年第3期。

[②] [美]丁乃通：《中国民间故事类型索引·导言》，郑建威等译，华中师范大学出版社2008年版，第6页。

[③] 祁连休：《中国古代民间故事类型研究》（卷上），河北教育出版社2007年版，第14页。

方传说，演变出来的。有些故事类型在古书里已有记载，特别是那些说书人爱讲的故事。为了引起听众的兴趣，常常加上了具体的人名和地名"①。

丁乃通对于中国民间故事与传说较为复杂的现实并没有完全不做处理，而是将传说中民间故事特征较为明显的部分也归入了类型索引的分类对象之中，这些民间传说的角色往往在不同的异文中会出现多次的替代现象，而缺乏较强的固定性。这些类型包括相当于白蛇传型的"ATT 411 国王与女妖"②、相当于黄粱梦型的"ATT 681瞬息京华"③、相当于摸钟辨盗型的"ATT 926E*"④等等。丁乃通也对这几个民间故事类型通过论文的撰写进行过较为详细的比较研究与分析，具体情况将在第三章中展开论述。

丁乃通之所以会将宗教色彩较为浓重的民间叙事排除在外，是因为它们具备较为突出的传说特质，而传说并不属于丁乃通此次分类对象的范围。而对于那些"包含学界公认的民间故事母题，并且同样的情节附会在两个以上的人物或角色之上的传说"⑤，则列入索引的编订范围之内。例如，"梁祝故事里……结尾有两人的灵魂化为双飞的蝴蝶的说法"，再如，"徐文长类的笑话"，就都列入民间故事类型的异文之中。⑥

另外，从索引的类目框架上，我们可以看到，在第二大类"一般民间故事"目下存在一类"宗教故事"。需要明确的一点是，这一概念的内涵与上文

---

① [美]丁乃通：《中国民间故事类型索引·导言》，郑建成等译，中国民间文艺出版社1986年版，第7页。

② Ting, Nai-Tung, *A Type Index of Chinese Folktales: In the Oral Tradition and Major Works of Non-Religious Classical Literature, Folklore Fellows' Communications No. 223*, Helsinki: Finish Academy of Science, 1978, p. 72.

③ Ibid., p. 116.

④ Ibid., p. 148.

⑤ 张瑞文：《丁乃通及其民间故事研究》，曾永义主编：《古典文学研究辑刊》六编第十八册，花木兰文化出版社2012年版，第107页。

⑥ 同上。

学者们所讨论的宗教色彩较为浓重的民间故事相异，它们指的是"一些宗教教主或圣徒以超自然能力做的奖善惩恶故事，但不是宗教教主的故事，也不是宣扬教义的故事，只是故事里的角色用了宗教人物的名字"①。

我们以为，任何学术研究的前提都应当对研究对象进行一定的界定和选择，即使这些界定和选择无法穷尽研究对象的现实。这种情况与社会学中经常使用的抽样调查和自然科学中的实验室实验相类似。因此，回到故事学分类的具体研究上，我们应当对分类对象进行一定的选择。

从阿尔奈—汤普森分类体系为国际通用体系这一角度而言，中国民间故事若要通过对这一国际通用体系的运用而实现与国际民间故事体系之间较为准确的对接，从而更为便利地实现与不同国家和地区的民间故事进行比较研究，就有必要对这一体系的一些基本原则加以遵守和保留。

当然，在不破坏原有体系整体框架的前提之下，可以也应当结合中国民间故事的现实，对相应的部分做出一定的调整。比如，金荣华提出，在使用中文对故事类型名称进行表述时，可以将某些民间故事类型的名称翻译成为更符合中文表达习惯和中国文化背景的表述。②

（二）文本文献范围

《中国民间故事类型索引》所涉及文本文献主要通过中文文献和外文文献两大部分进行分析，主要依据为索引的参考目录以及丁乃通特藏中的相关书籍。

1. 中文文本文献来源

中文文本文献主要来源于中国古代典籍和20世纪刊发的期刊两种资源。20世纪所刊发的部分期刊论文中也包含了对于当时还流传于人民口头的民间

---

① 金荣华：《中国民间故事与故事分类》，中国口传文学学会2003年版，第75页。
② 金荣华：《论丁乃通〈中国民间故事类型索引〉中译本之〈专题分类索引〉》，《民间文化论坛》2010年第5期。

故事所进行的搜集整理成果。

（1）古代典籍。从丁乃通分类研究的类型索引全称——《口头传统以及非宗教主要古典文学文献中的中国民间故事类型索引》中不难看出，古代典籍是其民间故事文本文献的重要来源之一。"民间故事跟其他民间文学门类一样，同属口头文学范畴……对于有文字的国家、民族而言，以书面形态进行传递和交流，是民间故事的另外一种有效的传播方式。"（2007年）[①]基于这样一个事实，丁乃通认为，"有些古老的故事，许多世纪以来一直封存于文献之中，后来成为格言和谚语，在中国十分通用，因而几乎从未被民间故事收集者视为收集对象。但它们无疑是中国口头文学遗产的一部分，所以也包括在本书内"[②]。中国是文字产生年代较早的国家，对文字的应用为大量民间故事保存于文献资料之中提供了前提条件。对民间文学进行采集和记录也是我国自古以来的传统，如春秋时期《诗经》中的"风"、汉乐府中的民歌、清代《聊斋志异》中的精怪故事等等。从内容上看，这些保存在古代典籍中的民间故事所构成的故事类型，则很少与西方的民间故事类型相类似，比如，故事类型ATT 101*、ATT 160A*、ATT 246A*、ATT 1241B、ATT 1280*。丁乃通将中国的古籍也列为索引文本文献资料的主要来源之一，是对中国特殊现实的尊重。而我国古代典籍中所蕴藏的大量文本资料，无疑也是国内故事学研究的一笔巨大财富。

从《中国民间故事类型索引》（以下简称《索引》）的参考书目可见，《索引》选取的古代典籍文献的性质包括诸子经籍、史书、文集、方志、笔记小说等，共百余种，如《孟子》《战国策》《史记》《子不语》《历代笔记小说选》等，涉及从先秦至明清的历代典籍，而以明清两代为主。

[①] 祁连休：《中国古代民间故事类型研究》（卷上），河北教育出版社2007年版，第7页。
[②] Ting, Nai-Tung, *A Type Index of Chinese Folktales: In the Oral Tradition and Major Works of Non-Religious Classical Literature, Folklore Fellows' Communications No. 223*, Helsinki: Finish Academy of Science, 1978, 13.

第二章　丁乃通对阿尔奈—汤普森分类法的应用

德国学者莱讷·史华慈博士（Dr. Rainer Schwarz）曾写信给丁乃通，请教在使用《索引》中所遇到的问题。其中，关于古典文献，他认为，《索引》中所使用的文本文献书目，尤其是古典文献大多采用港台版本，而东欧国家只有中国大陆或1949年以前的版本，并且，由于古典文献书目中仅含文本所在的页码而缺乏卷次，因而在缺乏港台版本古典文献的东欧，学者们在使用这一索引时无法准确地查找故事的出处。比如，ATT 403C_1型故事中关于《聊斋志异》的条目仅包含"蒲松龄，第159—160页"这些内容，这对于版本较多的古典文献的使用而言存在较大的障碍。[1]

对此丁乃通在信中回应说，版本信息的删减是碍于捉襟见肘的出版费而被迫舍弃。而在《索引》的初稿中，这些参考书目的详细信息都存在。[2] 至于文献资料大多使用港台版本，则是因为受当时写作环境和时代的限制。在丁乃通编订《索引》的20世纪70年代的美国查找中国大陆地区出版的相关典籍比较困难，也只可能以美国境内可以查找到的文献资料为主要依据进行分类。

台湾学者张瑞文在其专著《丁乃通及其民间故事研究》（2011年）中对《索引》应用的古典文献进行了较为细致的梳理，根据索引异文文献所列出的出版地和页码等信息，对照整理出了丁乃通所使用的古代典籍文献当前通常可以查找到的文献版本，并将版本信息完整地注明，从而使得还原《索引》中的文本内容成为可能。然而，由于这些书目的出版地依然以台湾地区为主，因此也存在一定的局限性。[3]

---

[1] 参见史华慈致丁乃通信函，1980年3月14日，中国社会科学院民族文学研究所资料室藏，丁乃通特藏资料1037-01，第3页。

[2] 参见丁乃通致史华慈信函，1980年4月17日，中国社会科学院民族文学研究所资料室藏，丁乃通特藏资料1038-14。

[3] 张瑞文整理出的相关古籍具体版本信息参见张瑞文：《丁乃通及其民间故事研究》，曾永义主编：《古典文学研究辑刊》六编第十八册，花木兰文化出版社2012年版，第44—50页。

（2）近现代出版物。作为《索引》中民间故事另一来源的近现代出版物，主要包括故事集和期刊两种形式，个别文本来源于报纸。丁乃通编订《索引》时所使用的书目年代较为久远，尤其是1949年之前的材料，查找存在一定的难度。丁乃通曾在《索引》的参考书目中说明，对于在参考书目中没有列出版本信息的处理办法——"关于各书不同的版本、译本，或者读者找不到本书目中所列的版本或选集时可以代用其他中国故事集等等一类的详情"①，可以参考他与丁许丽霞共同编订的《中国民间叙事——参考书目指南》(Chinese Folk-Narritives: A Bibliographical Guide, 1975)。然而，此部书目指南既没有中文译本，也没有英文版在中国流通，因而无法为中国的读者提供相应的帮助。

所幸，丁许丽霞将丁乃通所用部分书籍以及资料交予贾芝代为保管，贾芝又将这部分珍贵资料转给中国社会科学院民族文学研究所资料室入库收藏。这部分资料包括出版物和以文件夹形式收藏的资料：出版物以故事集为主，此外还有少量理论性质的文献；以文件夹形式收藏的资料则包括丁乃通撰写《索引》的部分手稿以及部分影印的文本文献资料。笔者根据这部分资料做了简单的目录整理，即附录三《丁乃通特藏藏书目录》和附录四《丁乃通特藏资料目录》。丁乃通特藏资料是其分类研究的资料基础，虽与《索引》中使用的文本文献并非一一对应，但为我们展示了《索引》编纂时期的文本文献材料的部分样貌。

其一，书籍中的民间故事文本。在丁乃通特藏的296种出版物中，近现代民间故事文本占绝大多数，主要为20世纪50年代初到80年代末出版的民间故事文本集，其中有17种出版物的出版时间信息缺失。

---

① Ting, Nai-Tung, *A Type Index of Chinese Folktales: In the Oral Tradition and Major Works of Non-Religious Classical Literature, Folklore Fellows' Communications No. 223*, Helsinki: Finish Academy of Science, 1978, p. 252.

第二章　丁乃通对阿尔奈—汤普森分类法的应用

表2-1　丁乃通特藏文本文献书目年代分布表[①]

序号	出版年代	出版物种类	主要出版物性质	备注
1	20世纪40年代	1	通俗小说	
2	20世纪50年代	37	民间故事集	含古籍
3	20世纪60年代	37	民间故事集、传说集	
4	20世纪70年代	34	民间故事集、传说集	
5	20世纪80年代	169	民间文学文本资料集	含外国民间文学资料
6	20世纪90年代	1	图书馆学资料	

从表2-1可以看出，20世纪80年代出版的文本资料在数量上大于之前三个十年的资料总和，在出版规模上出现了较大的增长。而《索引》编纂所需使用的文献资料则主要为20世纪50年代到70年代出版的文献，大概有100种，在地域上，包括浙江、上海、广西、新疆、西藏、内蒙古、云南、贵州、广东、北京、台湾、湖南、吉林、黑龙江、山东等；在民族构成上，除包含汉族的民间故事之外，还包括部分少数民族的资料，涉及黎族、壮族、瑶族、维吾尔族、藏族和索伦族等。这些材料是构成《索引》的部分基础材料。

表2-2　《索引》参考目录与丁乃通特藏文本文献书目对照表

（以《索引》参考目录为序）

序号	《索引》参考书目中的简称	丁乃通特藏文本文献书目编号	备注
1	（明）抱瓮老人：《足本古今奇观》（1969年）	125	
2	陈石峻：《泽玛姬》（1963年）	169*（1982年10月版）	藏族
3	《创世纪》（1962年）	105*（1978年10月第2版）	纳西族
4	《锄八遍》（1955年）	20*（1954年5月版）	
5	《大冬瓜》	21	
6	董和江（7）=董均伦和江源：《玉仙园》	53	

[①] 本表内容依据为附录三《丁乃通特藏藏书目录》。

(续表)

序号	《索引》参考书目中的简称	丁乃通特藏文本文献书目编号	备注
7	《甘肃民间故事选》（1962年）	144*（1980年9月第2版）	
8	《广东民间故事》（第1册）	56（第1集）	
9	《巧媳妇》（1956年）	168*（1982年10月长江文艺出版社版）	
10	何公超：《龙女和三郎》（1956）	24*（1955年10月）	
11	贾和孙=贾芝和孙剑冰：《中国民间故事选》（1962年）	139*（1980年7月第2版第1册）、140（1980年7月第2版第2册）	
12	江畲经（1）=《历代笔记小说选》（汉魏六朝）（1958年）	40（1958年）	
13	凯威罗夫（Kavirov）：《牧人的儿子》，陈序阶译（1955年）=《维吾尔民间故事》，周彤译（1959年）	19（《维吾尔民间故事》，莫·喀必洛夫、雄·沙河马托夫原译，1954年）	
14	《李子长》（1957年）	45	潮州和汕头，广东
15	林青松：《讽刺笑话选》（1961年）	67	
16	刘金：《九斤姑娘》（1954年）	22	
17	李乔：《天鹅仙女》（1958年）	52	云南，少数民族
18	《明清笑话四种》（1963年）	84	
19	墨浪子（清）：《西湖佳话》（1969年）	93	
20	牧野（1）=《古代笑话选》（1962年）	77	
21	《民间奇案》	7	
22	侬易天：《壮族民间故事》（1956年）	40	
23	沈文华（2）=《民间恨事》（1951年）	5	
24	沈文华（3）=《民间笑话》（1951年）	9	
25	沈文华（5）=《民间说怪》（1951年）	8	
26	沈文华（6）=《民间惨事》（1951年）	3	
27	沈文华（7）=《民间异闻》（1951年）	11	
28	宋哲（1）=《黑龙江民间故事》（1962年）	80	

第二章 丁乃通对阿尔奈—汤普森分类法的应用

（续表）

序号	《索引》参考书目中的简称	丁乃通特藏文本文献书目编号	备注
29	宋哲（2）=《湖南民间故事》（1961年）	74	
30	宋哲（3）=《吉林民间故事》（1962年）	75	
31	宋哲（4）=《贵州民间故事》（1962年）	79	
32	宋哲（5）=《山东民间故事》（1962年）	76	
33	宋哲（6）=《新疆民间故事》（1962年）	78	
34	宋哲（7）=《西藏民间故事》（1962年）	81	
35	宋哲（8）=《云南民间故事》（1961年）	68、69	上下册
36	**谈少诗：《中国民间神话》（1961年）	86	
37	王好行：《铁杵磨成针》（1955年）	26	
38	王东等：《插龙牌》（1958年）	51	
39	王尧（1）=《说不完的故事》（1956年）	31	西藏
40	王尧（3）=《文成公主》（1956年）	42	西藏
41	韦其麟：《百鸟衣》（1956年）	33	
42	伍稼青：《武进民间故事》（1971年）	95	武进
43	吴洛：《无头鸟》（1954年）	66	参考书目注：同肖甘牛版，香港重印
44	肖甘牛（3）=《日月潭传说》（1965年）	62《日月潭》（1960年）	
45	肖甘牛（4）=《刘海和梅姑》（1960年）	61	
46	肖甘牛（8）=《双棺岩》（1957年）	47	瑶族
47	肖甘牛（9）=《聪明媳妇》（1960年）	59	"多数来自《中国民间故事》、董均伦和江源（2）"1998年版，第393页

95

(续表)

序号	《索引》参考书目中的简称	丁乃通特藏文本文献书目编号	备注
48	肖甘牛（11）=《望娘滩》（1960年）	65	
49	肖甘牛（12）=《无头鸟》（1960年）	66	
50	肖甘牛（13）=《椰姑娘》（1955年）	29	黎族
51	《县官》=《县官和剃头匠》（1955年）	28	
52	袁珂：《神话故事新编》（1963年）	83	
53	《中国动物故事集》（1966年）	110*（1978年）	
54	赵景深《龙灯》（1961年）	57	
55	赵洪：《成语故事一百篇》（1963年）	82	
56	正文（1）=《古代成语故事集》，（1961年）	71	
57	正文（4）=《玉白菜》（1961年）	73	
58	朱典馨：《成语故事》（1955年）	27	

由表2-2《〈索引〉参考目录与丁乃通特藏文本文献书目对照表》可见，丁乃通特藏中所包含的民间故事文本文献只有一部分与《索引》中所使用的文本文献相一致，其中，存在一部分虽然书名、编纂者和出版地相同，但出版年代或版本不同的文献。这部分文献，我们在表2-2的"丁乃通特藏文本文献书目编号"一列中以星号标出。

另外，特藏中还包含一部分参考书目，其部分书名相同，但编者和出版年代以及出版地等相异。比如，参考书目中有纳吉什金·德的《黑龙江民间故事》，梁珊翻译，1955年在上海出版；特藏中则有宋哲所编《中国民间文学丛书》之一《黑龙江民间故事》，1962年7月由香港宏业书局出版。再如，1956年在武汉出版的吴枌的《买凤凰》，在特藏书目117吴丈蜀编写的同样在武汉出版的1979年5月版，系《中国古代寓言、传说、故事集》中的一部；而影印资料中的《买凤凰》则为1955年12月版，同样属于《中国古代寓言、传说、故事集》。又如，邢伯夫等《凤凰和金豆子》（邢伯夫等，1957年）之于丁乃通特藏书目046（中国民间文艺研究会主编、刘萧吾等整理，1957年版）；属于这类情况的还有《薛仁贵征东》（1971年，台北）之于丁乃通特藏书目016《薛仁贵征东》（香港祥记书局）。

《西藏民间故事》则在书目中含多个版本，参考书目中依次列出的是欧康纳、威廉·夫编写的《西藏民间故事》，1960年在伦敦出版；宋哲编写的《中国民间文学丛书》之一，1962年7月由香港宏业书局出版的《西藏民间故事》；薛尔顿、阿伯特·莱辽哀1925年在纽约出版的《西藏民间故事》（*Tibetan Folk Tales*）。而特藏书目中仅包含宋哲所编写的版本。存在同样情况的还有《民间笑话》。《大冬瓜》在参考书目中含两个版本，一个是1954年济南版，另外一个是"正文（3）"，香港1961年版。另外，后者由丁乃通注明都来自"赵景深（3）"，即华东民间故事选集《龙灯》，上海1961年版。丁乃通在2008年版中译本序言中所提到的，当时香港地区对民间故事文本集盗版翻印情况的严重，由此可见一斑。重印本有吴洛的《无头鸟》（1954年），北京出版，"同肖甘牛（12）在香港重印"，即香港乐知出版社1960年9月出版的肖甘牛等编《中国民间故事集》，丁乃通特藏书目中文文献66《无头鸟》。

表2-3　编入《索引》的影印资料书目一览表[①]

序号	《索引》中的简称	丁乃通特藏资料编号	备注
1	《阿诗玛》	4091-01	
2	《传麦种》	4074-03	
3	董和江（3）=《金须牙牙葫芦》	4059-01	
4	董和江（6）=《石门开》	4032-01	
5	董和江（8）=《玉石鹿》	4070-01	

[①] 本表内容依据为Ting, Nai-Tung, *A Type Index of Chinese Folktales: In the Oral Tradition and Major Works of Non-Religious Classical Literature, Folklore Fellows' Communications No. 223*, Helsinki: Finish Academy of Science, 1978参考书目部分，以及丁乃通特藏资料（见附录四）。

(续表)

序号	《索引》中的简称	丁乃通特藏资料编号	备注
6	葛与肖=葛方、肖庄:《肖茶和莺石》	4079-02	
7	《湖南民间故事选集》	4107-01	
8	《中国民间传说》	4105-01	
9	*李奕定《中国历代寓言选集》	4033-01 4033-02	
10	单超（1）=《仙桃园》（1959年）	4026-01	藏族
11	单超（2）=《雪原红花》（1958年）	4026-02	藏族
12	山河:《金石匣》（1956年）	4070-02	安徽
13	邵子南:《赵巧儿送灯台》（1954年）	4103-01	四川
14	沈百英:《中国童话集》（1961年）	4024-04	
15	孙星光等《修禹庙》	4009-01	淮河流域
16	谈少诗（2）=《中国民间故事》（1961年）	4115-01	
17	王燮:《石姑岭》（1957年）	4076-09 4114-01	四川
18	吴枌:《买凤凰》（1956年）	4069-01 （1955年12月，吴枌）	
19	吴和陈=吴泽霖、陈国钧:《贵州苗夷社会研究》（1942年）	3043-01	研究性论著，内含文本
20	吴曾祺:《旧小说》（1935年）	4076-01	
21	吴玉成:《粤南神话传说及其研究》（1932年）	3114-01	研究性论著，且内含文本
22	肖中游（1）=《巧媳妇》（1961年）	4006-01	
23	肖中游（3）=《太白龙》（1961年）	4006-02	
24	肖崇素（1）=《骑虎勇士》（1963年）	4109-01	彝族
25	肖崇素（2）=《青蛙骑手》（1956年）	4109-02	藏族
26	肖崇素（4）=《奴隶与龙女》（1957年）	4104-01	藏族
27	肖汉:《扬州的传说》（1928年）	4076-04	《扬州传说中之徐文长》
28	肖甘牛（1）=《金芦笙》（1956年）	4108-01	瑶族
29	肖甘牛（2）=《红水河》（1956年）	0042	仅存名称，无内容
30	肖甘牛（10）=《铜鼓老爹》（1956年）	4007-01	
31	肖丁山:《笛歌泉》	4008-01	壮族、高山族

（续表）

序号	《索引》中的简称	丁乃通特藏资料编号	备注
32	熊和余=熊塞声和余金：《巧媳妇》（1953年）	4013-01	
33	徐晋：《鬼话》（1954年）	4106-02	
34	**徐晋和黄一德：《呆话》（1949年）	4106-01（1954年）	
35	*严大椿：《民间故事》（1948年）	4041-01	有复印本沈文华《民间故事》1954年等
36	俞樾（2）·《春在堂丛书》（1902年）	4010-01	
37	元好问：《续夷坚志》	4076-02	无出版年代
38	袁枚：《子不语》	4019-01	无出版年代
39	《"中央"研究院民族学研究所集刊》（1962年，1966年）	3076-02	
40	钟敬文（1）=《楚辞中的神话与传说》（1969年）	4027-01	
41	钟敬文（3）=《民间趣事》（1926年）	4090-01	
42	**《中国民间故事》（通俗出版社）	4024-02	

表2-2和表2-3所含文本文献共100本，仅占《索引》参考书目中的一部分。

还有一些参考书目与文件夹名称相对应，但文件夹内的资料与名称并不一致。比如，"*施百荣：《中国故事集》，香港，1961年"，与文件夹0024的名称"施百荣中国故事集（通俗出版社 中国民间故事）"一致。但这一资料并非位于文件夹0024之中。

当然，由于时代和地域的限制，丁乃通对于少数民族的民间故事文本文献的使用较为有限。郎樱老师曾提醒说，丁乃通当年在华访学的时候曾经提到，自己在编纂《中国民间故事类型索引》时，最大的缺憾就是少数民族文献的不足，尤其是西北部地区文本的缺乏。从《中国民间故事类型索引》的参考书目部分我们可以看到，在《索引》选用的628种文献资料中，涉及少数民族和少数民族地区的文献仅有95种，占总文献数的15.1%，这些少数民族包括苗族、蒙古族、傣族、藏族、维吾尔族、壮族、白族、纳西族、彝族、瑶族、回族、黎族、侗族、高山族等民族（以书目中出现的先后为序），少数民族地区有贵州、云南、新疆、广西、内蒙古、西藏等地区（以书目中出现的先后为序）。①

目前，故事学界已经基本完成了《中国民间故事集成》的编纂工作，因此，与丁乃通编纂《索引》所处的时代相比，在文本文献资料的占有方面有相当大的优势。当然，由于民间故事的流传性和变异性，在任何一个时期，想要将所有的民间故事文本穷尽，完全编入民间故事类型索引之中，也是不现实的。

史华慈博士认为，现代民间故事文本文献书目中的个别书目也存在着版本问题。比如，《中国动物故事》（《索引》中简称为"CAT"，即Chinese Animal Tales的缩写）存在上海人民文学出版社1966年版和上海文艺出版社1962年版两个版本，两个版本的页码相异，但参考书目中并未对其版本做出明确的说明。②

我们可以在参考书目中看到，丁乃通已经标明《中国动物故事》一书采用的是1966年的版本。虽然丁乃通在正文中对民间故事异文的文献出处仅标明了文献标题或责任者以及页码，但在《索引》的参考书目部分对这些文献的信息做出了比较完整的描述，包括正文中所使用的缩写、缩写所对应的出版物标题、责任者、版本信息等。有些在书名和期刊名中显示不出的故事流传地域和民族，如果确定其流传情况，则在括号内注出。流传地为少数民族的，也有所注明。因为在汉族流传的故事数量较多，所以就没有注明。

其二，期刊。主要见于附录三中的参考文献表以及附录四文本文献里的《民间文学》部分。

---

① [美]丁乃通：《中国民间故事类型索引》，郑建威等译，华中师范大学出版社2008年版，第374—398页。

② 参见史华慈致丁乃通信函，1980年3月14日，中国社会科学院民族文学研究所资料室藏，丁乃通特藏资料1037-01，第3页。

第二章 丁乃通对阿尔奈—汤普森分类法的应用

表2-4 丁乃通特藏资料文本文献年代分布表①

序号	出版年代	出版物种数	主要出版物性质
1	20世纪10年代	2	期刊
2	20世纪20年代	24	期刊
3	20世纪30年代	17	期刊
4	20世纪40年代	3	期刊
5	20世纪50年代	79	期刊、故事集
6	20世纪60年代	18	故事集
7	20世纪70年代	1	故事集

从表2-4可以看出，20世纪80年代之前搜集整理的中国民间故事在期刊中的刊出数量，于20世纪50年代出现了一个高峰。主要的期刊包括《民俗》《妇女杂志》《语丝》《北京大学研究所国学门周刊》《民间月刊》《民间文学》《山花》等。这些期刊并非仅仅包含故事文本，有的还收录了当时民间叙事研究方向的论文。当然，在《索引》编写中应用到的主要是民间故事文本及其异文。

表2-5 《索引》参考书目中的期刊与丁乃通特藏资料对照表②

序号	《索引》参考书目中的期刊	丁乃通特藏资料编号	备注
1	《北京大学研究所国学门周刊》	4068-01，4068-02，4068-03	
2	《北京大学研究所国学门月刊》	4044-05，4074-06	
3	《草地》	4074-09，4096-13—4096-18	
4	《妇女杂志》	4068-19—4068-37	
5	《贵州文艺》	4096-07，4096-08	
6	《民众教育季刊》	4068-14	
7	《民间文学》	4086-02	
8	《青年界》（1931—1932年）	3027-04，3078-04	

---

① 本表内容依据附录四附表4-5《故事文本文献目录表》整理而成。
② 本表内容参考Ting, Nai-Tung, *A Type Index of Chinese Folktales: In the Oral Tradition and Major Works of Non-Religious Classical Literature, Folklore Fellows' Communications No. 223*, Helsinki: Finish Academy of Science, 1978参考书目部分，以及丁乃通特藏资料（见附录四）。

（续表）

序号	《索引》参考书目中的期刊	丁乃通特藏资料编号	备注
9	《群众文艺》	4096-10、4096-11	
10	《山花》贵阳（1957—1959年）	4087-02—4087-15	
11	《上海文学》（1962年）	4074-05	《雁荡传说》
12	《延河》（1956—1958年）	4087-01	1957年1月

丁乃通特藏所藏期刊与《索引》参考书目中相一致的期刊共12种，其中甚至包含了我国民俗学学科发轫时期所取得的珍贵成果——《北京大学研究所国学门周刊》和《北京大学研究所国学门月刊》。这与钟敬文在《"五四"前后的歌谣学运动》（1979年）一文中提到的情况相一致，即五四运动之后复刊的《歌谣周刊》"征集和发表的范围"较之前有所扩大①。《索引》参考书目中的期刊往往是多年度的，但资料中保存的相应期刊内容仅仅是影印出的部分单篇异文。例如，参考书目中的"《群众文艺》·上海，1949"，在资料中是"《群众文艺》Ⅰ，第2期，《狐狸偷蜜糖——民间故事》（第26页），以及《群众文艺》Ⅰ，第4期（第28—30页）"；或者是论文中的文本，比如，参考书目中的"《青年界》·上海，1931—1932"在资料中存在的则是"钟敬文先生的《蛇郎故事试探》，《青年界·民间文学讲话》第2卷，第1号（1932年3月20日），以及叶德均的《民间故事书目》，《青年界·民间文学讲话》Ⅱ，第5期（北新书局1932年12月20日出版）"②。

《民间月刊》在参考书目中列出的是卷1，但在资料中出现的则是卷2除第2期之外的第1期到第11期，参见丁乃通特藏资料4082-01至4082-08。

---

① 钟敬文：《"五四"前后的歌谣学运动》，《钟敬文民间文学论集》（上），上海文艺出版社1982年版，第358页。

② 参见中国社会科学院民族文学研究所资料室藏，丁乃通特藏资料3027-04、3078-04。

第二章　丁乃通对阿尔奈—汤普森分类法的应用

2. 外文文献

为查找相关文献，丁乃通曾与丁许丽霞女士多次往返加利福尼亚大学伯克利分校和他们的居住地西伊利诺伊大学。在丁乃通特藏的资料文件中，还存有个别当时丁乃通与丁许丽霞在加州大学图书馆的资料复印账单[①]。从文献资料来源的角度看，这些文献资料大多来自图书馆影印资料或友人所赠。从其性质来看，这些资料既包含文本，也包含一些研究理论，但研究理论相关资料所占比例甚小。出现在《索引》参考书目中的外文资料不及十种。然而，其中与丁乃通特藏外文文献资料相对应的只有一种，即《人类》（*Anthropos*，1937年），与丁乃通特藏资料5076-02相一致，这份资料的撰写语言为德文。

此外，丁乃通还在附录的增补部分指出，俄罗斯汉学家李福清曾经赠予他一部分中国民间故事的文本文献资料。由于丁乃通收到这些资料的时候《索引》已经定稿，无法再做调整，因此，丁乃通将依据这部分材料所整理出的民间故事类型置于书末的附录增补部分。这部分内容共归纳出4个新的民间故事类型，另外还有11个新出现的民间故事类型，共计15个类型。这些新类型在1986年中国民间文艺研究会版本的中译本中补入正文。

丁乃通所使用的文本文献资料在数量上是空前的。艾伯华曾明确指出，《索引》"所囊括的资料，超出了我的索引的4倍"[②]。当然，由于时代的原因，丁乃通所选用的这些民间故事文本资料，目前在国内不易获取，使得民间故事类型索引在实际使用过程中的确存在着一定的困难。因此，使用最新民间故事文本的搜集整理成果对这一索引进行增补就显得十分重要。当然，这一问题已经随着金荣华增补索引的出版而得到解决。

---

① 参见中国社会科学院民族文学研究所资料室藏，丁乃通特藏资料6077-05。
② [德]艾伯华：《丁乃通的〈中国民间故事类型索引〉：以口头传统与无宗教的古典文学文献为主》，董晓萍译，《民族文学研究》2008年第3期。

此外，在一个完备的民间故事文本数据库建立之前，随着时间的流逝和历史的不断推进，查找与《索引》对应的文本文献材料将会是所有研究者面临的共同问题。比如，艾伯华分类专著中所罗列出的文本文献，尤其是口头文献部分，在使用和查找过程中也会面临同样的困难。

因此，建立规范化、可存续的民间故事文本文献数据库尤为重要。只有建立数据库，并编订与之相适应的民间故事类型索引，才可能缓解甚至克服已经得到记录和整理的民间故事文本文献逐步消逝的局面。当然，随着时代的发展和科技的进步，如何将数据库中的资料及时转存到新的介质之中，也可能会是新时代在科学技术方面面临的新挑战。

二、研究理论——阿尔奈—汤普森分类体系

《中国民间故事类型索引》采用的是阿尔奈—汤普森分类体系，故而在编写方法上较为严格地遵守了这一分类体系的编订规则，比如，对分类对象的选取、范围的划分、体例的选择、分类依据的选取、分类体系的编订等。这些编订规则既保留了原有分类体系的优势与特点，也保留了其中的一些不足和缺憾。

（一）分类方法方面的质疑之声

在相当一部分中国民间故事文本中，都存在同时包含数个民间故事类型的情况，正是因为丁乃通在编纂《索引》的过程中保存了AT分类法原有的故事类型体系，在分类过程中保留了基本的分类原则，才能够发现中国民间故事在情节结构上往往比AT分类法发源地（比如北欧等地）的民间故事更为曲折和复杂这一事实。丁乃通并没有因为中国民间故事包含多个故事类型而将其仅仅列在一个民间故事类型之下，也没有将除主要类型之外的其他故事类型省略或隐藏。笔者认为，这种处理方式也体现出丁乃通对中国民间故事现实的一种尊重，属于在固有的类型体系里对中国民间故事特点的反映和体现。

丁乃通编写的《索引》的成书，是学界对AT分类法使用范围的认识有所转变的一个重要因素。"民间故事是能普遍反映一个民族心智的文学……民间

第二章　丁乃通对阿尔奈—汤普森分类法的应用

故事的活泼形式和曲折结构，实现了民族的活泼精神和丰富的创造力……丁乃通费了这么多年的时间，经过细密的分析、归类、统计、比较，其成果不仅是有价值的参考书，更有意义的是向国人提示了一项十分踏实的信心。"①

金荣华认为，丁乃通的《索引》纠正了学界对于中国民间故事分类的一些错误认识，同时也提出了一些新观点。因此，他曾撰义将丁乃通对于分类研究的影响归纳为如下三方面：第一，由于中国人民同外国人民进行经济、文化等多方面的交流，使得中国民间故事类型存在一些国际性的类型，即在外国也存在的故事类型。这一点可以以这样的事实来说明，即中国与印欧相同的民间故事类型往往播布于中国西部边疆地区。第二，相对于欧洲民间故事而言，中国民间故事有着更为"曲折"的结构以及更为"活泼"的形式。这种结构上的"曲折"主要体现在中国民间故事类型中含有大量的复合型故事，换言之，一个完整的中国民间故事往往由多个民间故事类型相互叠加，或相互穿插构成。第三，佛教故事对于中国民间故事的影响程度并没有像某些学者认为的那样深刻，而其所影响的范围也没有之前所认为的那样大。原因在于，丁乃通所列出的中国民间故事类型与印度民间故事类型相同的仅占总类型数的5%左右，并且这些民间故事大都流传在边疆少数民族地区而很少在汉族地区流传②。

艾伯华曾对阿尔奈—汤普森分类体系是否适用于中国民间故事提出质疑。他认为中国民间故事往往会包含多个阿尔奈—汤普森分类体系中的民间故事类型，而且中国民间故事中常常会出现角色替代的问题，即具有同样的故事情节内容和情节结构的异文往往会角色不同，而AT分类法的类型划分依据之一便是角色。于是，这些内容和结构相同的故事可能仅仅因为角色的不

---

① 炎桦（金荣华笔名）：《踏实的信心》，《高雄市台湾时报·山居随笔》，1979年10月6日，中国社会科学院民族文学研究所资料室藏，丁乃通特藏资料6038-01。

② 同上。

同而被划分到不同的故事类型之中。但是，阿尔奈—汤普森分类体系划分故事类型的最主要依据之一又是民间故事的情节结构，这难免会产生一定的矛盾，从而导致了部分异文在不同类型中重复出现的状况，或者会出现某一故事类型名称中所出现的角色在异文中却无法找到的情况，又或者某一故事类型名称中不存在的角色出现在了异文之中。①

丁乃通在《答艾伯哈德教授》一文中对这一问题并未直接进行回应。他指出这是AT分类法本身所存在的具有普遍性的问题，而并非仅仅在中国民间故事的分类中才会出现的状况。

对于这一问题，阿兰·邓迪斯认为导致这一问题的原因是：AT分类体系在写定之初对于民间故事文本来源范围的掌握过于狭小，依据有限的民间故事异文文本所归纳总结出的分类体系往往无法预知所分类对象之外的地区，比如东亚、非洲、拉丁美洲等地区的民间故事异文文本所体现出的特点或问题，从而导致这一分类体系存在一定的局限性，而这些问题在日后对这一体系的发展和增补过程中才会凸显出来，一时间又无法找到十分彻底的解决方法。

在对这一体系进行增补的过程中，汤普森曾试图对这一问题进行补救。他所采用的方法，就是对这些被分隔于不同故事类型但又在结构和内容上存在一定联系的民间故事文本加注，将两个故事类型用等号注出，以方便人们在查找某一类型的时候，不至于将另外相似的类型忽略。

也许，这就是乌特在最新分类体系中将很多故事类型进行合并的原因之一。他在序言中曾经指出，某些仅仅因为流传地域或民族不同而产生个别因素（如角色等的变换）而没有在故事情节内容和情节结构上出现较大变异的故事亚型，应合并回原有的主类型之中，不再作为新的亚型而分列。当然，

---

① ［德］艾伯华：《丁乃通的〈中国民间故事类型索引〉：以口头传统与无宗教的古典文学文献为主》，董晓萍译，《民族文学研究》2008年第3期。

第二章 丁乃通对阿尔奈—汤普森分类法的应用

这并不意味着《索引》中所有的类型都是复合的。在某些故事类型的异文中，其故事情节仅仅是某个故事类型中的一部分，而并非全部。

对此，金荣华在对丁乃通的《索引》进行增补时，对这些类型进行了一定的调整。比如，有些施事者和受事者与AT分类法中的情节相反。丁乃通对此的处理方法是，在类型编号之后添加星号。金荣华则将这些部分改回AT系统原来的类型编号。

对于一些类型名称，在钟敬文、艾伯华和丁乃通三部索引所共同包含的类型中，金荣华往往将类型名称改作钟敬文或艾伯华所使用的，使之更加符合中文的表达习惯，甚至是中国文化背景下的话语体系。比如，"ATT 301三个公主遇难"是西方民间故事当中常见的一个故事类型，西方学者见到这个标题自然会明了故事的大致情节，但其对中国民间故事研究者而言则是陌生的。这一民间故事类型同时存在于钟敬文和艾伯华的民间故事型式之中，前者称之为"Z 3云中落绣鞋型"，后者称之为"E 122云中落绣鞋"，金荣华于是将这一类型名称改为"云中落绣鞋"，同时保留ATT的类型号码301。

在故事情节与故事结构相近或一致的故事群中出现角色相异的情况是民间故事中普遍存在的，这与民间故事所具有的类型性特点并不冲突。另外，通过索引之间的比较，我们也可以看出艾伯华所归纳出的部分民间故事类型的数量在AT分类法中的民间故事类型里并不庞大。钟敬文与丁乃通都将这一故事类型归作一个，而艾伯华却将其一分为二。比如，"ATT 480F 善与恶的弟兄（妇女）和感恩的鸟"对应"Z 10 燕子报恩""E 22 神报恩""E 24 燕子报恩（a）"。再如，"ATT 440A 神蛙丈夫"对应"Z 23 蛤蟆儿子型（第一式、第二式）""E 42 青蛙皇帝""E 43 蛤蟆儿子"。再者，如果按照艾伯华的逻辑，这是否也是将原本完整的故事拆分成了多个故事类型呢？AT分类法与艾伯华的故事类型归纳法在编纂方法和规则上存在着根本的区别，如果以其中一个的标准去评判另一个系统，这一做法本身就存在不合理性，也必然会导致各种各样的误解和无法解决的问题，如同用最繁复的中餐礼仪规范来审视西餐礼仪一样。

史华慈致丁乃通的信件中提出了其在使用《索引》时所遇到的几个问题。第一，史华慈在翻译一本汉族的中国民间故事集（共65则）时，发现其中的一些文本原刊载于丁乃通《索引》所列出的参考书目中的文本文献，但是丁乃通没有将这些异文收入《索引》之中。比如，《蝙蝠的故事》属于ATT 59*型故事；《炉姑》《龙凤瓷床》《莫邪和干将》以及《北京的钟楼传说》（Legend of the Bell Tower，同现代文《铸钟娘娘的故事》，载于金受申编：《北京的传说》，第一集，1957年版）属于同一类型的民间故事；《报晓鸡》与池田弘子编著的《日本民间文学类型和母题索引》（A Type and Motif Index of Japanese Folk-Literature，FFC No.209，1971年）中的178F型类似，因而认为这一类型应为中国和日本所特有；《穿草儿》故事与403C型和533型故事相类似；《黑龙港河的故事》与400A型中的《神笛》有多个相同的情节。①

丁乃通致函回应了这个问题，指出史华慈所列举出的文本几乎皆为传说或神话，从文类的角度讲，是在撰写时决定忍痛割爱没有收录到《索引》中的文本文类；而《蝙蝠的故事》的真实性受到丁乃通和艾伯华的一致怀疑，因此他拒绝将没有把握的文本置入这部《索引》之中。至于《穿草儿》，丁乃通表示并未发现这一文本与ATT 403C型以及ATT 533型民间故事的相似之处，但同时也对史华慈的意见表示尊重。虽然《黑龙港河的故事》的确与ATT 400A相近，却又缺乏天鹅处女或其他ATT 400型民间故事的标志性母题。②

第二，对丁乃通的部分民间故事分类存在疑问，难以理解。一种情况是，民间故事缺乏相应故事类型里的部分情节，但依然被归入其中。比如，

---

① 参见史华慈致丁乃通信函，1980年3月14日，中国社会科学院民族文学研究所资料室藏，丁乃通特藏资料1037-01。

② 参见丁乃通致史华慈信函，1980年4月17日，中国社会科学院民族文学研究所资料室藏，丁乃通特藏资料1038-14。

第二章 丁乃通对阿尔奈—汤普森分类法的应用

民间故事《三根金头发》(《民间文学》,1959年7月)被归入ATT 676型故事,但缺少情节676 b"开关山洞"。另一种情况是,某一民间故事的情节或母题与未被归入的其他故事类型的联系更为密切。比如,民间故事《神笛》(《民间文学》,1959年6月)中所出现的"神笛"与AT 515*型故事里的神笛作用更为相近,而这一故事却被归入ATT 400A型和ATT 592型。再如,民间故事《天不怕和土地爷》(《民间文学》,1961年4月)与故事类型AT 1030、AT 1553A和AT 1553A*密切相关,但《索引》并未提及。又如,民间故事《水母娘娘》(《民间文学》,1956年8月)与AT 565型故事相近,却被归入480D型。还有一种情况是,某个民间故事的部分情节属于某个类型却未被列入相应的条目。比如,ATT 330A型中的民间故事《阎罗之死》(《龙灯》[Chao Ching-shen(3)])的一个主要情节属于AT 465型;ATT 566型民间故事中的《三件宝器》(《民间文学》,1955年5月)的开头属于ATT 555*型;ATT 970A型里的民间故事《蔷薇与阿康》(《民间文学》,1959年1月)同时也属于故事类型AT 885B[①]。对此,丁乃通认为《龙灯》中的民间故事如果放在AT 465故事类型中欠妥,会使得故事本身支离破碎;而《民间文学》中的民间故事《天不怕和土地爷》的确与AT 1030和AT 1553A*有微弱的相似之处,但这种相似度可以在注释中加以说明,鉴于《索引》编订的常规,不足以将其列入。至于其他,则是著作中偶尔出现的疏漏。

第三,在方法论方面,没有在民间故事出处之后注明这则民间故事所流传的地域和民族。[②]这也是学界讨论较为集中的一点,即丁乃通的《中国民间故事类型索引》中缺乏一些信息,比如故事流传地域和播布民族等,因而认为有失准确性和完整性。例如,德国学者史华慈曾致信丁乃通,提出四个

---

① 参见史华慈致丁乃通信函,1980年3月14日,中国社会科学院民族文学研究所资料室藏,丁乃通特藏资料1037-01,第1—2页。

② 同上,第2—3页。

批评与不解之处，其中第三处即为对《索引》中信息不完整表示遗憾。艾伯华也曾指出相关信息的缺失。对此，丁乃通在给史华慈的回信中做出如下回应：《索引》的初稿不仅仅包含史华慈所希望看到的异文流传地区和民族等信息，还包括每个类型异文的重要变化因素。当时由于出版经费方面的原因，对这部分内容做了相应的删减。但是，丁乃通认为，这些删减对于使用者而言影响甚微，因为参考书目的眉批上已经注明了查找流传地区、民族等这些信息的方法。①

《中国民间故事类型索引》的手稿中的确包含了一些已出版的书稿中所不存在的信息和内容。比如，故事异文出处之后，在括号中注明了故事所流传的民族。再如，复合民间故事，在异文出处之后，除相关情节的类型符号之外，还存在一定的具体情节的概述。

对此，加利福尼亚大学伯克利分校（University of California, Berkeley）南亚与东南亚研究中心（Center for South and Southeast Asia Studies）的鲁特-英格·海因策（Ruth-Inge Heinze）表示，海西希所撰书评一出，他就收到了"不止一封"②与海西希进行商榷的论文。他曾向发表海西希书评的《亚洲民俗学研究》（Asian Folklore Studies）的新任主编去函，表示该杂志的"一些评论者在评论时缺乏必要的自我批评和自我尊重。其中的一位编辑甚至在没有向本人征求意见和使用田野调查笔记的情况下，贸然将一篇文章重写，还美其名曰提升了这一成果的水平"③。海因策不得不警告对方，这是一种抄袭行

---

① 参见丁乃通致史华慈信函，1980年4月17日，中国社会科学院民族文学研究所资料室藏，丁乃通特藏资料1038-14。
② 参见鲁特-英格·海因策致丁乃通信函，1981年9月30日，中国社会科学院民族文学研究所资料室藏，丁乃通特藏资料1038-02。
③ 同上。

第二章　丁乃通对阿尔奈—汤普森分类法的应用

为。另外,被修改以后的论文的"文风、语法和拼写水平均不升反降"①。因此,海因策认为,有建设性意见的"这样几封信,应该可以引起《亚洲民俗学研究》编辑的反思"②。另外,他还表示"将鼓励《亚洲民俗学研究》的主编刊发丁乃通对海西希先生的答复"③,并认为"高水平的学术争论会大大提升其期刊的质量"④。

丁乃通也曾撰文对海西希的这篇书评进行回应,并应《亚洲民俗学研究》编辑的要求对海西希所撰书评中的语法和拼写错误进行了说明。⑤丁乃通在文章中对海西希所提出的质疑一一做出回应。首先,丁乃通认为海西希把《索引》中的一个类型与《韩国民间故事类型》中的一个类型视为同一个,仅仅因为二者皆可以等同于艾伯华的某个类型,这有失偏颇,因为事实上二者的相同之处仅为一个相同的母题。这种把艾伯华的《类型》奉为唯一圭臬的做法的合理性,需要重新进行考量。⑥丁乃通的《索引》以及崔仁鹤的《韩国索引》均以AT分类法为理论基础,而艾伯华的《类型》则另辟蹊径,故而位于两个不同体系中的类型比较需要具体问题具体分析,应从类型所包含的具体母题以及这些母题排列组合的方式方法上来判断两个故事类型是否相近相似,甚至相一致。

此外,海西希认为,丁乃通在笑话的条目之下放置了很多AT系统之外的类型,是对艾伯华分类成果的借鉴。丁乃通对此也进行了说明,认为这些故

---

①　参见鲁特–英格·海因策致丁乃通信函,1981年9月30日,中国社会科学院民族文学研究所资料室藏,丁乃通特藏资料1038-02。
②　同上。
③　同上。
④　同上。
⑤　参见彼得·耐赫特教授(Professor Peter Knecht)致丁乃通信函,1981年10月8日,中国社会科学院民族文学研究所资料室藏,丁乃通特藏资料1038-03。
⑥　参见丁乃通:《答海西希》,1981年9月16日,中国社会科学院民族文学研究所资料室藏,丁乃通特藏资料2038-01。

事类型之所以会归在笑话这一大类中，是因为这些民间故事的搜集整理者将它们编入了笑话文集之中；而丁乃通和艾伯华之所以会所见略同，不过是因为二人都选择了尊重原文本文献编订者的意见而已。①

(二) 优势

《中国民间故事类型索引》的优势在与其他分类体系的比较过程中可以较为清晰地显示出来。

1. AT系统内外的中国民间故事分类体系比较

与其他分类体系比较可以看出，丁乃通的《索引》在一定程度上汲取了之前较为系统的分类研究成果。比如，陈丽娜认为，戴尼斯所归纳的15式中国民间故事都体现在了丁乃通的《中国民间故事类型索引》之中。这些类型包括：ATT 113B猫装圣者；ATT 125E*驴子用叫声威吓别的动物；ATT 126羊赶走狼；ATT 160A*鹬蚌相争；ATT 176A*人以智胜猴；ATT 214B身披狮皮的驴子一声大叫，现出原形；ATT 225A乌龟让老鹰带着自己飞；ATT 400A仙侣失踪；ATT 471A和尚与鸟；ATT 519大力新娘；ATT 676开洞口诀；ATT 780D*歌唱的心；ATT 825A*怀疑的人促使预言中的洪水到来；ATT 882C*丈夫考验贞洁；ATT 926所罗门式的判决；ATT 934D2如何避免命中注定的死亡；ATT 1350多情的妻子；ATT 2400用牛皮量地。②相较于AT系统而言，其中六个类型是中国所特有的，约占这些类型总数的三分之一。

在《索引》的附录中，丁乃通将《索引》与艾伯华《类型》的比较表列出，找出了两个分类体系之中相互对应的部分。在丁乃通的手稿中也存有这部分内容③。然而，这一附录在中译本中被删去，因此，汉译本读者无法见到。本

---

① 丁乃通：《答海西希》，1981年9月16日，中国社会科学院民族文学研究所资料室藏，丁乃通特藏资料2038-01。

② 陈丽娜：《中国民间故事类型研究》（上），曾永义主编：《古典文学研究辑刊》六编第十六册，花木兰文化出版社2012年版，第125页。

③ 参见中国社会科学院民族文学研究所资料室藏，丁乃通特藏资料2040-01。

书附录二对这部分内容有所呈现，以冀弥补这一小小的缺憾。

通过对比钟敬文的《型式》、艾伯华的《类型》以及丁乃通的《索引》，可以得出这三者相互对应的类型共35组。其中，相对于AT体系而言，为中国民间故事所特有的共20组，由此我们可以看到中国民间故事体系中所固有的这部分故事类型。我们以为，正是丁乃通的这部《索引》反映出了中国民间故事原有的肌理，方才可能与中国特有的这些民间故事分类体系产生交集。这一事实还进一步体现在21世纪我国分类研究的新成果之中。《索引》一方面体现出我国类型所固有的特点，另一方面又因使用国际通用的分类体系而使得中国分类体系可能与国际分类体系之间实现较为直接的对比研究。故而，《索引》在我国21世纪的分类研究新进展中也为这些新成果所应用。较为突出的例证，就是祁连休与顾希佳在自己的力作之中都将自己的分类体系与《索引》做出了比较。而可以实现这些中国古典文献中的类型与国际类型之间直接比较的基础，正是丁乃通认识到了我国民间故事文本在中国古代典籍之中巨大的蕴藏量，并将这些文本编入《索引》。

这两部分类研究成果对类型所对应的文本直接做出了整理并编辑成册，只需对照类型索引和相应的配套文献集即可查找到所需文本，这为分类研究者提供了便利。

与其他分类体系相比较而言，《索引》体现出两个较为突出的特点：其一，开放性。AT分类法之外的民间故事分类体系往往是封闭式的，一旦写定则难以根据日后搜集整理民间故事文本的新进展而对其进行补充或者修订。AT分类法在建立之初就设定和规划了其开放性，目的是可以根据不断发现的新民间故事异文，随时修订和增补原有的体系，从而使其对类型的描述更为接近流传的实际状况。其二，规范性。AT分类法对分类对象有着较为严格的限定，即狭义的民间故事。这一点正是成就其系统性的重要基础。

2. AT系统之内的民间故事分类体系比较

陈建宪认为，丁乃通的《索引》"打破了那种排除中国的民间故事于世界传统体系之外的谬见，为中国与世界的民间故事比较研究架起了一座相互沟通的桥梁"①。

陈丽娜认为，与阿尔奈—汤普森分类体系比较，丁乃通新增加的民间故事类型在内容上可以划分为这样几类：禽鸟故事；聪慧女孩的故事；妻子的故事；恋人的故事；塾师的故事；恶作剧者的故事；成语故事；家庭制度故事。②这些故事"充分呈现出中国文化特质与民族性，展现了中国民间故事的特色"③。而中国民间故事在某些审美标准上与西方存在的一定的区别，也在中国民间故事当中有所体现。段宝林曾致丁乃通的信中，对丁乃通来信中所询问的关于"fool"的研究进行回答，认为中国和西方在这一形象上的认知偏差，反映了两种不同的美学思想。他指出，过去的美学家往往把喜剧人物看作傻的、愚笨的或骗人的，但在中国机智人物故事中，这类人物是聪明的"老师"，这是与传统美学不同的地方。④

《国际民间故事类型》（以下简称《国际类型》）在民间故事文本的收录范围上较之前的阿尔奈—汤普森分类体系有较大的拓展，因而更为全面地反映了国际民间故事类型的全貌。因此，《索引》与《国际类型》的比较可以更为准确地反映出中国民间故事类型与国际民间故事类型之间的区别与联系。《国际类型》对《索引》的大规模收录，在某种程度上可以认为《索引》在国际民间故事分类研究中的影响一直持续到了21世纪，也依然是国际学者了解中国民间故事分类现实的一个重要窗口和重要参照。

尤其在对中国民间故事类型与其他国家和地区的民间故事类型进行具体

---

① 陈建宪：《一座沟通中西文化的桥梁——〈中国民间故事类型索引〉评介》，《民间文学论坛》1988年第5、6期合刊。
② 陈丽娜：《中国民间故事类型研究》（上），曾永义主编：《古典文学研究辑刊》六编第十六册，花木兰文化出版社2012年版，第107—120页。
③ 同上，第120页。
④ 段宝林致丁乃通信函，1983—1986年间，中国社会科学院民族文学研究所资料室藏，丁乃通特藏资料1039-06。

第二章 丁乃通对阿尔奈—汤普森分类法的应用

的比较研究时,这一分类体系的优势会得以较为突出地体现出来。下面,我们以ATT 234夜莺和蜥蜴故事类型研究为例来对这个问题进行说明。按照《索引》,我们可以查找到这个类型下的文本文献出处;在乌特的《国际民间故事类型》(以下简称《国际类型》)中,我们也可以查找到同一类型号下这一故事类型在其他国家和地区的分布情况,比如,这一类型就同时存于韩国和日本。如果想要进一步进行这一民间故事类型的国际比较研究,则可对照这一类型索引直接查找出韩国和日本的故事类型索引中所对应的类型号码。《国际类型》列出的韩国所对应的分类体系是崔仁鹤的《韩国民间故事类型索引》,这一故事类型所对应的类型号为6;日本分类体系是池田弘子的《日本民间故事类型与母题索引》,这一类型所对应的类型号也是234。下一步,则可根据索引所提供的两个类型号分别在两个国家的类型索引中查找出相应的文本出处。如此便可以对同一类型在不同国家和地区的文本进行具体的比较研究了。

试想,如若没有AT分类体系所提供的这样一个比较成熟完备的系统,我们在查找不同国家和地区的同一类型的文本文献的过程中就会多耗费相当的精力和时间。这个体系存在的意义,也正与其最初的建立者创编这一体系的目的相合,即作为工具,其应当在其使用过程中为研究者提供便利,从而提高研究工作的效率。

综上所述,丁乃通分类体系的优势较为集中地体现在以下几个方面:第一,系统性较强,AT分类体系是目前世界通用的民间故事分类体系,其最大的优势也在于其系统性,这一系统性至今没有其他的分类体系可以将其代替。第二,将中国古典文献中的民间故事纳入分类对象之中,同时也收录了当时已出版的可以搜集到的口头民间故事文本,汲取了分类研究的既有成果,体现出我国民间故事所固有的特质。第三,AT分类体系所具有的国际性,使得《索引》在与国际类型相比较时,能够比较便捷地使用《国际类型》这一工具书,以提高类型比较研究的工作效率。

第二节　研究的影响、发展与应用

丁乃通的中国民间故事分类研究在国内外故事学界产生了一定的影响，并为其他学者所发展，也在新世纪的民间故事分类研究成果中得到了一定的应用。

一、研究的影响

丁乃通的《索引》，尤其是其中文译本，对于国内的民间故事分类研究而言，为国内的分类研究引入了阿尔奈—汤普森分类体系这一重要的国际分类研究方法，拓展了国内分类研究的思路。对于国际学界的中国民间故事分类研究而言，丁乃通的研究则交出了一份在使用资料上空前丰富、在学术话语上较为易于理解的中国民间故事整体概况的介绍，从而为国际民间故事研究界呈现出一幅较为清晰和准确的中国民间故事的真实图景。

（一）国内

《索引》的汉译为国内的民间故事类型研究提供了一条新思路，将阿尔奈—汤普森分类体系较为直观地介绍到国内故事学界。

丁乃通的《索引》用英文撰写而成，20世纪80年代译成中文，至今已经出版的中译本有三部，分别由辽宁大学（1983年）、中国民间文艺家协会（1986年）和华中师范大学（1998年）组织翻译出版。陈建宪认为："对一般读者来说，它使我们在漫游民间故事的迷宫时，能够提纲挈领地宏观把握全中国乃至全世界民间故事的大略状貌。对研究者来说，它为某些专门问题的深入研究提供了丰富的资料指南。它将中国丰富的民间故事宝藏介绍给国际学界，同时把许多外国学者的目光引向了中国。"[①]

早在1983年，贾芝就已经委托段宝林组织北京大学的人力完成了《索

[①] 陈建宪：《一座沟通中西文化的桥梁——〈中国民间故事类型索引〉评介》，《民间文学论坛》1988年第5、6期合刊。

第二章 丁乃通对阿尔奈—汤普森分类法的应用

引》的中文翻译工作，中文译稿也转交给丁乃通进行审校。然而，贾芝认为，译文的中文水平有待提升，需要做出进一步修改。在此期间，辽宁大学的乌丙安组织人力"抢先出版"了首部中译本。①由此可见，他认为此部《索引》的汉译工作是十分迫切的。

乌丙安认为，此部《索引》对民间故事研究具有重要意义，翻译工作十分紧急，于是当即组织了当时的硕士研究生董晓萍、孟慧英和李扬进行翻译，于1983年将译稿出版。这一版本的出版，使得国内更多的民间故事研究者了解到了丁乃通的成果，在一定程度上扩大了AT分类法在国内民间故事学界的影响。

三年后，经过多次修订，在贾芝的多次努力推动之下，段宝林组织北京大学师生共同翻译的《中国民间故事类型索引》中文版，由中国民间文艺研究会出版。这一版本的译稿，较为完整和准确地反映了英文原版的全貌，并有幸邀请到钟敬文为此部译著撰写序言。钟先生在序言中肯定了此部《索引》在中国民间故事研究领域中的重要价值，及其在向世界介绍中国民间故事方面不可多得的意义。贾芝也为此部译著撰写了序言，对丁乃通的研究工作给予了较高评价。

另外，丁乃通和丁许丽霞也参与了这部译著的校译工作，将原来附录中的一部分故事类型增补到正文之中。附录中的这部分故事类型整理自俄罗斯著名汉学家李福清为丁乃通所提供的中国民间故事文本。由于丁乃通收到这部分文本文献之时，编订的《索引》初稿已经在赫尔辛基定稿，无法再做增添，故而在英文原版中将这一部分内容作为附录的增补部分放置在书末。②从英文原版的附录来看，丁乃通增补的这部分内容包括三个部分：第一部分是

---

① 参见贾芝致丁乃通信函，1983年10月15日，中国社会科学院民族文学研究所资料室藏，丁乃通特藏资料1039-04。

② 参见Ting, Nai-Tung, *A Type Index of Chinese Folktales: In the Oral Tradition and Major Works of Non-Religious Classical Literature, Folklore Fellows' Communications No. 223*, Helsinki: Finish Academy of Science, 1978, pp. 272–277.

对资料中故事的具体分析,包括文本、各个文本所包含的故事类型;第二部分是从这部分资料中总结出的新类型,即在AT系统中不存在的类型,主要是亚类,每个类型目下至少包括两个不同的异文;第三部分是丁乃通对这部分增补内容的总结,明确指出这些增补文献中新出现的故事类型为7个。但笔者查阅前两部分的增补内容后发现,除这些故事类型之外,这部分文献中还出现了个别正文中没有列出的故事类型。

然而,日本故事学界为维护本土学者的话语权,而对旅美学者池田弘子所著的《日本民间故事类型和母题类型索引》持较为强烈的批判态度,提出AT分类法不适用于日本民间故事现实的观点,并曾竭力抵制此部索引在日本境内以日文出版,甚至迫使池田弘子暂时改变研究方向。[1] 彼时,中国故事学界未必清楚个中缘由,但有可能受到这一观点的影响,进而认为AT分类法不适用于中国民间故事的分类研究。如果要用,则必须加以改造,使之中国化。[2]

2008年,由刘守华教授和黄永林教授组织出版了第三部中译本,即华中师范大学出版社版。此部《索引》与民间文学研究会译本的差异不大,只在附录部分(附录二)增收了刘守华的一篇忆念丁乃通的文章《一位美籍华人学者的中国民间文学情结——追忆丁乃通教授》。虽然其中偶有疏漏,比如故事类型号、故事类型名称的误译等,但是,在20世纪末对《中国民间故事类型索引》再次翻译出版,至少使得此部重要的工具书出现在更多青年故事学者的视野之中,从而让新一代故事学人有机会直接了解到丁乃通的研究成果,并以此为基础,结合中国民间故事发展的最新阶段性成果,对故事学中的类型学理论进行新的研究与新的思考,这为不同代际的学术思想碰撞提供了有利的契机。进入21世纪之后,对于大多数新一代故事学人而言,能够直接

---

[1] 池田弘子致丁乃通信函,1985年3月6日,中国社会科学院民族文学研究所资料室藏,丁乃通特藏资料1039-11。

[2] 段宝林致丁乃通信函,1983—1986年间,中国社会科学院民族文学研究所资料室藏,丁乃通特藏资料1039-06。

接触到20世纪80年代出版的两部中文译本的机会尤其有限。新译著的出版也提高了青年学人了解和应用丁乃通《索引》的可能性。

另外，丁乃通还多次到国内访学，担任华中师范大学等多所大学的客座教授，通过课堂将国际民间故事研究情况及其本人对中国民间故事的研究成果直接介绍到国内。丁乃通也曾经到中国社会科学院民族文学研究所进行学术访问并举办学术讲座。

（二）国际

《索引》选取了阿尔奈—汤普森分类体系为分类方法，这种国际通用的学术话语体系使得国际学界可以较为轻松准确地知晓与理解中国民间故事的概况。由于《索引》以英文撰写，且在国际学界影响较大的芬兰《民俗学者通讯》丛刊出版，因此，成为国际民间故事学研究者了解中国民间故事分类研究情况的重要著作，为国际学界了解中国民间故事打通了一条新通路。直到2004年乌特对阿尔奈—汤普森体系进行增补的《国际类型》中，丁乃通的《索引》依然是中国民间故事相关材料的重要参考。这可以说明其在国际分类研究中的影响持续至今。当然，这一状况也与国内最新的分类研究成果没有及时被译介到国外存在着一定的关系。

此外，丁乃通还通过多次参加国际学术活动，向国际故事学界介绍中国民间故事及其研究情况。1968年11月10日，他在印第安纳州伯明顿（Bloomington）参加美国民俗学会年会（Annual Meeting of the American Folklore Society）的"民俗与东西方冲突"讨论会（symposium, "Folklore and the East-West Conflict"）上，发表会议论文《东西方语境中的中国民间叙事》（"Chinese Folk Narrative in an East-West Context"）[1]。1969年8月，他在布加勒斯特参加"民间叙事研究暨第五次国际学会大会"（The Fifth Congress of the

---

[1] 《东西方语境中的中国民间叙事》打印稿，1968年3月18日，中国社会科学院民族文学研究所资料室藏，丁乃通特藏资料2044-01。此论文在题头处注明"本书仅供会议发表，不再刊出或供引用"。

International Society for Folk-Narrative Research at Bucharest），发表会议论文《论中国民间故事〈老虎外婆〉AT 333C》("*On the Chinese Tale of Tiger Grandma AT 333C*")，①通过这一常见类型的具体研究，向国际展示了中国分类研究的情况。1981年10月，他被列入"亚洲民俗学者国际名录"（International List of Asian Folklore Scholars）。②1983年，他参加中国与北美印第安民俗文化讨论会（A Symposium on Chinese and North American Indian Folk Culture），担任主席；在第十一届国际人类学与民族学大会（The Eleventh International Congress of Anthropological and Ethnological Sciences）上发表文章。③这篇会议论文，后经过整理发表，是为《三个中国和北美印第安人故事类型比较研究》("A Comparative Study of Three Chinese and North American Indian Folktale Types"，1985年），论文具体内容将在本书第三章中进行一定的探讨。1988年12月9日—12日，在印度奥里萨邦（Orissa）参加由东方与奥里萨研究所（Institute of Oriental and Orissan Studies）举办的"变化中的世界种族文化国际研讨会"（International Seminar on Tribal Culture in a Changing World），发表会议论文《中国民间叙事中的西方人》("The Westerner in Chinese Folk Narritives"）。④

---

① 参见丁乃通致艾德书信，1972年3月18日，中国社会科学院民族文学研究所资料室藏，丁乃通特藏资料1036-05。此会议论文暂无发表记录，文中所论及的故事类型在丁乃通的《中国民间故事类型索引》中的故事类型333C【老虎外婆】（参见《中国民间故事类型索引》，第64—69页），此类型为中国所独有，AT分类系统中所近似的故事类型为ATU 333 小红帽（Little Red Riding Hood, previously The Glutton），其流传国家和地区约为35个，不同版本的故事类型及亚类共70个。此外，ATU分类系统中并未将ATT 333C【老虎外婆】收录其中。（参见FFC 284，第224—225页）

② 参见鲁特-英格·海因策致丁乃通书信，1981年9月30日，中国社会科学院民族文学研究所资料室藏，丁乃通特藏资料1038-02。

③ 参见罗伯特·肯德里克致丁乃通书信，1983年9月13日，中国社会科学院民族文学研究所资料室藏，丁乃通特藏资料1037-04。

④ 参见奇塔·兰加·达斯致丁乃通书信，1988年7月31日，中国社会科学院民族文学研究所资料室藏，丁乃通特藏资料1034-05，以及"变化中的世界种族文化国际研讨会"会议手册，1987年10月10日，中国社会科学院民族文学研究所资料室藏，丁乃通特藏资料6034-01。

第二章　丁乃通对阿尔奈—汤普森分类法的应用

1. 将中国民间故事研究推向国际舞台

除了向国际学界介绍中国民间文学，尤其是民间故事文本的搜集、整理和研究情况之外，丁乃通还与国内学者往来密切，帮助他们参加国际会议，将国内最新的学术成果带向国际。国内学者，比如钟敬文、贾芝和段宝林等在学术上也给予丁乃通极大的帮助，无论是文本文献的提供，还是理论方面的交流，都是如此。这些努力使得国内的民间故事研究成果能够更为及时地为世界民间故事研究者所了解，丁乃通与国内学者合力将中国民间故事研究推向国际故事学研究的舞台。

20世纪初，随着新文化运动等革命浪潮的掀起，民俗学作为西方学科的一种传入中国。20世纪前半叶，在一大批有远见卓识的中国文学研究者的提倡与推动下，民俗学在华夏大地上得以迅速生发，并通过北大歌谣学运动、中山大学歌谣学运动等一系列民俗学运动的开展，得到较为快速的发展。虽然受时代背景的影响，民间文学的发展偶有停滞，但到20世纪后半叶，依然积累了一定的成果，无论是在民间故事的搜集整理方面，还是在具体民间文学的研究方面，皆有所成。20世纪后期，随着国门进一步向外界敞开，学术方面的对外交流也开始日渐频繁，而世界民间文学界也期待着中国声音的传出。

贾芝认为："民间文学反映了各族人民的文化创造、心理和历史前进的脉络，民间文学方面，和世界各族之间共同的语言更多一些。因此，我们研究民间文学，就需要了解世界其他国家的民间文学，更需要共同探索他们的异同和原因。如果不走出门去，不认识世界，也就不能认识自己，不知道自己究竟有多高、多低，就不能够认识民间文学的基本规律和它的千差万别的民族特点。"（1986年）[①]他首先与海外华人学者丁乃通取得联系，并在丁乃通的引荐与帮助下，多次出访，参加民间文学国际会议，与多国学者进行交流，使中国民间文学研究的前沿成果得以较为准确和及时地传达到国际学界，从

[①] 贾芝：《谈民间文学走向世界》，《中南民族学院学报》（人文社会科学版）1986年第2期。

而纠正了部分国际学者对中国民间文学研究现状的一些错误认识或偏见。同时，贾芝也组织国内部分成绩斐然的学者一起走出国门，将中国民间文学推向世界。

为此，贾芝曾与丁乃通多次通信，沟通具体细节，两位先生都为中国民间文学走出去这一事业倾注了极大的热情，积极奔走，不遗余力。这一点我们从当时贾芝写给丁乃通的信函皆可看出。

1983年3月24日，德意志联邦共和国（Federal Republic of Germany）民俗学研究会民间故事百科全书编辑依奈斯·克勒–居赫（Ines Köhler-Zülch）博士，在回复丁乃通1983年3月2日的信函中，为贾芝到访德意志联邦共和国的行程计划推荐了两处研究机构，它们是位于巴登–符腾堡州弗莱堡市（Freiburg）的民俗学研究会（Seminar für Volkskunde）和德国民歌档案馆（Deutsches Volksliedarchiv, DVA），前者藏有搜集整理存档的传说、谚语和笑话，后者则主要负责民歌的搜集、入档和出版工作。[①]

丁乃通还多次与民俗学家、时任北欧民俗学研究所（Nordic Institute of Folklore）所长劳里·航科等北欧学者多次通信，为贾芝一行访问北欧事宜穿针引线。1983年3月25日，国际民间叙事研究会（International Society for Folk-Narritive Research, ISFNR）秘书甘·海然恩（Gun Herranen）致函丁乃通，告知已经收讫丁乃通致劳里·航科以及北欧民俗学研究所（Nordic Institute of Folklore, NIF）的信函，从而在信中得知贾芝意欲在北京建立民俗学资料库（Folklore Archives）的消息。

丁乃通还在信中表示，贾芝和段宝林可能尚未收到挪威卑尔根大会主席1984年7月18日发出的邀请函。甘·海然恩则告知丁乃通，寄给贾芝的北欧民俗学会通讯（NIF Newsletter）近日已经被退回，这意味着国际民间叙事研究

[①] 依奈斯·克勒–居赫博士致丁乃通信函，1983年3月24日，中国社会科学院民族文学研究所资料室藏，丁乃通特藏资料1034–16。

会寄给段宝林的函件也可能已经丢失。但是，海然恩表示将会再次向贾芝以及段宝林发出邀请函，并对丁乃通的提醒表示感谢。另外，海然恩还将1983年3月25日芬兰民俗学家劳里·航科致贾芝的一封信一并寄送给丁乃通，并表示将乐意为贾芝及其同僚赴北欧诸国考察民俗学档案馆提供帮助。①

贾芝在1983年10月15日致丁乃通的信函中说，他已经收到了两封邀请信，并寄送出会议论文《民间文学：应取之于民，还之于民》，可能的话会前去挪威参加1984年卑尔根的大会。②

劳里·航科知晓贾芝"欲意在北京建立中国民间文学与艺术研究会的数据库，并以芬兰为起点与域内的北欧学者建立国际交流"③后，向贾芝致信，欢迎贾芝对北欧民俗学档案馆以及研究领域进行访问，并表示将为其来访提供帮助。

航科还在信中推荐了具体访问的地点——芬兰的赫尔辛基（芬兰文学学会的芬兰民俗学档案馆，Finish Folklore Archives at the Finnish Literary Society）和土尔库（北欧民俗学研究所，Nordic Institute of Folklore），瑞典的斯德哥尔摩（瑞典民歌档案馆，Swedish Folk Song Archives）和乌普萨拉（方言与民俗研究所，Institute of Dialect and Folklore Research），丹麦的哥本哈根（丹麦民俗档案馆，Danish Folklore Archives），以及挪威的档案馆（卑尔根或奥斯陆，Bergen or Oslo），并建议使到访时间尽量避开人们通常会进行休假或田野调查的夏季（6月到9月初）。④

---

① 甘·海然恩秘书致丁乃通信函, 1983年3月25日, 中国社会科学院民族文学研究所资料室藏, 丁乃通特藏资料1039-03。

② 贾芝致丁乃通信函, 1983年10月15日, 中国社会科学院民族文学研究所资料室藏, 丁乃通特藏资料1039-04。

③ 劳里·航科致贾芝信函, 1983年3月25日, 中国社会科学院民族文学研究所资料室藏, 丁乃通特藏资料1034-16。

④ 同上。

在多方共同努力之下，贾芝的北欧诸国访学之旅终于成行。在这一过程之中，我们看到了世界想要了解中国、中国想要了解世界的双向意愿。贾芝的北欧诸国之旅也的确改变了欧洲国家对中国民间文学现状知之甚少的状况，同时也让我们更加清晰和清醒地认识到中国民族民间文学文化的宝贵价值。

1983年9月4日—26日，贾芝北欧访问成行，他前两周访问了芬兰，后一周访问了冰岛，往返途中经停莫斯科和伦敦。劳里·航科教授在土尔库（Turku）接待了贾芝一行，他们首先参观了北欧民俗学会（NIF）的办公所在地土尔库大学（University of Turku）[1]，贾芝与格萨尔史诗演述者一起出访芬兰，让当地学者认识到，中国依然保有活态史诗[2]。

之后，贾芝又多次出访，于1985年2月22日和28日分别在芬兰参加《卡勒瓦拉》与世界史诗讨论会，以及《卡勒瓦拉》150周年纪念会，并在纪念会上受到芬兰总统接见。芬兰文学协会聘请贾芝为该会通讯会员。会后，贾芝一行到丹麦进行了访问，由丹麦作家协会接待，参观了安徒生故居；另外，在途经莫斯科时，他还见到了俄罗斯著名汉学家李福清，并参观高尔基故居，还邀请丁乃通与丁许丽霞8月到北京访问。[3]

贾芝积极参加国际会议，1983年6月27日撰有参加加拿大国际会议的会议论文《中国民俗学的新发展》（"New Development of Chinese Folklore"），虽后来未能成行，但是论文得以寄送至大会。另外，贾芝还在丁乃通的帮助下组织北京大学的段宝林等其他民间文艺工作者一同参加国际学术活动。

此外，贾芝还通过在国内举办国际会议的方式，将国际学者请进国内，

---

[1] 贾芝致丁乃通信函，1983年10月15日，中国社会科学院民族文学研究所资料室藏，丁乃通特藏资料1039-04。

[2] 贾芝：《谈民间文学走向世界》，《中南民族学院学报》（人文社会科学版）1986年第2期。

[3] 贾芝致丁乃通信函，1985年5月8日，中国社会科学院民族文学研究所资料室藏，丁乃通特藏资料1039-04。

使得国际研究的前沿成果得以及时传播到国内,从而开启了中外民间文学工作者的交流工作。

贾芝支持海外华人的中国民间文学研究,主要是对丁乃通的支持,也使得中国民间文学的声音可以更为直接地在国际上传播。

2. 治学风格

丁乃通的论文对某一故事类型的研究之所以透彻而深刻,大抵是源自其严格的自律以及对高水平学术的孜孜以求。他指出:"本目录仅涉及民间叙事,不包括谚语和谜语,因为本人对后两种文类的把握不及前者。"①

在具体用词上,前辈们"锱铢必较"的精神,也值得我们敬佩和学习。这一点在海达·杰森与丁乃通讨论《口头文学资料手册》中国民间故事部分稿件的修订过程中,有着较为鲜活的体现。海达·杰森认为:"对于原始部落神话,尤其是所有的美洲印第安的神话而言,民俗学者和人类学者已经将'骗子,作恶的妖精(trickster)'这个词用来描述某个特定的人物……可能把(包含多重含义的)'骗子,作恶的妖精(trickster)'替换为'骗子(swindler)'会好一些,这样只是为了避免民俗学者和人类学者的误读。"②而丁乃通则回应说,他对于"骗子,作恶的妖精(trickster)"一词的使用是沿袭了斯蒂·汤普森的做法③。对此,海达·杰森又给出了另外的建议:"S.汤普森先生的确使用过'骗子,作恶的妖精(trickster)'这一概念。但是,鉴于他使用这一语词的语义不甚清晰,如果您不介意的话,本人还是认为,'practical joker'会减少歧义。如果这个语词同其他文化中的词语意义相异的

---

① 丁乃通致海达·杰森信函,1972年2月22日,中国社会科学院民族文学研究所资料室藏,丁乃通特藏资料1036-03。
② 海达·杰森致丁乃通信函,1972年3月6日,打字机打印稿,中国社会科学院民族文学研究所资料室藏,丁乃通特藏资料1036-04,第2页。
③ 这一事实可从1972年8月30日海达·杰森致丁乃通的信函中推断得出。

话，它必然拥有独特的含义。"①

又如，丁乃通曾于1969年8月在布加勒斯特参加"民间叙事研究暨第五次国际学会大会"，发表了会议论文《论中国民间故事〈老虎外婆〉AT 333C》（"On the Chinese Tale of Tiger Grandma AT 333C"），但并未出版，目的是要做出更为"彻底（thorough）"的研究；后几经补充修改，直到三年后的1972年，他认为自己已经将可能搜集到的近100则相关的故事文本搜罗殆尽，方才与《亚洲民俗研究》的编辑联系，准备将长达约140页的文稿投出，意欲以专刊或增刊的形式刊出。②再如，丁乃通曾经在收到编辑的发稿通知之后，主动将不满意的部分文稿重写，寄给编辑，并非常谦虚地恳请编辑对其行文进行修订与润色。③

再如，丁乃通在撰写关于济慈和查尔顿的文章时，曾在文稿投出之前请道格拉斯提出写作建议。道格拉斯则从行文内容、标点使用和字词的使用等方面对这篇文章提出了许多中肯的建议。④

丁乃通在民间文学学术研究上所取得的成就也为其领导与同僚所认可。时任西伊利诺伊大学英文与新闻学系主任罗伯特·肯德里克曾先后两次特地致信丁乃通，对其在学术工作中的努力与成绩，比如专著《中国民间故事类型索引》的出版⑤，以及在中国与北美印第安民俗文化讨论会（A Symposium on

---

① 海达·杰森致丁乃通信函，1972年8月30日，打字机打印纸质稿，中国社会科学院民族文学研究所资料室藏，丁乃通特藏资料1036-06。

② 参见丁乃通致艾德信函，1972年3月18日，中国社会科学院民族文学研究所资料室藏，丁乃通特藏资料1036-05。

③ 参见丁乃通致罗斯曼信函，1970年2月14日，中国社会科学院民族文学研究所资料室藏，丁乃通特藏资料1113-01。

④ 参见道格拉斯·布什致丁乃通信函，1977年9月5日，中国社会科学院民族文学研究所资料室藏，丁乃通特藏资料1040-04。

⑤ 参见罗伯特·肯德里克致丁乃通信函，1981年6月11日，中国社会科学院民族文学研究所资料室藏，丁乃通特藏资料1037-03。

第二章 丁乃通对阿尔奈—汤普森分类法的应用

Chinese and North American Indian Folk Culture）担任主席一职，做出肯定与褒扬，称丁乃通"在专业领域的不懈努力，为其所在的院系，甚至高校都带来了卓越的荣誉"①。道格拉斯·布什（Douglas Bush）也在一封信函中对丁乃通专著《中国民间故事类型索引》的成书表示敬佩，认为丁乃通"在谈论专著的写作与出版时，表现出了一个真正的学者所具备的勇气"②。沃伦·罗伯茨则称丁乃通的专著为"纪念碑式的著作"，认为"是充盈着无限的智慧与辛劳的值得交口称赞的"作品。③

在学术上，丁乃通不仅对同辈谦恭随和，也对后辈多有提携。比如，他曾受邀参加1978年12月在印度举办的"国际民间文化研讨会"（International Seminar on Folk Culture），因为时间关系他没有参加会议或撰写会议论文，但向会议主办方推荐了两位可以提交会议论文的学者，一位是本校哲学与宗教研究系副教授保罗·欧尼斯特·穆切恩克（Paul Ernest Mundschenk），另一位是穆切恩克副教授在加利福尼亚州克莱蒙特研究生院（Claremont Graduate School）所指导的博士研究生。丁乃通在得知这个年轻同事有一位博士研究生的研究方向与大会组织者H. C. 达斯（H. C. Das）所推荐的项目相关时，无私地向会议主办方推荐了这位受福布赖特基金资助而正在印度马德拉斯大学（University of Madras）进行为期9个月项目研究的博士研究生。在推荐过程中，丁乃通不仅将这位青年学者的会议论文附在信函之中一并寄出，而且表示如果会方有合适的项目，希望他们可以联系这位青年学者。丁乃通还将其学术背景进行了详尽的描述，列出了他的博士学位论文题目（"Up from

---

① 参见罗伯特·肯德里克致丁乃通信函，1983年9月13日，中国社会科学院民族文学研究所资料室藏，丁乃通特藏资料1037-04。

② 参见道格拉斯·布什致丁乃通信函，1976年12月24日，中国社会科学院民族文学研究所资料室藏，丁乃通特藏资料1034-14。

③ 参见沃伦·罗伯茨致丁乃通信函，1979年7月5日，中国社会科学院民族文学研究所资料室藏，丁乃通特藏资料1038-12。

Belittlement: Sri Aurobindo and the Response to British Colonialism in India"），两篇关于印度的代表性论文的发表情况和一篇关于日本的论文，及其具体的通信地址。另外，丁乃通还表示，自己非常乐意担当这位青年学者与会方之间沟通的桥梁。①

当时，在德国巴伐利亚州班贝格大学主修民俗学、教育学与心理学的梁雅贞，曾先后两度致信丁乃通，向其请教关于格林兄弟及其童话对中国民间故事收集与研究之影响主题的参考资料。他先是托转，后找到丁乃通的地址之后又再次写信，将自己写作中遇到的资料搜集方面的困难向丁乃通求教，希望可以得到他的点拨。②丁乃通逝世之后，梁雅贞曾撰文介绍和悼念丁乃通，文章以德文刊发。

1979年，新西兰惠灵顿维多利亚大学的埃里克斯·斯戈比（Alex Scobie）与丁乃通在一次会议中进行了学术探讨，斯戈比感到会议期间的交流时间过于短暂，后致信丁乃通讨教。由于当地缺乏丁乃通的专著，斯戈比无法直接查找《中国民间故事类型索引》，因而发出邀请希望丁乃通能够为之提供两个故事类型的中国民间故事异文，丁乃通应邀将相关故事文本译成英文，附于回信之中。③

二、研究的发展与应用

丁乃通的分类研究主要为金荣华和刘守华所承继。金荣华对丁乃通的分类体系进行了完善，刘守华承继了丁乃通在具体民间故事类型方面对历史—地理研究法的应用，并依据中国民间故事的现实进行了一定调整。

---

① 参见丁乃通致H.C.达斯博士信函，1978年5月6日，中国社会科学院民族文学研究所资料室藏，丁乃通特藏资料1034-02。

② 参见梁雅贞致丁乃通信函，1982年10月1日，中国社会科学院民族文学研究所资料室藏，丁乃通特藏资料1038-11。

③ 参见埃里克斯·斯戈比致丁乃通信函，1979年9月11日，中国社会科学院民族文学研究所资料室藏，丁乃通特藏资料1038-07；丁乃通致埃里克斯·斯戈比信函，1979年12月28日，中国社会科学院民族文学研究所资料室藏，丁乃通特藏资料1038-08。

第二章　丁乃通对阿尔奈—汤普森分类法的应用

（一）研究的发展

丁乃通在完成自己学术追求的同时，也有幸得以结识与自己有着共同学术志趣的金荣华，从而使得自己对于中国民间故事分类工作的未来有所寄托。1970年4月，丁乃通携夫人丁许丽霞前往美国加利福尼亚大学伯克利分校图书馆查阅编撰中国民间故事类型索引所需资料[1]，其间与就职于此的金荣华"偶遇闲聊……彼此认识"[2]。

金荣华以英文在台湾的《中国文化》季刊上发表了论文《十洲记扶桑条试探》，将复印稿寄送给了丁乃通。丁乃通以英文回信，认为金荣华的发现为人类学者和民俗学者关于环太平洋的文化传统的观点提供了重要依据[3]。

丁乃通在晚年更是将自己奉献终生的中国民间故事分类研究事业托付给了金荣华。金荣华在2002年撰写的一篇回忆性文章中提及，丁乃通曾在致金荣华的信函中提到，自己感觉日渐力不从心，认为金先生的资质能够承继这一研究。[4]并且丁乃通说明，这封信之所以用英文撰写，是因为自己对这一问题的谈论很慎重，相对于中文而言，他更能适切掌握英文。可见丁乃通对金荣华的分类研究工作寄予厚望。

金荣华也不负所托，与大陆学者保持密切的学术往来，多次到北京、武汉等地参加学术会议，在多所大学担任客座教授，并担任中国民间文艺家协会委员。

在具体的民间故事类型研究工作中，金荣华尊重丁乃通的建议，继续采用AT分类法对中国最新的民间故事搜集整理成果进行了分类工作。在某种程度上而言，这是对丁乃通中国民间故事分类工作较为直接的承继。

---

[1] 丁乃通与丁许丽霞在加州大学图书馆的资料复印账单相关信息，中国社会科学院民族文学研究所资料室藏，丁乃通特藏资料6077-05。
[2] 金荣华：《治学因缘——民间文学篇》，《广西师范学院学报》（哲学社会科学版）2003年第4期。
[3] 同上。
[4] 同上。

金荣华所致力的建立具有中国特色民间故事类型体系的工作分为三个阶段，历时28年。第一阶段为1989年至2002年，成果为《中国民间故事集成类型索引》的第一册和第二册；第二阶段为2002年至2007年，成果为《民间故事类型索引》；第三阶段为2007年至2014年，成果为《民间故事类型索引》（增订本）。

1.《中国民间故事集成类型索引》

第一个阶段的索引主要分类对象为《中国民间故事集成》（以下简称《集成》）的阶段性成果，是对当时最新民间故事文本搜集整理成果的运用。

自1978年丁乃通《索引》出版至2007年金荣华的索引问世，其间历经30载。在这30年间，我国的民间故事搜集整理工作取得了巨大成就，使分类研究所需的文本文献空前丰富，这些成果最为集中和突出地体现在《集成》之中。自20世纪90年代起，《集成》省、市、自治区卷本依次出版，这是一次在全国范围内有计划有组织的、规范性较强的地毯式搜集整理工作。自1984年至1990年，全国采录民间故事184万多篇，从县卷本中选辑市卷本，又从市卷本中选辑出省、市、自治区卷本。这些采录的民间故事的讲述人信息较为完备，包括姓名、职业、年龄、居住地区等基本信息，并且《集成》中仅包含口头文本，不包括典籍文献中的文本。

《中国民间故事集成类型索引（一）》（2000年）的分类对象包括《集成》中已经付梓的《陕西卷》（1996年）、《浙江卷》（1997年）、《四川卷》（1998年）。《中国民间故事集成类型索引（二）》（2002年）的分类对象为《集成》中的《吉林卷》（1992年）、《辽宁卷》（1994年）、《北京卷》（1998年）、《福建卷》（1998年）。仅以7卷本的民间故事文本为分类对象，就新增类型50余个。在这一阶段的索引中，已经概括出了各个民间故事类型的情节梗概，弥补了丁乃通的《索引》仅编订中国特有民间故事类型的概要，若要了解全部民间故事类型的情节梗概则需参阅汤普森版《民间故事类型索引》的缺憾，减省了工作环节。

在分类方法上，金荣华在保留阿尔奈—汤普森分类体系的整体框架和分

第二章　丁乃通对阿尔奈—汤普森分类法的应用

类原则的前提下，对具体的编写细节进行了一定的调整。这些调整大致包括三个层面：编号方式的修改，某些类型和类目名称的重拟，若干故事型号的调整。①

其中，编号方式修改的主要作用是使得系统的开放性更强，进一步细化了系统的层级。这一改动通过将原有的AT系统内原字母后的小写阿拉伯数字改变成为小数点码②来实现，其目的是为了通过继续在小数点之后增加小数点来扩充故事类型的层级，比如，民间故事类型106 A.1和106 A.2之间可以根据新的异文故事情节增加106 A.1.1、106 A.1.2等。

金荣华进行了类型名称等的调整，使之更加符合中国学者的表达习惯，更易于中国学者所理解。同时，他也将一些异文中并不包含类型标题所体现的主要情节的类型做了调整。而类型和类目名称的重拟，则包括三种形式的改写。

一是《索引》中有一些类型名称沿用了AT分类系统中的西方典故，比如，图兰朵（Turandot, ATT851A）、尤利亚的信（the Uriah Letter, ATT 910K）等，但又未将故事情节内容做出相关说明的情况，金荣华对这部分标题进行了改写，体现出故事情节的主要内容。通过查阅乌特的《国际类型》可以见得，这两个简单词汇有着较为固定的内涵。金荣华认为，这些民间故事之所以能够成为一个独立的故事类型，是因为这一故事类型具有以下两个特征：尤利亚亲自递送了一封使自己被他人谋害的信，又引申为"奉命去从事一项危害自己的工作而不自知"③。但是，对于国内不熟悉西方文化的读者而言，其中隐含的这两层意思单凭故事类型名称是无法解读出来的。丁乃通当时限于出版经费而将与AT体系故事情节完全一致的情节描述做了删节，而这些被

---

① 金荣华：《中国民间故事与故事分类》，中国口传文学学会2003年版，第91页。
② 同上，第93页。
③ 同上，第89页。

删节的内容在中译本中也没有再次补充进去，因而使国内读者使用《索引》进行相关研究时会遇到无法解读故事类型主要情节的困难。

二是西文表达的直译虽能够在一定程度上体现故事情节，但与中文表达习惯存在一定的距离。对此，金荣华将这些译文更改为中文习语。比如，将ATT 700"拇指汤姆"（Tom Thumb）改为"小不点儿"。拇指汤姆是在欧洲广泛流传的民间故事，讲述的是一对夫妇老来得子，儿子是一个拇指般大小的小人的故事。①

三是对由于过于简略而无法体现民间故事类型主要情节的故事名称进行改写，其中，与前人所总结的类型相对应者，使用已经出现的类型名称。比如，故事类型名称"二人行"（ATT 613）无法体现故事类型情节内容，金荣华根据故事的主题和基本情节结构——精怪无意中泄漏秘方，从而使得受害者绝处逢生——将故事类型名称改为"精怪大意泄秘方"②。

在大类名称方面，它也体现出中国民间故事所特有的角色，比如，与宗教人物姓名功能相同的神仙，角色功能相当于西方民间故事中的笨魔。

遗憾的是，由于此部《索引》以中文写就，且尚无相关介绍性的英文论文发表，故而这些中国故事学界的最新优秀研究成果可能尚未进入国际故事学界的视野之中，欧美故事学者对这些分类研究的新进展无从知晓。

2.《民间故事类型索引》

金荣华对《民间故事类型索引》的编写实为对丁乃通《索引》体系的承继，是其建立有中国特色的民间故事类型索引体系工作的第二阶段。依照之前学界所提出的一些AT分类法不适用于中国民间故事现实的问题，对其进行了相应的调整和补充。在使用的分类对象上，金荣华使用了目前国内最新的文本文献资料，解决了《索引》在使用过程中不易查找相关文本文献资料的

---

① 金荣华：《中国民间故事与故事分类》，中国口传文学学会2003年版，第93—94页。
② 同上，第94页。

第二章　丁乃通对阿尔奈—汤普森分类法的应用

问题。同时，他也增加了外国民间故事文本文献资料，拓展了民间故事文本的资料范围，提升了其在研究中的实际应用价值。

在这一阶段，金荣华在第一阶段索引编纂成果的基础之上，进一步增加了20世纪90年代至21世纪初国内所出版的民间故事文本文献，随着我国民间故事搜集整理最新成果的刊出而进一步充实了分类对象。除《集成》之外，还收录了《中华民族故事大系》（1995年）和《中国民间故事全集》（1989年）中的相关文本文献。其对这些文本文献集的应用，解决了丁乃通《索引》中所对应的民间故事文本文献难以查找的问题，从而大大提高了在研究过程中使用这一类型体系的便利程度。

《民间故事类型索引》中收录的《集成》省、市、自治区卷本共21卷，除第一阶段已经收录的7卷之外，还包括《江苏卷》（1998年）、《山西卷》（1999年）、《宁夏卷》（1999年）、《湖北卷》（1999年）、《河南卷》（2001年）、《甘肃卷》（2001年）、《西藏卷》（2001年）、《广西卷》（2001年）、《海南卷》（2002年）、《江西卷》（2002年）、《湖南卷》（2002年）、《河北卷》（2003年）、《云南卷》（2003年）、《贵州卷》（2003年）[①]。

《中华民族故事大系》（1980—1995年，以下简称《大系》）共16卷，按56个民族分别将文本辑录入内，共收入民间故事2500余篇，其特点在于包括了中国境内所有的民族，由上海文艺出版社自1980年起陆续出版，1995年完成整套大系的出版，历时15年。书中所收录的民间故事文本，大部分是首次在国内公开发表，绝大多数故事文本是为编纂这部大系专门搜集整理而成的[②]。但这套丛书"没有采录的时间和故事讲述人的相关资料。文句加工痕迹很明显，可读性不高"[③]。

[①] 金荣华：《民间故事类型索引》（上、中、下），中国口传文学学会2007年版。
[②] 《中华民族故事大系》编委会编：《〈中华民族故事大系〉出版说明》，上海文艺出版社1995年版，第1—3页。
[③] 金荣华：《中国民间故事与故事分类》，中国口传文学学会2003年版，第132页。

同样的问题也出现在台北远流出版事业股份有限公司出版的《中国民间故事全集》（共40册，1989年，以下简称《全集》）之中。《全集》搜集整理了海内外出版的民间故事文本集，以及报纸、杂志中所刊登的汉族民间故事和以汉文记载的少数民族民间故事，按地区和民族编排，文本具有较强的地域特点和民族特点。①虽然存在一些不尽如人意之处，但是其对已出版的民间故事文本文献的搜集整理，是对当时已出版的民间故事文本的一次较为全面的梳理，也具有不可忽视的文献价值。这些文本文献资料中的一部分，在丁乃通的《索引》之中已经有所体现。

此外，金荣华还补充了部分古籍，比如《风俗通义》《山居新话》《耳食录》等，涉及奇闻轶事和鬼怪故事等。另有金荣华在1988年到2000年之间通过田野调查亲自搜集整理出的台湾地区口头流传的民间故事文本，其中涉及大量当地少数民族民间故事，具有十分珍贵的资料价值，包括《台东卑南族口传文学选》《金门民间故事集》《台湾花莲阿美族民间故事》《台湾赛夏族民间故事》《台北县乌来乡泰雅族民间故事》《台湾高屏地区路泰雅族民间故事》等。这批珍贵的资料，祁连休也有所提及，他指出"这方面的成果，在我们梳理、论析中国古代民间故事类型时，同样值得珍视"②。

除中国民间故事文本文献之外，金荣华也将已经译为中文的国际民间故事集作为索引分类对象的一部分，地区涉及亚洲、欧洲、非洲和美洲，比如《格林童话》（德国）、《一千零一夜》（阿拉伯）、《伊索寓言》（古希腊）和《五卷书》（古印度）等。这些国际民间故事文本的增添，为这一索引提供了较为广阔的国际视野，为以汉语为研究语言的学者进行民间故事的国际比较

---

① 陈庆浩、王秋桂主编：《中国民间故事全集》出版前言、编辑凡例，远流出版事业有限公司1989年版。

② 祁连休：《中国古代民间故事类型研究》（卷上），河北教育出版社2007年版，第19页。

第二章 丁乃通对阿尔奈—汤普森分类法的应用

研究提供了便利，使这些学者"对一些跨国故事的流传情况，也可以有比较宽广的了解"①。因此，金荣华第二阶段的成果，实为以中国民间故事文本文献为主要分类对象，又兼具国际民间故事类型索引性质的非单一国家或地区的索引。

在分类方法上，金荣华也做出了一定的调整和改进。首先，除上文所提到的对类型名称做出调整之外，其还对部分类型号码以及类型号的所属类别做出了调整。其中，对类型号码的调整主要是去掉了《索引》类型号中的星号，比如，将"ATT 111C*狡猾的老鼠"改为"111C牛和老鼠比谁大"。同时，也对一部分型号做出了改动，比如，将"ATT 555*感恩的龙公主"改为"555D龙宫得宝或娶妻"，另立一个新的亚型。对类型号码的类别归属做出调整的，比如，"200*猫的权利（原属'家畜类'）"改为"110A老鼠让猫睡过头"，类别归入"野兽和家畜类"，因为故事的主角除了猫之外，还有老鼠。其次，金荣华对《中国民间故事类型索引》的故事类型情节进行了重新描述和补充说明。其中，与阿尔奈—汤普森体系相一致的故事类型内容，主要根据阿尔奈—汤普森—乌特体系的《国际类型》编写，弥补了《索引》未能将与AT系统相一致的部分直接呈现给国内读者的缺憾。

3.《民间故事类型索引》（增订本）

2007年至2014年的七年间，金荣华进行了第三个阶段的工作。在这一阶段的工作中，他主要进行了民间故事文本的增补。较之于第二阶段，主要增补了《集成》新出版的卷本，包括《天津卷》（2004年）、《黑龙江卷》（2005年）、《广东卷》（2006年）、《山东卷》（2007年）、《青海卷》（2007年）、《上海卷》（2007年）、《内蒙古卷》（2007年）、《新疆卷》（2008年）、《安徽卷》（2008年）②；以及具有代表性的民间故事家的故事集，比如裴永镇整理的朝

---

① 金荣华：《增订缀言》，《民间故事类型索引》（增订本），中国口传文学学会2014年版，第Ⅳ页。
② 参见金荣华：《增订缀言》，《民间故事类型索引》（增订本），中国口传文学学会2014年版，第Ⅲ—Ⅵ页；金荣华：《民间故事类型索引》（增订本），中国口传文学学会2014年版，第1265—1266页。

鲜族民间故事讲述家的故事集《金德顺故事集》（1983年）[①]、江帆采录整理的辽宁故事家故事集《谭振山故事精选》（2007年）[②]等等；还包括少数民族故事集，如《西双版纳傣族民间故事》（1984年）、《普米族故事集成》（1990年）[③]等；此外，也增补了一部分新出版的汉译外国民间故事集，比如《爱尔兰民间故事编选》（2011年）[④]、《鹦鹉的七十个故事（古印度民间叙事）》（2012年）[⑤]等。

如此，不仅拓展了民间故事文本文献的版图，比如之前鲜见的少数民族民间故事集，而且在文本文献的规模上也有了较大的扩充。金荣华在《增订缀言》中指出："此次增订，中国部分，用书增加154种；外国部分，用书增加127种。与前用者合计，中国部分为173种，外国部分为201种，总共用书374种470册，类型总数1067则，其中191则为本书所新设。"[⑥]

金荣华还对《中国民间故事类型索引》原书附录中的《专题分类索引》进行了深入剖析，在《论丁乃通〈中国民间故事类型索引〉中译本之〈专题分类索引〉》一文中举出重要例子若干，并给出了一定的调整建议，大致相当于上文所述关于故事类型名称调整的内容。而金荣华也已经将《专题分类索引》重编，命名为《丁乃通〈中国民间故事类型索引〉情节检索》（2010年）[⑦]，从而使得这部索引的实用性得以增强。

此外，台湾学者胡万川也使用AT分类法对台湾地区的民间故事进行了分

---

① 《民间故事类型索引》（增订本），中国口传文学学会2014年版，第1276页。
② 同上，第1291页。
③ 同上，第1283页。
④ 同上，第1286页。
⑤ 同上，第1292页。
⑥ 金荣华：《增订缀言》，《民间故事类型索引》（增订本），中国口传文学学会2014年版，第Ⅵ页。
⑦ 金荣华：《论丁乃通〈中国民间故事类型索引〉中译本之〈专题分类索引〉》，《民间文化论坛》2010年第5期。

类，编纂成《台湾民间故事类型》（2008年）①，是AT分类法在地区性民间故事分类研究中的应用。

丁乃通除民间故事类型索引方面的研究之外，还对具体民间故事类型进行过深入研究。其在具体民间故事类型中的研究方法和研究思路为刘守华所沿用，这一点将在第三章中进行具体论述。

（二）研究的应用

"AT分类法虽有待完善，但它将口头流传的民间故事整理为一个体系，使研究者有了一种类似于《动物志》和《植物志》的故事工具书，因此受到国际学术界的高度评价。"②其国际民间故事比较研究中的不可替代性，是我们接受和应用这一分类体系的最主要原因。进入数字时代后，这一分类法依然具有存在的意义。

目前，《中国民间故事集成》的编纂可谓中国民间故事搜集整理方面所取得的阶段性重大成果。金荣华组织人力对已出版的省、市、自治区卷本进行了分类，但是尚未对县卷本进行分类。县卷本的数量之大，决定了分类工作任务的艰巨。只有结合多方力量，进行整体的规划和组织，方可较为科学地推进并完成这一工作。

关于民间文学文本文献资料档案库的建设工作，我国与芬兰之间的交流渊源已久。早在20世纪80年代初，贾芝就已经产生了在北京建立中国民间文学档案库的意向，并多次前往北欧诸国进行访问。1983年，贾芝通过出访芬兰，了解到当地的民间文学资料档案的建设情况，"收获不少，对芬兰的民间文学及其搜集和研究的历史和现状留下深刻的印象。芬兰民间文学在搜集工作上，其历史经验与我国有类似的现象。他们的档案馆建设很值得我们借

---

① 胡万川：《台湾民间故事类型》，里仁书局2008年版。
② 段宝林主编：《民间文学教程》，高等教育出版社2006年版，第67页。

鉴"①。

　　随着数字化时代的到来，档案馆资料的数字化建设成为时代赋予的新型课题。在理论层面上，这一技术革命也将带来民间故事分类研究方式方法的转变。"在数字化时代背景下，将口头传统脱离其物理存在而放到网络虚拟空间中，形成新的互动关系，这就使得人类的虚拟集体记忆得到更好的应用成为一种可能。"②而在现实意义层面上，学者们在以数据库为研究工具进行民间故事分类研究时，可以大大节约查找文本文献基础资料的时间和精力。对时间和脑力的节约，会直接缩短研究进程，从而使得整个研究工作边际效应相对扩大。换言之，学者可以将搜集文本文献资料这一必要过程中节省下来的时间，投入对研究对象更深层次的思考与研究层面，从而大幅提高研究工作的效率。

　　当然，我们目前所进行的民间故事数字化建设工程与国际上的民俗学数字化档案库相较而言，还存在一定的距离。比如，我们的民间故事数字化建设工程仅仅是将采录到的故事文本数字化；而国际民俗学数字化档案库或者一些已经建成的国际民间故事数字化档案库则是在某一规范体系的框架下所建立的，包括影音图文在内的多媒体档案库。③若要减小个中差距，我们需要通过与世界领先水平的数字化档案库建设者进行进一步的交流与合作，并积

---

　　① 贾芝致丁乃通信函，1983年10月15日，中国社会科学院民族文学研究所资料室藏，丁乃通特藏资料1039-04。
　　② 尹虎彬：《口头传统的跨文化与多学科研究刍议》，《比较文学与世界文学》2012年第2期。
　　③ 参见尹虎彬：《互联网和数字化时代民俗学的数字化档案建设》，《节日研究》2014年第1期。世界领先水平的资料库举例："'芬兰文学学会民俗学资料库'享誉世界，其库藏非常丰富，由巨大的手稿库、录音资料库、录像库、照片库构成，各种资料保存得相当完好。该资料库向国内外学者、研究机构和媒体开放。资料库的工作人员除制作卡片索引、分类归档之外，还承担项目，参与国际合作研究。中国社会科学院民族文学所与该档案馆有着长期的学术联系。"参见尹虎彬：《多学科视野下的口头传统研究——莱顿大学"在非西方世界记录口头传统"学术研讨会述要》，《中国社会科学报》2009年11月5日第8版。

第二章 丁乃通对阿尔奈—汤普森分类法的应用

极落实具体的国内相关数据库建设工作。

丁乃通对阿尔奈—汤普森分类法的应用主要体现在编纂《中国民间故事类型索引》上。从丁乃通特藏文本文献中，包含《索引》中的部分文本文献参考书目，可以大致反推出丁乃通编纂《索引》时所使用的文本文献资料。丁乃通特藏资料中的部分书信，可以对丁乃通编纂《索引》时的初衷、学术环境，以及当时他与各方学者的学术交流情况略窥一斑。而这一学术路径为金荣华所承袭，并结合中国民间故事的现状，对其进行了进一步的中国化。丁乃通的研究成果使得国际学界更好地了解到中国民间故事的现实，而金荣华则提高了其在国内故事学界的使用价值。这些基于AT分类法的中国民间故事类型研究成果，或可作为中国民间故事数据库建设的基础理论框架。

第三章　丁乃通对历史—地理研究法的应用

"钟先生将民间故事类型研究分为两个层面：一是分类工作，即制作类型索引；二是研究工作，即在类型索引的基础上进行研究，特别是比较研究。两者既是分开的，又是关联的，分类是研究的基础，分类中又处处体现着研究的结果。"①丁乃通在编纂《索引》的同时，也对具体类型进行了较为深入的研究。这部分研究成果主要体现在其所撰写的单篇论文之中。

虽然丁乃通在哈佛大学取得的是英国文学的博士学位，主攻英国诗歌散文方向②，但在之后的具体研究过程中，尤其是在进行济慈诗歌的研究（1956年）之时③，他意识到了民间故事对作家文学存在着重要影响，认为它是进行跨文化背景比较研究的重要依据。他发现，济慈诗歌《拉弥亚》中蛇女的形象和围绕其所展开的叙事情节与中国传统民间故事《白蛇传》有着相似之

---

① 郑土有：《论钟敬文对中国民间故事类型研究的贡献》，《广西民族学院学报》（哲学社会科学版）2002年第1期。

② 丁乃通于1945年完成博士学位论文《17世纪前半叶英文浪漫诗歌与散文研究》（"Studies in English Prose and Poetic Romances in the First Half of the Seventeenth Century"）。

③ 丁乃通于1956年在《济慈–雪莉期刊》（Keats-Shelley Journal）上刊发学术论文《查尔顿对济慈的影响》（"The Influence of Chatterton on Keats"）。在完成《中国民间故事类型索引》的编纂工作之后，时隔25年，丁乃通再次对这一论题进行了进一步研究，于1981年在同一期刊发表学术论文《查尔顿与济慈——再研究》（"Chatterton and Keats: A Reexamination"），认为查尔顿对济慈的影响主要体现在诗歌的韵律方面。

第三章　丁乃通对历史—地理研究法的应用

处①，这引起了丁乃通对民间故事的极大兴趣，并因此撰写并公开发表了学术论文《高僧与蛇女——亚欧文学中的拉弥亚故事研究》("The Holy Man and the Snake-Woman. A Study of a Lamia Story in Asian and European Literature", 1966)，由此开启了其民间叙事的研究之路。

台湾学者张瑞文曾在《丁乃通先生及其民间故事研究》中对丁乃通的这些论文做出过集中的整理和归纳，他发现，丁乃通共刊发论文和书评34篇，其中与民间文学相关的有16篇。笔者在整理丁乃通特藏资料时发现，除此之外，丁乃通还撰写过4篇论文和1篇书评，而且皆与民间文学研究相关。这4篇论文中有3篇是未刊发的会议论文，公开发表的一篇为《七姐妹与大蛇》("Seven Sister and the Serpent")，这是丁乃通公开发表的最后一篇论文，其发表事宜在他过世后由丁许丽霞代为完成。另外还有两篇文章存目于《亚洲民俗学者名录》("List of Asian Folklore Scholars")：《作为谚语和民间故事的"大盗与小贼"》("'The Big Thief and the Little Thief' as Proverbs and Folktales")、《中国谚语、轶闻和谜语间的关系》("The Relationships Among Proverb, Anecdote, and Riddle in China")②。因此，目前丁乃通所撰写的有关中国民间文学研究的文章共计23篇。这些论文中有6篇是对具体民间故事类型的分析，所涉及的民间故事类型一部分侧重于以中国为中心的民间故事异文流传情况的分析，另一部分分析的民间故事文本来源所跨地域更加广阔，比如，对同一民间故事类型中来源于亚洲和欧洲或亚洲与美洲的民间故事异文进行比较。这些对具体类型所进行的研究，主要是对历史—地理学派比较研究法的应用。而其他与民间故事相关的研究，则更侧重于理论层面的探讨。遗憾的是，丁乃通关于老虎外婆这一民间故事类型的论文没有刊出，在他特

---

① Ting, Nai-Tung, "The Influence of Chatterton on Keats", *Keats-Shelley Journal*, Vol. 5, winter 1956, pp. 106-107. 在部分诗行中可见到对蛇的描写，比如，"阳光在它身上编织出冬的纹章"。

② Schiffeler, John Wm., "List of Asian Folklore Scholars", *Asian Folklore Studies*, Vol. 34, No. 1, 1975, p. 114.

藏的资料中也没有见到成文的手稿或草稿，仅在个别信件中提及撰写这篇文章的准备工作。①

这些以中国民间故事文本为中心的具体民间故事类型的研究，是对丁乃通中国民间故事分类研究的呼应，由此可以从细微之处反观整个分类系统。如果说金荣华的研究是对丁乃通在类型索引编纂工作方面的继承，那么，刘守华则更多地在民间故事类型的具体研究之中沿着丁乃通所选择的道路继续前行。刘守华主持编纂了运用历史—地理比较研究法的《中国民间故事类型研究》（2002年），其中包含多位学者对60个类型的具体研究与分析。

我们在对丁乃通这些具体类型研究成果的分析之中，除对历史—地理研究法的研究思路进行描述之外，也运用了类型学的其他相关研究理论，比如文化阐释的理论、民间故事生命树理论等，对这些故事类型进行一定的分析。

第一节　民间故事类型国际比较研究

从论文所涉及的民间故事异文范围的角度来看，丁乃通的论文中有两篇是围绕中国及其周边地区的异文文本展开的。其所涉及的民间故事类型都是在国际范围内流传较为广泛的民间故事类型，一个是灰姑娘型故事，主要围绕中国和南亚次大陆上所流传的民间故事文本展开；另一个则为云中落绣鞋型故事，所分析的民间故事文本异文基本是在中国境内以及中国周边国家所流传的民间故事异文文本。这种"跨境民族或跨界民族"②在中国的普遍存在及其在文化层面上的紧密相连，反映了中国作为一个多民族国家的具体国情，也是我们进行中国民间故事研究时需要认识和尊重的一个具体现实。

---

① 参见丁乃通致艾德（Eder）的书信，1972年3月18日，中国社会科学院民族文学研究所资料室藏，丁乃通特藏资料1036-05。

② 尹虎彬：《民俗学与民族文学——重温钟敬文多学科的民俗学思想》，《民族文学研究》2012年第3期。

因此，丁乃通在进行灰姑娘类型、云中落绣鞋类型研究时，将所选取的异文流传范围确定为中国及其周边国家和地区——灰姑娘类型为中国和南亚次大陆，云中落绣鞋类型为中国以及朝鲜、蒙古等周边国家——便不难理解。

一、灰姑娘型故事研究

《中国和印度支那的灰姑娘型故事》（"Cinderella Cycle in China and Indo-China", Folklore Fellows' Communications No. 213, Helsinki, 1974）所选用的民间故事异文性质包括中国古代典籍文献中的相关记载（比如唐代《酉阳杂俎》中的《叶限》），以及现代所采录的在口头流传的异文（比如《壮苗歌谣故事》《云南各族民间故事选》《柬埔寨的故事和传说》等民间故事集中的异文）。其流传时代以19世纪末到20世纪中叶为主。异文的主要流传地域为中国西南部和印度支那（Indo-China），两个地区分别收录异文21篇和9篇，共计30篇，主要的流传民族包括汉族、壮族、彝族、苗族、藏族、维吾尔族、朝鲜族、占族、高棉族等。文章最初以英文刊发，故丁乃通还将其中最重要的四篇中文异文译成英文，附在文后。这些异文以及相关研究资料的获取离不开学界友人的帮助，丁乃通在文章开篇便以专章"致谢"，对阿切尔·泰勒（Archer Taylor）、侯品提、杨联升、哈罗德瓦（Dana Stovickova Heroldova）、高斯瓦米（Goswami）等教授以及爱丽舍娃·斯库恩费尔德（Elishenva Schoenfeld）所提供的帮助表示感谢。[①]

第二部分"中国的异文"从对唐代《酉阳杂俎》所记载的异文《叶限》的分析开始，对这一异文从民俗学角度进行了考察，根据故事主人公名字在唐代以及现代方言中的发音，推断出这个故事类型源自广西南部壮族或者越南北部越人的可能。他还指出了东西方民俗学者在中国少数民族与汉族之间关系上的不同观点，认为中国大多数少数民族与汉族是同源的，进而结合唐朝多民族相融合的时代背景，假设这一故事类型源于多民族，"是民族复合的

---

① ［美］丁乃通：《中西叙事文学比较研究》，陈建宪等译，华中师范大学出版社2005年版，第98页。

产物"①。通过对第一篇异文，即《叶限》与其他五篇现代异文群（第二到第六篇异文）的具体情节内容的对比，以及与中国民风习俗的对照，丁乃通对这一假设进行了验证。他发现，与传统故事相异，这五篇现代异文的结尾皆为一个较为常见的中国民间故事情节，即与蛇郎型故事相同的结尾，其内容以受害者的一连串变形构成，最后受害人往往恢复到原来的人形，而害人者也往往得到应有的惩戒。

其中，丁乃通所提出的灰姑娘民间故事类型可能源自广西南部或越南北部的越人族群这一观点，在其他学者的相关研究之中可以见到呼应。农学冠通过分析八则流传于岭南地区以及越南地区的异文之母题，及其所蕴含的古代骆越文化——"主人公的名字""神鱼与神牛""洞节、歌会和喜酒宴""'鞋'在壮族民俗中多为定情之物""嫁给何人""故事地名考"②共六个方面，论证了这一类型起源于骆越文化的可能性。尤其在主人公名字的发音方面，农学冠还对丁乃通的研究做出了拓展，认为"'叶'当是越俗称呼女子常用的词头"③。

灰姑娘型与蛇郎型结尾相同这一点，钟敬文早在1930年写就的《蛇郎故事试探》中已经有所提及。蛇郎故事类型与其他故事类型相混合的最后一种情况，即与灰姑娘民间故事类型以及螺女民间故事类型共同混合的状况，相关异文有刘万章所记载的广州传说《牛奶娘》，以及姚传铿记载的广州传说《疤妹和靓妹》。钟敬文虽然没有具体指出蛇郎故事类型与灰姑娘故事类型之间重叠部分的内容，但已经提出了这两个故事类型之间的关联——共存于同一民间故事之中。另外，文章对这两个故事类型之间的重叠部分也做了一定的论述。

---

① ［美］丁乃通：《中国和印度支那的灰姑娘型故事》，李扬译，《中西叙事文学比较研究》，华中师范大学出版社2005年版，第102页。
② 农学冠：《论骆越文化孕育的灰姑娘故事》，《广西民族研究》1998年第4期。
③ 同上。

钟敬文在文中归纳出了被害者的一连串变形的内容,并对变形这一中国民间故事的常见情节进行了较为深入的分析,认为这些变形诚如周作人所提出的那样,反映了初民的思想和心理,在某种程度上是对"原始文化"的一种映射,属于"再生的变形"①,其"目的在达到报复或发泄所身受的冤愤"②。其中,各种动物或者物品之间的变幻与"欧洲民间故事中的'杜松树式'"③相吻合,而最末一次由物变回人形的变幻,则是与螺女民间故事类型的结合④。钟敬文也进一步分析了变形情节所折射出的"原人(或近原人)对于灵魂与躯体之关系的观念",如"同形交感"等⑤。这些分析是对民间故事情节所承载的深层社会文化心理层面的分析,是具有相当深度的研究。这种侧重于民间故事文化背景的研究,与侧重于民间故事流传历史和地理脉络分析的历史—地理研究法互为补充,为我们提供了民间故事研究的多重视角。

刘魁立在《中国蛇郎故事类型研究》(1998年)中则侧重于对于类型的分析,认为蛇郎故事类型存在与灰姑娘民间故事类型以及螺女民间故事类型进行组编(contamination)的情况,而且这种组编并非随意为之,而是为了使其在叙述之中发挥特定的功能⑥。他指出,"这种组编自然是后加的,但对于强调正面主人公的真善美和谋害者(恶妹加继母)的假恶丑、突出两者的功能,却起到更大的作用。这实际上是为两者的本质和两者在情节发展中的行

---

① 钟敬文:《蛇郎故事试探》,《钟敬文民间文学论集》(下),上海文艺出版社1985年版,第200页。
② 同上,第201页。
③ 钟敬文:《蛇郎故事试探》,《钟敬文民间文学论集》(下),上海文艺出版社1985年版,第201页。"杜松树式"(Juniper Tree Type)民间故事类型的情节梗概为:"1.一继母恶其继子,因杀死他。2.怪诞的情境跟了来,小孩的灵魂回生:第一变成树;第二变成鸟。3.继母受惩罚。"参见《印欧民间故事型式表》,杨成志、钟敬文编译,民俗学会编审,国立中山大学语言历史学研究所1928年版,第25页。
④ 钟敬文:《蛇郎故事试探》,《钟敬文民间文学论集》(下),上海文艺出版社1985年版,第201页。
⑤ 同上,第202—203页。
⑥ 刘魁立:《中国蛇郎故事类型研究》,《民间文学论坛》1998年第1期。

动,做扩大的展示和详尽的注解……阐述更加复杂,影响更加深刻了"①。

灰姑娘民间故事类型与其他类型的复合(combinations)或者组编,可以作为中国民间故事类型在故事结构和内容方面都更为复杂这一事实的较为典型的佐证。复合是指不同的民间故事类型相互叠加,组编是指不同民间故事类型中的部分母题或部分情节重新共同排列组合,如同魔方。"ATT 510A国王与女妖"目下所列出的中国民间故事异文共20则(完全重复的多则异文当作一种),其中复合民间故事包括16则,占此民间故事类型异文总数的80%。与之相复合或组编的民间故事类型有"ATT 403黑白新娘(ATU 403黑白新娘)""ATT 433D蛇郎""ATT 462废后与妖后(ATU 462废后与妖后)""ATT 480泉边织女(ATU 480善恶姑娘=AT泉旁织女、善恶姑娘)""ATT 533能言马头(ATU 533能言马头)""ATT 613A不忠的兄弟(伙伴)和百呼百应的宝贝(Bäcker No. 24)"和"ATT 834穷兄弟的财宝(ATU 834穷兄弟的财宝)"(包括AT 834A和AT 1645B*),其中组编次数最多的为"ATT 433D蛇郎",共9则。此外,第15则和第16则异文出现了与不止一个民间故事类型组编的情况。第15则异文与ATT 642、ATT 403和ATT 533三个民间故事类型相组编,第16则异文与ATT 480和ATT 433D两个民间故事类型相组编②。

然而,这种不同民间故事类型相互复合或组编的情形并非仅仅出现在中国,而是阿尔奈—汤普森—乌特体系中国际民间故事类型所共有的现象。以灰姑娘为例,乌特在《国际类型》中指出,这一类型通常会与一个或多个其他类型中的情节相结合,尤其是民间故事类型ATU 327A、ATU 403、ATU 480、ATU 510B,此外还有ATU 408、ATU 409、ATU 431、ATU 450、ATU 511、ATU 511A、ATU 707和ATU 923。与多个其他类型相结合或组编的情

---

① 刘魁立:《中国蛇郎故事类型研究》,《民间文学论坛》1998年第1期。
② 参见Ting, Nai-Tung, *A Type Index of Chinese Folktales: In the Oral Tradition and Major Works of Non-Religious Classical Literature, Folklore Fellows' Communications No. 223*, Helsinki: Finish Academy of Science, 1978, pp. 91-92. 以及附录一。

况也出现在类型ATU 301和ATU 400中。民间故事类型ATU 301往往与一个或多个其他民间故事类型相复合,尤其是民间故事类型ATU 300、302、313、400、550、650A,以及300A、303、304、312D、314、327B、400、402、506、513A、516、530、1060、1088、1115和1910。①通常会与民间故事类型ATU 400相组编的民间故事类型有ATU 302、313、402、518、554、810和936*,此外与之相结合或组编的民间故事类型还有ATU 300、301、303、304、314、325、326、329、402、425、465、505、516、530、531、550、552、566、569、590、707和1159。②

对此,乌特《国际类型》序言体例说明部分进行了相关论述,指出:"复合目下所列出的类型号是属于同一叙事圈(narrative cycles)所包含的最重要的民间故事,或者与之相复合或组编的民间故事。按规定,这些列出的类型至少包含三个例子。复合较多的民间故事类型(比如ATU 300、1000和1960),首先列出的部分包括至少8个例子,之后所列出的故事按复合数量由多到少依次排列。"③

之后,文章通过对三篇西部异文(第七篇到第九篇中国异文)的分析及其与前六篇异文的对比发现,这一现代异文的特征在云南和西藏的异文中出现了变异,并指出这一变异也符合民间叙事在演变过程中所共有的规律,即开头和结尾往往会出现一定的变异。④虽然有所变异,但这一现代异文的特征依然存在着一定的影响,这种影响也体现在了西藏和新疆的异文之中。同

---

① Uther, Hans-Jörg, *The Types of International Folktales: A Classification and Bibliography Based on the System of Antti Aarne and Stith Thompson*, *Folklore Fellows' Communications No. 284*, Helsinki: Finish Academy of Science, 2004, pp. 175-179.

② Ibid., pp. 231-233.

③ Ibid., pp. 12-13.

④ [美]丁乃通:《中国和印度支那的灰姑娘型故事》,李扬译,《中西叙事文学比较研究》,华中师范大学出版社2005年版,第106页。

时，西藏和新疆的异文中又体现出其他文化对这一地区所产生的影响——西藏的异文夹杂了一个印度的母题，新疆的异文则体现出一定的中东特点。另外两篇流传于广东的异文则出现了较大的变异：一篇异文中略去了关于鞋的核心情节，仅剩继母虐待继子的情节；另一篇虽然包含现代异文的主要情节，但同时也包含苗藏两篇异文中出现的特殊母题。北方方言、吴方言区以及朝鲜族的一篇异文中则出现了新的变异，即主人公为男性。但其主要情节依然是继母虐待继子[①]。

顾希佳在《中国古代民间故事类型》中收录了两则古代典籍中的异文，分别为"唐·段成式《酉阳杂俎》续集卷一《支诺皋上·叶限》；藏族《尸语故事》第十一章《自讨苦吃的姑娘》前半部分"[②]。祁连休对此也持相同的观点，并指出《尸语故事》可能是唐代以后中国古代典籍中灰姑娘民间故事类型仅存的异文。[③]

第二部分"印度支那的故事"[④]是对这一类型在印度支那地区流传的异文分析。越南北部的异文是传说，在情节结构和情节内容上显示出与中国古代异文的一致性，这种一致性还在多处细节上有所体现，比如，鱼鳞的颜色为赤金色，主人公衣服的颜色为海蓝色等。这些异文的结尾则大都显示出中国现代异文的特征，主人公经历了变形，害人者丧命。通过比较占族[⑤]的异文以及中国的异文可以看出，占族的异文同样主要由中国古代异文的基本情节和中国现代异文的结尾共同构成，其中所特有的"鸟叼鞋"母题与越南北部的

---

① ［美］丁乃通：《中国和印度支那的灰姑娘型故事》，李扬译，《中西叙事文学比较研究》，华中师范大学出版社2005年版，第101—113页。
② 顾希佳：《中国古代民间故事类型》，浙江大学出版社2014年版，第61页。
③ 祁连休：《中国古代民间故事类型研究》（卷中），河北教育出版社2007年版，第598页。
④ ［美］丁乃通：《中国和印度支那的灰姑娘型故事》，李扬译，《中西叙事文学比较研究》，华中师范大学出版社2005年版，第113页。
⑤ 占族：印度支那地区族群。

一则异文共同构成一个印度支那地区所特有的亚型。而柬埔寨的异文则显示出中国异文特征的弱化，出现了更多较为独特的修饰，比如主人公变形为香蕉树，在具体情节内容上更多地体现出与印度支那地区异文的一致性。而在缅甸和印度尼西亚的故事中，则仅存在这一类型的个别情节或母题。

结论对比了前两部分的异文，总结出了灰姑娘这一故事类型在中国、印度支那地区特有类型的分布区域及其可能出现的流传与发展情况，提出这一地区的灰姑娘型故事存在古代和现代两种传统，古代传统的中心播布区域在越南，现代传统中心在中国南部，并在越南地区得以融合，而中国其他地区仅仅留存了一些古代传统的碎片。在汉族生活的中国大部分地区，这一故事类型并不存在，其原因与中国的社会文化背景相关，比如，故事中的主要情节与主流价值观相悖。最后，对这一故事类型可能源于广西南部和越南北部的原因进行了归纳，但同时又强调这仅仅是一种可能。

灰姑娘这一类型不仅在民间故事研究中荡起层层涟漪，而且在其他文学艺术门类中也出现了各种形式的改写与传播。比如，在迪士尼动画中我们可以看到《仙履奇缘》[①]，在意大利歌剧中也有著名作曲家罗西尼的力作《灰姑娘》（*La Cenerentola*）[②]。这些足以证明这一古老的传统民间故事类型在现代社会中为人们所接受的广泛程度。由此可见，在作家文学和其他艺术形式中，不同的文学家和艺术家等也以各自的方式参与到了这一古老民间故事类型的发展进程之中。"在人们的实际生活里，民歌、民歌文本、故事讲述以及音乐表演等，它们之间是互相关联的"[③]，而生活是艺术之源泉和根本所在。

值得注意的是，虽然丁乃通在这篇文章中讨论的仅仅是这一类型在中国以

[①] 李韶丽：《"灰姑娘"动画故事与文本童话的不同艺术追求——以迪士尼版的〈仙履奇缘〉与格林兄弟的〈灰姑娘〉为例》，《淮海工学院学报》（人文社会科学版）2013年第6期。

[②] 李雅心：《罗西尼歌剧〈灰姑娘〉戏剧与主要唱段研究》，山东师范大学音乐学专业，2007年硕士学位论文。

[③] 尹虎彬：《口头传统的跨文化与多学科研究刍议》，《比较文学与世界文学》2012年第2期。

及南亚次大陆范围内的流传情况，但此类型在世界范围内流传较为广泛，在近邻韩国和日本地区也有异文流传（崔仁鹤：ATC 450，池田弘子：ATI 510A）。乌特的《国际类型》所收录的灰姑娘民间故事类型异文（从19世纪到21世纪）流传地域和族群包括芬兰、芬兰-瑞典（Finnish-Swedish）、爱沙尼亚、拉脱维亚、立陶宛、拉普（Lappish）、利沃尼亚（Livonian）[1]、卡雷利亚（Karelian）、爱尔兰、苏格兰、英国、西班牙、葡萄牙、德国、澳大利亚、瑞士、捷克、斯洛伐克、罗马尼亚、斯洛文尼亚、希伯来、俄罗斯、乌克兰、伊朗、中国、韩国、日本、美国、加拿大、北美印第安、古巴、玻利维亚、墨西哥、埃及、喀麦隆和苏丹等，涉及欧洲、亚洲、非洲、美洲、大洋洲。[2]由此可见其流传范围之广、异文之丰富。国际学界对其所研究的角度除历史—地理研究法之外，还包括从结构主义理论、原型理论、文化进化学派理论等不同的角度对不同地区的灰姑娘民间故事类型异文进行的研究。[3]

芦谷重常在其专著《世界童话研究》（1930年）[4]中将夏尔·贝洛

---

[1] 利沃尼亚，指拉脱维亚和爱沙尼亚交界处的波罗的海沿岸。参见Merrin Webster, Collegiant, 11th Edition, Lavonia 词条。

[2] Uther, Hans-Jörg, *The Types of International Folktales: A Classification and Bibliography Based on the System of Antti AAarne and Stith Thompson, Folklore Fellows' Communications No. 284*, Helsinki: Finish Academy of Science, 2004, pp. 293-295.

[3] 刘晓春：《灰姑娘型故事的世界性及其研究》，《华中师范大学学报》（哲学社会科学版）1994年第2期，第89—92页。

[4] 在此书的序中，赵景深对芦谷重常及此书做出了如下的介绍："作者芦谷重常在先本是一个诗人，同时又曾任各种儿童与少年读物的编辑，且著有《童话十讲》《童话及传说中所表现的空想之研究》一类的书，所以在文学、教育学以及民俗学三种观点的童话研究上都无缺欠。对于要想知道童话的宝库中有些什么珍珠宝石的人，我谨介绍这本书作为他入门的阶石。"参见赵景深：《序》，[日]芦谷重常：《世界童话研究》，黄源译，上海华通书局1930年版，第1页。另，在此书的附录《芦谷重常著作年表》中可以查到，此书原版由早稻田大学出版部出版于1924年（日本大正十三年），并简单介绍了其写作目的与内容："此书是把世界各国的童话从那背景、环境等之上加以考察研究为目的而执笔的，分为古典童话、口述童话、艺术童话三篇，主要的以印度·欧罗巴人种为中心，详细地研究他的童话，并一一附以例话。"参见[日]芦谷重常：《世界童话研究》，黄源译，上海华通书局1930年版，第239—240页。

（Charles Perrault，书中译为"沙尔·贝洛尔"）的童话归为"艺术童话"，即经过作家雕琢和精心修饰过的民间故事文本，这些童话可能出现在古代，比如日本的《竹取物语》、中国的《酉阳杂俎》等，但在近代则"源于法国"。① "为那班女作家的先驱，而崭然耸出水平线上，成为近代艺术童话家之祖者，便是贝洛尔了……但使他名声不朽者，却由于集成八篇童话的《从前的故事》（*Histoires on Contes du Temps Passe*，1696年）"②。《灰姑娘》便是"成就"贝洛尔的八篇童话之一。③

由此可见，贝洛所进行润色的灰姑娘文本应当在一定程度上体现出欧洲对灰姑娘这一民间故事类型异文的较早记载，也是以民间故事为基础和母本进行文学创作的较早代表性文本。

德国格林兄弟对于童话的研究是世界民俗学研究之源头，其搜集整理的代表性民间故事集《儿童和家庭民间故事集》（*Kinder-und Housmärchen*）中也含有一篇灰姑娘的民间故事异文，也是欧洲对灰姑娘民间故事口传文本的较早记载。由于本文写作篇幅及时间的限制，这里无法最大限度地对灰姑娘在不同地区所流传的异文进行分析，因此，我们仅对这两篇较为典型的欧洲民间故事异文与目前发现的中国最早的灰姑娘民间故事类型的异文——段成式的《叶限》试做几个方面的比较。这三篇民间故事的具体内容参见附录六《灰姑娘民间故事类型异文举隅》。

第一，角色塑造。反面角色继母和异母姐妹之狠毒，不仅仅体现在对待

---

① ［日］芦谷重常：《世界童话研究》，黄源译，上海华通书局1930年版，第141—142页。
② 同上，第142—143页。
③ 另，贝洛尔所搜集整理的八篇童话为："《林中睡美人》（*La Belle Au Bois Dormant*），《小红帽》（*Le Petit Chaperon Rouge*），《猫公主》（或《穿靴子的猫》）（*Maitse Chat; ou Le Chat Botté*），《仙女》（*Les Fées*），《灰姑娘》（或《小玻璃鞋》）（*Cendrillon; ou, Le Petite Pantoulle de Verre*），《生角的吕盖》（*Riquet à la Houpe*），《小拇指》（*Le petit Poucet*）"。参见［日］芦谷重常：《世界童话研究》，黄源译，上海华通书局1930年版，第143—144页。

灰姑娘的方式（刁难、刻薄）之中，还体现在对待亲生女儿或自己的方式（为求取富贵荣华，继母不惜命令女儿"削足适履"）中（见《灰姑娘》），或者"异母姐妹自行为之"（见《尸语故事》）。这一情节出现在德国格林童话的异文《灰姑娘》以及我国藏族异文《尸语故事》之中。①

但在这三篇较为经典的异文里，这一情节在格林童话以外的另两篇异文之中并没有出现。三则异文中的主角形象一方面共同凸显出了其善良、隐忍的性格，另一方面则体现出不同文化背景中相异的价值取向——在贝洛的异文中，灰姑娘以德报怨："灰姑娘既美丽，又善良。她把两个姐姐接到宫中居住，就在当天，让她们和宫中的两位贵人成了亲。"②而在格林童话和《酉阳杂俎》中，施恶者遭到了应有的惩罚。

第二，叙事结构与情节模式。三篇异文的叙事结构大致相同，均以孤女为继母和继姐妹虐待开始，后出现重大聚会或集会，继母多次给女主人公无法完成的任务，企图阻其赴会，女主人公在神奇的他者（神奇的动物、教母、生母魂灵）的帮助下，得以赴会。三篇异文所共有的情节为：继母虐待主角，主角丢鞋，主角试鞋，主角与国王或王子成婚。另外，丢失和被试的鞋子极为相近，都是华丽的、非常见的：在贝洛的版本中是羽毛鞋；在格林童话的版本中为金鞋；而在段成式的版本中则为金丝履。三篇异文也各自存在一些特有母题和情节：段成式的异文中出现了神奇的鱼，与女主角成婚的是一国之王；特有的情节则为与"人心不足蛇吞象"训诫意义相同，但表达

---

① 《尸语故事》："罗刹婆的女儿狠劲地穿，也没有穿上，她把脚趾尖砍掉，还是穿不上。"参见祁连休：《中国古代民间故事类型研究》（卷中），河北教育出版社2007年版，第602页。格林童话版《灰姑娘》参见[德]格林兄弟：《格林童话》，施种等译，上海译文出版社2011年版，第72—73页。此外，林继富教授在论文《经典形象的民族差异——汉藏"灰姑娘"形象比较研究》中对这一人物在不同民族异文中的形象进行了比较研究。论文具体内容参见林继富、向君旭：《经典形象的民族差异——汉藏"灰姑娘"形象比较研究》，《民族文学研究》2012年第3期，第54—67页。

② [法]贝洛：《法国童话选》，倪维中、王晔译，外国文学出版社1981年版，第112页。

手法相反的情节，即国王对鱼骨的诉求由"贪求"到用之有度的转变，而鱼骨则贪时不应，有度则应。①在贝洛异文中，出现了具有魔法的教母将动物变为与主角一同赴会的仆人的情节；在格林童话中，则出现了神奇的鸟类帮助主角完成继母交予的不可能完成的任务的情节。

第三，艺术手法。贝洛的《灰姑娘》语言精当，情节丰盈，想象富丽，体现出一定的作家文学痕迹，比如老鼠变马、壁虎变仆人、南瓜变马车等情节。格林童话版的《灰姑娘》在情节的展开方面运用了较多的复沓手法，并加入若干歌谣，体现出较强的口头传统特点和一定的演述形式，具有一定的程式性。《叶限》则体现出一定的传说的特点，即在一定程度上与历史的勾连，主要体现在王对鱼骨用之有度的转变之后，鱼骨对其所求有所应的情节之中，以及文末对于文本来源的两处交代。前者指，使王再次有所求的原因是"征卒叛"，这不得不使人联想起汉代马援将军平定二征之乱的史实。当然，二者的历史时代有所区别——文章所记载的故事发生在唐代，而马援平乱的时期为汉代。但值得注意的是，马援崇拜在唐代由国家的参与推动而逐渐形成，因此，故事中出现这一情节存在着一定的历史和现实基础。后者指，文末交代了故事讲述人："成式旧家人李士元所说。士元本邕州洞中人，多记得南中怪事。"②

最后，需要指出的是，这一民间故事类型流传年代之久远和播布范围之广泛，还体现在不同时期的民间故事类型索引对这一民间故事的收录上。民间故事类型灰姑娘的情节梗概在不同民间故事类型索引的描述，参见表3-1。

---

① "一年，王贪求，祈于鱼骨，宝玉无限。逾年，不复应。王乃葬鱼骨于海岸，用珠百斛藏之，以金为际，至征卒叛时，将发以赡军。一夕，为海潮所沦。"参见（唐）段成式撰，方南生点校：《酉阳杂俎》续集卷一《支诺皋上·3》，中华书局1981年版，第201页。

② （唐）段成式撰，方南生点校：《酉阳杂俎》续集卷一《支诺皋上·3》，中华书局1981年版，第201页。

表3-1 常见民间故事类型索引中的灰姑娘类型情节便概表①

序号	故事类型号和故事类型名称	故事类型情节便概	故事类型所在索引	页码	备注
1	二〇 辛得瑞拉式（Cinderella type）	1.三姊妹中最小的被使为灶婢。2.姊妹们去赴一个跳舞会，最小的以超自然方法得了一件美服，亦在赴舞会。3.这事经过了三次，末次最小的脱置了伊的拖鞋。4.王子以其拖鞋而找伊，并与伊结婚。	雅科布斯：《印欧民间故事型式表》	28—29	
2	无	无	钟敬文：《中国民间故事型式》		钟敬文曾在论文《蛇郎故事试探》中提及"灰姑娘式"②。
3	32.灰姑娘	1.一个长得漂亮的继女受到继母的虐待。2.她照料着由生身母亲变成的一头牛。3.继女不得不完成各种各样的帮忙（理清一团乱麻），牛来帮她的忙。4.继母发现并把牛宰了吃了。5.继女把牛骨头收集保存起来。6.继母和长得丑的妹妹去参加一个庆祝活动。7.继女从牛骨头里或者通过牛骨头得到了节日盛装。8.她也去参加庆祝活动，结识了一位秀才，和他结了婚。	艾伯华：《中国民间故事类型》	56	
4	510A 灰姑娘	有时任433D型前。Ⅱ.（b¹）鱼。（g）在获得允许参加舞会或宴会前，她要完成一些任务。通常是动物们来帮她做完。（h）她在埋葬动物尸体的地方找到美丽的衣饰。（j）神给她的。Ⅲ.（c¹）她去看或去赴宴会。最后她与结婚的年轻人住任是一位年轻书生或其他条件合适的年轻人。（a¹）王子选妻，用筒射向自己的意中人。	丁乃通：《中国民间故事类型索引》	166—167	中国民间文艺出版社1986年究版本译本。

第三章　丁乃通对历史—地理研究法的应用

（续表）

序号	故事类型号和故事类型名称	故事类型情节梗概	故事类型所在索引	页码	备注
5	510A 灰姑娘	少女受继母和继妹的虐待，粗衣恶食，时受折磨和刁难，但种种困难都因获得意外的帮助而解决。这些帮助，或来自她的亡母，或来自神仙，或来自鸟、牛等动物。由于得到意外的帮助，她终于能盛装参加当地的大型集会，如庙会或舞会等。在这个场合中，他遇见了一名当地很有地位的青年。这名青年对少女十分钟情，但没有能够在那次聚会中留住少女，或确知少女是谁。最后经由少女匆匆离去时遗留的一只鞋子找到了她，有情人终成眷属。有时这则故事还有尾声：少女结婚后，嫉妒她的继妹把她推入井中淹死，然后冒充她去夫家；她则变为一只鸟，天天嘲讽她的继妹，结果又被继妹所杀。于是她再变形为花或其他植物，只对丈夫友善。经过一些这样的变形斗争后，最后她变回人形，向丈夫说明被害的经过，使继妹受到应有的惩罚而后夫妻重聚。继母给少女的难题，较常见的如： ①用一对漏的水桶去挑水装满水缸（小鱼小虾来塞漏）。 ②舂大量的谷粒（群鸟来啄）。 ③织大量的布（仙女来帮助）。	金荣华：《民间故事类型索引》	184—185	

① 内容参见 [美] 约瑟·雅科布斯编：《印欧民间故事类型表》，杨成志、钟敬文编译，国立中山大学语言历史学研究所1928年版。钟敬文：《钟敬文文集 民间文艺学卷》，安徽教育出版社2002年版。[美] 丁乃通：《中国民间故事类型索引》，郑建成等译，中国民间文艺出版社1986年版。金荣华：《民间故事类型索引》（上、中、下），中国口传文学学会2007年版。祁连休：《中国古代民间故事类型研究》（全三卷），河北教育出版社2007年版。顾希佳：《中国古代民间故事类型》，浙江大学出版社2014年版。Thompson, Stith, *The Folktale*, Berkeley, Los Angeles and London: University of California Press, 1977, Reprint. Ting, Nai-Tung, *A Type Index of Chinese Folktales: In the Oral Tradition and Major Works of Non-Religious Classical Literature, Folklore Fellows' Communications No. 223*, Helsinki: Finish Academy of Science, 1978. Uther, Hans-Jörg, *The Types of International Folktales: A Classification and Bibliography Based on the System of Antti Aarne and Stith Thompson, Folklore Fellows' Communications No. 284*, Helsinki: Finish Academy of Science, 2004.

② 钟敬文：《蛇郎故事试探》，《钟敬文民间文学论集》（下），上海文艺出版社1985年版，第194页。

(续表)

序号	故事类型号和故事类型名称	故事类型情节梗概	故事类型所在索引	页码	备注
6	510A 灰姑娘(Cinderella, Cenerentola, Cendrillon, puttel.)	一位年轻的女子被继母和异母姐妹虐待[S31, L55],并被当作仆人生活在灰堆里。当姐妹和异母继母前往舞会（或做礼拜）时,她们交给灰姑娘一件不可能完成的任务（比如,从灰堆里捡豆子）,她在鸟的帮助下完成了任务[B450]。她从拥有超自然力的母亲[D1050.1, N 815],或者她亲生母亲坟上长出的树[D815.1, D842.1, E323.2]那里,获得了美丽的衣饰,并悄悄地去参加了舞会。一位王子爱上了她[N711.4],但是她必须赶在半夜前离开[C761.3]。第二天晚上发生了同样的事情,但是在第三个晚上,她丢了一只鞋[R221, F823.2]。异母姐妹削足适履[K1911.3.3.1],但是一只鸟能使人注意到这一骗局。在一开始躲避王子的辛得瑞拉,穿上了合脚的鞋子,王子乞成婚。	乌特:《国际民间故事类型》(284)	293—295	汤普森在《民间故事》附录《故事类型索引》中存"510A 灰姑娘"注:方括号内的标号为汤普森的标号,母题编号。
7	灰姑娘	一女为后母虐待,不胜劳苦。举办节日盛典时,女遗失的一只金履辗转到了某国王手中,国王凭金履找到此女,乃结成美满姻缘。	祁连休:《中国古代民间故事类型研究》	597—603	卷中始于唐·段成式《酉阳杂俎》续集卷一《支诺皋上·叶限》
8	510A 灰姑娘	一少女受继母及其女儿的虐待,赠少女鱼骨为宝。少女抚养一金鱼,金鱼被继母杀害。金鱼报恩,少女有求鱼骨必应,可随心所欲,遗换新装参加当地一盛会。盛会毕,少女怕被人发觉,匆匆离去,遗下金履。邻国国王得到此金履,必欲寻得金鞋主人。国内女子去试穿此鞋,无一人合适。最后终于找到其少女,可以穿此金鞋,少女遂成王后,得到幸福。继母及其女儿则遭到惩罚。	顾希佳:《中国古代民间故事类型》	61	始与唐·段成式《酉阳杂俎》续集卷一《支诺皋上·叶限》

由表3-1可见，在分类研究中，学界对于这一类型的划分以及名称的拟定是比较一致的。比较表3-1中各个类型索引对类型情节梗概的描述，可以较为清晰地理清阿尔奈—汤普森—乌特分类体系与非阿尔奈—汤普森—乌特分类体系之间的区别，即前者偏重于对民间故事进行以母题为基础的系统性分类，母题与类型共同形成一个层次分明、有机结合的体系，而后者则更侧重于对各个类型进行完整性与整体性的把握。

文章在研究方法上主要应用了比较研究法，主体包括导言、中国的异文、印度支那的异文以及结论四部分。导言中交代了文章撰写的目的以及学术背景，即国际故事学界对灰姑娘这一重要故事类型的研究中，缺乏对于中国和印度支那地区故事文本的分析，而这一地区又往往被认为是这一故事类型的发源地。同时，导言中还指明了文章的写作目的——"研究此故事的性质以及它在整个特殊文化区的分布情况"[①]。导言的最后还列出了故事异文的篇目信息表，包括异文编号、异文来源（文献出处及页码）、民族和流传地区四栏。每个异文的篇目都编有字母和数字以及星号共同组成的代码，即异文编号。这些异文编号与异文一一对应，字母表示其流传地，有无星号表示是否为艾伯华和罗斯在之前的研究中所提到，数字表示异文的篇次。这些编号在之后的行文中代替民间故事异文的篇名而出现，使得行文更加流畅。

二、云中落绣鞋型故事研究

这一类型研究包括两篇论文《云中落绣鞋——中国及其邻国的AT 301型故事群在世界传统中的意义》（"AT Type 301 in China and Some Countries Adjacent to China: A Study of a Regional Group and its Significance in World Tradition"，1970年）和《中国AT 301型故事异文的补充研究》（"More Chinese Versions of AT 301"，1971年）。

《云中落绣鞋——中国及其邻国的AT 301型故事群在世界传统中的意义》

---

① [美]丁乃通：《中国和印度支那的灰姑娘型故事》，李扬译，《中西叙事文学比较研究》，华中师范大学出版社2005年版，第99页。

的研究目的在于对这一类型的异文进行描述，并研究它们流传播布的状况以及可能出现的发展，并探求这些故事的异文在世界传统中的意义。研究对象包括50篇异文。异文选自古代典籍文献，比如《搜神记》《俞曲园笔记》等；也运用了民间叙事文集或期刊所搜集整理刊出的口头流传的故事异文，比如《中国民间故事选》《吉林民间故事》《民间文学》等；所涉及的民族有汉族、壮族、苗族、藏族、土族、白族、傈僳族、蒙古族、达斡尔族、维吾尔族、哈萨克族、朝鲜族、高山族支系阿眉族等；其流传地区主要为中国、朝鲜、蒙古国和越南。由此可见，这一故事类型在中国及其周边国家中所流传的地域较为广泛，涉及的民族较为丰富。

文章首先交代了研究的学术史，指出了之前国内外的学者对这一故事所进行的研究，这些研究涉及这一类型的挪威民间故事与中国弹词的比较，以及中国北方的两篇异文，还有艾伯华在《类型》中所列出的13篇异文，汤普森则将这些在世界各地流传的异文归纳为两个类型，即AT 301和AT 301B。丁乃通看到这一故事类型在世界范围内的传播之广泛，故而认为对这一故事类型中国异文的梳理和研究具有一定的意义。之后，文章引用了《民间故事类型》中的对这一故事类型目下的情节梗概（即故事类型AT 301的情节梗概），并将中国异文所特有的故事情节梗概加以补充，按照《民间故事类型》的体例（即每一个故事情节和母题都分别以特定的罗马数字和字母指代），另外列出一组情节梗概及其所包含的母题，并通过比较指出两组情节梗概之间的差别，即中国异文所特有的一个母题"云中落绣鞋"。文章还指出《民间故事类型》中这一故事类型包括五个亚型，并总结出了第六个亚型。第一部分还将50则异文以数字编号，列入表格。表格包括异文编号、来源（异文所在文本文献及其页码）、流传民族和流传范围四列。其中，艾伯华《类型》中所列出的13篇异文在编号中加标星号。所用文本文献的出版年代在1884年到1983年之间，跨度约一个世纪。

通过对现代异文和古代异文的梳理和分析，文章的主体对这一故事类型在世界中的地位进行了探讨，分别在四个标题之下展开论述。由于文中所涉及的故事文本比较难以搜集，因而文章在第一个标题"现代异文的摘要和分析"中对50篇异文的情节梗概依次做出了梳理，并在每篇梗概之后附上了梗概所包含

第三章 丁乃通对历史—地理研究法的应用

的故事情节结构与母题的分析，以第一部分中所标识的故事情节和母题的代码表示。最后还标出了此篇异文所属的故事类型或者亚型。比如，"异文1"的情节结构代码为"Ⅰah+650A（Ⅴb）+Ⅱabc+302+Ⅲac+Ⅳab+Ⅴacd+Ⅶh=301B"①。表示此篇异文由阿尔奈—汤普森体系中301型故事第一个情节中的母题a和母题h，650A型第五个情节中的母题b，301型故事第二个情节中的母题a、b、c，302型故事的全部情节，301型故事第三个情节中的母题a和母题c，301型故事第四个情节中的母题a和母题b，301型故事第五个情节中的母题a、c、d，以及301型故事第六个情节的母题h共同构成，分属亚型301B。

　　第二个标题"现代中国异文的地理分布及其特征"②通过对异文流传地区的整理，归纳出这一类型异文的分布特征，即大都沿中国的边疆地区（包括沿海地区在内）分布，包括境内和境外，而内陆地区几乎为空白。但同时又明确指出这些地区之所以暂时还没有发现异文，可能是因为这一时期搜集工作所开展的范围有所侧重，目前文中所列出的异文很可能仅仅是实际流传异文中的一小部分，而不宜就此否定这些地区存在这一个故事类型异文的可能性。然而，已经搜集到的这50篇异文又可以在一定程度上反映出这一故事类型的分布和流传状况。另外，文末还以地图标示出50篇异文的流传地点，使这些故事的流传地域得以更加直观地呈现。这些异文在中国境内所流传的民族也以少数民族为主。之后，文章又将这些异文归纳为四个类型，包括一个主要类型和三个亚型，并对每个类型所对应的故事情节的内容与结构及其流传地区做了梳理，指出由此所反映的中国文学作品的"复杂性和多样性"③。文章还用具体的例子对这两个特征进行了进一步阐释，指出部分异文中所特有的情节为更加遥远的地域（比如，北亚、西亚、中亚，甚至南亚等地区）的故事异文所共有，从而

---

① ［美］丁乃通：《云中落绣鞋——中国及其邻国的AT301型故事群在世界传统中的意义》，黄永林、余惠先译，《中西叙事文学比较研究》，华中师范大学出版社2005年版，第137页。
② 同上，第156页。
③ 同上，第159页。

在一定程度上反映出这一故事类型在不同地区之间播布的传承关系。相应地，这些异文的共性也可以在情节内容和结构的比较中得以显现，并由此归纳出四个与民族分布相对应的故事圈。另外，通过对一个异文数量最多的亚型和主要类型的分析，构拟出这一亚型的原型情节，并对这一亚型的流传地域和内容进行分析，从而归纳出六组变体。

第三个标题"古代文献上的异文及其分析"[①]主要围绕古代典籍中的异文展开论述，这些异文的情节大都属于亚型301A。这一亚型在中国古典文献中的异文最早出现于唐代的《搜神记》。通过这一异文与现代中国异文的情节比较，可以归纳出这一为最早异文所缺失但出现于现代异文中的情节，这些情节中的部分元素可以在之后的其他若干唐代文学作品中有所体现。这些带有些许异域民间叙事色彩因素的出现结合唐代民族融合、外来文化纷繁，尤其是印度、波斯和阿拉伯文化传入的背景，并不难理解。但在南宋、明代和清代的文献中，这一故事类型的情节往往被扭曲，并出现部分核心情节缺位的现象。文章指出，这一情况的出现可能是基于时代背景、文人的创作取向等原因，同时，在作家文学中的缺失也可以在某种程度上成为这一故事类型在民间广为流传的佐证。清代笔记小说中所体现出的与大多数现代异文所属亚型301A相区别的情节则构成另一个亚型301B的主要情节。而301B中与中国传统观念相冲突的部分转而出现在新的亚型301F中，其具体体现以元代的一篇异文为例进行了说明，并指出亚型301F中的部分情节在中国古代文学作品中较为普遍地存在着。

第四个标题"这个地区故事群在世界中的地位"[②]首先总结了这一类型及其各个亚型在中国及其周边地区由古至今的历史发展和流传播布情况，分别指出了在各个历史时期所出现的故事情节与母题，及其流传地域与民族。之后，

[①] ［美］丁乃通：《云中落绣鞋——中国及其邻国的AT301型故事群在世界传统中的意义》，黄永林、余惠先译，《中西叙事文学比较研究》，华中师范大学出版社2005年版，第175页。

[②] 同上，第195页。

第三章　丁乃通对历史—地理研究法的应用

其指出将这一故事类型在中国及其周边地区的流传情况置于世界传统中进行考察的意义，即理解其中两个亚型301B和301F中特殊情节的存在与形成，以及二者与大部分中国异文所属的亚型301A之间的联系。而这一故事类型在世界范围内广为流传的事实则是进行这种考察的主要原因。文章通过中国异文与印度异文和蒙古异文的对比指出了亚型301F与亚洲原始信仰相关的可能性，进而通过和欧洲（包括法国、东欧、波斯、波兰等）异文情节梗概的比较，推断出这一亚型在这些地区流传的可能路线。另外，根据欧洲一篇301A亚型异文与中国异文的比较，推断出欧洲异文源自胡人所转述的中国异文这一可能性。而这一亚型中的部分情节又与其他故事类型的情节合并形成了亚型301B。最后，文章指出，对这一世界性故事类型进行较为完整的描画，还有赖于对各个地区有关这一类型研究成果的综合考察。文末还附有反映301故事类型及其亚型分布的三张图，标示了301故事类型及其亚型301A和301B的分布地区。

《中国AT 301型故事异文的补充研究》补充了新搜集的中国地区这一故事类型的12篇异文，异文的流传民族有蒙古族、汉族、畲族、藏族、黎族，流传地域则包括中国的北部、东部、西部以及南部的个别地区。文章依旧首先列出了这些异文的基本情况表，给这批新发现的异文编号，为与之前的编号相区别，编号基数均增加了100，即从101开始编号。表格仍旧包括异文编号、文献来源、流传民族和流传地域四栏。表格之后梳理出了这12篇异文的情节梗概，并以前文所出现的阿尔奈—汤普森分类体系中的代码对故事情节和母题以及异文所属的故事类型或亚类做出了整理和标示。通过梳理这些异文的情节梗概，进一步证实了上文所提出的类型情节的发展过程主要表现在三个方面：第一，上文中的现代异文的主要流传情况，尤其是关于301A亚型的原型得到加强；第二，301B和301F的特殊情节在这些异文中得以体现；第三，上文在古代部分所虚构出的一个过渡性故事类型在一篇唐代的异文中得以体现。最后，文章根据新增异文的情况修订了类型和亚型所包含的异文数，并在文末附上了修改后的301型故事及其各个亚型的分布情况图。

这一类型在常见的八个索引中都有所收录。

表3-2 常见民间故事类型索引中的云中落绣鞋类型情节梗概表

序号	故事类型号和故事类型名称	故事类型情节梗概	故事类型所在索引	页码	备注
1	三四 地狱旅行式（Journey to Hell type）	1.一人沿着地道下至一个神秘的地方。2.他凭经验而逃脱。3.他从地下救出一位王女。	雅科布斯：《印欧民间故事型式表》	39	
2	云中落绣鞋型	1.樵夫在山上欣柴，以斧头砍伤了劫走公主或皇妃的妖怪。2.樵夫与他的弟弟到山中寻觅公主或皇妃，弟弟把她带回，而遗弃哥哥于妖洞之中。3.哥哥以异类的助力，得以脱离妖洞。4.哥哥经过许多困难，卒与公主始得结婚。	钟敬文：《中国民间故事型式》	622	
3	122. 云中落绣鞋型	1.欣柴人在林中用斧子欣伤了一个妖怪，公主被妖怪掠走了。2.他跟他的兄弟一起去寻公主，公主得救，他靠着动物的帮助他进妖洞里。3.欣柴人依靠其他的帮助，经过多次努力，卒娶了公主。	艾伯华：《中国民间故事类型》	203—204	艾伯华认为这一故事在明代已经出现。
4	301 三个公主遇难	V.(f)英雄自己找到出洞的路。(g)英雄由于龙的帮助回到地面或逃出来。(i)他死在洞里和妖怪的女儿们结婚了。VI.(g)英雄在回宫殿之前收到一个法宝（参看555型）。(h)最后，怪树生长迅速，直到洞口。她们数他如何消灭她们的父亲。	丁乃通：《中国民间故事类型索引》	58—59	1986年版译本。
5	301 云中落绣鞋	男主角在田野里感到一阵怪风落下，于是与同伴追踪至一深洞，随手把武器碰到绳将他系下洞去。他在洞中杀死了妖物，但他的同伴把公主救出洞口后，他被搬出公主便揭发了洞口封住，想要置主人死地。主角最后面前揭发了他同伴的单劣行为，娶了公主。	金荣华：《民间故事类型索引》	106—107	

（包括AT 301A和AT 301B。）这些民间故事的开端是多样的，但都包含一个共有的主体部分：（1）有个中国王将三个英雄带着非凡的金苹果（被妖怪劫持[H1385.1]）（超自然力的国王的花园里偷金苹果）去寻找女儿们（王子）。（2）一个妖怪（龙、蛇等）从国王的花园里偷金苹果。兄弟们沿着血迹前行[F1102.1, N773]。（3）一位出身最小的门的年轻人，一位天赋神力的儿子[B631]，从洞中降出。成长为一位天赋神力的年轻人[T615]。他们开始冒险（幸运）之路，小人（侏儒）成为有英雄力量超常的巨人，两次设计了他们，吃掉了食物，殴打了厨师。之后，他劝他们指明了通往地狱的入口。[F451.5.2]，只恶魔趁迫上了小人，并惩罚了他们。

162

第三章 丁乃通对历史—地理研究法的应用

(续表)

序号	故事类型号和故事类型名称	故事类型情节梗概	故事类型所在索引	页码	备注
6	301 三位被盗的公主（The Three Stolen Princesses）	主体部分：同伴（兄弟）来到井（矿、洞）边[F92]，英雄战胜了妖怪（庶子）[F96]，英雄战胜了妖怪（龙、恶魔），仪仗器，通过神奇的方法（三位）公主[R111.2.1]。（公主们送给他礼物）。来，却把英雄迫将他自己吊下去救自己的人[K1931.2]。（切断绳子[K963]，弄翻篮子）少女们救出英雄为救出自己的情人[K1933]。英雄留在矿下面，精灵赋予他飞行的能力（他需要将自己的救出矿下的帮助下回到地面。他爬上一株自己种的植物；精灵推迟了婚期（一年，当他拿出信物时，公主替他被监禁并且相得以揭示[H80]，英雄们来到堡中[L161]，并成为国王。英雄们认出了[Q262]，英雄与最小的公主结婚异部分异文中，英雄在回到地面之前更为深层的地下世界，因为他错骑替他的错骑的动物（公羊，黑色的动物再次跋起他。替者受到惩罚 被杀。比较ATU 300	乌特：《国际民间故事类型》（284）	176—179	
7	301 云中落绣鞋型	大致写一女（或公主，下同）被妖魅膨膨（或樵夫）人、洞、将其救出（或射箭），其未婚夫，常言冈望姨夫。或言经过磨难，终言女矢志不移，成美满姻缘。	祁连休：《中国古代民间故事类型研究》	299—304	卷上类型雏形初见丁晋：干宝·《搜神记》卷十一·《望夫》。
8	301 云中落绣鞋	一女子被腥风卷走，一勇士发现，向腥风抛冬（或射箭），仅说女子失踪。遇此情节，勇士入深山寻找，云中落此女，一勇士深入深洞，遇妖怪（或猕猴），与其搏斗，将其杀死，或重创之。救出女子。（后世任某将洞口封死，致勇士留在洞中。甚至将洞口封死，此勇士则历尽艰险，设法回到地面，揭穿同伴的阴谋，并与此女子结为夫妇。	顾希佳：《中国古代民间故事类型》	30—31	存目始于唐·佚名《补江总白猿传》。

① 本表内容参见[美]约瑟·雅科布斯编：《印度民间故事型式表》，杨成志、钟敬文编译，《民俗学会编审，国立中山大学语言历史学研究所1928年版。钟敬文：《钟敬文文集·民间文艺学卷》，安徽教育出版社2002年版。[美]丁乃通：《中国民间故事类型索引》，郑建成等译，中国民间文艺出版社1986年版。金荣华：《民间故事类型索引》（上、中、下），中国口传文学学会2007年版。祁连休：《中国古代民间故事类型研究》（全三卷），河北教育出版社2007年版。顾希佳：《中国古代民间故事类型》，浙江大学出版社2014年版。Thompson, Stith, *The Folktale*, Berkeley, Los Angelas and London: University of California Press, 1977. Reprint. Ting, Nai-Tung, *A Type Index of Chinese Folktales: In the Oral Tradition and Major Works of Non-Religious Classical Literature, Folklore Fellows' Communications No. 223*, Helsinki: Finish Academy of Science, 1978. Uther, Hans-Jörg, *The Types of International Folktales: A Classification and Bibliography Based on the System of Antti Aarne and Stith Thompson, Folklore Fellows' Communications No. 284*, Helsinki: Finish Academy of Science, 2004.

祁连休认为，云中落绣鞋这一民间故事类型在中国出现和形成于魏晋南北朝时期。①顾希佳指出，此民间故事类型在中国"当代口头流播颇活跃，浙江有《云中落绣鞋》，山西有《妖洞救皇姑》，西藏藏族有《猎人与公主》，广西壮族有《老二与龙女》等"②。在《国际类型》所搜集的异文中，这一民间故事类型播布于亚洲、欧洲、美洲、非洲四大洲的多个族群，且以欧洲族群为主，约占总数的三分之二；且这一民间故事类型也往往与一个或多个其他民间故事类型相复合，尤其是民间故事类型ATU 300、302、313、400、550、650A，另外也与ATU 300A、303、304、312D、314、327B、400、402、506、513A、516、530、1060、1088、1115和1910相组编。③

第二节 民间故事类型洲际比较研究

白蛇传型故事、黄粱梦型故事以及中国和北美的三个故事类型的比较研究，所使用的民间故事类型异文文本的流传范围都涉及了不同的大洲，比如亚、欧或者亚、美。因此，所涉及的民间故事的地域和民族文化因素也更加复杂。

一、白蛇传型故事研究

《高僧与蛇女——亚欧文学中的拉弥亚故事研究》在研究对象上并没有将考察的内容限制在狭义的文本之中，而是增加了《索引》分类对象之外的佛教故事，比如，《大藏经》中与蛇相关的故事，以及这则故事在民间传说、话

---

① 祁连休：《中国民间故事史》（卷上），河北教育出版社2015年版，第144页。
② 顾希佳：《中国古代民间故事类型》，浙江大学出版社2014年版，第31页。
③ Uther, Hans-Jörg, *The Types of International Folktales: A Classification and Bibliography Based on the System of Antti Aarne and Stith Thompson, Folklore Fellows' Communications No. 284*, Helsinki: Finish Academy of Science, 2004, pp. 175-179.

第三章　丁乃通对历史—地理研究法的应用

本,甚至戏曲、诗歌等作家文学作品中所流传的与这一故事核心情节相关的文学文本的分析。由此可见,这是基于这一故事类型的核心故事情节在不同文类中扩布情况的一次多维度深层次考察。这体现出丁乃通在进行不同研究时具体问题具体分析的研究原则。

从文末的注释之中,我们可以看到,这些异文在流传地域上包括中国、印度、日本、英国、法国、德国、西班牙等,流传时代则自12世纪起一直延续到20世纪。另外,在写作过程中,丁乃通也曾与杨联升、艾伯华、杰姆·海托瓦、亚瑟·韦利等多位学者就文章中涉及的细节问题交换意见。还有一点值得注意的是,注释中所列出的《大藏经》中包含的近150篇与蛇相关的故事的页码,主要按其象征意义将这些故事归为五类:第一,"蛇常代表着恶意——从略有怨愤到强烈的仇恨"[①];第二,"许多犯有嫉妒或骄傲罪的人,据说在来生就变成了蛇"[②];第三,"它又是个知觉能够感觉到的世界或充满各种欲望或烦恼的尘世的象征"[③];第四,"它有时也代表贪色……这常被描述得比蛇的危险性更大"[④];第五,"它还常与禽鸟相比"[⑤]。这不仅为文中的相关论述提供了有力的佐证,也为对这一议题有兴趣的研究者提供了宝贵的文本文献索引。

丁乃通在谈到撰写此文的目的时也指出,是要通过"比较西方这类故事与东方这类故事的特点及其发展,说明不同民族、不同时代的作家对这个故事的看法……增进人类之间的相互理解"[⑥]。由此可见,丁乃通对这一具体民

---

① [美]丁乃通:《高僧与蛇女——东西方"白蛇传"型故事比较研究》,陈建宪、黄永林译,丁乃通、许丽霞校,《中西叙事文学比较研究》,华中师范大学出版社2005年版,第46页。

② 同上。

③ 同上。

④ 同上,第47页。

⑤ 同上。

⑥ 同上,第2页。

间故事类型的研究不仅仅限于对民间故事结构、内容以及流传脉络的梳理，而且还有更加深刻的对这些民间故事文本所承载的流传地域或民族的文化背景的探讨。

文章通过三个部分展开论述，首先是白蛇传型"在亚洲民间文学中的根源"①，之后是"在欧洲文学中的发展"②，最后一部分为"在中国文学中的发扬光大"③。第一部分首先在之前公认的学术成果上选取了两个分属于中国和欧洲地区的著名异文，对其情节梗概进行梳理，并归纳出这一故事类型的基本情节；之后，通过对东西方传统文化中的相关形象进行分析，从而得出一个假设，即流传于欧亚大陆两端而共有特殊情节结构的两个故事文本系同一故事类型的异文；进而从阿尔奈—汤普森分类体系之中找到了这一故事类型的原型——国王与拉弥亚，故事类型号为411。国王与拉弥亚这一类型也收录于《印度口传故事类型》。而后，文章通过综合对比《印度口传故事类型》中所列出的异文，以及亚美尼亚、乌兹别克、以色列、阿富汗、波斯地区所流传的异文，归纳出这个故事类型的较为详细的情节梗概，并通过之前两个经典文本的比较，大致确定了这一故事类型可能的发源地和最初产生时期。鉴于由此推断出的这一故事类型的发源地可能为克什米尔，又结合此地民间故事的研究成果对情节有相似之处的夜叉故事进行了比较，得出这一故事类型可能源自夜叉故事的结论。另外，通过与这一故事类型情节相似的几类宗教故事的比较，大致描画出这一故事类型发展中可能出现的宗教化的演变过程，如此便基本描画出这一故事类型在东方的发展演变过程的一种可能性。④

第二部分首先对欧洲早期经典文本的情节梗概做出了描述，并通过这

---

① [美]丁乃通：《高僧与蛇女——东西方"白蛇传"型故事比较研究》，陈建宪、黄永林译，丁乃通、许丽霞校，《中西叙事文学比较研究》，华中师范大学出版社2005年版，第2页。
② 同上，第14页。
③ 同上，第26页。
④ 同上，第2—14页。

第三章 丁乃通对历史—地理研究法的应用

一情节梗概与东方故事类型情节梗概的比较发现两点不同之处：一是欧洲的异文具有更加强烈的宗教色彩，存在较为明确的教义表达；一是在欧洲的异文中，这一故事主角的名字以及身份是模糊不清的、不确定的。从而推断出，产生这两种现象的原因可能是因为这一故事类型发源于东方而非西方。西方在对这一故事类型的接受程度上有限，即仅仅为部分宗教派系用来宣扬其教义和相关的哲学思想，而这一宗教派系在欧洲又并非主流，没有为大多数人所认可或接受。之后，文章又综合四个欧洲异文的故事情节，对其故事情节梗概做出了具体描述。另外，结合欧洲学者对于这一故事类型在欧洲流传情况的介绍，得出这一故事类型从民间口头逐渐转入书面文献之中的流传过程。在作家的再创作中，主角的形象也发生了由害人之恶到单纯之爱的转变。文章还重点分析了英国诗人济慈在诗歌作品中对拉弥亚这一形象的重塑。在济慈的诗歌之中，拉弥亚被描述成爱与美的极致。通过以上文本的分析，文章大致推断出这一故事类型曾经两度传入欧洲，并两度成为某种说教的载体而传播，之后为现代作家所改写。

第三部分再次回到东方，探讨了这一故事类型在中国文学——主要是俗文学和作家文学中的发展演变。根据赵景深的研究，这一故事类型在俗文学中最早出现于12世纪，即南宋的话本之中。17世纪，冯梦龙综合了之前话本对这一故事的丰富和加工，将其写入自己的拟话本小说之中。文章对冯梦龙的这一版本情节概要做出了描述，并将其与同一时期的欧洲版本相比较，发现中国版本在细节中所反映出的中国特有的社会文化背景，比如清明祭祖、贵妇往往有侍女相伴等，以及这一故事类型在东西方所共有的主要情节和主题。另外，还得出中国版本的异文注重故事情节本身的精彩，而欧洲异文更加注重说教的结论。之后，文章又对第一个将其改编为戏曲的版本进行了着重分析，并通过细节对比，认为在这一版本中，蛇女的形象与欧洲同时期的作品相同，都发生了由邪恶的动物到充满人性的精怪的转变。另外，与之前的版本相比，这一版本中所增添的结尾升华了故事的主题，使之除哲学思考之外又增添了些许社会现实意义。到18世纪，较为成熟的京剧剧本得以完成，在语言上更加贴近文言而除去了世俗的特点；在情节上综合了之前的版本，并根据舞台表演的需求增添了几处颇具戏剧性的情节，增强了故事的观赏性，且与《国王与拉弥亚》的故事情节更为相近，同时也较为突出地体现了其源于民间故事的叙事特点；在各个人物形象的塑造方面，则呈现出与《国王与拉弥亚》惊人的一致，即蛇女的地位得到抬升。另外，文章还对同一时期出现的散文、弹词中的版本进行了一定的分析，指出两个散文的异文系话本版故事的延续，而弹词在情节内容上则更多地承袭了戏曲剧本。19世纪初，同样在戏曲剧本的影响下出现了将这个故事大规模传入中国民间的白话文小说，在这个版本中，故事角色的形象与同时期济慈的诗歌显现出对应关系，得道者渐次成为被贬低的对象；而其风格及细节描述则完成了这一故事类型反映社会生活现实的中国化。到19世纪末，在小说版本的影响下，这一故事类型又出现在了宝卷之中，在主题、人物形象以及情节上均体现出对小说版本的承继。进入20世纪，在现代京剧剧本中，这一故事在情节结构和角色设置上都在时代背景的影响下发生了一定的变异，突出了其在社会思想方面的引导作用。

　　最后，文章在结论部分简要梳理了这一类型在欧洲和亚洲的流传演变情况，并总结出蛇这一形象在不同文化背景中的象征意义；同时，再次重申这篇文章的写作目的与意义，即通过对同一个传说在不同文化背景下的流传与演变，体现出比较文学研究的意义，即对东西方文化交流与沟通方面所产生的作用与意义。文末还附有一篇西班牙传说的异文，以及文中所出现的异文发展结构图，较为直观地展示了不同异文之间的发展关系和流传时期。

第三章 丁乃通对历史—地理研究法的应用

表3-3 常见民间故事类型索引中的白蛇传类型情节梗概表[①]

序号	故事类型号和故事类型名称	故事类型情节梗概	故事类型所在索引	页码	备注
1	无		雅科布斯:《印欧民间故事型式表》		
2	无		钟敬文:《中国民间故事型式》		
3	无		艾伯华:《中国民间故事类型》		
4	411 国王和女妖	主角是一个男青年,女妖常是一条白蛇。I.(a)女妖是一个感恩图报的动物。(b)她带给他财富。有时给他招来麻烦。II.(b)一位出家人说服他,要他给她喝法水。(c')他坚持要她喝这法水来庆祝他某一节日,为使他高兴,她把它喝下。(c²)她带来的长生仙草使他恢复了健康。他看见就吓昏了。(d)她用从远处来的长生仙草使他恢复了健康。(e)其他奇异事物。(c)她的法术最后被吸进一个法钵,埋在一座塔下面。III.另一个结局,(c)为了占有男主角,她同斗人争斗许久。(d)她最后被吸进一个法钵,埋在一座塔下。	丁乃通:《中国民间故事类型索引》	120	1986年版译本。
5	411 蛇女(白蛇传)	一个年轻人和一位由蛇变结了婚的美女结婚,但并不知道妻子是蛇女。后来有位法师把真相告诉了他,还要青年用雄黄酒验证。蛇女对青年无不顺从,一度要求与丈夫相恋,法师不允。斗法结果是:蛇女失败,被吸入法钵,埋于塔下。	金荣华:《民间故事类型索引》	147—148	
6	411 国王与拉弥亚 (The King and the Lamia.)	一位可爱的女孩,一位国王之子成婚。国王的健康逐渐恶化。她其实是蛇女[B29.1]。一位蛇形的美女吃掉国王的妻子。她给国王生下健康观察她,并在夜间观察到她一蛇形出现了获得火和食物,推进了蛇技术。她被推进了烧得火红的炉子,人们在灰烬根中发现一个小鹅卵石,它碰到任何东西都会变成金子。[D1469.10.1]。	乌特:《国际民间故事类型》(284)	246	
7	白蛇传型	一青年清明时节与化为美女的白蛇精相遇,彼此倾慕,遂结为恩爱夫妻,竟将白蛇精镇压在塔下,不料一神师时期,最后将其听死或害死。	祁连休:《中国古代民间故事类型研究》	571—578	卷中初代有《谷神子·博异志·李黄》
8	411 白蛇传	白蛇变化而成的女子与一男青年相恋,他们终于结为夫妻。后来一个有法术的人识破了她的身份,从而破坏,最终将其镇压。	顾希佳:《中国古代民间故事类型》	51—52	始于唐·《博异志·李黄》

[①] 本表内容参见[美]约瑟·雅科布斯编:《印欧民间故事型式表》(Folklore Society Series Some Types of Indo-European Folktale),钟敬文编译,杨成志、钟敬文编译,民俗学会编译,国立中山大学语言历史学研究所,1928年3月。钟敬文:《钟敬文民俗学论集》(上、中、下),安徽教育出版社2002年版。[美]丁乃通:《中国民间故事类型索引》,郑建威等译,中国民间文艺出版社1986年版。金荣华:《民间故事类型索引》(上、中、下),河北教育出版社2007年版。顾希佳:《中国古代民间故事类型》,浙江大学出版社2014年版。以及Thompson, Stith, The Folktale, Berkeley, Los Angeles and London: University of California Press, 1977. Reprint. Ting, Nai-Tung, A Type Index of Chinese Folktales: In the Oral Tradition and Major Works of Non-Religious Classical Literature, Folklore Fellows' Communications No. 223, Helsinki: Finish Academy of Science, 1978. Uther, Hans-Jörg, The Types of International Folktales: A Classification and Bibliography Based on the System of Antti Aarne and Stith Thompson, Folklore Fellows' Communications No. 284, 285, 286, Helsinki: Finish Academy of Science, 2004.

《国际类型》中所收录的异文,仅在少数族群中流传,如犹太、吉卜赛、乌兹别克、伊朗、印度和中国①。祁连休认为,在中国,白蛇传民间故事类型在隋唐五代时期已经出现了雏形,并正式形成一个民间故事类型②。从《中国民间故事集成》来看,白蛇传这一民间故事类型,依旧流传于河北、山西、山东、湖北、江苏、上海、浙江和福建等地区。

　　在第二章中,关于丁乃通对于中国民间故事与传说较为复杂的现实的处理原则方面,我们曾提到丁乃通将民间故事特征较为明显的传说,即角色往往在不同的异文中会出现多次的替代现象,而缺乏较强的固定性的传说也归入了类型索引。这一点,我们可以在祁连休所给出的几个历朝历代异文中得以略窥一斑。通常,传说中的角色往往会具有较为固定的和明确的姓名,而在白蛇传故事中,男主人公的姓名或出现多次替代,比如李黄(唐代)、李昕(唐代)、孙知县(宋代)、许宣(明代)③等等。而在明清时期所出现的类似的民间故事中,男主人公的名字则逐渐转变为模糊的虚指,比如徐景春(明代)、许郎行二(清代)、某姓者(清代)④,而这正是狭义民间故事与传说的关键性特征之一。

　　母题是民间故事类型的基础,如建筑之砖瓦;结构是民间故事类型之框架,如建筑之栋梁。对于民间故事类型而言,二者不可偏废其一。"从汤普森的母题索引,到奥利克的史诗法则,到普罗普的31个功能,再到帕里洛德的'程式—主题—故事范型'概念,最后来到弗里的'大词',从故事海中提炼故事叙事中'要素'的努力,从来就没有停止过。这样的讨论,也一直是民

---

① Uther, Hans-Jörg, *The Types of International Folktales: A Classification and Bibliography Based on the System of Antti Aarne and Stith Thompson, Folklore Fellows' Communications No. 284*, Helsinki: Finish Academy of Science, 2004, p. 246.
② 祁连休:《中国民间故事史》(卷上),河北教育出版社2015年版,第295页。
③ 祁连休:《中国古代民间故事类型研究》(卷中),河北教育出版社2007年版,第571—575页。
④ 同上,第575—577页。

第三章 丁乃通对历史—地理研究法的应用

间文艺学/民俗学学科的前沿话题。学科的建树，在相当程度上依赖对这些问题的索解。"① 因此，我们以与蛇相关的母题为例，试对民间故事的母题的共同性这一特点进行一定的分析。

汤普森《民间文学母题索引》第六卷中列出了全书的关键词索引，其中与蛇相关的包含这样四组：响尾蛇（rattlesnake, rattlesnakes）②、巨蛇（serpent, serpent's, serpents）③、蛇（snake, snake's, snakes）④ 和毒蛇（viper, vipers）⑤，每个关键词后罗列出了包含这些关键词的蛇母题及其索引。当然，由于思维方式的差异，英文中与蛇有关的语词跟汉语中的语词并不存在绝对的对应关系。我国的民间故事中含与蛇相关母题的民间故事文本数量庞大，我们从中可以较为清楚地看出母题的共通性这一特点。比如，白蛇传民间故事类型在历朝历代的传承体现出了那些固有母题的历史的共通性；而其在不同地域播布的这些文本共有母题，则体现出了其地理的共通性；而同样的母题在不同的文类中的存在则体现出其文类的共通性——围绕这一传说而创作的通俗文学作品，古有戏曲《义妖传》，今有电影《青蛇》等，甚至引起文学家的关注，为其所津津乐道，作家的文学创作也因此产生了相关作品，比如鲁迅的《论雷峰塔的倒掉》等。孙正国曾对这一传说在现当代媒介（比如网络、电视电影等）中的流变过程做出了梳理⑥。另外，这一传说还流传到日本，为当地的民众所接受和改编，形成具有日本风土人情的情节和主题，比

---

① 朝戈金：《"大词"与歌手立场》，《民间文化论坛》2007年第1期。
② Thompson, Stith, *Motif-Index of Folk-Literature: A Classification of Narrative Elements in Folktales, Ballads, Myths, Fables, Mediaeval Romances, Exempla, Fabliaux, Jest-Books, and Local Legends*, Indiana University Press, Bloomington & Indianapolis, 1934.Vol. Ⅵ, p. 629.
③ Ibid., pp. 684–686.
④ Ibid., pp. 721–724.
⑤ Ibid., p. 838.
⑥ 详见孙正国：《媒介形态与故事建构——以〈白蛇传〉为主要对象》，上海大学2008年博士学位论文。

如，故事结尾改编为男主人公得知蛇女真身之后拒绝了她的爱情，蛇女女真儿用怨念将男主人公丰雄报复致死。①

此外，同一母题可以出现在不同的类型之中。比如，蛇报恩这一母题出现在感恩的动物以及白蛇传两个民间故事类型之中。"人类对蛇有先天的恐惧，以蛇为故事的叙述中心，能增加故事的叙事力量，在其背后则隐藏着民间崇蛇、畏蛇和敬蛇的信仰观念。报恩型故事经常与'毛衣女''两兄弟型'等故事黏合在一起，构成了一个丰富多彩的故事群。"②蛇母题相关民间故事文本文献目录及个别异文文本可参阅附录七。

同样，同一主题也可以为不同的民间故事类型所表现。人心不足蛇吞象型告诫人们贪婪是不可取的。《格林童话》中也存在表达相同主题的篇章。比如，《狼和狐狸》中，贪婪的狼一而再，再而三地向狐狸索取，虽然每次都因为贪婪而遭到人类的惩戒，却依然不知悔改，最终，狐狸为了摆脱这一贪婪的主人而设计借人杀狼。③

至于白蛇传民间故事类型在中国古典典籍其他文类（比如俗文学）中的流传状况及其对口传异文的影响，顾希佳曾指出："俗文艺有南宋话本《西湖三塔记》、明冯梦龙《警世通言》卷一八《白娘子永镇雷峰塔》、清古吴墨浪子《西湖佳话·雷锋怪迹》等。戏曲、曲艺的搬演，尤以清黄图珌传奇《雷峰塔》、方成培传奇《雷峰塔》、弹词《义妖传》《白蛇宝卷》等最为著名。在话本、说唱、宝卷、戏曲的影响下，民众口头讲述的白蛇传传说更趋丰满，各地采录异文甚多。"④鉴于这一论题涉及内容颇广，但与本文的主题关联不甚紧密，故在此不再展开详细论述。

---

① 蔡春华：《中日两国的蛇精传说——从〈白娘子永镇雷峰塔〉和〈蛇性之淫〉谈起》，《中国比较文学》2004年第4期。
② 米海萍等：《青藏地区民族民间文学研究》，中国社会科学出版社2013年版，第116页。
③ [德]格林兄弟：《格林童话》，施种等译，上海译文出版社2011年版，第178—180页。
④ 顾希佳：《中国古代民间故事类型》，浙江大学出版社2014年版，第52页。

二、黄粱梦型故事研究

《亚欧"黄粱梦"型故事之比较》("Years of Experience in a Moment: A Study of a Tale Type in Asian and European Literature")的研究对象涉及六个流传区域：中国、蒙古、西亚（波斯）、印度次大陆、冰岛、欧洲（爱尔兰、意大利、西班牙等）；文本性质包括古籍中的故事文本、出现相关故事情节的文人文学作品以及宗教典籍中的相关片段，比如有关穆罕默德的伊斯兰教故事；异文篇数中国为23篇、蒙古2篇、西亚17篇、南亚4篇、欧洲17篇，共计63篇。

文章主体主要按时间顺序通过对黄粱梦型故事的古代异文、中世纪异文（8—15世纪）和现代异文（16世纪及其后）进行文学史式的梳理和比较，从而对这一故事类型的播布流传状况做出了大致的描画。此篇论文在对异文的处理方式上比较特别——首先对故事的流传地区用字母的缩写进行标示，进而对流传于这些地区的异文按流传的时间顺序进行编号，从而给每个异文都标上了一一对应的具有一定系统性的代码，并在行文过程之中对其加以应用。这些代码所对应的异文出处在文末的异文表中统一列出，又在异文出处之后标明了异文所属亚型。这些亚型同样使用代码标示，并在异文出处之前单独列出亚型名称与字母缩写的对照表。显而易见，对异文进行如此的处理大抵是受到了阿尔奈—汤普森分类体系对故事类型进行编码的影响。

古代异文部分对中国古代典籍《列子》中的两个与道教相关的异文以及流传在中东的一则穆罕默德的伊斯兰教异文进行了故事情节的梳理，通过比较得出这些异文在两个流传地域中所体现出的相同之处与相异之处：在情节结构上具有一致性，宗教的创立者都是通过在梦中的远游明了了宗教教义，并同时体现出了时间相对论的思想；然而，由于教义不同，两则异文所阐释的思想又各不相同。

第二部分首先指明古代异文与中世纪异文在总体特征上的区别，即古代异文在对梦境的描写上神话特征较为明显，但在中世纪的异文中，故事的重要情节梦境不再具有神话色彩，而是多与人类的欲望与恐惧相联系，这标志着第二阶段故事原型的形成。中世纪的异文共分为十个小标题进行论述。由8世纪的中国异文开始，首先描述了流传于8世纪到9世纪之中的四篇中文异文的基本情节梗概，通过比较其异同，梳理出了其中所蕴含的道家思想以及与幽灵故事之间的关系，并归纳出一个基本类型和两个基本亚型。之后，又集中列出了三篇10—12世纪的中文异文，其中一篇异文为反映道教思想的仙话①，另外两篇则为元曲。与8世纪的异文相比，这些异文在行文语言方面更加通俗，在情节铺陈和主题表达方面则更加强调过分重视自我欲求的危害，但在情节结构上却都属于基本类型。

在第三个标题中，论述了来自冰岛的一篇异文以及九篇欧洲的异文。之所以把冰岛的异文单独列出而没有归入欧洲的异文，是因为其中出现了一个中国异文中所特有的情节，即得道者在煮食物的同时为过分重视自我欲求的人制造梦境，而梦境在食物煮熟之前结束。这成为"边界异文常常保存原型基本特点的理论的又一证据"②。同时，该部分又指出冰岛的这篇异文与中国异文的异同：二者的基本情节结构一致，但在所要表达的主题方面，冰岛的异文讽刺的是整个尘世的虚幻，中国的异文则仅仅是对角色个人欲求的否定。当然，异文的角色很明显地承载了不同地域的文化特征，比如，中国异文的道人在欧洲异文之中则为魔法师。这也就是我们通常所讲的同类型故事异文中的角色替代现象。正是这一现象没有得到足够的重视，方才导致了阿尔奈—汤普森分类体系在最初的类型设置与分类依据上产生了一些问题，比如类型情节结构的重叠等。当然，这一问题已经在阿尔奈—汤普森—乌特体系中通过将部分亚型合并回基本类型的方法得以解决。欧洲的九篇异文中，前五篇与冰岛的异文一致，都对做梦者忘恩负义的性格特征持批判态度，这一情节特征在中国的基本类型之中并不存在；后四篇在梦境情节的构造上较为薄弱，往往为极短暂的幻

---

① 仙话：以道教仙人为主要角色的民间故事，比如八仙的故事等。
② [美]丁乃通：《人生如梦——亚欧"黄粱梦"型故事之比较》，陈建宪译，高丙中校，《中西叙事文学比较研究》，华中师范大学出版社2005年版，第67页。

第三章　丁乃通对历史—地理研究法的应用

境甚至现实，这反映出基本故事类型的重要特征之一——时间相对论的思想无法很好地为欧洲人所接受这一事实，进而推断出这一故事类型的起源可能并非欧洲。

第四个标题下的内容是对一篇波斯异文的分析。文章首先概述了该异文的情节梗概，并通过与中国异文和欧洲异文的比较发现其既包含欧洲异文的特征，又与中国异文的基本类型情节相一致，因而推断出波斯异文是连接中欧异文链条上的重要一环这一结论。

第五个标题对三篇欧洲异文进行了分析。这三篇异文同属一个亚型，是幽灵类型。前两篇为爱尔兰古典文学中的故事，后一篇为意大利故事。通过对这些异文情节梗概的梳理，文章归纳出这一故事亚型的特征有二，一是梦境发生在幽灵界或精灵界，二是角色在幻境中的成功往往靠武力获得；其核心情节特征是梦境或幻境中的数年时间相当于尘世间的一瞬。而这些异文与中国的第四和第五篇异文又属于同一个亚型。

第六个标题下所分析的一篇波斯异文同样也属于幽灵故事，原因是其梦境或幻境的发生地都处于冥界。在爱尔兰，幽灵或精灵被视为亡灵的代表。这篇波斯异文的特别之处在于其中包含三个角色的梦境，而每个梦境又分属不同的亚型。

第七个标题是对一篇土耳其异文的分析。其情节梗概与中国的第六篇异文大致相仿，都是角色在一场宗教仪式的举行过程中进入梦境，梦中因妻子的关系得到富贵，梦醒时分宗教仪式尚未结束。这两篇异文一起构成一个较小的亚型。

第八个标题分析了三篇西亚的异文，这些异文都是20世纪采录的口传文本，基本属于同一个亚型。通过具体情节梗概的分析得出，这一亚型的共同特征，是将梦境作为对怀疑论者的惩罚手段，他们往往怀疑某种超自然力的存在而被卫道士以水为媒介施法，在梦境之中历经艰难困苦。这是与其他亚型以及基本类型的梦境中历经荣华富贵的生活所相反的。

第九个标题对印度次大陆上所流传的异文进行了分析。这些异文与西亚异文的相通之处为皆以水为媒介，而在水中产生幻境的情节在印度故事中为常见的情节。这三篇异文中有一篇不存在梦境或幻境，另外两篇的梦境或幻境在故事中的功能与基本类型或其他亚型不同，因此，这三篇异文共同构成了一个独立的亚型。

第十个标题中包括两篇西亚的异文以及一篇南亚的异文，这三篇异文共同构成性别转换的亚型。在梦境中共同出现的情节是角色由男性到女性的性别转变，而在幻境或梦境结束之后又再次变回男性。这种性别的转换同样出于对角色信仰或信念不坚定的惩罚。

在第二部分的结尾，文章总结了中世纪异文所构成的诸多亚型，并指出这些亚型大都为了宣传某种宗教教义而存在。

文章的第三部分为现代异文的分析，即16世纪及其以后异文的分析，共分为八个小标题进行论述。文章首先概括出这一时期异文的共同特点，即主题上宗教性的削弱和情节上生动性与丰富性的增加。第一个小标题分析了四篇中国异文。这几篇异文来源于明代作家的文学作品。文章通过分析发现，前三篇异文与其他中国民间故事类型的个别母题有所重叠，最后一篇使用了"梦中之梦"的小说写作手法。第二个小标题分析了一篇西亚异文和三篇欧洲异文。西亚异文和一篇抄自亚洲的欧洲异文属于基本类型的异文。另外两篇欧洲异文则体现出更多的"独创性"。第三个小标题对四篇中国异文和一篇欧洲异文进行了分析，这些异文属于幽灵故事亚型。文章交代了这一时期作家文学的创作背景，即现代欧洲作家已经不再创作幽灵故事，而中国作家则依然在进行着鬼故事的创作。这四篇中国的异文都是中世纪中国文献中所记载的异文（第四篇中国异文）的改编，其在梦境中的情节有所变异，即人物角色在梦中与动物一起生活多年。而欧洲的异文则为一篇19世纪的英国传说。第四个小标题分析了两篇西亚异文，指出这两篇异文是对中世纪所产生的一个亚型的承继，其中一篇异文还糅入了AT 706无手姑娘型的情节内容。第五个小标题分析了三篇西亚异文、两篇蒙古异文和一篇中国异文。这些异文皆为口传文本，同样由教训怀疑者亚型中发展而来，且共同包含一个母题，即引路的动物（N774），从而共同构成一个新的亚型。第六个小标题包括三个中国的异文，皆存于清代小说之中。其情节更为复杂曲折，并受佛教在清代兴盛的影响，反映了佛教思想，构成佛教亚型。第七个小标题分析了另外两篇中国异文，梦中梦的诙谐与宗教故事的严肃形成讽刺效果，构成诙谐亚型。第八个小标题包括两篇西亚的异文，是严肃的犹太异文，其目的是"为这些希伯来的后裔吁请平等与自由"①。第三部分的最后梳理了异文在现代的发展特点以及新出现的诸多亚型，指出了现代文明对故事活力的削弱。

文章的结论部分指出这一故事类型浸润着宗教思想，文献异文多于口传异文，并提出这一故事类型源于西亚的观点，认为西亚的异文具有"普遍、活跃和追随地区的发展而变化"②这三个故事原型所具备的特点。最后，该部分补充说明，这一故事类型在现代虽不再繁盛，但其中的重要母题依旧植于古老童话之中流传至今。

这一民间故事类型也为大部分类型索引所收录。

在中国，黄粱梦这一类型最早出现于魏晋南北朝时期③。古代"戏曲搬演颇多。宋元南戏有《吕洞宾黄粱梦》（已佚）。元杂剧有马致远等《邯郸道省悟黄粱梦》。明汤显祖'临川四梦'中，《邯郸记》《南柯记》皆与此故事类型有关。通俗小说，明吴元泰《东游记》第二十三回《洞宾店遇云房》亦据此敷演。当代口头讲述依旧十分活跃"④。明代以降，黄粱梦型呈现出向八仙传说靠拢的趋势⑤。在《国际类型》所搜集的异文中，民间故事类型黄粱梦主要出现在亚洲（东亚和中亚为主），也有个别异文流传于欧洲东部和北非⑥。

---

① ［美］丁乃通：《人生如梦——亚欧"黄粱梦"型故事之比较》，陈建宪译，高丙中校，《中西叙事文学比较研究》，华中师范大学出版社2005年版，第84页。
② 同上，第87页。
③ 祁连休：《中国民间故事史》（卷上），河北教育出版社2015年版，第144页。
④ 顾希佳：《中国古代民间故事类型》，浙江大学出版社2014年版，第81页。
⑤ 祁连休：《中国古代民间故事类型研究》（卷上），河北教育出版社2007年版，第295页。
⑥ Uther, Hans-Jörg, *The Types of International Folktales: A Classification and Bibliography Based on the System of Antti Aarne and Stith Thompson, Folklore Fellows' Communications No. 284*, Helsinki: Finish Academy of Science, 2004, pp. 373—374.

表3-4 常见民间故事类型索引中的黄粱梦类型情节梗概表①

序号	故事类型号和故事类型名称	故事类型情节梗概	故事类型所在索引	页码	备注
1	无		雅科布斯：《印欧民间故事类型表》		
2	无		钟敬文：《中国民间故事型式》		
3	无		艾伯华：《中国民间故事类型》		
4	681 瞬息京华	（a）在炉子上煮的饭（黄粱饭）还未做好。（b）他只打了个瞌睡，（c）炉子上烧的茅正沸腾（d¹），他友妻子还未洗完碗，（d）他只午睡入海浮沉，（e）他体验到人生，目睹荣华富贵，（f）他梦见喜悦，极度的喜腾，恐惧，悲伤等等，他有时看破红尘，皈依宗教。	丁乃通：《中国民间故事类型索引》	227—228	1986年版译本。
5	725A 黄粱梦	道人让一个追求功名的人在打瞌睡时做了一个梦，梦中他功成名就，享荣华富贵，也有恐惧，悲伤，还未吃熟。或醒来目睹煮小米饭时倒在杯子里的茶水还是热的，或是对人生某一目标倾力追求的人，在梦中如愿，或在历经一段得意岁月之后，凄苦随之。醒来顿有所悟，修改了人生努力的方向。	金荣华：《民间故事类型索引》	253	原ATT 681属于奇异的能力和知识三级类目，改后的ATJ 725A属于其他神奇故事目类。参见第244、253页。
6	681 时间的相对性（Relativity of Time）	这一多样的民间故事类型包括各种各样的民间故事，大多数来自中国以及亚洲其他地区，是关于一位官员体悟到他在梦中以瞬间时间中经历相对长一段时间的异文中（有时因物引发）；在印度异文中，他通过将头浸入水中实现；是魔法呈现了幻象[D2012.1]。比较类型471A。	乌特：《国际民间故事类型》（284）	373—374	AT 681 名称为"浴中国王"（King in the Bath）；"瞬息京华"（Years of Experience in a Moment）。

第三章　丁乃通对历史—地理研究法的应用

（续表）

序号	故事类型号和故事类型名称	故事类型情节梗概	故事类型所在索引	页码	备注
7	黄粱梦	大致写某人至庙中祈福（或在旅社谈生世困危），庙祝（或老翁）授一枕，令其入枕穴中，便进入佳境，登高第，做显贵，封妻荫子，荣盛无比，享受数十载，忽然梦醒，方知世上时间不过顷刻间，感悟颇多。	祁连休：《中国古代民间故事类型研究》	290—295	卷上形成于魏晋南北朝时期，最早见诸东晋·干宝《搜神记》佚文"焦湖庙玉枕"，第290—291页。
8	681 黄粱梦	由于某种法术的作用，某人做了一个梦（有时候不涉及法术，仅仅是十分奇怪地做了一个梦）。此人在梦中度过一生，享尽人间荣华富贵，体验到人海沉浮，或是有过一段奇特经历。此人梦醒之后，才发现梦境是虚幻的，在任因此醒悟，对人生有了新的看法，看破红尘，皈依宗教，或是该梦对他以后的行为产生了较大影响。	顾希佳：《中国古代民间故事类型》	80—81	始于东晋·干宝《搜神记》"焦湖庙玉枕"。

① 本表内容参见 [美] 约翰·雅科布斯编：《印欧民间故事型式表》，杨成志、钟敬文编译，民俗学会编，国立中山大学语言历史学研究所1928年版。钟敬文：《钟敬文文集·民间文艺学卷》，安徽教育出版社2002年版。[美] 丁乃通：《中国民间故事类型索引》，郑建成等译，中国民间文艺出版社1986年版。金荣华：《民间故事类型索引》（上、中、下），中国口传文学学会2007年版。祁连休：《中国古代民间故事类型研究》（全三卷），河北教育出版社2007年版。顾希佳：《中国古代民间故事类型》，浙江大学出版社2014年版，以及Thompson, Stith, The Folktale, Berkeley, Los Angelos and London: University of California Press, 1977, Reprint. Ting, Nai-Tung, A Type Index of Chinese Folktales: In the Oral Tradition and Major Works of Non-Religious Classical Literature, Folklore Fellows' Communications No. 223, Helsinki: Finish Academy of Science, 1978. Uther, Hans-Jörg, The Types of International Folktales: A Classification and Bibliography Based on the System of Antti Aarne and Stith Thompson, Folklore Fellows' Communications No. 284, Helsinki: Finish Academy of Science, 2004.

三、中美民间故事比较研究

《三个中国和北美印第安人故事类型比较研究》("A Comparative Study of Three Chinese and North American Indian Folktale Types",1985年)开篇指出了文章的学术背景,即学界对中国和北美印第安民间叙事研究较为薄弱,并且美国人类学界与中国历史学界对两个地域之间联系的研究有所成就,进而指出这一研究的目的仅限于对三个中国和美洲共有故事类型的研究。文章主体部分分别对三个类型进行了比较分析①。文章所涉及的这三个故事类型的研究对象包括这一故事类型在古代典籍中的异文、口传民间叙事中的异文,以及其他文学作品(包括作家文学作品)中所出现的异文。

(一)污钟(墙)型故事研究

故事类型ATT 926E*污钟(墙)型故事研究[ATT 926E*Smearing the Bell(Wall)]在中国古代典籍中的异文最早出现在宋代。文章首先梳理了这一异文以及一篇现代西藏异文(1961年)与两篇北美文学作品中所出现的现代异文(1902年、1956年)的情节梗概,进而指出这一故事类型并未收录在阿尔奈—汤普森体系的故事类型索引或者汤普森的母题索引之中,并且目前在世界范围内所搜集到的故事异文的流传区域仅限中国和北美地区。之后,通过对这些异文具体情节的比较,推断出故事类型的最早异文可能出现在中国福建地区,其主要情节的形成可能源于西藏的异文,异文中所包含的特殊母题则可能受到了北美阿拉斯加和中国民俗传统或者神话因素的影响。流传在两个地域的异文所包含的相同的部分,则在某种程度上成为不同地域之间文化传播的佐证。

---

① Ting, Nai-Tung, "A Comparative Study of Three Chinese and North-American Indian Folktale Types", *Asian Folklore Studies*, Vol. 44, No.1, 1985, p. 39.

第三章 丁乃通对历史—地理研究法的应用

表3-5 常见民间故事类型索引中的污钟（墙）类型情节梗概表[1]

序号	故事类型号和故事类型名称	故事类型所在索引	页码	备注
1	无	雅科布斯：《印欧民间故事型式表》		
2	无	钟敬文：《中国民间故事型式》		
3	无	艾伯华：《中国民间故事类型》		

[1] 本表内容参见［美］约瑟·雅科布斯编：《印欧民间故事型式表》，杨成志、钟敬文编译，国立中山大学语言历史学研究所1928年版。钟敬文：《钟敬文文集·民间文艺学卷》，安徽教育出版社2002年版。［美］丁乃通：《中国民间故事类型索引》，郑建成等译，中国民间文艺出版社1986年版。金荣华：《民间故事类型索引》（上、中、下），中国口传文学学会2007年版。Thompson, Stith, *The Folktale*, Berkeley, Los Angelas and London: University of California Press, 1977, Reprint. Ting, Nai-Tung, *A Type Index of Chinese Folktales: In the Oral Tradition and Major Works of Non-Religious Classical Literature, Folklore Fellows' Communications No. 223*, Helsinki: Finish Academy of Science, 1978. Uther, Hans-Jörg, *The Types of International Folktales: A Classification and Bibliography Based on the System of Antti Aarne and Stith Thompson, Folklore Fellows' Communications No. 284*, Helsinki: Finish Academy of Science, 2004.《中国古代民间故事类型研究》（全三卷），河北教育出版社2007年版。顾希佳：《中国古代民间故事类型》，浙江大学出版社2014年版。

（续表）

序号	故事类型号和故事类型名称	故事类型情节梗概	故事类型所在索引	页码	备注
4	926E* 钟上（墙上）涂墨	（a）法官对全体嫌疑犯说，为了要确定谁是真正的罪犯，他将让他们每人把自己的手放在钟上，谁是罪犯，碰到钟，钟就会响。他秘密地将钟涂上墨汁，并将钟放在一间暗室里或者一张帘子背后。每一个嫌疑犯都要经过这一测验。测验完后，其中只有一人手是干净的。他就是罪犯。或者是（b）他说，神在暗房里会给罪犯的背涂上黑色，这同暗房的墙是刚刚漆上黑色的。那个背上涂黑的嫌疑犯就被判有罪。（c）他要每一个嫌疑犯走过一张桌子时用手摸这张桌子。当真正罪犯走过时，他就抗拒了，不敢马上过去。	丁乃通：《中国民间故事类型索引》	300	1986年版译本。
5	926E 钟上涂墨	县官将一口钟用布幔围起，要全体嫌疑犯依次伸手进去碰摸，声称那是一口神钟，谁是罪犯，手一碰到钟钟就会响。其实他秘密地在钟上涂了黑色，用手碰摸就会沾上。真正的罪犯心虚，不敢碰摸，手伸进去只是虚晃一下，于是他的罪行被确认了，因为全体嫌疑犯中，只有他的手是干净的。	金荣华：《民间故事类型索引》	377—378	原ATT 926E* 改为ATJ 926E。此处仅收录中国异文三则，即《公鸡审案》（北京）、《黄巢断案》（福建）和《摸锅找钱》（河北）。
		这一多样的类型包含多种民间故事，是关于用不寻常的想法，通常是用智慧的方法来确定真相的故事。比较类型1534，1833J和1833K。例：			

182

(续表)

序号	故事类型号和故事类型名称	故事类型情节梗概	故事类型所在索引	页码	备注
6	926C 以智者的方式解决的案件（Cases Solved in a manner worthy of solomon）	（2）法官将棍子发给一起案件的所有犯罪嫌疑人，并告诉他们，罪犯的棍子在夜间会长长。犯罪的人将棍子切掉了一小块，并因此被发现。（3）某人向所有村民宣布，贼的帽子上有蚊子（他的帽子在燃烧）。有一个人伸手够自己的帽子，因而显示出自己是贼。（4）所有的嫌疑人都被要求去碰触黑暗中的某件物体，并被告知罪犯的手会被染黑。其实，所有碰到物体的手都会被染黑。罪犯没有碰那个物体，因此成为所有人中唯一没有被染黑手的人。	乌特：《国际民间故事类型》（284）	560—562	此处仅选取与ATT 926E*核心情节相一致的部分例子，即（2）、（3）、（4）完全一致的为例（4）。
7	摸钟辨盗	大叔写有失窃，县衙抓住一些嫌犯，却不知谁系盗者。县令让他们去摸神钟，诡称盗者摸钟必有声。并暗中遣人将钟涂上墨。众嫌犯中唯摸钟者恐钟有声不敢摸，其手无墨，经审讯果然服罪。	祁连休：《中国古代民间故事类型研究》	657—659	卷中初见于宋·沈括《梦溪笔谈》。卷十三《权智·摸钟辨盗》。
8	926E 摸钟辨盗	有人失物，受怀疑的有多人，难以确认。法官声称某处暗室内有神钟，正直人摸之无声，盗贼摸之有声，可依此做出判断。法官事先派人秘密在钟的内壁上涂上黑墨，让大家去摸，结果一人的手十分干净，说明他心虚，不敢用手去摸钟，于是确认此人为盗贼。	顾希佳：《中国古代民间故事类型》	165	始于宋·沈括《梦溪笔谈》卷一三《摸钟辨盗》。

183

祁连休认为，这一民间故事类型在中国最早出现于宋代，元代的《湖海新闻夷坚续志》补遗《治盗门·摸钟辨盗》、明代冯梦龙的《古今谭概》谲智部第二十一《诘盗志》"陈述古"和张岱的《夜航船》卷七政事部《烛奸·帷钟辨盗》等异文，大多根据最初的版本，即沈括《梦溪笔谈》中的《权智·摸钟辨贼》所誊抄或改写，而至清代则在情节方面有所发展，出现了以同样的手段侦破杀人案的版本（慵讷居士《咫闻录》卷八《阴阳太守》"巧断赖人案"）。[①]

民间故事类型ATT 926E*钟（墙）上涂墨在《国际类型》中归于ATU 926C之中，其情节梗概与ATU 926C情节梗概描述中所举出的第四个例子相吻合。由此可见，ATU 926C的故事情节梗概比ATT 926E*更为宽泛和多样。然而，在之后异文的出处部分，乌特并没有给各个异文出处标明所对应的故事情节梗概例子的编号，因此，我们从索引中无法直接看出ATT 926E*这一亚类的播布情况。异文出处显示，ATU 926C这一民间故事类型的播布范围包括欧、亚、非、美四大洲。[②]

（二）狐妻型故事研究

狐妻型故事研究（AT 400D The Fox Wife）在因纽特人中流传的北美的三篇异文（1875年、1901年、1929年），通过比较这三篇异文所包含故事情节内容的异同，整理出了这三篇异文所包含的母题。在中国古典文学中，这一故事类型主角形象的存在较为普遍，在唐代到清代的古代典籍中所出现的这一故事类型的异文往往以传说的形式出现，并且，除具体角色相异之外，其主要情节结构与阿尔奈—汤普森体系中故事类型400的重要情节结构相一致，而这一情节结构在某种程度上显现出对中国民俗传统的映射。另外，这些异文主要流传于汉族，个别流传于少数民族，比如鄂温克族。通过比较中国和北美地区所流传的异文情节内容，可以看出二者在情节结构上的一致，以及在

---

① 祁连休：《中国古代民间故事类型研究》（卷中），河北教育出版社2007年版，第657—659页。

② Uther, Hans-Jörg, *The Types of International Folktales: A Classification and Bibliography Based on the System of Antti Aarne and Stith Thompson, Folklore Fellows' Communications No. 284*, Helsinki: Finish Academy of Science, 2004, pp. 560-562.

个别母题中所体现出的地域性特征。有关这一故事类型重要结论的得出，还有待于进一步的研究。就目前所搜集的资料，包括中国、北美以及中国以外的其他亚洲地区的异文而言，这一故事类型显现出较为明显的区域性故事类型原型特征，因而可以视为ATT 400类型的一个亚型。

在丁乃通的《索引》中，另设了"400D 其他精怪或动物为妻子"这一亚型。田螺姑娘类型是我国较为常见的一个传统类型，中国古代类型索引中有"田螺女型"[①]和"400C 田螺姑娘"[②]类型，在《中国古代民间故事类型》中，其异文数量与"400D 凡夫与动物妻"相当；现当代口头流传的民间故事异文文本数也比较多，在钟敬文的民间故事四十型式以及艾伯华的民间故事类型中都以单独的故事型式出现，钟敬文《中国民间故事试探》（二章）之二为《田螺精》后记，对其进行了一定的分析。[③]但阿尔奈—汤普森民间故事体系以及阿尔奈—汤普森—乌特体系则没有将这一亚型单独列出，而是将其包含在ATU 400这一民间故事类型之中。因此，我们可以将这一亚型看作中国特有的。各个类型索引对此类型的收录情况参见表3-6。

虽然这一故事类型在角色方面包含多种动物形象，但在故事情节方面却有着较为固定的结构。一个故事类型离不开内容和结构两个方面，出现偏差的文本则不能归入同一民间故事类型。比如，在钟敬文所编订的型式表中归纳出了"熊妻型"。虽然这一民间故事类型亦为动物妻子和人类丈夫，但是在情节上与"ATT 400D 其他动物妻子"有区别。首先，二者相遇的方式不同，熊妻型中男子因遇难而被迫与熊妻一起生活，而ATT 400D中则是动物妻子主动出现在人类丈夫的生活之中；其次，二者的结局也相异，前者最终离去或者逃离异类婚的是人夫，而后者为兽妻。

---

① 祁连休：《中国古代民间故事类型研究》（卷上），河北教育出版社2007年版，第266页。
② 顾希佳：《中国古代民间故事类型》，浙江大学出版社2014年版，第49页。
③ 钟敬文：《中国民间故事试探》（二章），《钟敬文民间文学论集》（下），上海文艺出版社1985年版，第218—234页。

表3-6 常见民间故事类型索引中的狐妻相关类型情节梗概表

序号	故事类型号和故事类型名称	故事类型情节梗概	故事类型所在索引	页码	备注
1	无		雅科布斯：《印欧民间故事型式表》		
2	无		钟敬文：《中国民间故事型式》		
3	37.虎妻	（1）一只雌虎到一个孤独的男子处，成为他的妻子。（2）另一人（或者男子本人）藏起了虎皮，虎妻遂变成了人。（3）过了许久她又得到被藏匿的皮，重又变回原形逃跑了。	艾伯华：《中国民间故事类型》	67—69	存田螺娘型和熊妻型。熊妻型情节梗概如下：1.一人被风暴吹至远岛。2.岛中的母熊把他掳作丈夫。3.若干年后，他乘机逃去，熊投海死。故事中动物的角色还包括狐狸和河蚌。另存类型38.熊人公，同为异类婚，仅部分情节相近，概如下：（1）12个姑娘无法过河。（2）一只熊把11个姑娘背了过去，留下第12个作为妻子。
4	400D 其他动物变成的妻子	仙侣（老虎、狐狸、雁等）只是去看男主角，没有先秘密地为他做家务活。常常是男主角的亲戚找到了她的衣彩，隐藏起来。她离开的理由是多种多样的。除了她的小孩告诉了她的话外，也可由于她丈夫或亲戚说她是鬼。有时在她离去以前，她伤害或杀死她的丈夫或其他人（Ⅱ e, f, Ⅳb1, b5, b6, 或b7, d）。	丁乃通：《中国民间故事类型索引》	112	1986年版译本。与ATU 400（3）近似。
5	400D 动物变成的妻子	此型故事之模式与《田螺姑娘》（400C）相同，唯女主角为田螺以外之动物变成，或因父母的召唤，她或因家人失口说她是鬼生激怒了她等各种原因而离去。在有些故事中，她离去前还杀死了丈夫或其他人。	金荣华：《民间故事类型索引》	142—144	ATJ 400C 田螺姑娘情节概：女主角是田螺或其他动物所变，她为男主角做饭理家，因男主角藏起外壳，不能变回去，乃与男主角结为夫妇。有了孩子后，因孩子被人奚落有一个田螺母亲，于是她索回壳

（续表）

序号	故事类型号和故事类型名称	故事类型情节梗概	故事类型所在索引	页码	备注
6	400 寻找失踪妻子的男人（The Man on a Quest for His Lost Wife）	（3）一位年轻人看到一群鸟（天鹅、鸭、大雁、鸽子）落在岸边。当她们洗澡时，年轻人偷走了最漂亮的少女[D361.1]。一群鸟变为美丽的少女的羽毛衣，年轻人成婚[D721.2, B652.1]。之后，由于（男子）的母亲）粗心，少女拿回了自己的羽毛衣[D361.1.1]。（带着她的孩子们）飞走了。她告诉年轻人自己在另一个世界的目的地（比如玻璃山）。男子出发寻妻（同版本1）。部分异文包含313型（神奇的飞行）的要素。	乌特：《国际民间故事类型》（284）	231—233	包含AT 400*，AT 401和AT 401A，第231页。（1）、（2）略。
7	虎妻子型	大致写甲至旅社就寝时，有虎入室化为美女，言中至茅舍与翁媪及其女相遇；或言负一美妇至；或言途中偶遇一少女（或妇），乃与此女结为夫妻。相处甚欢洽，并生有子女。多年后，其妻觅得虎皮，即披之化为虎而去。	祁连休：《中国古代民间故事类型研究》	582—590	此型最早出现于隋唐五代时期，初见于唐·薛用弱《集异记·崔韬》。另存人兽婚配型（魏晋南北朝出现和形成），此型多为女子被某动物所掠，角色性别的设定与ATT 400D相反。
8	400D 凡夫与动物妻	一青年男子与一动物（猴、狐、獭、虎、鱼等）变化而成的女子结成夫妻。后来由于某种原因，此动物女又变回动物，离他而去。	顾希佳：《中国古代民间故事类型》	49—51	

顾希佳认为："若将人间男子与雌性动物间的婚恋作一类型，则本类型的设置似可成立，然以动物种类区分，自然又可分设若干亚型，诸如虎妻、猿妻、狐妻、鱼妻、獭妻、鼍妻、鹿妻、鹤妻、蛇妻等等，不胜枚举。"①祁连休认为，在中国的民间故事类型中，与狐狸相关的角色最早出现在先秦两汉时期的狐假虎威型。②彼时狐狸在民间故事中尚以动物的形象出现，但已经显示出一定的机智的特点。到魏晋南北朝时期，则多以狐精的形象出现在动物感恩等故事类型之中。③这一形象一直延续到隋唐五代的民间故事之中。④

同为民间故事中的狐狸，同样拥有着出众的聪慧或者狡诈，狐这一形象在不同的文化背景中承载着不同的文化意义，表达着不同人民的情感。如果说中国民间故事中的狐妻是狐的典型形象之一，那么在欧洲较为经典的狐形象之一应为狐狸列那。在20世纪的法国童话中，存有一系列著名的"列那狐"故事。这些故事由一部在12—14世纪形成的三万多行的民间叙事组诗改编而成，包括《列那狐偷鱼》《列那狐教伊桑格兰捉鱼》《列那狐与花猫蒂贝尔——香肠事件》《蒂贝尔的尾巴被截》《列那狐与猎人——真假狐皮》《列那狐诱捕公鸡尚特克勒》《草地上的惨剧》《列那狐的审判——群兽在国王诺勃雷前的申诉》《国王派狗熊勃伦传讯列那狐》《国王派胡獾格兰贝尔传讯列那狐》《列那狐的申辩》《列那狐被判处绞刑》《列那狐与国王的使者——戏弄和虐杀》《列那狐献给国王的礼物》《攻打茂柏渡》《国王蒙难》《列那狐成了国王的救命恩人》等。⑤在这些故事中，列那狐时而是贵族的代表，时

---

① 顾希佳：《中国古代民间故事类型》，浙江大学出版社2014年版，第51页。另，顾希佳同时也指出："若讲述雄性动物与人间女子婚配的故事，则有'蛇郎型''猴儿娘型'，艾伯华早已认定过；又有'老獭稚型'，钟敬文亦有专文论述。"见于顾希佳：《中国古代民间故事类型》，浙江大学出版社2014年版，第51页。

② 祁连休：《中国民间故事史》（卷上），河北教育出版社2015年版，第46页。

③ 同上，第98、103、144页。

④ 同上，第208、229页。

⑤ ［法］贝洛：《法国童话选》，倪维中、王晔译，外国文学出版社1981年版，第1—91页。

而为上层知识分子和市民代言,在一定程度上反映出中世纪法国的社会矛盾与情状。此部分所涉及的内容属于较为著名的以狐为主要角色的民间故事,但与本文主题相关性不大,故在此仅提及而不再做详细论述。

(三)忘字型故事研究

忘字故事类型(ATT 1687 The Forgotten Word)是一个在世界范围内传播较为广泛的故事类型。文章首先对三则在苏尼人中所流传的故事情节最为详尽的异文进行了分析,归纳了其中所包含的母题,又对流传于其他地区的相对而言较为简略的异文情节进行了分析,并对其中所出现的母题进行了归纳,指出其中的个别母题具有一定的神话母题的色彩。而中国所流传的这一故事类型的异文则皆具喜剧色彩,主角往往是愚笨之人。中国的异文主要对古代典籍中所存在的异文以及口头流传的异文分别进行梳理,并总结出其情节结构及其所包含的母题。之后,通过对北美异文以及中国异文的比较,找出二者所共同具有的情节结构和母题,同时也指出了一些同时流传于中国以及其他亚洲地区的异文所包含的共同母题,并由此总结出北美异文与中国异文的相通之处。最后则提出北美异文的形成基础可能与欧洲和非洲的异文相关联的观点。

这一民间故事类型在我国出现较早,最早的版本出现在三国时期,是一个较为古老的民间故事类型,并且一直流传至今。顾希佳指出,"当代采录,浙江有《呆女婿借布机》、河南有《憨女婿扛织布机》、珞巴族有《名字丢了》等"[①]。其在各个索引中的收录情况参见表3-7。

---

① 顾希佳:《中国古代民间故事类型》,浙江大学出版社2014年版,第245页。

表3-7 常见民间故事类型索引中的忘字类型情节梗概表[1]

序号	故事类型号和故事类型名称	故事类型情节梗概	故事类型所在索引	页码	备注
1	无		雅科布斯:《印欧民间故事型式表》		
2	滑稽故事 6.傻女婿Ⅱ:织布机	（1）傻女婿要向岳父母借一架织布机。 （2）半路上他忘了"织布机"这个词，他没记住的是听上去差不多的"饥"。 （3）在岳父母那儿，他不停地吃，直到人们终于发现他本来要干什么。 （4）半路上他让织布机站着，因为他认为织布机有四条腿，可以自己走回去。	艾伯华:《中国民间故事类型》	336—337	代替"织布机"的母题有垃圾桶、通知、轧花机，第337页。

---

[1] 本表内容参见[美]约瑟·雅科布斯编:《印欧民间故事型式表》，杨成志、钟敬文编译，民俗学会编，国立中山大学语言历史学研究所1928年版。钟敬文:《钟敬文文集·民间文艺学卷》，安徽教育出版社2002年版。[美]丁乃通:《中国民间故事类型索引》，郑建成等译，中国民间文艺出版社1986年版。金荣华:《民间故事类型索引》（上、中、下），中国口传文学学会2007年版。祁连休:《中国古代民间故事类型研究》（全三卷），河北教育出版社2007年版。顾希佳:《中国古代民间故事类型》，浙江大学出版社2014年版。Thompson, Stith, *The Folktale*, Berkeley, Los Angeles and London: University of California Press, 1977, Reprint. Ting, Nai-Tung, *A Type Index of Chinese Folktales: In the Oral Tradition and Major Works of Non-Religious Classical Literature*, Folklore Fellows' Communications No. 223, Helsinki: Finish Academy of Science, 1978. Uther, Hans-Jörg, *The Types of International Folktales: A Classification and Bibliography Based on the System of Antti Aarne and Stith Thompson*, Folklore Fellows' Communications No. 285, Helsinki: Finish Academy of Science, 2004.

第三章　丁乃通对历史—地理研究法的应用

（续表）

序号	故事类型号和故事类型名称	故事类型情节梗概	故事类型所在索引	页码	备注
3	1687 忘了的词字	这傻子一般都是呆女婿。I.[词字一般都是呆女婿。]他忘了的词字是：（a）布机（织布机）。（b）他的妻子让他去买的食物名字。（c）"别客气"。（d）祝贺寿辰的话。（e）百家姓的头两句。（f）"岂有此理"。（g）密林悼词。（h）其他。II.忘记这些词字的原因是：（a）棒了跟头。（b）停下来大便。（c）掉进了河里或洛在河里。（d）过河。（e）听鸟叫。（f）没有说明原因或其他的原因。III.[后果]（a）他不断地说"肚饥"，他的母亲就不断地给他吃，直到他们觉得一定是指织布机（a²）她听晓他说要他的妻子纠正了他食物的错误用织布机上的梭子打他。（b）他的姨妈偶然提到了这些食物的名字，这就使他想起他的词。（a³）他选送回家，他的妻子一定要那人偷走了这些布机。（c）有人用了这些词字，傻子觉得一定是那个人打了他，这就使他和他认为是嘲的人打了起来。（c¹）有人帮助他把词记起来。	丁乃通：《中国民间故事类型索引》		
4	1687 傻瓜忘词	妻子叫傻丈夫她娘家借布机，或去亲友处致贺词，他怕忘了，便一边走一边念。因此闹了笑话，后来因旁人不经意的动作或语说话，他才记起了原来的词句。如妻子叫他去借布机，他跌了一跤时，最后生气了，拿起布机上的木梭要打他。	金荣华：《民间故事类型》	606—607	
5	1687 忘了的词字 (The Forgotten Word)	一个傻男孩要去一位商人那里拿些东西（愚人打算放下些东西）为了不忘记自己的任务，他一遍又一遍地念叨着。在路上，他捧上倒了，忘记了这些词字。一位路人问他在做什么，并给乞丐说出），一位路人问他在做什么，并给乞丐说出了这一词字。男孩很不开心，因为词字被找回了。	乌特：《国际民间故事类型》（284）	374—375	ATC 509 ATI 1687
6	无		祁连休：《中国古代民间故事类型研究》		存其他愚人故事，比如愚人买帽（卷中、隋唐五代）等，但没有忘词型故事的核心情节。
7	傻子忘词	傻子出门办事。出门前，家人再三叮嘱他怎么说话。他在路上一直念着这几个词，中途偶遇变故（摔跤、过河、听见鸟叫），就把这几个词忘记了，于是他改说另外几个词，闹出笑话。或其他某个原因，并把这几个词忘记了，于是他改说另外几个词，闹出笑话。	顾希佳：《中国古代民间故事类型》	245	上编 始于三国魏·邯郸淳《笑林·痴婿行吊礼》。

191

丁乃通中国民间故事分类研究

文章在最后的结论部分总结了文中所讨论的这三个故事类型所显示出的非印欧民间叙事传统所共有的故事类型,其中第一个故事类型由于仅仅流传于中国和北美地区而在某种程度上反映出中国和北美之间在欧亚大陆与美洲大陆相连时期的交流。另外,非印欧民间叙事也体现出一些与印欧体系民间叙事的相异之处,比如,故事会更多地出现在传说或神话等文类之中,而使得文类和故事类型的界限较为模糊。因而,丁乃通倾向于一个"更为严格的术语体系的建立,而并非完全或者不完全地弃之不用"①。最后,文章还肯定了母题索引在实际故事类型研究中的实用性,及其通过国际性合作加以扩充的必要性和迫切性。

综上所述,在进行具体类型分析的过程中,丁乃通在研究对象即故事异文的选取上有着较为广泛的拣择,不仅在异文的载体上涉及了古典文献和口头传统,而且在文类上拓展到了神话、传说等其他民间叙事乃至作家文学中的相关作品。在研究方法上,主要采用了芬兰学派的比较研究法,通过对同一类型大量异文的汇集,梳理出其故事情节结构与母题,并通过具体异文之间情节和母题甚至细节元素的比较,总结归纳出这一民间故事类型所反映出的流传地域、流传民族的文化特征以及民俗背景,并结合异文的历时比较,大致勾勒出已搜集的异文所体现出的某一民间故事类型在情节结构、母题、流传地域等方面的大致发展脉络,并由此反观民间故事分类体系,通过具体分析中的新发现对现有的民间故事类型体系进行一定的修正或补充,总结出一些中国民间故事所特有的亚型。

---

① Ting, Nai-Tung, "A Comparative Study of Three Chinese and North-American Indian Folktale Types", *Asian Folklore Studies*, Vol. 44, No.1, 1985, 47.

结　论

美国学者凯瑟琳·罗马拉（Katharine Luomala）认为，类型的编纂者应当是世界上对民间故事文本文献"用功最勤，掌握数量最多、最具活力和最为系统的一群人"[①]。丁乃通在国际故事学界对中国民间故事研究了解和认识较为有限的情况下，选择了国际通行的民间故事分类的话语体系，在国内外中国民间故事分类研究成果的基础之上编纂了《中国民间故事类型索引》，并撰写多篇学术论文对具体的故事类型进行较为深入的探讨，通过学术专著的编纂、学术论文的刊发、学术会议的参与甚至组织等方式，以及协助国内学者走向国际学界所做出的诸多努力，使得中国民间故事在国际故事学界的视野中呈现出更为清晰的轮廓。其主要以英文撰写的学术成果，更为直接和快速地为国际故事学界了解中国民间故事打开了一扇窗。

20世纪70年代，丁乃通对中国民间故事进行的分类研究囊括了古典文献以及现代所搜集整理的流传在人民口头上的民间故事文本，与之前的分类研究相比，在文本数量、流传民族与流传地域上都是空前的。其在分类方法上选取了大多数国家的学者所认可的阿尔奈—汤普森分类体系，汲取了这一分

[①] Luomala, Katharine, "A Book Review on *The Types of the Folktale: A Classification and Bibliography*, translated and enlarged by Stith Thompson, Second Revision, Folklore Fellows' Communications No. 184, Helsinki: Finish Academy of Science, 1961", *American Anthropologist*, New Series, Vol. 65, No. 3, Part 1, June 1963, p. 748.

类体系所取得的阶段性成果，即斯蒂·汤普森所翻译和增补的第二版《民间故事类型》（1961年）。因而在民间故事文本的选取上，遵从了这一分类体系的传统，主要对狭义的民间故事进行了分类，而对民间传说和神话不做讨论。国际通行的研究方法更倾向于以母题对民间传说和神话进行研究，而不做类型方面的考察。但鉴于中国民间故事文类界限相比印欧民间故事较为模糊的这一复杂现实，丁乃通将中国民间传说中民间故事特征较为突出的、角色替代较为丰富的民间传说也纳入了其分类对象的范围之中。也正是由于较为严格地运用了AT分类法，《中国民间故事类型索引》才具有了较为严谨的分类体系。同时，在这一国际通行分类法视域下的中国民间故事也能够更为直接和广泛地为国际故事学界所了解和接受，这一影响一直延续到了21世纪的国际民间故事分类体系之中。另外，这部索引的中文译本又为中国故事学界了解阿尔奈—汤普森分类法提供了很好的契机，从而在一定程度上拓宽了国内故事学界的研究思路。如此，便实现了丁乃通中国民间故事研究在中外故事学界间所承担的桥梁作用。

当然，丁乃通的中国民间故事分类研究限于时代和地域条件，在对中国民间故事文本文献的收集上存在着一定的局限，而出版经费的限制又迫使原稿中的部分内容被删减，为分类索引的使用和研究带来一定的不便；其对阿尔奈—汤普森体系的严格应用，也导致中文译本在某些故事类型或大类的名称上承载了过多的西方传统文化，而给国内读者在理解上带来了一定的难度。世纪之交，金荣华结合最新的中国民间故事文本搜集整理成果对丁乃通的中国民间故事分类研究成果进行了增补和修订，在一定程度上弥补了原著的缺憾，是对丁乃通分类研究的承继。

21世纪初，中国民间故事分类研究取得了新进展，祁连休和顾希佳的最新研究成果是对中国古典文献中的民间故事文本较为全面的梳理和分类，使用了富有创造性意义的新方法新体系。而这些新成果对与丁乃通的分类成果相一致的部分有所标注，从而实现了国内创新分类体系与国际通用分类体系之间的连接。

今天，故事学研究已经随着数字化时代的到来进入一个新的历史时期，口头传统数字化数据库的建立与应用将为故事学研究带来更大的便利，从而提高故事学研究的效率。在已经建成的较为成熟的国际民间故事数据库中，阿尔奈—汤普森—乌特系统作为分类基础为大多数数据库所采用。这对尚在建设中的中国民间故事数字化工程具有一定的借鉴意义。

当然，笔者由于时间以及学术水平所限，对于本书所涉及的问题仍存在探讨深度有限、对材料的应用有限等问题，留待在日后的研究中进行改进和修订。

诚如意大利文学家卡尔维诺所言："民间故事是最通俗的艺术形式，同时它也是一个国家或民族的灵魂。"[①]对民间故事进行具有一定深度和广度的系统性研究，从而更为清晰和准确地了解中国民间故事，是时代赋予当代中国民间故事研究者的不可推卸的责任与义务。

[①] ［美］伊·卡尔维诺采录选编：《意大利童话·中译版题词》，刘宪之译，上海文艺出版社1985年版。

参考文献

一、中文文献

(一) 中文专著

［美］阿尔伯特·贝茨·洛德:《故事的歌手》,尹虎彬译,中华书局2004年版。

［德］艾伯华:《中国民间故事类型》,王燕生、周祖生译,刘魁立审校,商务印书馆1999年版。

［美］阿兰·邓迪斯:《民俗解析》,户晓辉编译,广西师范大学出版社2005年版。

［法］贝洛:《法国童话选》,倪维中、王晔译,外国文学出版社1981年版。

陈丽娜:《中国民间故事类型研究》(上、下),曾永义主编:《古典文学研究辑刊》六编第十六册,花木兰文化出版社2012年版。

陈庆浩、王秋桂主编:《中国民间故事全集》,远流出版事业股份有限公司1989年版。

［美］丁乃通:《中国民间故事类型索引》,孟慧英、董晓萍、李扬译,春风文艺出版社1983年版。

［美］丁乃通:《中国民间故事类型索引》,郑建成等译,中国民间文艺出版社1986年版。

［美］丁乃通:《中国民间故事类型索引》,郑建威等译,华中师范大学出

版社2008年版。

[美]丁乃通：《中西叙事文学比较研究》，陈建宪、黄永林、李扬、余惠先译，华中师范大学出版社2005年版。

董均伦、江源采录：《金须牙牙葫芦》，天津通俗出版社1955年版。

段宝林：《中国民间文学概要》，北京大学出版社1981年版。

(唐)段成式撰，方南生点校：《酉阳杂俎》续集卷一《支诺皋上》，中华书局1981年版。

[德]格林兄弟：《格林童话》，施种等译，上海译文出版社2011年版。

顾希佳：《中国古代民间故事长编》(共6编)，浙江大学出版社2012年版。

顾希佳：《中国古代民间故事类型》，浙江大学出版社2014年版。

胡万川编著：《台湾民间故事类型》，里仁书局2008年版。

户晓辉：《返回爱与自由的生活世界》，江苏人民出版社2010年版。

金荣华：《民间故事类型索引》(上、中、下)，中国口传文学学会2007年版。

金荣华：《民间故事类型索引》(上、中、下)，中国口传文学学会2014年版。

金荣华：《民间故事论集》，三民书局股份有限公司，1997年版。

金荣华：《中国民间故事集成类型索引》(一)，中国口传文学学会2000年版。

金荣华：《中国民间故事集成类型索引》(二)，中国口传文学学会2002年版。

金荣华：《中国民间故事与故事分类》，中国口传文学学会2003年版。

黎敏：《建国初十年民俗文献史》，中国文史出版社2008年版。

李扬译著：《西方民俗学译论集》，中国海洋大学出版社2003年版。

刘魁立：《刘魁立民俗学论集》，上海文艺出版社1998年版。

刘魁立等：《民间叙事的生命树》，中国社会出版社2010年版。

刘守华：《故事学纲要》，华中师范大学出版社2006年版。

刘守华主编：《中国民间故事类型研究》，华中师范大学出版社2002年版。

刘守华：《中国民间故事史》，商务印书馆2012年版。

刘守华、陈建宪：《民间文学教程》，华中师范大学出版社2009年版。

刘守华、黄永林主编：《民间叙事文学研究》，华中师范大学出版社2005年版。

刘锡诚：《20世纪中国口头传统学术史》，河南大学出版社2006年版。

［日］芦谷重常：《世界童话研究》，黄源译，上海华通书局1930年版。

孟慧英：《西方民俗学史》，中国社会科学出版社2006年版。

米海萍等：《青藏地区民族民间文学研究》，中国社会科学出版社2013年版。

宁稼雨：《先唐叙事文学故事主题类型索引》，南开大学出版社2011年版。

祁连休：《中国古代民间故事类型研究》（全三卷），河北教育出版社2007年版。

祁连休：《中国民间故事史》（全三卷），河北教育出版社2015年版。

祁连休、程蔷、吕微主编：《中国口头传统史》，河北教育出版社2008年版。

齐涛主编，陈建宪著：《中国民俗通志·口头传统志》（上、下），山东教育出版社2005年版。

［美］斯蒂·汤普森：《世界民间故事分类学》，郑海等译，上海文艺出版社1991年版。

天鹰：《中国民间故事初探》，上海文艺出版社1981年版。

万建中：《20世纪中国民间故事研究史》，北京师范大学出版社2011年版。

乌丙安：《民间口头传承》，长春出版社2014年版。

吴蓉章：《民间文学理论基础》，四川大学出版社1987年版。

［意］伊·卡尔维诺采录选编：《意大利童话》，刘宪之译，上海文艺出版社1985年版。

尹虎彬：《古代经典与口头传统》，中国社会科学出版社2002年版。

［美］约瑟·雅科布斯编：《印欧民间故事型式表》，杨成志、钟敬文编译，民俗学会编审，国立中山大学语言历史学研究所1928年版。

袁学骏：《民间文艺论集》，中国文史出版社2001版。

张瑞文：《丁乃通先生及其民间故事研究》，曾永义主编：《古典文学研究辑刊》六编第十八册，花木兰文化出版社2012年版。

钟敬文主编：《民俗学概论》，高等教育出版社2010年版。

钟敬文主编：《民间文学概论》，高等教育出版社2010年版。

钟敬文：《钟敬文民间文学论集》（上），上海文艺出版社1982年版。

钟敬文：《钟敬文民间文学论集》（下），上海文艺出版社1985年版。

钟敬文：《钟敬文自选集》，首都师范大学出版社2008年版。

钟敬文：《钟敬文民间文艺学文选》，安徽教育出版社2010年版。

钟敬文：《钟敬文文集·民间文艺学卷》，安徽教育出版社2002年版。

《中华民族故事大系》编委会编：《中华民族故事大系》，上海文艺出版社1995年版。

中国图书馆分类法编辑委员会编：《中国图书馆分类法》（第四版），北京图书馆出版社1999年版。

（二）中文学术论文

［德］艾伯华：《丁乃通的〈中国民间故事类型索引〉——以口头传统与无宗教的古典文学文献为主》，董晓萍译，《民族文学研究》2008年第3期。

巴莫曲布嫫、朝戈金、毕传龙、李刚：《蒙古英雄史诗的数字化建档实践》，《民间文化论坛》2015年第6期。

陈建宪：《一座沟通中西文化的桥梁——〈中国民间故事类型索引〉评介》，《民间文学论坛》1988年第5、6期合刊。

［美］丁乃通：《"民间文学民间办"——一个新生事物在中国》，黄永林译，《中南民族学院学报（哲学社会科学版）》1988年第3期。

［美］丁乃通：《中国民间传说中的"外国人"》，李鉴踪译，《文史杂志》1992年第2期。

郭翠潇、王宪昭、巴莫曲布嫫、李刚：《"中国神话母题W编目数据库"：建设与应用》，《民间文化论坛》2015年第6期。

贾芝：《谈民间文学走向世界》，《中南民族学院学报（人文社会科学版）》1986年第2期。

贾芝：《我与中国民间文学集成》，《新文学史料》2010年第1期。

金荣华：《论丁乃通〈中国民间故事类型索引〉中译本之〈专题分类索引〉》，《民间文化论坛》2010年第5期。

金荣华：《治学因缘——民间文学篇》，《广西师范学院学报》（哲学社会科学版）2003年第4期。

李韶丽：《"灰姑娘"动画故事与文本童话的不同艺术追求——以迪士尼版的〈仙履奇缘〉与格林兄弟的〈灰姑娘〉为例》，《淮海工学院学报》（人文社会科学版）2013年第6期。

李雅心：《罗西尼歌剧〈灰姑娘〉戏剧与主要唱段研究》，山东师范大学音乐学专业，2007年硕士学位论文。

李玉玲：《"男性灰姑娘"的渊源和现代嬗变——"愤怒的青年"作家之创作研究》，四川师范大学比较文学与世界文学专业，2014年硕士学位论文。

林继富、向君旭：《经典形象的民族差异性——汉藏"灰姑娘"形象比较研究》，《民族文学研究》2012年第3期。

刘魁立：《关于中国民间故事研究》，《北京师范大学学报》（社会科学版）1994年第6期。

刘魁立：《中国蛇郎故事类型研究》，《民间文学论坛》1998年第1期。

刘守华：《丁乃通：醉心于中国民间故事研究的美籍华人学者》，《广西师范大学学报》（哲学社会科学版）2014年第6期。

刘守华：《一位美籍华人学者的中国民间文学情结——追忆丁乃通教授》，《民间文化论坛》2004年第3期。

马学良、白庚胜：《中国民间故事分类研究的回顾与展望》，《民族文学研究》1993年第1期。

农学冠：《论骆越文化孕育的灰姑娘故事》，《广西民族研究》1998年第4期。

钱淑英：《中西"灰姑娘故事型"的叙事比较——以段成式与贝洛为例》，《上海师范大学学报》（哲学社会科学版）2006年第5期。

施爱东：《丁乃通的〈中国民间故事类型索引〉》，《民俗研究》2006年第3期。

［日］樋口淳：《东亚口头传承数字化之策略、实践及国际协作的可能性》，莎日娜编译，《民间文化论坛》2015年第6期。

尹虎彬：《多学科视野下的口头传统研究——莱顿大学"在非西方世界记录口头传统"学术研讨会述要》，《中国社会科学报》2009年11月5日第8版。

尹虎彬：《互联网和数字化时代民俗学的数字化档案建设》，《节日研究》2014年第1期。

尹虎彬：《民俗学与民族文学——重温钟敬文先生多学科的民俗学思想》，《民族文学研究》2012年第3期。

尹虎彬：《口头传统的跨文化与多学科研究刍议》，《比较文学与世界文学》2012年第2期。

尹虎彬：《整体性、逻辑性和多样性的统一——〈中国神话母题索引〉评述》，《民间文化论坛》2014年第6期。

张玉安：《印度尼西亚和马来西亚的民间故事》，《东南亚研究》2010年第5期。

郑土有：《论钟敬文对中国民间故事类型研究的贡献》，《广西民族学院学报》（哲学社会科学版）2002年第1期。

二、外文文献

（一）外文专著

Aarne, Antti, *Verzeichnis der Märchentypen, Folklore Fellows' Communications No. 3*, Helsinki: Finish Academy of Science, 1910.

Aarne, Antti, *The Types of the Folktale: A Classification and Bibliography*, translated and enlarged by Stith Thompson, Second Revision, *Folklore Fellows' Communications No. 184*, Helsinki: Finish Academy of Science, 1961.

Choi, In-hak, *A Type Index of Korean Folktales*, Seoul: Myong Ji University Publishing, 1979.

El-Shamy, Hasan M., *Types of the Folktale in the Arab World: A Demographically Oriented Tale-Type Index (Include Bibliographical References and Indexes.)*,

Bloomington: Indiana University Press, 2004.

Hautala, Jouko, *Finnish Folklore Research 1828-1918*, Helsinki: 1969.

Ikeda, Hiroko, *A Type and Motif Index of Japanese Folk-Literature, Folklore Fellows' Communications No.209*, Helsinki: Finish Academy of Science, 1971.

Merriam-Webster's Collegiate Dictionaty, Eleventh Edition, Springfield, Massachusetts, U.S.A. : Merriam-Webster, Incoporated, 2003.

Robe, Stanley L. , *Index of Mexican Folktales: Including Narritive Texts from Mexico, Central America, and the Hispanic United States,* Classified according to Antti Aarne and Stith Thompson, *The Types of the Folktale*, Second Revision, Helsinki, 1961. Folklore Studies: 26. Advisory Editors: Bertrand Bronson, Alan Dundes, Wolfram Eberhard, Wayland Hand, Jaan Puhvel, S. L. Robe. Berkley, Los Angeles, London: University of California Press, 1973.

Thompson，Stith, *Motif-Index of Folk-Literature: A Classification of Narrative Elements in Folktales, Ballads, Myths, Fables, Mediaeval Romances, Exempla, Fabliaux, Jest-Books, and Local Legends*, Vol. I -Ⅵ. Bloomington & Indianapolis: Indiana University Press, 1934.

Thompson, Stith, *The Types of the Folktale: A Classification and Bibliography, Antti Aarne's Verzeichnis der Märchentypen, Folklore Fellows' Communications No. 74*, Helsinki: Finish Academy of Science, 1927.

Thompson, Stith, *The Folktale*, Berkeley, Los Angelas and London: University of California Press, 1977，Reprint.

Ting, Nai-Tung, *A Type Index of Chinese Folktales: In the Oral Tradition and Major Works of Non-Religious Classical Literature, Folklore Fellows' Communications No. 223*, Helsinki: Finish Academy of Science, 1978.

Ting, Nai-Tung,and Ting Hsu, Lee-hsia, *Chinese Folk Narratives: Bibliographical Guide*, San Francisco Chinese Material Center, 1975.

Uther, Hans-Jörg, *The Types of International Folktales: A Classification and*

Bibliography Based on the System of Antti Aarne and Stith Thompson, Folklore Fellows' Communications No. 284,285,286, Helsinki: Finish Academy of Science, 2004.

V. M. Alekseev, newly edited by L. Z. Ejdin, *Lis'i Chary*（*The charms of the Foxes*）*being the wonder tales by Liao Chzhai*，Mosco:Hudozhestvennaia Literature, 1970.

（二）外文学术论文

"Collection of Folk-lore in Finland"，*the Journal of American Folklore*, Vol. 5, No. 16, Jan.-Mar., 1892, p. 48.

Dahlström, Greta, "Review of Studia Finnica, Revue de linguistique et déthnologie finnoises; Tome Ⅹ et Ⅹ Ⅰ e（Société de Litterature Finnoise, Helsinki, 1963 and 1964）"，*Journal of the International Folk Music Council*, Vol. 17, Part 1, Mar., 1965 , pp. 57-58.

Dorson, Richard M., "Stith Thompson（1885-1976）"，*The Journal of American Folklore*, Vol. 90, No. 335, Jan.-Mar., 1977, pp. 2-7.

Dundes, Alan, "The Anthropologist and the Comparative Method in Folklore"，*Journal of Folklore Research*, Vol. 23, No.2/3, *Special Double Issue: The Comparative Method in Folklore*, May.-Dec. , 1986, pp. 125-146.

Eberhard, Wolfram, "A Book Review on A Type and Motif Index of Japanese Folk-Literature", *American Anthropologist*, New Series, Vol. 75, No. 4, Aug., 1973, pp. 1049-1050.

Eder, Matthias, "A Book Review on *Chinese Folk Narratives: A Bibliographical Guide*, by Nai-tung Ting and Li-hsia Ting"，*Asian Folklore Studies*, Vol. 37, No.1, 1978, pp. 176-177.

Goldberg，Christine，"The Historic-Geographic Method：Past and Future"，*Journal of Folklore Research*，Vol. 21, No. 1, Apr., 1984, pp. 1-18.

Heisig, James W., "A Book Review on *A Type Index of Chinese Folktales (in the oral tradition and major works of non-religious classical literature)*, by Nai-tung Ting, and on *A Type Index of Korean Folktales*, by In-Hak Choi", *Asian Folklore Studies*, Vol. 40, No.1, 1981, pp. 114-116.

Holm, David, "A Book Review on A Type Index of Chinese Folktales, by Nai-tung Ting", *The China Quarterly*, No. 84, 1980, pp. 783-784.

Lissa, William A., "A Book Review on *The Types of the Folktale: A Classification and Bibliography*, translated and enlarged by Stith Thompson, Second Revision, *Folklore Fellows' Communications No. 184*, Helsinki: Finish Academy of Science, 1961", *The Journal of American Folklore*, Vol. 76., No.301, Jul.-Sept., 1963, pp. 265-266.

Luomala, Katharine, "A Book Review on *The Types of the Folktale: A Classification and Bibliography*, translated and enlarged by Stith Thompson, Second Revision, *Folklore Fellows' Communications No. 184*, Helsinki: Finish Academy of Science, 1961", *American Anthropologist*, New Series, Vol. 65, No. 3, Part 1, June 1963, pp. 747-750.

Naithani, Sadhana, "A Book Review on Uther, Hans-Jörg, *The Types of International Folktales: A Classification and Bibliography Based on the System of Antti Aarne and Stith Thompson, Folklore Fellows' Communications No. 284,285,286,* Helsinki: Finish Academy of Science, 2004.", *Asian Folklore Studies*, Vol. 56, No.1, 2006, pp. 97-98.

Schiffeler, John Wm., "List of Asian Folklore Scholars", *Asian Folklore Studies*, Vol. 34, No. 1, 1975, pp. 113-117.

Ting, Nai-Tung, "A Comparative Study of Three Chinese and North-American Indian Folktale Types", *Asian Folklore Studies*, Vol. 44, No.1, 1985, pp. 39-50.

Ting, Nai-Tung, "Correspondence", *Asian Folklore Studies*, Vol. 41, No. 1, 1982, pp. 145-146.

Ting, Nai-Tung, "Chatterton and Keats: A Reexamination", *Keats-Shelley Journal*, Vol. 30, 1981, pp. 100-117.

Ting, Nai-Tung, "On Type 449A", *The Journal of American Folklore*, Vol. 100, No. 395, 1987, p. 69.

Ting, Nai-Tung, "The Influence of Chatterton on Keats", *Keats-Shelley Journal*, Vol. 5, winter 1956, pp. 103-108.

Uther, Hans-Jörg, "Type- and Motif-Indices 1980-1995: An Inventory", *Asian Folklore Studies*, Vol.55, No.2, 1996, pp. 299-317.

Wang, C. H., "A Book Review on The Type Index of Chinese Folktales in the Oral Tradition and Major Works of Non-Religious Classical Literature, by Nai-tung Ting", *The Journal of Asian Studies*, Vol. 40., No. 2, 1981, pp. 367-368.

Yen, Alsace, "A Book Review on *Chinese Folk Narritives: A Bibliographical Guide*, by Nai-tung Ting and Li-hsia Hsu Ting", *The Journal of Asian Studies*, Vol. 36, No.3, 1977, p. 557.

三、互联网资料

Convention for the Safeguarding of the Intangible Cultural Heritage 2003, Oct. 17th., Paris, http://portal.unesco.org/en/ev.php-URL_ID=17716&URL_DO=DO_TOPIC&URL_SECTION=201.html, 2016 March 30th.

Complete Catalogue of the Folklore Fellows' Communications, http://www.folklorefellows.fi/? page_id=564, 2015, Oct. 16th.

附 录

附录一 AT 系统内的中国与国际民间故事类型比较表

附表1-1 AT系统内的中国民间故事类型与国际民间故事类型比较表[①]

序号	ATT 故事类型编码与名称	ATU故事类型编码与名称=曾用名称或编码（AT故事类型名称或编码）	备注
1	1* 狐狸偷篮子	1 偷鱼	
2	1A* 兔子、鹰和老人		《中国民间故事类型》独有故事类型1，简称ATT-1
3	2 用尾巴钓鱼	2 用尾巴钓鱼	
4	5 咬脚	5 咬树根=咬脚	
5	6 诱骗抓住他的动物说话	6 捕猎的动物被迫说话	
6	8 在草堆上画画	8 错误的美丽治疗= 在干草堆上画画	
7	8B 火烧老虎		ATT-2

---

① 本表内容基于《中国民间故事类型索引》和《国际民间故事类型》两部索引的比较所得，即 Ting, Nai-Tung, *A Type Index of Chinese Folktales: In the Oral Tradition and Major Works of Non-Religious Classical Literature, Folklore Fellows' Communications No. 223*, Helsinki: Finish Academy of Science, 1978. Uther, Hans-Jörg, *The Type of International Folktales: A Classification and Bibliography Based on the System of Antti Aarne and Stith Thompson, Folklore Fellows' Communications No. 284, 285, 286*, Helsinki: Finish Academy of Science, 2004。

② ATU对AT部分的类型进行了调整和整合。此栏类型名称与"ATU故事类型编码与名称=曾用名称或编码（AT故事类型名称或编码）"一栏相同，故略。

(续表)

序号	ATT 故事类型编码与名称	ATU故事类型编码与名称＝曾用名称或编码（AT故事类型名称或编码）	备注
8	8* 狐狸用烧焦的熊骨，交换驯鹿	8* 狐狸用烧过的熊骨交换驯鹿	
9	20C 害怕世界末日来临，动物骇跑	20C 动物们因害怕世界末日而逃跑	
10	21 吃自己的内脏	21 吃自己的内脏	
11	30 狐狸骗狼落下陷阱	30 狐狸骗狼落入坑中	
12	31* 狐狸把狼拉出陷阱		ATT-3
13	34 狼为干酪的倒影跳入水中	34 狼为干酪的倒影跳入水中	
14	38 爪子卡在树缝里	38 树缝里的爪子	
15	40A 附录增补，第273—277页		ATT-4
16	41 狼在地窖里吃得过多	41 狼在地窖里吃得过多	
17	43A 鹊巢鸠占		ATT-5
18	44* 狼要绵羊的毛	44 铁上的誓言	
19	47A 狐狸（熊或其他动物）咬住马的尾巴而被拖走，兔子的嘴唇笑豁	47A 挂在马尾上的狐狸＝狐狸（熊等）咬住马尾、兔唇	
20	47B 马踢狼的嘴	47B 马踢狼牙	
21	49 熊和蜂蜜	49 熊和蜂蜜	
22	49A 黄蜂的窝当作国王的鼓	49A 作为王之鼓的黄蜂窝	
23	50C 驴子自夸曾经踢过病狮	50C 驴吹嘘踢了病狮	
24	51 狮子的一份（最大的一份）	51 狮子的那一份	
25	51*** 狐狸分干酪	51*** 狐狸当裁决人分干酪	
26	55 动物挖井	55 动物修路（挖井）	
27	56A 狐狸以要推倒树作为恐吓	56A 狐狸以砍倒树相威胁，得到小鸟＝狐狸以推倒树相威胁	
28	56B 狐狸劝诱喜鹊带着小喜鹊到他家里去	56B 狐狸（豺）为师＝狐狸说服喜鹊带着小喜鹊到他的房子	
29	56D 狐狸问鸟儿刮风的时候怎么办	56D 狐狸问鸟起风的时候她做什么	
30	57 衔着乳酪的渡鸦	57 衔着乳酪的渡鸦	
31	58 鳄鱼背豺狼	58 鳄鱼背豺狼	
32	59* 豺狼挑拨离间	59* 挑拨离间的豺狼	
33	61 狐狸说服公鸡闭眼唱歌	61 狐狸说服公鸡闭着眼啼叫	
34	66A "喂，房子！"	66A "房子，你好！"	
35	66B 装死的动物拆穿自己的西洋镜	66B 装死的动物把自己出卖了	
36	68A 瓶为陷阱	68A 成为圈套的水壶	

(续表)

序号	ATT 故事类型编码与名称	ATU故事类型编码与名称＝曾用名称或编码（AT故事类型名称或编码）	备注
37	68* 狐狸嘲弄陷阱	68* 狐狸嘲笑狐狸捕捉器	
38	70A 兔子割开自己的嘴唇		ATT-6
39	75 弱者救援强者	75 帮助弱者	
40	75* 狼白白地等着保姆扔掉孩子	75* 狼与保姆	
41	76 狼和鹤	76 狼与鹤	
42	77 雄鹿在泉边顾影自怜	77 雄鹿在泉边顾影自怜	
43	78 动物为了安全缚在另一动物身上	78 为了安全，动物彼此拴在一起	
44	78B 猴子把自己用绳子捆在老虎身上		ATT-7
45	91 猴子的心忘在家里了	91 猴子的心作药＝猴子（猫）把自己的心忘在家里了	
46	92 狮子看到自己在水里的影子跳下去	92 狮子为自己在水里的倒影而跳下去	
47	101* 狗要模仿狼		狐假虎威ATT-8
48	105 猫的看家本领	105 猫仅有的诡计	
49	106 动物间的会话	106 动物间的会话	
50	110 给猫戴铃铛	110 给猫戴铃铛	
51	111 猫和老鼠谈话	111 猫鼠交谈	
52	111A 狼无故谴责小羊，并吃了他	111A 狼不公地指控羊，并将他吃掉	
53	111B 老鼠造反		ATT-9
54	111C* 狡猾的老鼠		ATT-10
55	112 乡下老鼠拜访城里的老鼠	112 村鼠访城鼠	
56	112* 老鼠搬蛋	112* 老鼠搬鸡蛋	
57	112A* 老鼠从坛子里偷油		ATT-11
58	113B 猫装圣者	113B 猫装圣者	
59	114A 骄傲的公鸡		ATT-12
60	120 第一个看到日出的	120 第一个看到日出的	
61	121 狼"叠罗汉"爬到树上	121狼"叠罗汉"＝狼"叠罗汉"向树上爬	
62	122 狼失去他的猎获物	122 动物丢失了猎物，因为其猎物可以通过错误的辩解逃脱＝狼丢了猎物	
63	122A 狼（狐狸）寻食	122A 狼（狐狸）寻找早餐	

（续表）

序号	ATT 故事类型编码与名称	ATU故事类型编码与名称＝曾用名称或编码（AT故事类型名称或编码）	备注
64	122B 老鼠劝猫在吃饭之前洗脸	122B 老鼠说服母猫在进餐之前洗脸	
65	122C 绵羊劝狼唱歌	122C 羊说服狼歌唱	
66	122D "让我带给你更好的猎物"或"带给你更好吃的东西！"	122D 被捉的动物承诺给捕猎的动物更好的猎物＝"让我为你捉更好的猎物"	
67	122F "等到我长得够肥了"	122F "等我足够肥了"	
68	122G "吃之前把我洗干净"或"让我自己洗干净"	122G 在吃之前"洗洗我"（"浸泡我"）	
69	122H 逃出捕获者爪牙的其他伎俩	122Z 其他免于被吃的把戏	
70	122M* 公羊直冲狼的肚子	122M* 公羊直跑向狼的胃	
71	122N* 驴子劝狼骑在他的背上	122N* 驴说服狼骑在他背上回村	
72	123 狼和小羊	123 狼和孩子们	
73	123B 狼披羊皮混进羊群	123B 披着羊皮的狼混入羊群	
74	125B* 驴子吓唬狮子	125B* 驴狮比赛	
75	125E* 驴子用叫声威吓别的动物		ATT-13
76	125F* 喊叫有狼或发假信号		ATT-14
77	126 羊赶走狼	126 羊追赶狼	
78	155 忘恩负义的蛇再度被捉	155 忘恩负义的蛇再度被捉	中山狼ATCH109
79	155A 忘恩负义的狼吃掉救命恩人		ATT-15
80	156 狮爪上拔刺（安周克里斯Androcles和狮子）	156 安周克里斯Androcles和狮子＝狮爪上拔刺（安周克里斯Androcles和狮子）	
81	156B* 女人做蛇的助产士	156B* 感恩的狮子	
82	156D* 老虎重义气		ATT-16
83	157 学习怕人	157 动物学会怕人＝学着怕人	
84	157B 人会用火		ATT-17
85	159A₁ 老虎吞下烧红的铁		ATT-18
86	160 感恩的动物，忘恩的人	160 感恩的动物，忘恩的人	
87	160* 女子欺瞒熊	160* 一个女人背叛了一只熊＝女人背叛了这些熊	
88	160A* 鹬蚌相争	1897 狗鱼被狐狸捉住＝160A*	
89	162* 人处罚狼	169* 狼与人的各种故事	

(续表)

序号	ATT 故事类型编码与名称	ATU故事类型编码与名称=曾用名称或编码（AT故事类型名称或编码）	备注
90	175 粘娃儿和兔子	175 粘娃儿和兔子	"粘娃儿"指沥青、蜂蜜和蜡等制作的人偶
91	176A* 人以智胜猴		ATT-19
92	177 贼和老虎	177 贼和老虎	
93	178A 李威廉（Llewellyn）和他的狗	178A 无辜的狗= 李威廉（Llewellyn）和他的狗	
94	178B 义犬抵债	178B 义犬抵债	
95	179 熊在他耳边悄悄说了些什么	179 熊在他耳边悄悄说了些什么	
96	181 人泄露了老虎的秘密	181 人泄露了豹的秘密	
97	200A₁ 狗上猫的当		ATT-20
98	200* 猫的权利		ATT-21
99	201E* 狗不把自己的生命用来为人服务		ATT-22
100	201F* 义犬卫主，为主复仇		ATT-23
101	210 公鸡、母鸡、鸭子、别针和针一齐旅行	210 公鸡、母鸡、鸭子、别针和针一齐旅行	
102	211 两头驴	211 两头驴和它们的主人 = 两头驴	
103	214B 身披狮皮的驴一声大叫，现出原形	214B 披着狮皮的驴 = 身披狮皮的驴子一声大叫，现出原形	
104	214B* 身披伪装冒充为王的动物丢脸		ATT-24
105	217 猫和蜡烛	217 猫和蜡烛	
106	220 群鸟大会	220 群鸟大会	
107	220A 老鹰审判乌鸦	220A 老鹰审判乌鸦	情节概述：鸟王审判燕子
108	220B 乌鸦与老鹰的战争		ATT-25
109	221 选举鸟王（鹦鹉获胜）	221 选举鸟王（鸣禽获胜）	
110	222A 在鸟兽之战里的蝙蝠	222A 在鸟兽之战之间的蝙蝠 = 在鸟兽之战里的蝙蝠	
111	222B 老鼠与麻雀间的战争	222B 老鼠与麻雀间的争吵 = 老鼠与麻雀间的战争	
112	222C 小矮人与鹤		ATT-26
113	223 鸟和兽做朋友	223 鸟与兽 = 鸟和兽做朋友	

附 录

（续表）

序号	ATT 故事类型编码与名称	ATU故事类型编码与名称＝曾用名称或编码（AT故事类型名称或编码）	备注
114	224* 乌鸦婚礼借羽毛	244 披着借来的羽毛的渡鸦	
115	225 鹤教狐狸飞	225 鹤教狐狸飞	
116	225A 乌龟让老鹰带着自己飞	225A 乌龟让鸟带着自己飞 = 乌龟让老鹰带着自己飞	
117	231 苍鹭（鹤）运鱼	231 苍鹭和鱼 = 苍鹭（鹤）运鱼	
118	232A* 乌鸦溅污天鹅		ATT-27
119	233B 鸟儿带着网飞走	233B 鸟儿带着网飞走	
120	234 夜莺和蜥蜴	234 夜莺和蜥蜴	
121	234A 两种植物调换住处		ATT-28
122	235 松鸦借用杜鹃的毛	235 松鸦借用杜鹃的毛	
123	235A 动物向鸟（或别的动物）借角或别的东西		ATT-29
124	236* 其他模仿鸟鸣的故事	236* 各种模仿鸟鸣的故事	
125	239 乌鸦帮助鹿逃出陷阱	239 乌鸦帮助鹿逃出陷阱	
126	243 鹦鹉装上帝	1422 鹦鹉揭发妻子的不忠 = 鹦鹉无法告知丈夫妻子不忠的详情	可比较ATU243A
127	244 披着借来的羽毛的渡鸦	244 披着借来的羽毛的渡鸦	
128	244A* 鹤向苍鹭求婚	244A* 鹤与苍鹭 = 鹤向苍鹭求婚	
129	245 家禽与野鸟	245 家禽与野鸟	
130	246A* 黄雀伺蝉		ATT-30
131	248A 象和云雀	248A 象和云雀	
132	250A 比目鱼的歪嘴	250A 比目鱼的歪嘴	
133	275 狐狸和蜊蛄赛跑	275B 狐狸和蜊蛄赛跑	
134	275A 龟兔赛跑：睡觉的兔子	275A 兔和龟赛跑 = 龟兔赛跑：睡觉的兔子	
135	275D* 蜗牛（青蛙）和老虎在泥中赛跑		ATT-31
136	276A 螃蟹欺骗了母牛（或水牛）		ATT-32
137	277A 青蛙妄想像牛那样大	277A 青蛙妄想像牛那样大	
138	277* 破了肚皮的青蛙		ATT-33
139	278B 坐井观天		ATT-34

211

(续表)

序号	ATT 故事类型编码与名称	ATU故事类型编码与名称=曾用名称或编码（AT故事类型名称或编码）	备注
140	281A* 水牛和蚊蚋	281 蚊蚋的各种故事 = 蚊蚋与马	
141	282C* 虱子招待跳蚤	283C* 虱子招待跳蚤	
142	285D 蛇拒绝调解（人心不足蛇吞象）	285A 人与受伤的蛇 = 亡童与蛇尾	
143	291A 猴子和蜻蜓打仗		ATT-35
144	293 肚子和人体的其他器官争大	293 肚子和人体的其他器官争大	
145	293A 身体两个部分不和		ATT-36
146	293B 茶和酒争大		ATT-37
147	295* 甲虫、稻草和羊毛		ATT-38
148	297B 蘑菇的战争	297B 蘑菇的战争	ATU仅中、俄存目
149	297C 昆虫的战争：蚊子、蜘蛛、蜜蜂、蜥蜴等		ATT-39
150	298C* 芦苇迎风而弯	298C* 芦苇迎风（洪水）而弯	
151	298C1* 无用的植物能保身		ATT-40
152	300 屠龙者	300 屠龙者	
153	301 三个被盗的公主	301 三个被盗的公主	
154	301A 寻找失踪的公主		ATT-41
155	301B 大汉、伙伴与寻找失踪的公主		ATT-42
156	301F 寻宝		ATT-43
157	301G 桃太郎		ATT-44
158	302 食人妖（魔鬼）的心在蛋里	302 食人妖（魔鬼）的心在蛋里	
159	302B 英雄的生命和剑不能分开	302B 生命和剑不能分开 = 英雄的生命和剑不能分开	
160	303 孪生兄弟或亲兄弟	303 孪生兄弟或亲兄弟	
161	304 猎人（英雄杀死强盗）	304 危险的守夜 = 猎人	ATU更名，且未收入ATT 304
162	310 塔里的少女	310 塔里的少女	
163	310A 附录增补部分，参见第275页，数量1		ATT-45
164	311 （一个女孩）为姐姐或妹妹所救	311 为妹妹所救	

（续表）

序号	ATT 故事类型编码与名称	ATU故事类型编码与名称＝曾用名称或编码（AT故事类型名称或编码）	备注
165	312A 兄弟虎口救姐妹	312A 被救的女孩儿 = 兄弟虎口救姐妹	
166	312D 弟弟救解哥哥姐姐出龙潭	312D 为弟弟所救（豌豆的儿子）= 弟弟救解哥哥姐姐出龙潭	"弟弟"（brother）为息子，参见FFC No. 284，第194页
167	312A* 母亲（或兄弟）猴穴救女（此动物通常但并非全部为猴），第52页		ATT-46
168	313A 女孩帮助英雄逃亡	313 神奇的逃亡	ATU 313 通常包括"神奇的逃亡"和"被遗忘的未婚妻"两部分，参见FFC No. 284，第194页
169	313A1 英雄和神女		ATT-47
170	313C 被遗忘的未婚妻（或未婚夫）	313 神奇的逃亡	
171	313H* 逃离女巫	313 神奇的逃亡	
172	314 青年变马	314 金人 = 青年变马	
173	314A 牧羊人和三个巨人	314A 牧羊人和三个巨人	ATT 314A未收入ATU 314A，参见FFC No. 284，第200—201页
174	315 不义姐妹	315 不义姐妹	
175	315A 食人姐妹	315A 食人姐妹	
176	325 术士与弟子	325 术士与弟子	ATT 325参见ATT 325A
177	325A 两术士斗法		ATT-48
178	326 青年要学习害怕，增补第273页（Ⅱa- 在常去的房子）	326 青年要学习害怕	FFC No. 223 增补，Ⅰ。ATT 326未收入ATU326异文部分，参见FFC No. 284，第209—210页
179	326E* 蔑视屋里妖怪的勇士		ATT-49 cf. 326A* 从痛苦中释放出来的魂灵

(续表)

序号	ATT 故事类型编码与名称	ATU故事类型编码与名称＝曾用名称或编码（AT故事类型名称或编码）	备注
180	327 孩子们与食人魔，第58页	327 孩子们与食人魔（是327A、327B、327C的复合故事），第211页	
181	327A 亨舍尔与格莱特（Hansel and Gretel），第59页	327A 亨舍尔与格莱特（Hansel and Gretel），第212—213页	
182	327B 侏儒与巨人，第59页	327B 兄弟与食人魔＝侏儒与巨人，第213—214页	
183	328 男孩偷巨人的财宝	328 男孩偷食人魔的财宝	
184	329 与魔鬼捉迷藏	329 与公主捉迷藏	
185	330A 铁匠与死神	330 铁匠与死神＝铁匠智胜死神	
186	331 瓶中妖精	331 瓶中妖精	ATT 331 未收入ATU331异文部分，ATT 331见于FFC No.223附录之增补I，第275页，数目2，为复合故事中的部分情节
187	333A	333 小红帽＝暴食者	ATT 333A 无类型名称，未收入ATU 333异文部分，ATT 333A见于FFC No.223附录之增补I，第275页，数目1，为复合故事中的部分故事情节
188	333C 老虎外婆		ATT-50
189	366 从绞刑架来的人	366 从绞刑架来的人	
190	369 孝子寻父	369 孝子寻父	
191	400 丈夫寻妻	400 丈夫寻妻	与ATT 400A—400D相比较。参见FFC 284，第231—233页

附　录

（续表）

序号	ATT 故事类型编码与名称	ATU故事类型编码与名称＝曾用名称或编码（AT故事类型名称或编码）	备注
192	400A 仙侣失踪		ATT-51。1998年版中译本"有时在313A之前"，改为"313A1之后"，第72页；FFC No.223，第66页
193	400B 画中爱人		ATT-52。"爱人"为女性，参见FFC No. 223，第67页
194	400C 田螺妻		ATT-53。即"田螺姑娘"
195	400D 其他动物变的妻子		ATT-54。动物指老虎、狐狸和野鹅等，参见FFC No. 223，第69页
196	403 黑白新娘	403 黑白新娘	对比ATT 433C 蛇郎
197	403C1 继母偷换亲女		ATT-55
198	403A** 受苦女郎，神赐美貌		ATT-56
199	407 女郎变花	407 女郎变花	
200	408 三个橘仙[cf.蛇郎]	408 三个橘仙	
201	411 国王和女妖	411 国王和女妖	
202	412 魂居项圈	412 魂居项圈	
203	425C 美女与野兽	425C 美女与野兽	
204	425N 鸟丈夫	425B 巫婆之子＝解除魔咒的丈夫：巫婆的任务	
205	426 两个女孩、熊和侏儒	426 两个女孩、熊和侏儒	
206	433C 蛇郎和妒女 cf.433D	433B 林顿王（King Lindorm）	Lindorm，挪威语，英语中为wyvern，即双翅双脚龙。对比ATT 433D 蛇郎，参见FFC No. 284，第259—261页
207	433D 蛇郎		ATT-57
208	440 蛙王或铁亨利	440 蛙王或铁亨利	

(续表)

序号	ATT 故事类型编码与名称	ATU故事类型编码与名称=曾用名称或编码（AT故事类型名称或编码）	备注
209	440A 神蛙丈夫		ATT-58
210	449A 旅客变驴		ATT-59
211	461 三根魔须	461 三根魔须	
212	461A 西天问佛，问三不问四	460A 拜神之旅=求报拜神之旅	
213	462 废后与妖后	462 废后与妖后	
214	465 妻子美慧，丈夫遭殃	465 妻子美慧，丈夫遭殃	
215	465A 寻找"无名"	465 妻子美慧，丈夫遭殃	
216	465A1 百鸟衣		ATT-60
217	465C 上天入地	465 妻子美慧，丈夫遭殃	
218	465D 兽兄兽弟助阵	465 妻子美慧，丈夫遭殃	
219	467 寻索奇花（异宝）	467 寻索奇花（异宝）	
220	470 生死之交	470 生死之交	
221	471 奈何桥	471 奈何桥	
222	471A 和尚与鸟	471A 和尚与鸟	
223	471B 老父阴曹寻子		ATT-61
224	480 泉旁织女	480 善恶姑娘=泉旁织女。善恶姑娘	
225	480D 仁慈少妇和魔鞭		ATT-62
226	480F 善与恶的弟兄（妇女）和感恩的鸟		ATT-63
227	500 帮手的名字	500 神奇帮手的名字	
228	502 野人	502 野人	
229	503 小仙的礼物	503 小仙的礼物	
230	503E 狗耕田		ATT-64
231	503M 卖香屁		ATT-65
232	505A 死尸和棺材		ATT-66
233	505B* 葬人者得好报		ATT-67
234	506 公主得救	505 感恩的死者	
235	507A 妖怪的新娘	507 妖怪的新娘	
236	507C 蛇女	507 妖怪的新娘	
237	510 灰姑娘和粗草帽	510 灰姑娘和粗草帽（510A+510B）	参见ATT 923型
238	510A 灰姑娘	510A 灰姑娘	有时在ATT 433D之前

(续表)

序号	ATT 故事类型编码与名称	ATU故事类型编码与名称=曾用名称或编码（AT故事类型名称或编码）	备注
239	510B 金袍、银袍和星袍	510B 金袍、银袍和星袍	
240	511 一只眼，两只眼，三只眼	511 一只眼，两只眼，三只眼	
241	511A 小红牛	511 一只眼，两只眼，三只眼	
242	511B 异母兄弟和炒过的种子		ATT-68
243	511C 金银树		ATT-69
244	513 超凡的好汉弟兄	513 超凡的好汉弟兄（513A+513B）	
245	513B 水陆两用船	513B 水陆两用船	
246	513C 猎人之子	531 聪明的马＝真也费迪南，假也费迪南	
247	516 诚实的约翰	516 诚实的约翰	
248	516B 公主落难	302B 生命和剑不能分开＝英雄的生命和剑不能分开	
249	518 群魔（巨人）争法宝	518 为神奇之物而战＝群魔（巨人）争法宝	
250	519 大力新娘	519 大力新娘	
251	531 真假费迪南	531 聪明的马＝真也费迪南，假也费迪南	
252	533 能言马头	533 能言马头	
253	535 虎的养子	535 虎（动物）的养子	
254	545 猫当帮手	545 猫当帮手	
255	545B 穿靴子的猫	545B 穿靴子的猫	
256	546 聪明的鹦鹉	546 聪明的鹦鹉	
257	550 找金鸟	550 鸟、房子和公主＝找金鸟	
258	551 子为父（母）找仙药	551 生命之水＝儿子为父找仙药	
259	551** 三兄弟寻宝		ATT-70
260	552A 三个动物连襟	552 嫁予动物的女孩	
261	552B 兽婿和仙食	552 嫁予动物的女孩	
262	554 感恩的动物	554 感恩的动物	
263	554D* 蜈蚣救主	554 感恩的动物	
264	555 渔夫和妻子 cf.555*	555 渔夫和妻子	
265	555A 太阳国		ATT-71
266	555B 装满金子的石像		ATT-72
267	555C 源源不绝的财富和父亲		ATT-73
268	555* 感恩的龙公子（公主）		ATT-74

(续表)

序号	ATT 故事类型编码与名称	ATU故事类型编码与名称=曾用名称或编码（AT故事类型名称或编码）	备注
269	560 魔戒	560 魔戒	
270	560C* 吐金玩偶，失而复返	571C 咬人的玩偶 560C*	
271	561 阿拉丁	561 阿拉丁	
272	563 桌子、驴子和棍子	563 桌子、驴子和棍子	
273	565 仙磨	565 仙磨	
274	566 三件法宝和仙果	566 三件法宝和仙果 580*	
275	567 宝鸟心	567 宝鸟心	
276	567A 宝鸟心和兄弟分离	567A 宝鸟心和兄弟分离	
277	570 牧兔童	570 牧兔童	
278	571 "全粘在一起"	571 "全粘在一起"	
279	575 王子的翅膀	575 王子的翅膀	
280	576F* 隐身帽	576 神奇的刀	
281	592 荆棘中舞蹈	592 荆棘中舞蹈	
282	592* 险避魔剑		ATT-75
283	592A* 乐人和龙王		ATT-76
284	592A$_1$* 煮海宝		ATT-77
285	611 侏儒的礼物	611 恶魔的礼物＝侏儒的礼物	
286	612 三片蛇叶（只有Ⅱ）	612 三片蛇叶	
287	613 二人行（真与伪）	613 二人行（真与伪）	
288	613A 不忠的兄弟（同伴）和百呼百应的宝贝		ATT-78
289	650A$_1$ 神力勇士	650A 强壮的约翰	
290	650B$_1$ 寻索壮汉为侣		ATT-79
291	653 才艺高强的四兄弟	653 才艺高强的四兄弟	
292	653A 稀世珍奇	653A 稀世珍奇	
293	653B 追求者使少女复活	653B 追求者使少女复活	
294	654 三兄弟	654 机敏的三兄弟	
295	654* 聪明的兄弟		ATT-80
296	655 明智的弟兄	655 明智的弟兄	
297	670 动物的语言	670 识动物语言的人＝动物的语言	
298	671 三种语言	671 三种语言	
299	672D 蛇之石	672D 蛇之石	
300	673 白蟒肉	673 白蟒肉	
301	676 开洞口诀	954 四十大盗（阿里巴巴）	

(续表)

序号	ATT 故事类型编码与名称	ATU故事类型编码与名称=曾用名称或编码（AT故事类型名称或编码）	备注
302	678 王魂鹦鹉	678 王魂鹦鹉	
303	681 瞬息京华	681 时间的相对性=浴中国王；瞬息京华	
304	681A 梦或真		ATT-81
305	681B 夫妻同梦		ATT-82
306	700 拇指汤姆	700 拇指儿 = 拇指汤姆	
307	704 豌豆上的公主	704 豌豆上的公主	
308	707 三个金儿子	707 三个金孩子 = 三个金儿子	
309	709 白雪公主	709 白雪公主	
310	720 妈妈杀我，爸爸吃我。杜松树	720 杜松树 = 妈妈杀我，爸爸吃我	
311	729 落入溪中的斧头	729 人鱼的金斧头 = 落入溪中的斧头	参见类型：511C*, 555A, 555*, 676, 750D$_1$，丁存，但乌未收
312	736A 鱼腹藏指环（波利柯瑞特斯的指环, The Ring of Polycrates）	736A 鱼腹藏指环（波利柯瑞特斯的指环, The Ring of Polycrates）	
313	737B* 幸运的妻子	737B* 幸运的妻子	
314	738* 蛇斗	156B* 感恩的蛇（女人做蛇的助产士）	
315	745A 命中注定的财宝	745A 命中注定的财宝	
316	745A$_1$ 命中注定贫穷		ATT-83
317	745* 负债人同病相怜，双双得救		ATT-84
318	750A 愿望	750A 三个愿望 = 愿望	
319	750B 好施者得到报答	750B 好施者得到报答	
320	750B$_1$ 用有神力的布报答好施者		ATT-85
321	750D$_1$ 用取不完的酒报答好施者		ATT-86
322	750* 好施者有福	750* 好施者有福	
323	751 贪婪的农妇	751A 农妇变成了啄木鸟 751	
324	751A 农妇变成了啄木鸟	751A 农妇变成了啄木鸟 751	
325	751C* 富则骄	751C* 富则骄	
326	754 快乐的修道士	754 幸运的贫困 = 快乐的修道士	

(续表)

序号	ATT 故事类型编码与名称	ATU故事类型编码与名称=曾用名称或编码（AT故事类型名称或编码）	备注
327	756 三根青嫩枝	756 756A+756B+756C	ATU 756=756A+756B+756C
328	761A 前世有罪孽，投胎为畜生	761A 前世有罪孽，投胎为畜生	
329	763 寻宝者相互谋害	763 寻宝者相互谋害	
330	770A（观音菩萨）保护无辜		ATT-87
331	775 米达斯短视的愿望	775 米达斯短视的愿望	
332	775A 点金指头		ATT-88
333	780 会唱歌的骨头	780 会唱歌的骨头	
334	780D 歌唱的心		ATT-89
335	782 米达斯和驴耳朵	782 米达斯和驴耳朵	
336	785 谁吃了羊羔的心？	785 羊羔的心=谁吃了羊羔的心？	
337	785A 独脚鹅	785A 独脚鹅	增补，第272页
338	804 彼得的母亲从天上落下	804 圣彼得的母亲从天上落下	
339	809A* 一件善事使人富贵		ATT-90。比较ATU809* 富人被准许留在天堂
340	821B 熟了的鸡蛋生小鸡	821B 熟了的鸡蛋生小鸡	
341	825 挪亚方舟中的魔鬼	825 挪亚方舟中的魔鬼	
342	825A* 怀疑的人促使预言中的洪水到来		ATT-91
343	831 不诚实的僧侣	831 假扮魔鬼的牧师＝不诚实的僧侣	
344	834 穷兄弟的财宝	834穷兄弟的财宝834A，1645B*	
345	834A 一坛金子和一坛蝎子	834 穷兄弟的财宝	
346	836 骄傲受到惩罚	836 骄傲受到惩罚	
347	837 恶毒的主人如何受惩罚	837 乞丐的面包＝恶毒的主人如何受惩罚	
348	838 教养无方	838 绞刑架上的儿子＝教养无方	
349	841A* 乞丐不知有黄金		ATT-92

（续表）

序号	ATT 故事类型编码与名称	ATU故事类型编码与名称＝曾用名称或编码（AT故事类型名称或编码）	备注
350	842 把财富踢开的人	947A 无法遏制的霉运	中国的异文中，"他没有看到神留在他的必经之路上的金子，因为他太懒惰，没有将金子上的尘土扫除（之前的类型842）587–588页"转自127页，丁原文
351	851 猜不出谜语的公主	851 猜不出谜语的公主	传奇故事——公主出嫁
352	851A 图兰朵。不同的谜语	851 猜不出谜语的公主	Turandot
353	851A₁* 对求娶公主者的考验		ATT-93
354	851B* 决心去做似乎做不到的事或者冒着生命危险作为结婚的先决条件		ATT-94
355	851C* 赛诗求婚		ATT-95
356	852 英雄迫使公主说出，"这是谎话"	852 说谎比赛＝英雄迫使公主说出，"这是谎话"	
357	855 替代新郎	855 替代新郎	
358	856 和一个假冒的男人私奔的姑娘	856 四妻之夫＝和一个假冒的男人私奔的姑娘	
359	875 聪明的农家姑娘	875 聪明的农家姑娘	
360	875B₁ 公牛的奶	875B 聪明的姑娘与国王	
361	875B₅ 聪明的姑娘给对方出别的难题	875B 聪明的姑娘与国王	
362	875D 在旅途终点的聪明姑娘	875D 在旅途终点的聪明姑娘	
363	875D₁ 找一个聪明姑娘做媳妇		ATT-96
364	875D₂ 巧妇解释重要的来信	875D 在旅途终点的聪明姑娘	
365	875F 避讳		ATT-97
366	876 聪明的侍女与求婚者们	851 猜不出谜语的公主	
367	876B* 聪明的姑娘在对歌中取胜		ATT-98
368	876C* 聪明的姑娘帮弟弟做功课		ATT-99
369	876D* 巧妇思春		ATT-100
370	879C* 巧女使兄弟免遭监禁		ATT-101

(续表)

序号	ATT 故事类型编码与名称	ATU故事类型编码与名称=曾用名称或编码（AT故事类型名称或编码）	备注
371	881A 被遗弃的新娘乔装为男人	881A 被遗弃的新娘乔装为男人	
372	881B 王子乔装姑娘		ATT-102
373	881A* 夫妻离散各执信物终得团圆		ATT-103
374	882 为妻子的贞洁打赌	882 为妻子的贞洁打赌	
375	882C* 丈夫考验贞洁		ATT-104
376	883A 遭受诽谤的无辜少女	883A 遭受诽谤的无辜少女	
377	884 被遗弃的未婚妻当佣人	884 被遗弃的未婚妻当佣人	
378	884A$_1$ 一个姑娘化装成男人和公主结婚		ATT-105。比较"女驸马"
379	884B 女子从军	884 被遗弃的未婚妻当佣人	
380	885A 好像死去的人	885A 女人装死=好像死去的人	
381	885B 忠贞的恋人自杀		ATT-106
382	888 忠实的妻子	888 忠实的妻子	
383	888C* 贞妻为丈夫复仇		ATT-107
384	889A 忠心的妓女		ATT-108
385	893* 秘密的慈善行为		ATT-109
386	896 好色的"圣人"和箱子里的女郎	896 好色的"圣人"和箱子里的女郎	
387	900 画眉嘴（Thrushbeard）国王	900 画眉嘴（Thrushbeard）国王	
388	901 驯服泼妇	901 驯服泼妇	
389	901D* 泼辣妻子被吓坏而且改正过来了		ATT-110
390	910 买来的或者别人提供的警言证明是正确的	910 聪明的格言=买来的或者别人提供的警言证明是正确的	
391	910B 仆人的忠告	910B 对主人箴言的遵守=仆人的忠告	
392	910C 三思而后行	910C 三思而后行	
393	910E 父亲的忠告	910E "找出咱们葡萄园里的宝贝！"=父亲的忠告：财宝在那里	
394	910F 争吵的儿子和一捆细枝	910F 争吵的儿子和一捆细枝	
395	910K 箴言和尤利亚式的信	910K 走向铁厂=箴言和尤利亚式的信	
396	910* 饥饿是最好的调料		ATT-111

(续表)

序号	ATT 故事类型编码与名称	ATU故事类型编码与名称＝曾用名称或编码（AT故事类型名称或编码）	备注
397	910A* 金钱并非万能		ATT-112
398	910B* 诚心的劝告		ATT-113
399	911* 父亲临终时的忠告	910A 父亲的训诫被忽视 = 通过经验得到的智慧	
400	911A* 老人和山		ATT-114
401	916 警卫国王寝室的兄弟们和蛇	916 警卫国王寝室的兄弟们和蛇	
402	920C$_1$ 用对尸体的感情来测验爱情	920C 用向父亲的尸体射击来测验父子感情	
403	921 国王与农民的儿子	921 国王与农民的儿子	
404	922 牧羊人代替牧师回答国王的问题	922 牧羊人代替牧师回答国王的问题	
405	922* 熟练的手艺人或学者防止了战争的危机		ATT-115
406	922A* 卑微的女婿解答谜语或问题		ATT-116
407	922B* 智者羞辱县官		ATT-117
408	923 像爱盐那样爱	923 像爱盐那样爱	
409	923A 像大热天吹来的风	923A 像大热天吹来的风	
410	923B 对自己命运负责的公主	923B 对自己命运负责的公主	
411	923C 轻信的父亲和虚伪的女儿们		ATT-118
412	924A 僧侣与商人（Jew）用手势讨论问题	924 用手势讨论	
413	924B 被误解的手语	924 用手势讨论	
414	926 所罗门的判决	926 所罗门的判决	
415	926A 聪明的法官和罐子里的妖怪	926A 聪明的法官和罐子里的妖怪	
416	926D 法官霸占引起纠纷的物件	926D 法官霸占引起纠纷的物件	
417	926* 争执的物件平分为两半		ATT-119
418	926B$_1$* 谁的袋子？	926C 以所罗门风格解决的事情	
419	926D* 谁偷去了卖油条小贩的铜钱		ATT-120
420	926D$_1$* 审判驴和石头		ATT-121
421	926E* 钟上（墙上）涂墨	926C 以所罗门风格解决的事情	

(续表)

序号	ATT 故事类型编码与名称	ATU故事类型编码与名称=曾用名称或编码（AT故事类型名称或编码）	备注
422	926E$_1$* 抓住心虚盗贼的其他方法	926C 以所罗门风格解决的事情	
423	926F* 泄露秘密的物件		ATT-122
424	926G* 谁偷了驴（马）？		ATT-123
425	926G$_1$* 谁偷了鸡或蛋？		ATT-124
426	926H* 失言		ATT-125
427	926L* 被怀疑的假证人	926C 以所罗门风格解决的事情	
428	926M* 正确解释有问题的遗嘱		ATT-126
429	926N* 这些钱币是什么时候铸造的？		ATT-127
430	926P* "这些不是我的财产"		ATT-128
431	926Q* 他嘴里没有灰		ATT-129
432	926Q$_1$ 苍蝇揭露伤处		ATT-130
433	927A** 中毒者报仇		ATT-131
434	930 预言	930 预言	
435	930A 命中注定的妻子	930A 命中注定的妻子	
436	934A 命中注定的死亡	934 命中注定的死亡的故事 = 王子与风暴	
437	934A$_2$ 命中注定要死的鹦鹉		ATT-132
438	934D$_2$ 如何避免命中注定的死亡		ATT-133
439	935 浪子回头	935 浪子回头	
440	935A FFC223无		ATT-134
441	935* 浪子识世情惜已太晚		ATT-135
442	944A* "失马焉知非福；得马焉知非祸"		ATT-136
443	945 幸运和智慧	945 幸运和智慧	
444	947A 厄运无法改变	947A 厄运无法改变	参见842型。第214页
445	950D$_1$ FFC 无；强盗和凶手		ATT-137
446	951A 国王与强盗	952A 国王与强盗	
447	951C 化装的国王加入贼群	952A 国王与强盗	
448	954 四十个大盗	954 四十大盗（阿里巴巴）	
449	956 土匪进屋时，他们的头被一个个地砍掉	956 强盗房间里的热房间 = 土匪进屋时，他们的头被一个个地砍掉 956A	
450	956B 聪明的少女在家只身杀贼	956B 聪明的少女在家只身杀贼	

(续表)

序号	ATT 故事类型编码与名称	ATU故事类型编码与名称＝曾用名称或编码（AT故事类型名称或编码）	备注
451	958 牧羊青年陷于贼手	958 牧羊青年陷于贼手	
452	958A$_1$* 宽大使贼改邪归正		参见ATT-138。ATU.958A* 绑在树上的贼
453	960 阳光下真相大白	960 阳光下真相大白	
454	960B$_1$ 儿子长大后才能报仇	960B 迟来的报复	
455	961B 钱在手杖中	961B 钱在手杖中	
456	967 为蛛网所救之人	967 为蛛网所救之人	
457	967A* 乌龟和鱼给英雄搭一座桥		ATT-139
458	970 连理枝。其他爱情故事	970 连理枝	
459	970A 分不开的一对鸟、蝴蝶、花、鱼或其他动物	970A 分不开的一对鸟、蝴蝶、花、鱼或其他动物	
460	976 哪一个行动最高尚？	976 哪一个行动最高尚？	
461	976A 一个故事使贼显露了真相	976 哪一个行动最高尚？	
462	978* 谣言久传即成真		ATT-140
463	980A 半条地毯御寒	980 忘恩的儿子＝忘恩的儿子被自己儿子的天真行为所责难	
464	980E 误杀亲子	980 忘恩的儿子＝忘恩的儿子被自己儿子的天真行为所责难	
465	980F 儿子比财产可贵		ATT-141
466	980* 画家和建筑师	980* 画家和建筑师	
467	980A* 智服伯母		ATT-142
468	981 隐藏老人，智救王国	981 隐藏老人，智救王国	
469	982 想要一箱金，子女才孝顺父亲	982 伪装的遗产＝想要一箱金，子女才孝顺父亲	
470	990 似死又活	990 似死又活	
471	1000 说好不许动怒，愚蠢妖魔的故事	1000 不动怒的比赛	
472	1004 泥中的猪，空中的羊	1004 泥中的猪，空中的羊	
473	1013 给祖母沐浴或取暖	1013 给祖母沐浴（取暖）	
474	1030 分庄稼	1030 分庄稼	

(续表)

序号	ATT 故事类型编码与名称	ATU故事类型编码与名称＝曾用名称或编码（AT故事类型名称或编码）	备注
475	1059* 农民使魔鬼坐在倒立的耙子上	1059* 骑耙子＝农民使魔鬼坐在倒立的耙子上	
476	1060 挤（假定的）石头	1060 挤（假定的）石头	
477	1061（虎）咬石头	1061 把一块石头咬碎	
478	1062A* 掷柴比赛		ATT-143
479	1062B* 负重赛跑		ATT-144
480	1064 顿足起火	1064 顿足起火	
481	1074 长跑竞赛，欺诈获胜：亲戚做助手	1074 长跑竞赛，欺诈获胜：亲戚做助手	ATU未收入 ATT 1074
482	1082A 士兵骑死神	1082A 歌唱比赛＝士兵骑死神	
483	1086 跳入地下	1086 跳入地下	
484	1088 比吃	1088 比吃或喝	勘误：1008改为1088，1998年版中译本第225页，FFC 223，第160页
485	1092* 谁能杀蚂蚁		ATT-145
486	1097A* 建筑比赛		ATT-146
487	1115 小斧谋杀计	1115 小斧谋杀计	
488	1117A 吃人的妖魔滚落下来	1117 食人魔的陷阱	
489	1121 吃人妖魔的妻子在自己的炉灶内烧死	1121 吃人妖魔的妻子在自己的炉灶内烧死	
490	1122 其他杀死食人魔妻子的诡计	1122 其他杀死食人魔妻子的诡计	
491	1137 失明的食人魔（独眼巨人）	1137 失明的食人魔（独眼巨人）	ATU 1137未收入 ATT 1137
492	1138 胡须涂金	1138 胡须涂金	
493	1141 喝下女孩在水中的倒影	1141 喝倒影＝喝下女孩在水中的倒影	
494	1148* 吃人女妖怕雷死于沸水中		ATT-147
495	1153A* 怕金子（食物）的人		ATT-148
496	1154 从树上掉下来的人与魔鬼	1154 从树上掉下来的人与魔鬼	
497	1157 枪当作烟管	1157 食人魔与枪＝枪当作烟管	
498	1164D 魔鬼和人联合作祟	1164 魔鬼与邪恶的女人＝被扔进陷阱的邪恶女人	
499	1164E 恶魔和流氓		ATT-149

（续表）

序号	ATT 故事类型编码与名称	ATU故事类型编码与名称=曾用名称或编码（AT故事类型名称或编码）	备注
500	1174 用沙子做一条绳子	1174 用沙子做一条绳子	
501	1180 用筛子打水	1180 用筛子打水	
502	1201 耕地	1201 带着马 = 耕地	笑话—笨人的故事
503	1204 傻子口中念念有词	1204 傻子口中念念有词	
504	1210* 吊驴上塔	1210 牛被带到房顶上放牧	
505	1214 能言善语的拍卖商	1214 能言善语的拍卖商	
506	1215 磨坊主、他的儿子和驴子：想讨好每个人	1215 磨坊主、他的儿子和驴子	
507	1216* 药方被雨水淋掉	1216* 丢失的药方 = 药方被雨水淋掉	
508	1218 笨人孵卵	1218 笨人孵卵	未收入ATT 1677
509	1240 坐在树上砍树	1240 砍树枝 = 坐在树上砍树	
510	1241B 揠苗助长		ATT-150
511	1241C 傻瓜拔树，妥藏室内		ATT-151
512	1242A 承担部分负重	1242A 为驴减负 = 承担部分负重	
513	1242A₁ 背负驴子		ATT-152
514	1242C 猪重相等		ATT-153
515	1246A* 傻子建塔		ATT-154
516	1248A 长竿进城		ATT-155 参见1248 树干斜放在雪橇上
517	1260B* 笨人试火柴	1260B* 笨人为了试火柴把它们全部划着了	
518	1264* 粥锅沸腾	1264* 粥锅沸腾	
519	1266B* 傻瓜买雁		ATT-156
520	1266C* 呆子买油		ATT-157
521	1271C* 为石披衣取暖	1271C* 为石披衣	
522	1275A* 路标失踪，傻瓜迷途		ATT-158
523	1278 刻舟求剑	1278 刻舟求剑	
524	1280* 守株待兔		ATT-159
525	1282 烧屋除虫（鼠）	1282 烧屋除虫	
526	1284 不识自己	1284 不识自己	
527	1286A 独裤管的裤子	1286 跳进短裤	
528	1288 笨人寻腿	1288 笨人寻腿 1288*	

(续表)

序号	ATT 故事类型编码与名称	ATU故事类型编码与名称=曾用名称或编码（AT故事类型名称或编码）	备注
529	1288A 笨人骑驴寻驴	1288A 笨人骑驴寻驴	
530	1290 麻田游泳	1290 麻田游泳	
531	1291B 奶油填隙	1291B 奶油填隙	
532	1291D₁ 织机自行	1291A 让三足锅走回家	
533	1293 笨人站等溺毙	1293 长溺 = 笨人站等溺毙	
534	1294 取牛头出罐	1294 取牛头出罐	
535	1295 第七块饼才饱人	1295 第七块蛋糕才饱人	
536	1305D 垂死的守财奴在停尸床上	1305 守财奴和他的金子	
537	1350D₁ 垂死的守财奴及儿子	1305 守财奴和他的金子	
538	1305D₂ 守财奴命在垂危	1305 守财奴和他的金子	
539	1305E 守财奴买鞋		ATT-160
540	1305F 杀鹅取卵		ATT-161
541	1310 惩处龙虾，让它在水里淹死	1310 惩处龙虾，让它在水里淹死	
542	1310D 给它喝水或让它游泳		ATT-162 参见1310惩处龙虾，让它在水里淹死
543	1313 自认已死	1313 想自杀的人 = 自认已死	
544	1313C 死人发言	1313A 男人相信死亡的预言	
545	1313D 傻子怕夭折		ATT-163
546	1316*** 误认蚯蚓为蛇（或其他怪物）	1316 把一种动物误认为是另一种	
547	1317 盲人摸象	1317 盲人摸象	
548	1317A 盲人和太阳		ATT-164
549	1319 南瓜当驴蛋卖	1319 南瓜当驴蛋卖	cf.1218愚人孵卵
550	1319N* 误认塑像为人		ATT-165
551	1319P* 误认道士是鹅		ATT-166 ATU 1319P* 仅类型号相同，名称及故事内容皆相异
552	1319Q* 误认屁股是面孔		ATT-167
553	1321B 愚人怕自己的影子	1321B 愚人怕自己的影子	
554	1331A* 买眼镜	1331A* 买眼镜	
555	1331E* 买毛笔	1331A* 买眼镜	

(续表)

序号	ATT 故事类型编码与名称	ATU故事类型编码与名称=曾用名称或编码（AT故事类型名称或编码）	备注
556	1332 谁是最大的傻瓜？	1332 谁是最大的傻瓜？	
557	1332D* 傻子买鞋忘记了带鞋样		ATT-168
558	1334A 外地月亮更亮		ATT-169
559	1335A 救月亮	1335A 抓月亮 = 救月亮	
560	1336A 不认识自己在水里的倒影	1336A 不认识自己的倒影 = 不认识自己在水里（镜中）的倒影	
561	1336B 农民、亲戚和镜子（水缸）	1336A 不认识自己的倒影 = 不认识自己在水里（镜中）的倒影	
562	1337 乡下人进城	1337 乡下人进城	
563	1339F 煮竹席	1339F 把青蛙当青鱼吃	未收入ATU1339F 未收入ATT1339F
564	1341B1 此地无银三百两		ATT-170 参见1341B 领主升天了
565	1341C 可怜的强盗	1341C 可怜的强盗	
566	1341C₁ 胆小的主人和贼		ATT-171
567	1349P* 又跌一跤		ATT-172
568	1349Q* 拔牙		ATT-173
569	1350 多情的妻子。夫妻间的故事	1350 很快被抚慰的寡妇 = 多情的妻子	
570	1351 打赌不说话	1351 打赌不说话	
571	1352A 鹦鹉讲七十个故事主妇得保贞操	1352A 讲故事的鹦鹉 = 鹦鹉讲七十个故事主妇得保贞操	增补，未收入。
572	1353* 无赖作弄别人的妻子（新娘）		ATT-174
573	1355B 淫妇对奸夫说："我能看到全世界。"	1355B "我能看到全世界！" = 淫妇对奸夫说："我能看到全世界。"	
574	1358 巧计计，奸夫淫妇同吃惊	1358 巧施计，奸夫淫妇同吃惊	
575	1358C 狡人发现通奸：把奸夫的食物送给丈夫	1358C 狡人发现通奸：把奸夫的食物送给丈夫	
576	1359C 丈夫准备阉割神像	1359C 丈夫准备阉割神像	

(续表)

序号	ATT 故事类型编码与名称	ATU故事类型编码与名称=曾用名称或编码（AT故事类型名称或编码）	备注
577	1360C 老海得布朗特（Hildebrand）	1360C 老海得布朗特（Hildebrand）	
578	1361 洪水	1361 洪水	
579	1362C* 父母为幼小子女择偶		ATT-175
580	1365E₁ 妻子拔头发		ATT-176 FFC223 正文无增补，附录新增类型
581	1365J* 故意提出与愿意相反的要求	1365E 争吵的夫妇	
582	1366* 穿拖鞋的丈夫	1366* 畏缩的丈夫 = 穿拖鞋的丈夫	
583	1373 称体重的猫	1373 称体重的猫	
584	1375A* "假如那是我"	1375 谁能驾驭他的妻子？	
585	1375B* 极端嫉妒的妻子		ATT-177
586	1375C* 想学怎样不怕老婆的丈夫		ATT-178
587	1375D* 有权威的人也怕老婆		ATT-179
588	1375E* 妻妾镊发		ATT-180
589	1378A 在妻子房间里留下有标记的鞋		ATT181 ATU 1378 妻子房中有记号的衣服
590	1381B 天降腊肠（谷子）雨		ATT-182
591	1382A 节省日历		ATT-183
592	1382B 愚妇学巧妇		ATT-184
593	1382C 认真的厨师		ATT-185
594	1383 不认识自己的女子	1383 不认识自己的女子	
595	1384* 妻子遇到和丈夫一样笨的人	1384 丈夫找到三个像他的妻子一样愚蠢的人	
596	1386 用肉喂白菜	1386 用肉喂白菜	
597	1387A* 懒得不肯动手的妻子	1387 去拿啤酒的女人	
598	1388 藏在佛像后面的女仆	1380A* 祈祷的人被愚弄 = 纺纱女	
599	1405** 懒惰的女裁缝		ATT-186
600	1405A** 拙妻做被子		ATT-187

(续表)

序号	ATT 故事类型编码与名称	ATU故事类型编码与名称＝曾用名称或编码（AT故事类型名称或编码）	备注
601	1408* 妻子揭破丈夫的虚荣心		ATT-188
602	1415 幸运的汉斯	1415 幸运的汉斯	
603	1417 割掉的鼻子	1417 割掉的鼻子（头发）	
604	1419 瞒着归来的丈夫	1419 瞒着归来的丈夫	
605	1419A 鸡房里的丈夫	1419A 鸡房里的丈夫	
606	1419D 两个奸夫装作一追一逃	1419D 两个奸夫装作一追一逃	
607	1419B* 交换了鞋	1419 瞒着归来的丈夫	
608	1419F* 袋子里的奸夫		ATT-189
609	1425 送魔鬼入地狱	1425 送魔鬼入地狱	
610	1426 关在盒子里的妻子	1426 关在盒子里的妻子	
611	1426A 关在瓶子里的妻子	1426 关在盒子里的妻子	
612	1430 夫妻建筑空中楼阁	1430 夫妻建筑空中楼阁	
613	1441C* 公公和儿媳、女人（姑娘）的故事		ATT-190
614	1441C₁* 醉汉和小姨		ATT-191
615	1446 "让他们吃蛋糕！"	1446 "让他们吃蛋糕！"	
616	1457 口齿不清的少女	1457 口齿不清的少女	
617	1457A 畸形的夫妇和媒人		ATT-192
618	1457B 三个有残疾的新郎		ATT-193
619	1459A** 炫示贵重的新衣		ATT-194
620	1462 从树上劝说不情愿的追求者	1462 从树上劝说不情愿的追求者	
621	1516A* 耶稣未婚不知人生苦	1516* 婚姻如炼狱＝愉快的炼狱	
622	1516E* 庆祝妻死		ATT-195
623	1520 放响屁		ATT-196
624	1525A 偷窃狗、马、被单或戒指	1525A 盗贼的任务＝偷窃狗、马、被单或戒指	
625	1525B 偷马	1525B 偷马	
626	1525D 分散别人注意力时偷窃	1525D 分散别人注意时偷窃	
627	1525G 小偷伪装	1525G 小偷假装＝小偷伪装	
628	1525H 小偷互相偷	1525E 小偷互相偷＝小偷和他们的弟子	
629	1525H₄ 蜂箱里的青年	1525H4 蜂箱里的青年	
630	1525J₁ 是那些人干的	1525 贼欺诈他们的赃物	
631	1525J₂ 小偷被骗入井	1525 贼欺诈他们的赃物	

(续表)

序号	ATT 故事类型编码与名称	ATU故事类型编码与名称=曾用名称或编码（AT故事类型名称或编码）	备注
632	1525N 两小偷互相哄骗	1525E 小偷互相偷＝小偷和他们的弟子	
633	1525S 小偷和县官		ATT-197
634	1525T 大盗留名		ATT-198
635	1525U 小偷窥察贵重东西放在那里		ATT-199
636	1525V 滑稽女婿偷岳父		ATT-200
637	1525W 教人怎样避免被偷		ATT-201
638	1525S* 偷裤子	1525Z* 其他偷盗的故事	
639	1525T* 锁在柜橱里的小偷	1525Z* 其他偷盗的故事	
640	1526A$_1$ 狡言骗白食		ATT-202
641	1526A$_2$ 连神仙都要为坏蛋付酒饭钱		ATT-203
642	1526A$_3$ 像是脏了的食物		ATT-204
643	1526A$_4$ 自称死者的朋友		ATT-205
644	1526B* 小偷和鹦鹉		ATT-206
645	1527 强盗上当	1527 强盗受骗逃跑＝强盗上当	
646	1528 按住帽子	1528 按住帽子	
647	1528A 抓住尾巴		ATT-207 参见1528 按住帽子
648	1528A* 恶作剧者假装帮乡下人运肥		ATT-208
649	1530 扶住石头（树或旗杆）	1530 扶住石头	
650	1530A* 捧好一堆鸡蛋		ATT-209
651	1530B* 小贩受骗吃苦		ATT-210
652	1530B$_1$* 无礼的送信人受罚		ATT-211
653	1531A 剃了发后不认得自己		ATT-212
654	1533 智者分家禽	1533 智者分家禽	
655	1533B 把糕点分成或咬成不同的样式	1533B 仅号同，标题和情节皆不同。未收入	ATT-213
656	1534E* 给打伤自己父亲（母亲）的忤逆儿子出主意	1534Z* 其他荒谬的决定	
657	1534F* 死尸二次被吊	1534Z* 其他荒谬的决定	
658	1534G* 金口玉言	1534Z* 其他荒谬的决定	
659	1535 富农和贫农	1535 富农和贫农	

（续表）

序号	ATT 故事类型编码与名称	ATU故事类型编码与名称=曾用名称或编码（AT故事类型名称或编码）	备注
660	1536A 箱子里的妇女	1536A 箱子里的妇女	
661	1536B 三个驼背兄弟淹死了	1536B 三个驼背兄弟淹死了	
662	1536C 被谋害的情人	1536C 被谋害的情人	
663	1538A* 特大号纸扎像		ATT-214
664	1539 巧骗和傻瓜	1539 巧骗和傻瓜	
665	1539A 上当人自信已学会了隐身术		ATT-215
666	1539B 漆作生发油		ATT-216
667	1540 从天堂来的学生	1540 从天堂（巴黎）来的学生	
668	1542 聪明的男孩	1542 聪明的男孩	
669	1542A 回来找工具	1542 聪明的男孩	
670	1543E* 假毒药及其解毒剂	仅型号相同。无收	
671	1544 白住一宵的客人	1544 白住一宵的客人	
672	1551* 驴值多少钱	1551* 驴值多少钱	
673	1551A* 鞋值多少钱		ATT-217
674	1555 桶里的牛奶	1555 桶里的牛奶	
675	1555A 用啤酒付馒头钱	1555A 用啤酒付馒头钱	
676	1555A₁ 用汤付面钱	1555A 用啤酒付馒头钱	
677	1558 受欢迎的衣衫	1558 受欢迎的衣衫	
678	1559D* 哄人打赌：走上走下		ATT-218
679	1559E* 哄人打赌：喜笑和盛怒		ATT-219
680	1559F* 哄人打赌：要官学狗叫		ATT-220
681	1559G* 扁担上睡觉		ATT-221
682	1561 懒孩子三餐连续吃	1561 连续的三餐：懒孩子三餐连续吃	
683	1562 "三思而后言"	1562 "三思而后言"	
684	1562C 切遵教诫，一成不变	1562B 妻子遵守成文的指示	
685	1563A "给他吧"	1563 "两个都？"	
686	1563B 向陌生妇女动手动脚		ATT-222
687	1565 约定不抓痒	1565 约定不抓痒	
688	1565A 是不是跳蚤		ATT-223
689	1567E 饥饿的学徒骗引师傅		ATT-224
690	1567A* 吃不饱的塾师	1567 吝啬的家族=饥饿的仆人申斥吝啬的主人	

(续表)

序号	ATT 故事类型编码与名称	ATU故事类型编码与名称=曾用名称或编码（AT故事类型名称或编码）	备注
691	1567B* 吃不饱的仆人以牙还牙	1567 吝啬的家族 = 饥饿的仆人申斥吝啬的主人	
692	1568 地主的无理条件和仆人（长工）的对策		ATT-225
693	1568A 佣人表面上的优厚条件		ATT-226
694	1568B "服毒"的仆童自尽		ATT-227
695	1568A** 顽童吃点心		ATT-228
696	1568B** 顽童和粪坑里的老师		ATT-229
697	1571* 仆人罚主人	1571* 仆人罚主人	
698	1572J* 骑禽而去		ATT-230
699	1575* 聪明的牧童	1575* 聪明的牧童	
700	1577 盲人被骗，互殴	1577 盲人被骗，互殴	
701	1577A 盲人落水		ATT-231
702	1577B 盲人挨打		ATT232
703	1579 携狼、羊和白菜过河	1579 携狼、羊和白菜过河	
704	1586 杀蝇吃官司	1586 杀蝇吃官司	
705	1589 讼师的狗偷肉	1589 讼师的狗偷肉	
706	1592A 变形的金南瓜	1592A 变形的金子 = 变形的金南瓜	
707	1592B 锅生了个孩子，死了	1593B 饭锅生了个孩子，死了	
708	1592C 神猫与神铲		ATT-233
709	1610 平分赏金挨打	1610 分酬金 = 平分赏金挨打	
710	1620 皇帝的新衣	1620 皇帝的新衣	
711	1620A 献宝给明君或清官		ATT-234 参见927A
712	1620B 不受奉承的人		ATT-235
713	1623* 太太小姐丢脸		ATT-236
714	1623B* 恶作剧者捉弄父亲		ATT-237
715	1624A$_1$		ATT-238
716	1628* 他们在说拉丁文	1628* 他们在说拉丁文	
717	1631A 染色骡子卖给原主	1631A 染色骡子卖给原主	
718	1633 分母牛	1633 分母牛	
719	1633A* 买一部分		ATT-239
720	1633B* 捉弄卖柴小贩		ATT-240
721	1635* FFC223无		ATT-241

（续表）

序号	ATT 故事类型编码与名称	ATU故事类型编码与名称＝曾用名称或编码（AT故事类型名称或编码）	备注
722	1635A* 虚惊		ATT-242
723	1640 勇敢的裁缝	1640 勇敢的裁缝	
724	1641 万能博士	1641 万能博士	
725	1641B 不由自主成医生	1641B 不由自主成医生	
726	1641C$_1$ 不由自主成学士		ATT-243 参见1641C 胡言乱语被当作拉丁语＝卖炭翁的拉丁语
727	1641C$_2$ 农民塾师		ATT-244
728	1641C$_3$ 伪装饱学做新郎		ATT-245 参见1641C 胡言乱语被当作拉丁语＝卖炭翁的拉丁语
729	1641D 不由自主成领航员		ATT-246
730	1642 一笔好交易	1642 一笔好交易	
731	1642A 借来的上衣	1642A 借来的上衣	
732	1642A$_1$ 流氓在法庭上冒认财物		ATT-247
733	1645A 购买的财宝梦	1645A 购买的财宝梦	
734	1645B$_1$ 梦得宝藏，赚赢酒食		ATT-248
735	1645C 未完的梦		ATT-249
736	1651 惠丁顿的猫	1651 惠丁顿的猫	
737	1653 树下的强盗	1653 树下的强盗	
738	1653D 树上落下的兽皮	1653 树下的强盗	
739	1653F 笨人自言自语，吓跑强盗	1653 树下的强盗	
740	1655 有利的交易	1655 有利的交易	
741	1660 法庭上的穷人	1660 法庭上的穷人	
742	1676A 大怕和小怕	1676 假装的鬼＝扮鬼开玩笑的人被受害者惩罚	
743	1678 没见过女人的男孩	1678 没见过女人的男孩	
744	1681C 呆女婿向岳父拜寿		ATT-250 参见1681A 婚礼的准备＝愚人准备婚礼[丧礼]

(续表)

序号	ATT 故事类型编码与名称	ATU故事类型编码与名称＝曾用名称或编码（AT故事类型名称或编码）	备注
745	1681C₁ 呆女婿送礼，沿途吃光		ATT-251 参见1681A 婚礼的准备＝愚人准备婚礼[丧礼]
746	1681* 傻子建造空中楼阁	1430 夫妻建筑空中楼阁	
747	1681B* 过分谨慎的孩子		ATT-252
748	1681C* 笨拙的模仿者		ATT-253
749	1685A 呆女婿	1685 傻新郎	
750	1685B 不懂房事的傻新郎		ATT-254
751	1687 忘了的词字	1687 忘了的词字	
752	1687* 忘掉的东西		ATT-255 参见1687忘了的词字
753	1687A* 忘掉的房子、亲戚等等		ATT-256
754	1689A 献给国王的两件礼物	1689A 献给国王的两件礼物	
755	1689B 食谱尚存	1689B 无法食用的肉＝食谱尚存	
756	1689B₁ 没有材料，你哪能吃		ATT-257 参见1689B 无法食用的肉＝食谱尚存
757	1689B2 钥匙还在我处		ATT-258 参见1689B 无法食用的肉＝食谱尚存
758	1689A* 傻子自封为王		ATT-259
759	1691 "不要吃得太猛"	1691 饥饿的牧师＝"不要吃得太猛"	
760	1691* 猛吃的新郎		ATT-260 参见1691 饥饿的牧师＝"不要吃得太猛"
761	1692 愚蠢的贼	1692 愚蠢的贼	
762	1696 "我应该说什么？"	1696 "我应该说（做）什么？"	
763	1696A 总是晚一步	1696 "我应该说（做）什么？"	
764	1696B "我应该怎么做？"	1696 "我应该说（做）什么？"	
765	1696C 呆人呆福		ATT-261 参见1696 "我应该说（做）什么？"

(续表)

序号	ATT 故事类型编码与名称	ATU故事类型编码与名称=曾用名称或编码（AT故事类型名称或编码）	备注
766	1696D 傻媳妇滥用客气话	1696 "我应该说（做）什么？"	勘误："1696C"改为"1696D"，1998年版中译本第331页，FFC 223第227页
767	1696* 家里出事别怪我		ATT-262
768	1697A 当然是我		ATT-263 参见1697"我们三个；为了钱"
769	1698 聋子和他们的愚蠢回答	1698 聋子和他们的愚蠢回答	
770	1698B 旅客问路	1698B 旅客问路	
771	1698G 因听错话而引起的滑稽后果	1698G 因听错话而引起的滑稽后果	
772	1698I 探望病人	1698I 探望病人	
773	1698D* 大爆炸		ATT-264
774	1698E* 聋子、瞎子和跛子		ATT-265
775	1699 不懂外语闹笑话	1699 不懂外语闹笑话	
776	1699A₁ 不懂方言引起误解闹笑话	1699 不懂外语闹笑话	
777	1699C 错读没有标点的文句	1699 不懂外语闹笑话	
778	1701 回声答话	1701 回声答话	
779	1702 结巴的笑话	1702 结巴的笑话	
780	1702* 结巴一再重复一个字		ATT-266 参见1702结巴的笑话
781	1703 近视眼的趣闻	1703 近视眼的趣闻	
782	1704A 蜻蜓与钉子	1703 近视眼的趣闻	
783	1703B 描述大匾	1703 近视眼的趣闻	
784	1703C 黑狗和饭锅	1703 近视眼的趣闻	
785	1703D 锁住自己	1703 近视眼的趣闻	
786	1703E 误认粪便为食品	1703 近视眼的趣闻	
787	1703F 帽子和乌鸦	1703 近视眼的趣闻	
788	1703G 油漆未干	1703 近视眼的趣闻	
789	1703H 不识熟人	1703 近视眼的趣闻	
790	1704A 吝啬老头不吃好饭	1704 愚蠢吝啬之人的趣闻	
791	1704B 勉强慷慨	1704 愚蠢吝啬之人的趣闻	
792	1704C 虚拟的好菜	1704 愚蠢吝啬之人的趣闻	
793	1704D 肉贵于命		ATT-267

（续表）

序号	ATT 故事类型编码与名称	ATU故事类型编码与名称＝曾用名称或编码（AT故事类型名称或编码）	备注
794	1705A 酒鬼的笑话		ATT-268
795	1710 电报送靴	1710 电报送靴	
796	1725A 箱中愚僧		ATT-269
797	1730 愚僧求爱陷入圈套	1730 愚僧求爱陷入圈套	
798	1730* 愚僧与慧女	1730 愚僧求爱陷入圈套	
799	1761* 骗子装神像遭打	1380A* 祈祷的人被愚弄＝纺纱女	
800	1800 偷的东西不多	1800 偷小东西＝偷的东西不多	
801	1804B 请你听钱声，就算付你钱	1804B 请你听钱声，就算付你钱	
802	1807B* 装和尚的流氓		ATT-270
803	1812 打赌：和尼姑跳舞		ATT-271
804	1812A* 打赌：摸姑娘脚		ATT-272
805	1812B* 打赌：摸姑娘胸部		ATT-273
806	1812C* 打赌：让陌生女子系腰带		ATT-274
807	1812D* 打赌：让女子从你口袋里掏钱		ATT-275
808	1826 牧师无须讲道	1826 牧师无须讲道	
809	1829 活人假装神像	1829 活人假装神像	
810	1830* 各人祈求的天气不同，女神尽皆赐予		ATT-276
811	1861A 更多贿赂，其他各种人的趣事	1861A 更多贿赂，其他各种人的趣事	
812	1862A 假郎中：用跳蚤粉	1862A 假郎中：用跳蚤粉	
813	1862B 假郎中和妖鬼合伙	1164 魔鬼与邪恶的女人＝被扔进陷阱的邪恶女人	
814	1862D 医驼背		ATT-277 ATT 1862D与ATU 1862D仅型号相同
815	1862E 最好的医生		ATT-278
816	1862* 郎中、棺材店老板和僧侣		ATT-279
817	1886A 老不死的酒鬼说大话的故事		ATT-280
818	1889G 被鱼吞的人和船	1889G 被鱼吞的人	

（续表）

序号	ATT 故事类型编码与名称	ATU故事类型编码与名称=曾用名称或编码（AT故事类型名称或编码）	备注
819	1890F 枪打得真好，各种各样的方式	1890F 打枪引起一系列幸或不幸之事 = 枪打得真好，各种各样的方式	未收入
820	1895 涉水得鱼，鱼在靴中	1895 涉水得鱼，鱼在靴中	
821	1920 说谎比赛	1920 说谎比赛	
822	1920A "大海着火"——变体	1920A "大海着火"——变体	
823	1920B 一个人说："我没工夫撒谎。"事实上却在撒谎	1920B "我没工夫撒谎。"	
824	1920C		FFC223无ATT-281，1998年版译本第348页
825	1920C$_1$ 吹牛比赛：如果你说"这不可能"，那你就输了	1920C "那是谎话！" = 主人与农夫	
826	1920D 牛皮吹破，越吹越小	1920D 牛皮吹破，越吹越小	未收入
827	1920D$_1$ 牛吹得太大，无法自圆其说	1920D 牛皮吹破，越吹越小	
828	1920F 谁说"那是扯谎"就要罚钱	1920F 谁说"那是扯谎"就要罚钱	
829	1920I 巨人，更大的巨人，大嘴		ATT-282
830	1920J 谁最老？		ATT-283 仅型号相同，ATU未收入 ATT 1920J
831	1920K 家乡至上		ATT-284
832	1920K$_1$ 我家最好		ATT-285
833	1930 虚幻之邦（极乐世界）	1930 虚幻之邦（极乐世界）	
834	1950 三个懒汉	1950 三个懒汉	
835	1960B 大鱼	1960B 大鱼	
836	1960D 大蔬菜	1960D 大蔬菜	
837	1960G 大树	1960G 大树	
838	1960J 大鸟	1960J 大鸟	
839	1960K 大面包，大蛋糕，等等	1960K 大面包	
840	1960M 大昆虫	1960M 大昆虫	
841	1960M* 大蚊子吃人		ATT-286

(续表)

序号	ATT 故事类型编码与名称	ATU故事类型编码与名称=曾用名称或编码（AT故事类型名称或编码）	备注
842	1960Z 其他大的东西等	1960 巨大的动物或物体	ATU未收入 ATT 19608
843	1962A$_1$ 巨中更有巨霸人	1962A 巨大的搏斗者	
844	2028 妖精剖腹程式故事——连环故事	2028 吞食的动物被剖开 = 被剖开的洞穴巨人[狼]	
845	2029E* 爱唠叨的妻子		ATT-287
846	2030B 乌鸦必须洗喙，方可与他鸟同食	2030 老妇人和她的猪	
847	2030B$_1$ 妖精必须要刀才能吃牧人	2030 老妇人和她的猪	
848	2031 强中更有强中手	2031 强中更有强中手	
849	2031C* 变了又变		ATT-288
850	2032* 松鼠从树上扔下坚果		ATT-289
851	2038 连环的追逐		ATT-290
852	2042C* 咬一口（刺一下）引起一串祸事	2042A* 动物间的考验	
853	2205* 不幸的猪		ATT-291 圈套故事
854	2301 一次只带走一粒谷，其他程式故事	2301 一次只带走一粒谷，其他程式故事	
855	2301A 使国王失去耐心	2301 一次只带走一粒谷，其他程式故事	
856	2301C 成千的军队走过一座小桥		ATT-292
857	2400 用牛皮量地，难以分类的故事	2400 = 927A* 用马皮（牛皮）量地	
858	2400A 用和尚袈裟的影子量地		ATT-293

附录二 《中国民间故事类型索引》与《中国民间故事类型》对照表

丁乃通的《中国民间故事类型索引》刊出于FFC 第223号，艾伯华的《中国民间故事类型》刊出于FFC 第120号，故《FFC No. 223与FFC No. 120对照表》即为两部索引的对照表。此表系《中国民间故事类型索引》的附录一（APPENDIX I Corresponding Types between This Index and FFC 120[1]），但现存三部中译本中均未刊出，故附于此。原表头另注："由于分类方法相异，大多数列于此表的两个索引中的民间故事类型的对等关系是粗略的，并非完全相同。"（Note: On account of differences in the methods of classification, most of the correspondences listed here are loose, and should not be interpreted as being identical.[2]）原表仅含两部索引对照类型号两列，序号、页码及备注列为笔者增添。页码为对照表在原书之页码。

Part = Partial correspondence due to broader concept 由于广义概念的选取而仅部分对应。

S. = Die Schwänke 笑话

---

[1] Ting, Nai-Tung, *A Type Index of Chinese Folktales: In the Oral Tradition and Major Works of Non-Religious Classical Literature, Folklore Fellows' Communications No. 223*, Helsinki: Finish Academy of Science, 1978, p. 249-251.

[2] Ibid., p. 249.

FFC No. 223与FFC No. 120类型对照表

序号	FFC No. 223类型号	FFC No. 120类型号	页码	备注
1	78，78B，126	3	249	
2	112，112A*	5	249	
3	125E*	4	249	
4	156，156B*	17（part）	249	
5	177	10	249	
6	200A$_1$	12，13（part）	249	
7	200*	6	249	
8	210	14	249	
9	234A	91	249	
10	235A	1	249	
11	243	9	249	
12	276A	2	249	
13	285D	19	249	
14	300	98（a）	249	（a）：异文出处号
15	301A	122	249	
16	312A*	118，119	249	
17	313A	46	249	
18	325A	189	249	
19	326E*	124（part）	249	
20	327A	200a	249	
21	330A（part）	155，156	249	
22	333C	11	249	
23	400A	34（part）	249	
24	400B	36	249	
25	400C	35	249	
26	400D	37	249	
27	403A**	81	249	
28	433D	31	249	
29	440A	42，43，35（h）	249	
30	461	125，192（b,d）	249	
31	461A	125	249	
32	465A$_1$	195	249	
33	471A	103（a,b,c,g）	249	
34	471B	145 Ⅱ	249	
35	480D	63（part）	249	
36	480F	22，24（a）	249	

(续表)

序号	FFC No. 223类型号	FFC No. 120类型号	页码	备注
37	503E	30	249	
38	503M	29	249	
39	510A	32	249	
40	511B	83（w, x, y, bc, bh）	249	
41	513	208	249	
42	535	17（part）	249	
43	554D*	18	249	
44	555A	26	249	
45	555C	63（part）	249	
46	555*	39（part）	249	
47	560	13（part）	249	
48	565	63（part）	249	
49	566	64（part），196	249	
50	576F*	64	249	
51	592A*	40	249	
52	592A$_1$*	39（part），169（part）	249	
53	613	28	249	
54	613A	27	249	
55	654	S.I.1（a, b, d, e）	249	
56	676	169（part），170	249	
57	707	33	249	
58	729	20	249	
59	745A	124（part），175	249	
60	745*	205	249	
61	750A	111	249	
62	750D$_1$	108（f, g, z）	249	
63	754	204	249	
64	756	186 II	249	
65	761A	131	249	
66	780D*	157	249	
67	804（d）	89 I	249	
68	825A	47（part）	249	
69	834A	176	249	
70	841A*	177	249	
71	851C*	S.29.II	249	
72	875, 876, and subtypes	S.28.II	249	
73	875D$_1$	S.28.X, S.28.III	249	
74	875D$_2$	S.28.XI	250	

(续表)

序号	FFC No. 223类型号	FFC No. 120类型号	页码	备注
75	875F	S.28.Ⅵ	250	
76	876B*	S.28.Ⅶ（part），S.28.Ⅷ	250	
77	876C*	S.28.Ⅶ（part）	250	
78	888C*（part）	210	250	
79	893*	203	250	
80	922A*	S.6.Ⅳ（q, r, u, aa, al, am, an）	250	
81	922B*	S.13.Ⅲ.10（b, c）	250	
82	923B	193	250	
83	926M*	199	250	
84	930A	149	250	
85	934D$_2$	104	250	
86	970A	211，212（a, d, h），82（c），85（d）	250	
87	980B$_1$	201	250	
88	980A*	S.13.Ⅲ.2（d, e, i, j）	250	
89	1062B*	166（c）	250	
90	1097A*	168（part）	250	
91	1137	S.11.Ⅰ.35	250	
92	1138	123	250	
93	1241C	S.1.Ⅺ	250	
94	1242C	S.1.Ⅴ（v, w）	250	
95	1248A	S.1.Ⅷ	250	
96	1266B*	S.1.Ⅴ（a, b, p, q, y）	250	
97	1275A*	S.6.Ⅰ.6（part）	250	
98	1291D$_1$	S.6.Ⅱ（part）	250	
99	1305D$_1$	S.25	250	
100	1310D	S.1.Ⅴ（u），S.6.Ⅰ.6（part）	250	
101	1319	S.1.Ⅹ	250	
102	1319N*	S.1.Ⅴ（d, e, f, h, m, r）	250	
103	1336A	S.1.Ⅴ（n, z）	250	
104	1336B	S.7.Ⅲ	250	
105	1337	S.1.Ⅱ	250	
106	1341B	S.1.Ⅳ	250	
107	1349Q*	S.1.Ⅱ（a, e）	250	
108	1351	S.1.ⅩⅤ	250	
109	1353*	S.12.Ⅱ.8	250	

附 录

（续表）

序号	FFC No. 223类型号	FFC No. 120类型号	页码	备注
110	1375A*	S.31	250	
111	1382A	S.7.Ⅱ（part）	250	
112	1382B	S.7.Ⅱ（part）	250	
113	1384*	S.1.Ⅴ（i, x）	250	
114	1405**,1405A**	S.7.Ⅰ（a, l, m, o, p）	250	
115	1426A	S.30	250	
116	1430	4（e）	250	
117	1457A	206	250	
118	1457B	S.10（part）	250	
119	1520	S.8	250	
120	1525A	S.21	250	
121	$1525H_4$	S.22	250	
122	1525V	S.11.Ⅰ.12, S.21（a）	250	S.：笑话 11：类型号 Ⅰ：亚类型号 12：异文梗概号
123	1525S*	S.11.Ⅰ.34	250	
124	$1526A_1$	S.11.Ⅰ.46（part）	250	
125	$1526A_2$	S.11.Ⅰ.46（part）	250	
126	$1526A_3$	S.11.Ⅰ.42（i），S.11.Ⅰ.47	250	
127	$1526A_4$	S.11.Ⅰ.42（a）	250	
128	1528A*	S.11.Ⅰ.32	250	
129	1530A*	S.11.Ⅰ.27	250	
130	1530B*	S.12.Ⅱ.12（part）	250	
131	$1530B_1$*	S.12.Ⅱ.11	250	
132	1533B	S.11.Ⅰ.42（e），S.18	250	
133	1534E*	S.14.Ⅳ.1（part）	250	
134	1534F*	S.14.Ⅳ.1（part）	250	
135	1535	191	250	
136	1538A*	S.12.Ⅱ.10（i, j, k, n, r）	250	
137	1539	191，S.1.ⅩⅥ	250	
138	1539B	S.11.Ⅰ.8	250	
139	1543E*	S.11.Ⅰ.23, S.12.Ⅱ.1	250	
140	1559D*	S.13.Ⅲ.8	250	
141	1559E*	S.13.Ⅲ.1	250	
142	1563B	S.13.Ⅲ.3（part）	250	
143	1565	S.10（part）	250	
144	1568	S.15（part），S.16	250	

(续表)

序号	FFC No. 223类型号	FFC No. 120类型号	页码	备注
145	1568B	S.17	250	
146	1568A**	S.11.Ⅰ.48（g-m），S.12.Ⅱ.13.（i, l）	250	
147	1577	S.11.Ⅰ.5（a）	250	
148	1577A	S.13.Ⅲ.9	250	
149	1577B（part）	S.11.Ⅰ.4, S.11.Ⅰ.5（f, g, h）	250	
150	1592C	S.28.Ⅰ	250	
151	1620A	S.23	250	
152	1623A*	S.11.Ⅰ.1, S.11.Ⅰ.23	250	
153	1623B*	S.12.Ⅱ.1	250	
154	1633*	S.11.Ⅰ.28	250	
155	1633A*	S.11.Ⅰ.30, S.11.Ⅰ.31	250	
156	1633B*	S.12.Ⅱ.10（e, f, p）	250	
157	1635A*	S.11.Ⅰ.21, S.11.Ⅰ.22	250	
158	1641	190, S.5	250	
159	1641C$_1$	194（part）	250	
160	1641C$_2$	S.15（part）	250	
161	1641C$_3$	194（part）	250	
162	1642A$_1$	S.11.Ⅰ.37, S.12.Ⅱ.6	250	
163	1653F	S.24	250	
164	1681C	S.6.Ⅰ.6（part）	251	
165	1681C$_1$	S.6.Ⅰ.6（part）	251	
166	1681*	S.4（part）	251	
167	1681C*	S.6.Ⅰ.4	251	
168	1687	S.6.Ⅱ（part）	251	
169	1691	S.6.Ⅰ.2（a,e）	251	
170	1691*	S.6.Ⅰ.5	251	
171	1696	S.1.Ⅲ, S.1.ⅪⅩ, S.6.Ⅰ.2, S.6.Ⅰ.3	251	
172	1696A	S.6.Ⅲ	251	
173	1696B	S.1.ⅩⅧ	251	
174	1696C	S.6.Ⅰ.1	251	
175	1696D	S.7.Ⅱ（part）	251	
176	1699C	S.6.Ⅳ, S.11.Ⅰ.49	251	
177	1703 subtypes	S.9.Ⅰ., S.9.Ⅱ	251	
178	1704A（d）	S.26	251	
179	1807B*	S.12.Ⅱ.5	251	

(续表)

序号	FFC No. 223类型号	FFC No. 120类型号	页码	备注
180	1812A*	S.13.Ⅲ.3（part）	251	
181	1812B*	S.13.Ⅲ.3（part）	251	
182	1812C*	S.13.Ⅲ.2（a, b, c, d, f）	251	
183	1812D*	S.13.Ⅲ.2（e, g, h）	251	
184	1862E	S.20	251	
185	1862*	S.11.Ⅰ.33	251	
186	1920J	158	251	
187	1962A$_1$	209	251	
188	2301A	S.11.Ⅰ.6（d）	251	
189	2301C	S.11.Ⅰ.6（a, b, c, e）	251	
190	2400A	186Ⅳ	251	

附录三　丁乃通特藏藏书目录

本附录由丁乃通特藏中文文本文献书目一览表和丁乃通特藏外文书目一览表两部分构成，是对丁乃通特藏中所收藏文献基本信息的整理，包括书名、责任者、出版地、出版时间等。

表附3-1　丁乃通特藏中文文本文献书目一览表

序号	书名	丛书名	著者/编者/译者	出版地	出版者	出版时间	备注
1	《华山神话故事选》		华阴县华山管理委员会 华阴县文化馆 编			1948年5月	
2	《济颠僧趣事》			香港	陈湘记书局		
3	《民间惨事》	《民间掌故7》	沈文华 编辑	香港	新生出版社	1951年	
4	《民间故事》	《民间掌故》		香港	新生出版社		
5	《民间恨事》		沈文华 编辑 张秀声 校订	香港	国光书店		第6版
6	《民间乐事》	《民间掌故5》	沈文华 编辑	香港	新生出版社		
7	《民间奇案》	《民间故事丛书》	沈文华 编辑	香港	新生出版社		

(续表)

序号	书名	丛书名	著者/编者/译者	出版地	出版者	出版时间	备注
8	《民间说怪》		沈文华 编辑	香港	国光书店		
9	《民间笑话》		沈文华 编辑	香港	新生出版社	1951年	
10	《民间异俗》	《民间掌故》		香港	新生出版社		
11	《民间异闻》	《民间掌故》		香港	新生出版社		
12	《奴役之徒》	《火炬丛书》	F.A.海涅克 著 燕燮焱 译	香港	火炬编译社		
13	《三苏祠楹联选注》						
14	《武汉市民间故事传说集》上			武汉	武汉市群众艺术馆		责任编辑：秀华
15	《武汉市民间故事传说集》下			武汉	武汉市群众艺术馆		内部资料
16	《薛仁贵征东》			香港	祥记书局		绣像仿宋完整本
17	《中国民间志异》	《民间文学选集》之七	谈少诗	香港	星洲世界书局		
18	《大唐三藏取经诗话》	《世界文库四部刊要中国通俗小说名著之一》	杨家骆	台北	世界书局	1948年5月	
19	《维吾尔族民间故事》		莫·喀必洛夫·沙河雄 马托夫 原译	北京	时代出版社	1954年11月	
20	《锄八遍》	《中国民间故事》	通俗读物出版社	北京	通俗读物出版社	1954年5月	
21	《大冬瓜》	《民间故事》		济南	山东人民出版社	1954年8月	
22	《九斤姑娘》	《中国民间故事》第一辑	刘金 采录	北京	通俗读物出版社	1954年9月	浙江嵊县（现嵊州市）
23	《潮州历代名人故事》	《潮州民间文学》	林培庐 编著	香港	宇宙书店	1955年9月	再版

(续表)

序号	书名	丛书名	著者/编者/译者	出版地	出版者	出版时间	备注
24	《龙女和三郎》		何公超 编著	上海	少年儿童出版社	1955年10月	江浙
25	《谜语第三本》		刘永乾 编	上海	上海文化出版社	1955年10月	
26	《铁杵磨成针——古书里的故事》		王好行 编写	北京	通俗读物出版社	1955年6月	
27	《成语故事——古书里的故事》		朱典馨	北京	通俗读物出版社	1955年8月	源于古籍
28	《县官和剃头匠》	《民间故事》	上海文化出版社 编	上海	上海文化出版社	1955年9月	
29	《椰姑娘》	《民间故事》	肖甘牛 潘平元 记	上海	上海文化出版社	1955年9月	黎族
30	《金指先生》	《河北民间故事》	鲁速等 编著	保定	河北人民出版社	1956年10月	
31	《说不完的故事——西藏民间传说》	《中国神话 民间故事选集》	中国民间文艺研究会 主编 王尧 编译	北京	通俗读物出版社	1956年12月	西藏
32	《金子山》		应鹰 编译	济南	山东人民出版	1956年3月	苏联民间故事
33	《百鸟衣》		韦其麟 著	北京	中国青年出版社	1956年4月	
34	《金芦笙》		肖甘牛 编著	上海	少年儿童出版社	1956年4月	瑶族民间故事
35	《维吾尔族民间故事》	《中国神话 民间故事选集》	中国民间文艺研究会 主编 刘萧吾 执笔 新疆维吾尔自治区文联 搜集整理	北京	通俗读物出版社	1956年4月	维吾尔族
36	《鱼兄弟》		胡奇 记	上海	少年儿童出版社	1956年6月	西藏拉萨
37	《中国神话》		庄成 编著	香港	太平洋图书公司	1956年6月	第2版
38	《金牛山的故事》		刘思平 编著	上海	少年儿童出版社	1956年7月	识宝传说

(续表)

序号	书名	丛书名	著者/编者/译者	出版地	出版者	出版时间	备注
39	《孔雀姑娘——中国民间故事》	《中国神话 民间故事选集》	中国民间文艺研究会 主编 黎兵等 著	北京	通俗读物出版社	1956年7月	
40	《壮族民间故事》	《中国神话 民间故事选集》	中国民间文艺研究会 主编 侬易天 著	北京	通俗读物出版社	1956年8月	壮族
41	《宫蛙——古书里的故事》		马良 编	北京	通俗读物出版社	1956年9月	
42	《文成公主——西藏民间故事分卷》	《中国神话 民间故事选集》	中国民间文艺研究会 主编 王尧 整理	北京	通俗读物出版社	1956年9月	西藏
43	《中国古代神话故事》		徐君慧 编写	上海	上海文化出版社	1957年10月	
44	《明清传奇选》		赵景深 胡忌 选注	北京	中国青年出版社	1957年11月	
45	《李子长》	《潮汕民间故事 第一辑》	广东人民出版社编辑部	广州	广东人民出版社	1957年12月	
46	《凤凰和金豆子》	《中国神话 民间故事选集》	中国民间文艺研究会 主编 刘萧吾等 整理	北京	通俗文艺出版社	1957年1月	
47	《双棺岩》		肖甘牛 编著	北京	通俗文艺出版社	1957年4月	瑶族，叙事诗
48	《满吉昌和宽克昌》		乌云达赉	北京	中国少年儿童出版社	1957年7月	索伦族
49	《嫦娥奔月》	《中国神话 民间故事选集》	肖甘牛 肖丁三 编写	北京	通俗文艺出版社	1957年8月	
50	《历代小说笔记选》（汉魏六朝）			香港	商务印书馆	1958年6月	汉魏六朝
51	《插龙牌》		《边疆文艺》编辑部 编 王东等 整理	北京	作家出版社	1958年8月	
52	《天鹅仙女》	《云南兄弟民族民间故事》	李乔 整理	北京	作家出版社	1958年8月	云南少数民族
53	《玉仙园》		中国民间文艺研究会 董均伦 江源 记	北京	作家出版社	1958年8月	

（续表）

序号	书名	丛书名	著者/编者/译者	出版地	出版者	出版时间	备注
54	《望夫石》		洪汛涛 著	天津	百花文艺出版社	1959年10月	
55	《柬埔寨民间故事》	《民间故事选集》	金满成 郑永慧 译	香港	香港日新书店	1959年3月	
56	《广东民间故事》第一集		广东人民出版社	广州	广东人民出版社	1959年6月	
57	《龙灯——华东民间故事集》		赵景深 主编 复旦大学中文系1955级及1956级民间文学小组 选辑	上海	上海文艺出版社	1960年2月	
58	《张绍桓包打西什库——义和团传说故事》		张士杰 搜集整理	上海	上海文艺出版社	1960年4月	
59	《聪明媳妇》	《中国民间故事集》	肖甘牛等	香港	乐知出版社	1960年9月	
60	《九斤姑娘》	《中国民间故事集》	肖甘牛等	香港	乐知出版社	1960年9月	
61	《刘海和梅姑》	《中国民间故事集》	肖甘牛等	香港	乐知出版社	1960年9月	
62	《日月潭》	《中国民间故事集》	肖甘牛等	香港	乐知出版社	1960年9月	
63	《太子滩》	《中国民间故事集》	肖甘牛等	香港	乐知出版社	1960年9月	
64	《铁杵磨成针》	《中国民间故事集》	肖甘牛等	香港	乐知出版社	1960年9月	来源古籍
65	《望娘滩》	《中国民间故事集》	肖甘牛等	香港	乐知出版社	1960年9月	
66	《无头鸟》	《中国民间故事集》	肖甘牛等	香港	乐知出版社	1960年9月	同吴洛版
67	《讽刺笑话选》		林青松 编	香港	民安书店	1961年12月	
68	《云南民间故事》上	《中国民间文学丛书》	宋哲 编	香港	香港宏业书局	1961年12月	
69	《云南民间故事》下	《中国民间文学丛书》	宋哲 编	香港	香港宏业书局	1961年12月	
70	《缅甸民间故事》	《民间故事选集》	章甦 杨友 译	香港	香港日新书店	1961年1月	

(续表)

序号	书名	丛书名	著者/编者/译者	出版地	出版者	出版时间	备注
71	《古代成语故事集》第四集		正文	香港	香港民安书店	1961年4月	
72	《五羊城的故事》		肖中游 编	香港	民安书店	1961年4月	
73	《玉白菜》	《中国民间故事选集 第二辑》	正文	香港	香港民安书店	1961年4月	
74	《湖南民间故事》	《中国民间文学丛书》	宋哲 编	香港	香港宏业书局	1961年9月	
75	《吉林民间故事》	《中国民间文学丛书》	宋哲 编	香港	香港宏业书局	1962年10月	
76	《山东民间故事》	《中国民间文学丛书》	宋哲 编	香港	香港宏业书局	1962年10月	
77	《古代笑话选》		牧野 选编	香港	艺美图书公司	1962年11月	第2版
78	《新疆民间故事》	《中国民间文学丛书》	宋哲 编	香港	香港宏业书局	1962年11月	
79	《贵州民间故事》	《中国民间文学丛书》	宋哲 编	香港	香港宏业书局	1962年2月	
80	《黑龙江民间故事》	《中国民间文学丛书》	宋哲 编	香港	香港宏业书局	1962年7月	
81	《西藏民间故事》	《中国民间文学丛书》	宋哲 编	香港	香港宏业书局	1962年7月	
82	《成语故事一百篇》	《青年知识丛书》	赵洪 编著	香港	教育书店	1963年10月	
83	《儿童谜语选》		方轶群 李岳南 编	上海	少年儿童出版社	1963年3月	
84	《明清笑话四种》		（明）赵南星冯梦龙（清）陈皋谟石成金 著 周启明 校订	香港	太平书局	1963年3月	
85	《神话故事新编》		袁珂 编著	北京	中国青年出版社	1963年8月	
86	《中国民间神话》	《民间文学选集》	谈少诗 编	香港	星洲世界书局	1963年9月	
87	《中国民间志闻》	《民间文学选集》之九	谈少诗	香港	星洲世界书局	1963年9月	
88	《内蒙古农谚选》上辑		内蒙古人民出版社 主编	呼和浩特	内蒙古人民出版社	1965年5月	

（续表）

序号	书名	丛书名	著者/编者/译者	出版地	出版者	出版时间	备注
89	《民间文学》1966年第1期总第106期		中国民间文艺研究会民间文学编辑委员会	北京	人民文学出版社	1966年2月	
90	《民间文学》1966年第2期总第107期		中国民间文艺研究会民间文学编辑委员会	北京	人民文学出版社	1966年4月	
91	《中国古今民间百戏》	《人人文库》	黄华节 著		台湾商务印书馆	1967年7月	
92	《汉英对照中国民间故事》		潘正英 选译	台北	华联出版社	1968年10月	
93	《西湖佳话》	《世界文库·中国通俗小说系列之一》	杨家骆 主编	台北	世界书局	1969年4月	
94	《台湾民间趣味故事》第一集		陈定国 编画	台南	现代教育出版社	1970年8月	
95	《武进民间故事》	《人人文库》	伍稼青 编 王云五 主编	台北	台湾商务印书馆	1971年8月	
96	《台湾民间趣味故事》第二集		陈定国 编画	台南	现代教育出版社	1972年1月	
97	《台湾民间趣味故事》第三集		陈定国 编画	台南	现代教育出版社	1972年2月	
98	《台湾民间趣味故事》第四集		陈定国 编画	台南	现代教育出版社	1972年2月	
99	《台湾民间趣味故事》第五集		陈定国 编画	台南	现代教育出版社	1972年2月	
100	《台湾民间趣味故事》第六集		陈定国 编画	台南	现代教育出版社	1972年2月	
101	《台湾民间趣味故事》第八集		陈定国 编画	台南	现代教育出版社	1972年2月	
102	《台湾民间趣味故事》第九集		陈定国 编画	台南	现代教育出版社	1972年2月	

（续表）

序号	书名	丛书名	著者/编者/译者	出版地	出版者	出版时间	备注
103	《阿系的先基》（阿细民间史诗）		云南省民间民间文学红河调查队 搜集翻译整理	昆明	云南人民出版社	1978年10月	
104	《梅葛》		云南省民族民间文学楚雄调查队 搜集翻译整理	昆明	云南人民出版社	1978年10月	第2版
105	《纳西族民间史诗创世纪》		云南省民族民间文学丽江调查队 搜集翻译整理	昆明	云南人民出版社	1978年10月	第2版
106	《少数民族机智人物故事选》	《中国民间文学作品选编》	中国社会科学院文学研究所各民族民间文学室 主编 祁连休 编	上海	上海文艺出版社	1978年11月	
107	《长江三峡的沿革及传闻》		彭刚 等 辑著		三三零创作组编印	1978年12月	
108	《中国歌谣选 第一集 近代歌谣》	《中国社会科学院文学研究所 中国民间文艺研究会 中国各民族民间文学丛刊之二》	中国民间文艺研究会 中国社会科学院文学研究所 中国各民族民间文学组 编	上海	上海文艺出版社	1978年12月	
109	《西湖民间故事》		杭州市文化局 编		浙江人民出版社	1978年5月	
110	《中国动物故事集》		上海文艺出版社 编	上海	上海文艺出版社	1978年5月	
111	《云南民族民间故事选》	《云南群众文艺》丛书	《云南群众文艺》编辑部 编			1979年10月	
112	《古代民歌一百首》	《中国古典文学作品选读》	商礼群	上海	上海古籍出版社	1979年11月	
113	《新疆兄弟民族民间故事选》			乌鲁木齐	新疆人民出版社	1979年11月	
114	《乌兹别克语言故事集》		魏泉鸣 翻译整理		甘肃人民出版社	1979年12月	乌兹别克语
115	《捻军故事集》		安徽省阜阳专区文学艺术工作者联合会 编	上海	上海文艺出版社	1979年3月	第2版

(续表)

序号	书名	丛书名	著者/编者/译者	出版地	出版者	出版时间	备注
116	《河南民间故事》		开封师范学院中文系《河南民间故事》编写组	郑州	河南人民出版社	1979年5月	
117	《买凤凰》	《中国古代寓言、传说、故事集》	吴丈蜀	武汉	湖北人民出版社	1979年5月	源于古籍,第2版
118	《蒙古族民间故事选》	《少数民族民间文学丛书》	内蒙古语言文学历史研究所文学研究室 编	上海	上海文艺出版社	1979年5月	
119	《达斡尔族民间故事选》	《少数民族民间文学丛书》	孟志东 编	上海	上海文艺出版社	1979年6月	数量:2
120	《红旗歌谣》	《中国民间文学丛书》	郭沫若 周扬 编	北京	人民文学出版社	1979年6月	
121	《历代农民起义传说故事选》	《中国民间文学作品选编》	中国社会科学院文学研究所民族民间文学室 主编 董森 编	上海	上海文艺出版社	1979年6月	
122	《苗族古歌》		田兵 编选 贵州省民间文学组 整理	贵阳	贵州人民出版社	1979年6月	
123	《鱼宝贝》		洪汛涛 著	杭州	浙江人民出版社	1979年7月	
124	《牡帕密帕——拉祜族民间史诗》		昆明师范学院中文系一九五七级部分学生 搜集 刘辉豪 整理	昆明	云南人民出版社	1979年8月	
125	《足本古今奇观》上册	《世界文库·中国通俗小说系列之一》	(明)抱瓮老人 选辑	台北	世界书局	1979年8月	明代
126	《畲族民间故事》	《浙江民间文学丛书》	陈玮君 整理		浙江人民出版社	1979年9月	
127	《民歌赋、比、兴举例》	《广西民间文学资料集》	蒙光朝 韦文俊 覃惠 区农乐 覃桂清 赵淦 区桂凉 南风 编选	南宁	广西壮族自治区民间文学研究会编印	1980年10月	内部资料

(续表)

序号	书名	丛书名	著者/编者/译者	出版地	出版者	出版时间	备注
128	《壮族排歌选》（男女对唱）	《广西民间文学资料集》	百色地区文化局百色地区文联民间文学调查组 收集 何承文 李少庆 翻译整理	南宁	广西壮族自治区民间文学研究会编印	1980年10月	内部资料
129	《河北民间故事》			保定	河北人民出版社	1980年11月	
130	《金山民间传说》		江苏人民出版社 编		江苏人民出版社	1980年11月	
131	《人参的故事》		吉林省民间文艺研究会 编	北京	人民文学出版社	1980年1月	
132	《岳阳楼的传说》	《湖南地方风物传说》	中国民间文艺研究会湖南分会 主编 董咏芹 搜集整理	长沙	湖南人民出版社	1980年1月	
133	《台湾民间传说》	《民间文学丛书》	肖甘牛 潘平元 整理	福州	福建人民出版社	1980年2月	
134	《常用汉字的笔画笔顺》			香港	香港青年出版社	1980年3月	
135	《中国歌谣选 第二集 新中国歌谣》	《中国社会科学院文学研究所 中国民间文艺研究会 中国各民族民间文学丛刊之二》	中国民间文艺研究会 中国社会科学院文学研究所中国各民族民间文学室 编	上海	上海文艺出版社	1980年4月	
136	《花儿选集》		雪犁 柯杨 编	兰州	甘肃人民出版社	1980年6月	
137	《建国以来新故事选 1949—1979》	《中国民间文学作品汇编》	中国社会科学院文学研究所各民族民间文学室 编	上海	上海文艺出版社	1980年6月	
138	《维吾尔族民间故事选》	《少数民族民间文学丛书》	刘发俊 编	上海	上海文艺出版社	1980年7月	数量：2

(续表)

序号	书名	丛书名	著者/编者/译者	出版地	出版者	出版时间	备注
139	《中国民间故事选》第一集	《中国社会科学院文学研究所、中国民间文艺研究会、中国各民族民间文学丛刊之一》	贾芝 孙剑冰 编	北京	人民文学出版社	1980年7月	第2版
140	《中国民间故事选》第二集	《中国社会科学院文学研究所、中国民间文艺研究会、中国各民族民间文学丛刊之一》	贾芝 孙剑冰 编	北京	人民文学出版社	1980年7月	第2版
141	《广西民间文学丛刊》1980年第1期 总第1期		广西壮族自治区民间文学研究会 编	南宁		1980年8月	内部参考
142	《民间文学作品选》上	《高等学校文科教材》	高等学校民间文学教材编写组 编	上海	上海文艺出版社	1980年8月	
143	《民间文学作品选》下	《高等学校文科教材》	高等学校民间文学教材编写组 编	上海	上海文艺出版社	1980年8月	
144	《甘肃民间故事选》			兰州	甘肃人民出版社	1980年9月	第2版
145	《高山族神话传说》	《民间文学丛书》	陈国强 编	福州	福建人民出版社	1980年9月	
146	《米拉日巴传》		乳毕坚金 著 王沂暖 译	拉萨	西藏人民出版社	1980年9月	
147	《广西民间文学丛刊》1980年第2期,总第2期		广西民间文学研究会 编				内部参考
148	《黑龙江民间文学》(内部资料)第一集		中国民间文艺研究会黑龙江分会 主编	哈尔滨	黑龙江省出版局	1981年	

(续表)

序号	书名	丛书名	著者/编者/译者	出版地	出版者	出版时间	备注
149	《满族民间故事选》		中国民间文艺研究会辽宁、吉林、黑龙江三省分会 编	沈阳	春风文艺出版社	1981年10月	
150	《桂林山水的传说》		李肇隆 郭金良 秦焕艺 搜集整理	北京	中国民间文艺出版社	1981年12月	
151	《泰山传说故事》		中国民间文艺研究会山东分会 山东泰安地区文化局 山东泰安县文化局 编	北京	中国民间文艺出版社	1981年12月	
152	《中国少数民族民间故事选》上册	《中国民间故事传说丛书》	中国少数民族文学学会 编	北京	中国民间文艺出版社	1981年12月	
153	《辽宁民间文学》第一期		中国民间文艺研究会辽宁分会			1981年1月	
154	《浙江风物传说》	《浙江民间文学丛书》	中国民间文艺研究会浙江分会 编	杭州	浙江人民出版社	1981年1月	
155	《黄三弟对歌故事》		方寿德（壮）等 搜集 杨钦华（壮）方寿德 整理	南宁	广西民间文学研究会	1981年2月	壮族
156	《民间故事选》		内丘县文化馆			1981年4月	
157	《民间文学工作通讯》（内部刊物）第32期 目录特辑		中国民间文艺研究会 编			1981年4月	
158	《纳西族民间故事选》	《少数民族民间文学丛书》	中共丽江地委宣传部 编	上海	上海文艺出版社	1981年4月	数量：2
159	《彝族民间故事选》	《少数民族民间文学丛书》	李德君 陶学良 编	上海	上海文艺出版社	1981年5月	

（续表）

序号	书名	丛书名	著者/编者/译者	出版地	出版者	出版时间	备注
160	《中国植物传说故事集》		贺学君 编	长沙	湖南人民出版社	1981年5月	
161	《民间文学》1981年第6期，总第137期		民间文学杂志社	北京	中国民间文学出版社	1981年6月	
162	《中草药的故事》	《民间文学小丛书》	缪文渭 搜集整理	北京	中国民间文艺出版社	1981年6月	
163	《敦煌俗文学》	《中国文化之复兴》抽印本	金荣华 撰			1981年7月	
164	《郑板桥的故事》	《民间文学小丛书》		北京	中国民间文艺出版社	1981年7月	
165	《中岳名胜》	《河南名胜古迹丛书》	张爱图 王鸿均		河南中州书画出版社	1981年8月	
166	《黄山的传说》		黎邦农 编	北京	中国民间文艺出版社	1982年	
167	《巧媳妇》	《长江民间文学丛书》	湖北省民间文艺研究会 编	武汉	长江文艺出版社	1982年10月	
168	《泽玛姬》（藏族民间故事）	《中国民间故事传说丛书》	中央民族歌舞团创作研究室 编 陈石俊 搜集整理	北京	中国民间文艺出版社	1982年10月	
169	《聊斋汉子》		董均伦 江源 记	北京	中国民间文艺出版社	1982年12月	
170	《南宁的传说》		温松声	北京	中国民间文艺出版社	1982年12月	
171	《云南民族民间故事选》		中国作家协会云南分会 编	昆明	云南人民出版社	1982年12月	第2版
172	《苏州的传说》	《中国各地风物传说之二》	苏州市文学艺术界联合会 编	上海	上海文艺出版社	1982年1月	
173	《中国地方风物传说选》第一集	《中国民间故事丛书》	中国民间文艺出版社 编	北京	中国民间文艺出版社	1982年2月	

(续表)

序号	书名	丛书名	著者/编者/译者	出版地	出版者	出版时间	备注
174	《嵩山的传说》		《中岳》编辑部 编	北京	中国民间文艺出版社	1982年3月	
175	《民间文学》1982年第4期,总第147期		民间文学杂志社	北京	中国民间文艺出版社	1982年4月	
176	《太湖传说故事》		江苏省民间文学工作者协会苏州市分会 编	北京	中国民间文艺出版社	1982年5月	
177	《中国少数民族民间故事选》下册	《中国民间故事传说丛书》	中国少数民族文学学会 编	北京	中国民间文艺出版社	1982年5月	
178	《北京的传说》	《中国地方风物传说之四》	张紫晨 李岳南 编	上海	上海文艺出版社	1982年6月	
179	《峨眉山的传说》		张承业 搜集整理	北京	中国民间文艺出版社	1982年8月	
180	《鲁班和老君》		甄茂枢 搜集整理	北京	中国民间文艺出版社	1982年8月	
181	《嵩山传说》		王鸿钧 整理		中州书画社	1983年10月	
182	《满族民间故事选》	《中国少数民族民间文学丛书·故事大系》	乌丙安 李文刚 俞智先 金天一 编	上海	上海文艺出版社	1983年12月	
183	《爬山歌选》下		韩燕如 编	北京	中国民间文艺出版社	1983年12月	
184	《崂山的传说》		青岛市文学艺术界联合会 编	北京	中国民间文艺出版社	1983年1月	
185	《苗族史诗》		马学良 今旦 译注	北京	中国民间文艺出版社	1983年1月	
186	《童话(一)》	《民间文学小丛书》	贺卓 编	北京	中国民间文艺出版社	1983年5月	多民族

附　录

(续表)

序号	书名	丛书名	著者/编者/译者	出版地	出版者	出版时间	备注
187	《襄樊民间传说》	《湖北民间文学资料汇编之十五》	中国民间文学研究会湖北分会 湖北省群众艺术馆 编			1983年5月	
188	《中国地方风物传说选》第二集	《中国民间故事丛书》	中国民间文艺出版社 编	北京	中国民间文艺出版社	1983年5月	
189	《兰溪民间故事》		浙江省兰溪县（现兰溪市）文化局 浙江省兰溪县文联 浙江省兰溪县（现兰溪市）文化馆			1983年6月	
190	《庐山的传说》	《中国各地风物传说之八》	熊侣琴 肖士太 编	上海	上海文艺出版社	1983年6月	
191	《美国俄勒冈州印第安神话传说》	《民间文学资料丛刊》	[美]杰罗尔德·拉姆齐 编 史昆 李务生 译 翻译顾问：[美]马克·贝德满	北京	中国民间文艺出版社	1983年6月	内部发行
192	《陶都宜兴的传说》		江苏省宜兴县文化局 编	北京	中国民间文艺出版社	1983年8月	
193	《云南少数民族》（修订本）	《云南丛书》	云南省历史研究所 编著	昆明	云南人民出版社	1983年8月	
194	《纳斯列丁的笑话》（土耳其的阿凡提的故事）		戈宝权 译	北京	中国民间文艺出版社	1983年9月	
195	《西湖民间故事》（增订本）	《西湖文艺丛书》	杭州市文化局 编	杭州	浙江文艺出版社	1983年9月	
196	《成吉思汗的故事》		苏赫巴鲁	北京	中国民间文艺出版社	1984年10月	

261

(续表)

序号	书名	丛书名	著者/编者/译者	出版地	出版者	出版时间	备注
197	《鄂伦春族民间故事集》		巴图宝音 搜集整理	北京	中国民间文艺出版社	1984年10月	
198	《纳西族民间故事选》	《中国少数民族民间文学丛书·故事大系》	中共丽江地委宣传部 编	上海	上海文艺出版社	1984年10月	第2版
199	《十三陵的传说》	《地方风物传说故事》	谢明江 搜集整理	北京	中国民间文艺出版社	1984年10月	风物
200	《天台山遇仙记——浙江山的传说故事》		陈玮君 编	北京	中国民间文艺出版社	1984年10月	
201	《中国水生动物故事集》		王一奇 凉汀 编	北京	中国民间文艺出版社	1984年10月	
202	《杭州湾的传说》		顾希佳 整理	北京	中国民间文艺出版社	1984年11月	
203	《吴歌》	《中国歌谣丛书》	苏州市文学艺术界联合会 江苏省民间文学工作者协会 苏州市分会 编	北京	中国民间文艺出版社	1984年11月	
204	《中国少数民族民间文学作品选讲》	《当代少数民族文学教学丛书之二》	吴重阳 陶立璠 主编	昆明	云南人民出版社	1984年11月	
205	《杜鹃声声山花红》		中共大冶县委宣传部 编		中共湖北省大冶县委宣传部	1984年12月	
206	《河蚌姑娘》		茆文斗 搜集整理	北京	中国民间文艺出版社	1984年12月	
207	《满族三老人故事集》	《民间文学丛书》	张其卓 董明 整理	沈阳	春风文艺出版社	1984年12月	

（续表）

序号	书名	丛书名	著者/编者/译者	出版地	出版者	出版时间	备注
208	《瑶山里的传说》		李肇龙（瑶）红波（壮）搜集整理	北京	中国民间文艺出版社	1984年12月	瑶族
209	《一九七九——一九八二年全国民间文学作品评奖获奖作品选（故事传说部分）》			北京	中国民间文艺出版社	1984年12月	
210	《水族民间故事》	《贵州民间文学丛书》	岱年 世杰 主编	贵阳	贵州人民出版社	1984年1月	
211	《瑶族民间故事选》	《广西各民族民间文学丛书》	陆文祥 黄昌铅 蓝汉东 编	南宁	广西人民出版社	1984年1月	
212	《七彩神火》		育光 搜集整理		吉林人民出版社	1984年2月	
213	《曹雪芹的传说》		张嘉鼎 搜集整理	石家庄	河北人民出版社	1984年3月	
214	《桃花洞》	《长江民间文学丛书》	李征康 整理	武汉	长江文艺出版社	1984年3月	
215	《安徽土特产传说故事》	《安徽民间故事第三集》	黎邦农 刘应芬	合肥	安徽人民出版社	1984年4月	
216	《黑龙江民间文学》第11集（鄂伦春民间故事专辑）		中国民间文艺研究会黑龙江分会 主编	哈尔滨		1984年4月	内部资料
217	《刘三姐歌韵歌例》	《广西民间文学资料集》	广西民间文学研究会 编			1984年4月	内部资料
218	《清宫传说故事》	《山海经丛书之十二》	陈德来 刘巽达 选编	杭州	浙江文艺出版社	1984年5月	
219	《人参故事》		中国民间文艺研究会吉林分会 编	北京	中国民间文艺出版社	1984年5月	
220	《裕固族民间文学作品选》		安建均 安清萍 安胡华等 选编		民族出版社	1984年5月	裕固族
221	《蒙古族动物故事》	《民间文学小丛书》	胡尔查 译	北京	中国民间文艺出版社	1984年6月	
222	《苏东坡的故事》		丁永淮 熊文祥	武汉	长江文艺出版社	1984年6月	

(续表)

序号	书名	丛书名	著者/编者/译者	出版地	出版者	出版时间	备注
223	《潇湘的传说》	《中国地方风物传说之九》	黄知义 彭玉成 远大为 编	上海	上海文艺出版社	1984年6月	
224	《新疆民间文学》第8集			乌鲁木齐	新疆人民出版社	1984年7月	
225	《白族民间故事叙事诗集》	《中国民间史诗叙事诗丛书》	杨亮才 李缵绪 选编	北京	中国民间文艺出版社	1984年8月	
226	《承德的传说》			北京	中国民间文艺出版社	1984年8月	
227	《中国民间工艺故事选》		华积庆 编	福州	福建人民出版社	1984年8月	
228	《北京风物传说》		中国民间文艺研究会北京分会 编	北京	中国民间文艺出版社	1984年9月	
229	《京族民间故事选》		苏润光等 编	北京	中国民间文艺出版社	1984年9月	
230	《南海诸岛的传说》	《地方风物传说故事》	叶春生 许和达 搜集整理	北京	中国民间文艺出版社	1984年9月	
231	《中国神话传说》		袁珂 著	北京	中国民间文艺出版社	1984年9月	
232	《民间故事》第一集	《五峰土家族自治县民间文学艺术集成》	五峰土家族自治县文化馆 编			1985年	
233	《神弓宝剑》		蓝鸿恩 搜集整理	北京	中国民间文艺出版社	1985年10月	
234	《神医扁鹊的故事》	《故事丛书》	郑一民 著	重庆	新华出版社	1985年10月	
235	《武侯祠揽胜》		成都武侯祠博物馆 编	成都	四川人民出版社	1985年10月	
236	《蜀汉胜迹》		成都武侯祠博物馆 编	成都	四川人民出版社	1985年11月	

(续表)

序号	书名	丛书名	著者/编者/译者	出版地	出版者	出版时间	备注
237	《现代笑话》		南子仲 吕仪 选编	北京	中国民间文艺出版社	1985年11月	
238	《玉龙山情歌》		戈阿干 整理	北京	中国民间文艺出版社	1985年11月	
239	《中国神话资料萃编》		袁珂 周明		四川省社会科学院出版社	1985年11月	
240	《九华山的传说》		施玉清 搜集整理	北京	中国民间文艺出版社	1985年12月	地方风物
241	《少林寺民间故事》	《河南民间故事之三》	王鸿钧 搜集整理		海燕出版社	1985年12月	
242	《中国寺庙掌故与传说》	《中国旅行知识丛书》	周沙尘 潘太风 姬乃甫等 著	北京	中国展望出版社	1985年12月	
243	《贵州少数民族民间故事选》		贵州省民族事务委员会 贵州省教育科学研究所 主编	贵阳	贵州人民出版社	1985年1月	
244	《傣族民间故事选》	《中国少数民族民间文学丛书·故事大系》		上海	上海文艺出版社	1985年2月	
245	《江苏岁时风俗谈》		王骧		江苏古籍出版社	1985年3月	
246	《闾山风物传说》	《民间文学丛书》	中国民间文艺研究会辽宁分会	沈阳	春风文艺出版社	1985年3月	
247	《满族神话故事》		傅英仁 搜集整理	哈尔滨	北方文艺出版社	1985年3月	
248	《中国少数民族神话传说选》	《民族民间文学丛书》	陶立璠 李耀宗 编	成都	四川民族出版社	1985年3月	
249	《大足石刻传说》		《大足石刻传说》杂志社	重庆	《大足石刻传说》杂志社	1985年4月	四川省大足县,石刻之乡

(续表)

序号	书名	丛书名	著者/编者/译者	出版地	出版者	出版时间	备注
250	《河南民间故事集》	《中国各地民间故事集》	中国民间文艺研究会河南分会 河南大学中文系 编	北京	中国民间文艺出版社	1985年5月	
251	《康熙三十六景诗选注》	《承德师专学报》增刊	承德师专避暑山庄诗文研究小组	承德	《承德师专学报》编辑部	1985年5月	
252	《洛阳的传说》		林野 顾丰年 张楚北 编	北京	中国民间文艺出版社	1985年5月	
253	《南通的传说》		张自强 杨问春 编	北京	中国民间文艺出版社	1985年5月	
254	《三峡土特产的传说》		万县地区商业局 主编 阎洪章 编选	北京	中国民间文艺出版社	1985年5月	
255	《水泊梁山的传说》		王太捷 朱希江 主编 岳宗洲 张玉萍 周谦 贾庆军 编	北京	中国民间文艺出版社	1985年5月	
256	《土族民间故事选》		中国民间文艺研究会青海省分会 编	北京	中国民间文艺出版社	1985年5月	
257	《武汉的传说》		中国民间文艺研究会湖北分会 武汉市群众艺术馆 主编 陈秀华 选编	武汉	长江文艺出版社	1985年5月	
258	《傈僳族民间故事选》	《中国少数民族民间文学丛书·故事大系》	祝发清 左玉堂 尚仲豪 编	上海	上海文艺出版社	1985年6月	
259	《青海回族民间故事》	《青海民族民间文学丛书》	朱刚 编	西宁	青海人民出版社	1985年6月	
260	《香山传说》	《北京民间文学丛书》	北京市民间文学丛书编辑部 北京市文联图书编辑部 编	北京	中国文联出版公司	1985年6月	
261	《中国民间风俗传说》		许华龙 吴菊芬 编	昆明	云南人民出版社	1985年6月	

(续表)

序号	书名	丛书名	著者/编者/译者	出版地	出版者	出版时间	备注
262	《壮族民间用药选编》上册		方鼎 罗金裕 苏广洵 陶一鹏 覃显玉 覃德海 编		广西民族出版社	1985年6月	医书
263	《女儿寨传说》	《土家族民间故事集》	韩致中 主编	武汉	长江文艺出版社	1985年7月	
264	《白凤凰——李明故事集》		李明	沈阳	春风文艺出版社	1985年8月	
265	《河北武林故事》		曹广志 编	北京	中国民间文艺出版社	1985年8月	
266	《绿袍小将——湖北民间童话选》		中国民间文艺研究会湖北分会 湖北省群众艺术馆 主编 刘守华 选编	武汉	长江文艺出版社	1985年8月	
267	《洞庭湖的传说》	《湖南地方风物传说》	中国民间文艺研究会湖南分会 主编	长沙	湖南人民出版社	1985年9月	
268	《都江堰·青城山的传说》		中国民间文艺研究会四川分会 四川文艺出版社 编	成都	四川文艺出版社	1985年9月	
269	《格萨尔王本事》		王沂暖 上官剑壁	北京	中国民间文艺出版社	1985年9月	藏族,分章缩写
270	《苏东坡与三苏祠》		彭宗林 著		四川人民出版社	1985年9月	
271	《银针姑娘》	《福建民间文学丛书》	福建省建阳地区文化局 编辑	福州	海峡文艺出版社	1985年9月	
272	《扬州八怪传说》		江苏省民间文艺家协会 扬州市文联 编	北京	中国民间文艺出版社	1986年10月	
273	《草原传奇》		内蒙古赤峰市文联 主编 杨荫林 选编	北京	中国民间文艺出版社	1986年11月	
274	《龙的传说》		顾希佳 编	北京	中国民间文艺出版社	1986年2月	

(续表)

序号	书名	丛书名	著者/编者/译者	出版地	出版者	出版时间	备注
275	《武当山的传说——地方风物传说故事》		湖北省群众艺术馆 中国民间文艺研究会湖北分会 编	北京	中国民间文艺出版社	1986年2月	
276	《珍珠船——狩猎放山故事》	《吉林民间文学丛书》	于济原 著	长春	时代文艺出版社	1986年2月	
277	《敦煌的传说》	《中国地方风物传说之十一》	陈钰 编	上海	上海文艺出版社	1986年6月	
278	《长篇叙事吴歌 赵圣关》		钱杏珍 记录 苏州市民间文学分会 苏州市郊区文化馆 搜集	北京	中国民间文艺出版社	1986年6月	
279	《中国历代谜语故事》		赵濂 编	北京	中国民间文艺出版社	1986年6月	
280	《金山岭——长城的传说》		封瑞功 搜集整理	北京	中国民间文艺出版社	1986年7月	
281	《庐山名胜传说》		熊侣琴 肖士太 搜集整理	北京	中国民间文艺出版社	1986年7月	
282	《乾隆的传说》		薛理 等编	北京	中国民间文艺出版社	1986年8月	
283	《悬棺之谜》			北京	中国民间文艺出版社	1986年8月	
284	《刘罗锅子传奇》		刘正祥 耿保仓 张今慧 石林 赵忠义	北京	中国民间文艺出版社	1987年10月	
285	《山海经外编——陈玮君童话故事选》上、下		陈玮君	北京	中国民间文艺出版社	1987年10月	

(续表)

序号	书名	丛书名	著者/编者/译者	出版地	出版者	出版时间	备注
286	《美的传说》		李苍彦 编	北京	北京工艺美术出版社	1987年12月	
287	《中国神话》第一集		袁珂 主编	北京	中国民间文艺出版社	1987年6月	
288	《太极传奇》		张长龄 李光藩 整理编写	北京	中国民间文艺出版社	1987年7月	
289	《聊斋汉子》（续集）		董均伦 江源 记	北京	中国民间文艺出版社	1987年8月	
290	《白族本主神话》		大理市文化局 编	北京	中国民间文艺出版社	1988年1月	
291	《大相国寺的传说》		李程远 搜集整理	北京	中国民间文艺出版社	1988年2月	
292	《野三坡的传说》		延辰龙 编	北京	中国民间文艺出版社	1988年5月	
293	《侗族民歌选》	《少数民族民间文学丛书》	杨通山 蒙光朝 过伟 郑光松 编	上海	上海文艺出版社	1989年12月	
294	《台东卑南族口传文学选》		金荣华 整理	台北	中国文化大学 中国文学研究所	1989年8月	
295	《图书馆学与资讯科学》第十七卷第二期		图书馆学与资讯科学编辑委员会	台北	台湾师范大学社会教育学系华人图书馆员协会印行	1991年10月	期刊

附表3-2 丁乃通特藏外文书目一览表

责任者	刊名	编辑	出版机构	页码	出版时间	期号
Nai-tung Ting	Sonderdruck aus FABULA Zeitschrift für Eryählforschung Journal of Folktale Studies Revue des Etudes sur le Conte Populaire		VERLAG WALTER DE GRUYTER & CO.	54-125	1970	11 BAND HEFT 1/2
Nai-tung Ting	ETC.:A REVIEW OF GENERAL SEMANTICS			5-38	MAY 1962	VOL. XIX, NO. 1
Nai-tung Ting	Studies in Romanticism 23			205-222	summer 1984	SiR,23
Seán Ó Súilleabhaín & Reidar Th. Christiansen	FF COMMUN-ICATIONS		SUOMALAINEN TIEDEAKATEMIA ACADEMIA SCIENTIARUM FENNICA	1-349	1963	NO.188
PAR MARIA KOSKO	FF COMMUN-ICATIONS		SUOMALAINEN TIEDEAKATEMIA ACADEMIA SCIENTIARUM FENNICA	1-364	1966	NO.198
Nai-tung Ting	FF COMMUN-ICATIONS		SUOMALAINEN TIEDEAKATEMIA ACADEMIA SCIENTIARUM FENNICA	1-67	1974	NO.213
Nai-tung Ting	FF COMMUN-ICATIONS		SUOMALAINEN TIEDEAKATEMIA ACADEMIA SCIENTIARUM FENNICA	1-294	1978	NO.223
George Laport	FF COMMUN-ICATIONS		SUOMALAINEN TIEDEAKATEMIA ACADEMIA SCIENTIARUM FENNICA	1-144	1932	NO.101

附　录

（续表）

责任者	刊名	编辑	出版机构	页码	出版时间	期号
Hertha Grudde	FF COMMUN-ICATIONS		SUOMALAINEN TIEDEAKATEMIA ACADEMIA SCIENTIARUM FENNICA	16	1932	NO.102
	NIF NEWS LETTER	Lauri Honko	NORDICINSTITUE OF FOLKLORE	20	May 1986	1-VOL.14
	NIF NEWS LETTER	Lauri Honko	NORDICINSTITUE OF FOLKLORE	16	Dec-Jan.1985	4-VOL.13
	NIF NEWS LETTER	Lauri Honko	NORDICINSTITUE OF FOLKLORE	20	Mar-79	1-VOL.7
	NIF NEWS LETTER	Lauri Honko	NORDICINSTITUE OF FOLKLORE	16	Dec-77	4-VOL.5
	NIF NEWS LETTER	Lauri Honko	NORDICINSTITUE OF FOLKLORE	16	Dec-76	4-VOL.4
	NIF NEWS LETTER	Lauri Honko	NORDICINSTITUE OF FOLKLORE	16	Dec-75	4-VOL.3
	NIF NEWS LETTER	Lauri Honko	NORDICINSTITUE OF FOLKLORE	24	Sep-75	2/3-VOL.3
	NIF NEWS LETTER	Lauri Honko	NORDICINSTITUE OF FOLKLORE	16	Sep-74	3-VOL.2
	NIF NEWS LETTER	Lauri Honko	NORDICINSTITUE OF FOLKLORE	11	1973	3-VOL.1
Vibeke Dahll	NIF PUBLI-CATIONS（书系）		NORDICINSTITUE OF FOLKLORE	206	1973	NO.2
	NIF PUBLI-CATIONS（书系）	Pirkko-Liisa Rausmaa	NORDICINSTITUE OF FOLKLORE	121	1973	NO.3
	Journal of *American Folklore* SUPPLEMENT Annual Report of the American Folklore Society	ELLEN JSTEKERT			May-74	2-VOL.1
	NNF NEWS	Ingela Ollas			1998	
	FOLKLORE A Guide for Teachers					

271

(续表)

责任者	刊名	编辑	出版机构	页码	出版时间	期号
	FOLK TALES AROUND THE WORLD	Printed from Compton's Pictured Encyclopedia				

附录四 丁乃通特藏资料目录

丁乃通特藏资料目录是对丁乃通学术研究资料所进行的初步整理。丁乃通的资料共包括116个文件夹，按其性质大致可以分为信函、文稿（包括论文手稿和书稿）和参考文献（故事文本和学术性文章或论著）等。本目录由丁乃通特藏资料目录总表（the general graph of folds）、信函目录表（the bibliography graph of letters）、文稿目录表（the bibliography graph of manuscripts）、学术性参考文献目录表（the bibliography graph of academic references）、故事文本参考文献目录表（the bibliography graph of texts references）、外文参考文献目录表（the bibliography graph of foreign references）和其他文件目录表（the bibliography graph of other documents），共七个目录表组成。表示资料性质的代码分别为0（文件夹，folds）、1（信函，correspondences）、2（文稿，manuscripts）、3（学术性参考文献，academic references）、4（故事文本参考文献，texts references）、5（外文参考文献，foreign references）、6（其他文件，other documents），列于资料编号的首位。目录所涉及的条目主要包括文件夹内资料的编号、名称、性质、时间、编著者等。

其中，丁乃通特藏资料目录总表为文件夹编号、文件夹名称及其所包含的具体资料的数量和性质等基本情况的概览。文件夹名称，即丁乃通在文件夹封面所做标注，此栏内容忠实于原本标记誊写，不做改动。其中，字迹模糊无法辨认的，填写为"无法辨认"；文件夹名称未做出标注的，在总表"文件夹名称"栏中标记为"无"。此外，需要说明的一点是，文件夹名称与文件夹内的资料并非一一对应，部分文件夹名称与文件夹内所含资料存在出入。

某一个文件夹内通常包含同一种性质的资料,但部分文件夹也存在包含两种或两种以上性质资料的情况。比如,文件夹0036仅包含信函,而文件夹0037则包含信函和文稿两种性质的资料。

其他目录表中各个文件的"资料编号"由资料性质代码(首位,1—6)、文件夹号(2—4位)、此文件夹内的资料份数和资料序号四部分组成。比如,资料编号1016-01表示该份资料位于第0016号文件夹内的第一份资料,其性质为"信函";再如,资料编号6106-06表示该资料的性质为"其他文件",位于第0106号文件夹内,是此文件夹中的第六份资料。

本附录共包含七个表格,其内容为丁乃通特藏资料目录总表以及六个各个性质资料的目录表,包含了资料的名称、性质、时间、责任者等基本内容,且与附录三藏书目录性质相异。

各目录所包含的具体信息如下:

附表4-1 丁乃通特藏资料目录总表

文件夹号	文件夹名称	文件夹内资料性质	文件夹内资料份数	文件夹内资料总份数	备注
0001	Lechsia	文稿 外文文献	1 1	2	
0002	恩霍扎:蒙古民间故事	文本文献	1	1	
0003	嫦娥奔月(仅存目)、金钥匙(Pinochio)	文本文献	1	1	
0004	Cinderella: Chinese Versions 1-10 12-14 18 20	参考文献	1	1	
0005	葫芦信	文本文献	1	1	
0006	肖中游 巧媳妇 太白龙	文本文献	2	2	
0007	萧甘牛 铜鼓老爹	文本文献	1	1	
0008	笛歌泉	文本文献	1	1	
0009	修禹庙 孙星光	文本文献	1	1	
0010	春在堂丛书	文本文献	1	1	
0011	301 non-Chinese Version	外文文献	2	2	

(续表)

文件夹号	文件夹名称	文件夹内资料性质	文件夹内资料份数	文件夹内资料总份数	备注
0012	Years in a moment J-K	外文文献	1	1	
0013	巧媳妇-1180	文本文献	1	1	
0014	无	参考文献 外文文献	4 1	5	
0015	LINDSAY'S PAPER	文稿	1	1	
0016	MOTIF	信函 文稿 其他	1 1 3	5	
0017	无	信函 文稿	2 1	3	
0018	F T 1984开会	信函 文稿	1 1	2	
0019	子不语 1200-1555	文本文献 其他	1 3	4	
0020	An Informal Discussion of Folklore in Illinois Cheryl Spinka November 8,1976 English 337	外文文献	1	1	
0021	Polevi 蒙古民间故事	文本文献	1	1	
0022	徐松石	文本文献	1	1	
0023	椰子垫头	文本文献	1	1	
0024	施百英／荣 中国故事集（通俗出版社 中国民间故事）	文本文献	4	4	
0025	无	其他	2	2	
0026	雪原红花 单超 仙桃园	文本文献	2	2	
0027	钟敬文论文 蛇郎故事试探 中国的天鹅处女故事 中国印欧民间故事之相似 中国地方故事的传说 儿童游戏的歌谣	文本文献 参考文献	1 6	7	
0028	Acte "Ballades et chausnes Folkloriques" Nai-tung Ting & Lee-hsia Ting	其他	2	2	
0029	Dorson	外文文献	2	2	
0030	无	信函 文稿 外文文献	1 1 3	5	

（续表）

文件夹号	文件夹名称	文件夹内资料性质	文件夹内资料份数	文件夹内资料总份数	备注
0031	The Folksong in the People's Republic of China Final Draft	文稿 外文文献	1 1	2	
0032	董均伦 江源《石门开》	文本文献	1	1	上海
0033	云南各民族故事选	文本文献	3	3	北京
0034	Men from the West Drafts Meeting in India	信函 文稿 其他	17 3 3	23	
0035	留给贾芝："教媳妇"狄西海	参考文献	1	1	
0036	C. H. W. Jason	信函 文稿	6 1	7	
0037	无法识别	信函 外文文献 其他	7 1 1	9	
0038	Reviews of My Book + Argument with Heisig	信函 手稿 外文文献 其他	14 1 3 1	19	
0039	贾芝 段宝林文章	信函 其他	11 4	15	
0040	无	信函 文稿	38 1	39	
0041	无	文本文献	1	1	
0042	萧甘牛 红水河 铁别卓母与歇别司祖	外文文献	1	1	
0043	吴泽霖 陈国钧：贵州苗夷社会研究 西康夷族调查报告（by庄学本）（825B神话）	参考文献	2	2	
0044	Speech at American Folklore Society	信函 文稿 文本文献 其他	4 1 6 2	13	
0045	无	信函 文稿	3 1	4	
0046	Drafts Folksongs Paper	信函 文稿	1 2	3	

（续表）

文件夹号	文件夹名称	文件夹内资料性质	文件夹内资料份数	文件夹内资料总份数	备注
0047	Lindell Flood Story from Romma St. of Suicide_China	外文文献	2	2	
0048	无	文稿	1	1	
0049	Laotzu: Thinker and Poet	信函 文稿	2 1	3	
0050	Some Family Folklore BY Jeffeney L.Wells #955-398 For Dr. Ting Instructor of—English 337	其他	1	1	
0051	TWO REGIORRAL TALES	其他	1	1	1971年3月9日
0052	无	文稿（书稿）	1	1	正文加增补
0053	无法辨识	文本文献	2	2	
0054	灰姑娘 T510 Rooth, Cinderalla Cycle	外文文献	3	3	
0055	Cinderella	外文文献	6	6	
0056	无	文本文献	1	1	孟姜女
0057	无	信函 文稿	1 1	2	
0058	TYPE 100-199	文稿	1	1	
0059	董+江 金须牙牙葫芦	文本文献	1	1	
0060	袁柯：中国古代神话	文本文献	5	5	
0061	Years in a Moment P	外文文献	4	4	
0062	Years in a Moment J-N	外文文献	8	8	
0063	Years in a Moment S-W	外文文献 信函	5 1	6	
0064	Years in a Moment G-I	外文文献	10	10	
0065	510A	外文文献	15	15	
0066	搜神记一卷	文本文献	1	1	
0067	无法辨识	文稿	1	1	
0068	无	文本文献 参考文献	37 5	42	
0069	吴枌 买凤凰	文本文献	1	1	
0070	董均伦 玉石鹿 山河 金石匣	文本文献	2	2	

(续表)

文件夹号	文件夹名称	文件夹内资料性质	文件夹内资料份数	文件夹内资料总份数	备注
0071	钱南扬：谜史	参考文献	1	1	
0072	零碎的 Xerox	文稿	3	10	
		参考文献	4		
		外文文献	2		
		其他	1		
0073	Article on Preseiry Folk Literature 说书起源问题质疑 关于唐代传奇繁荣的原因 中世人的苦闷与游仙文学	参考文献	3	4	
		外文文献	1		
0074	Legends（梁祝，孟姜女，牛织，八仙）: local ledgends	参考文献	5	15	
		文本文献	9		
		外文文献	1		
0075	Materials on 301,411+510A	外文文献	3	3	
0076	300—535	参考文献	4	21	
		文本文献	13		
		外文文献	4		
0077	Maps + Minority Peoples	参考文献	3	10	
		其他	7		
0078	Articles on Folklore Study in Modern China 民间故事书目 近年来中国民间文艺复兴运动的经过	参考文献	8	8	
0079	肖甘牛（ed）亮眼宝石 肖茶和莺石	文本文献	2	2	
0080	刘思平：长白山人参的传说	文本文献	1	1	
0081	Fielde: Chinese Fairy Tale	外文文献	1	1	
0082	民间月刊Ⅱ（1932—1934）	文本文献	8	8	
0083	民间文学（1961 August–December）	文本文献	5	5	
0084	民间文学（1956 June–August）	文本文献	4	4	
0085	民间文学（1956 Sep.–Dec.）	文本文献	3	3	
0086	民间文学（1956 Jan.–May）	文本文献	5	6	
		参考文献	1		
0087	山花（Folder 3）	文本文献	15	15	
0088	Richard Wilhelms	外文文献			
0089	阿诗玛+创世纪	文本文献	2	2	
0090	Also 呆女婿故事探讨 致赵景深君论徐文长故事 林培庐《呆女婿》略论中国的神话	参考文献	7	7	
0091	扁担开花	文本文献	1	1	

(续表)

文件夹号	文件夹名称	文件夹内资料性质	文件夹内资料份数	文件夹内资料总份数	备注
0092	回回教进中国的源流 汉武帝代大宛与方士思想 Others	参考文献	9	9	
0093	民间文学（1957 Oct.–Dec.）	文本文献	8	8	
0094	民间文学（1958 April–Sept.）	文本文献	3	3	
0095	民间文学（1958 Jan.–March）	参考文献 文本文献	3 2	5	
0096	Folder（2）群众文艺 贵州文艺 草地 泷花	文本文献	18	18	
0097	老虎婆婆	图书借阅单 外文文献	1 4	5	
0098	老子化胡经	文本文献	1	1	
0099	1555A–1691*	手稿 其他	1 2	3	
0100	无法辨识	信函 剪报	10 1	11	
0101	1975查的书学 李冬松 县官画虎 GR335 L475?	手稿	1	1	
0102	上海民间故事选	文本文献	1	1	
0103	邵子南 赵巧儿送灯台	文本文献	1	1	
0104	萧崇素 奴隶与龙女	文本文献	1	1	
0105	胡寄尘 中国民间传说	文本文献	1	1	
0106	徐晋 鬼话 呆话	文本文献	2	2	
0107	湖南民间故事选集	文本文献	1	1	
0108	萧甘牛 金芦笙	文本文献	1	1	手写体为"萧甘牛"
0109	骑虎勇士 青蛙骑手	文本文献	2	2	
0110	纳西族文学史	文本文献	1	1	
0111	无法辨识	外文文献	1	1	
0112	Articles on Relative to Chatterton	外文文献	5	5	
0113	Chatterton and Keats: A Re-examination	文稿 信函	1 1	2	
0114	王燮 石姑岭	文本文献	1	1	
0115	谈少诗	文本文献	2	2	
0116	无	文稿	1	1	

注：依据为中国社会科学院民族文学研究所资料室藏丁乃通特藏资料。

附表4-2 信函目录表

资料编号	寄信人	收信人	时间	备注
1016-01	Daniel R. Barnes	丁丽霞	1990年9月20日	
1017-01	G. Elsar	丁乃通	1978年6月21日	
1017-02	Katherine Buygs	丁乃通	1978年6月21日	
1018-01	丁乃通	Jacqueline Simpson	无	信函系手稿
1030-01	丁乃通、丁丽霞	（丁氏夫妇的）朋友们	1987年12月15日	背面为草稿
1034-01	H. C. Das	丁乃通	1978年3月20日	
1034-02	丁乃通	Dr. H. C. Das, Orissa, India	1978年5月6日	
1034-03	H. C. Das	丁乃通	1978年6月1日	
1034-04	Sadasiv Misra, Working Chairman, India	丁乃通	1987年10月10日	
1034-05	Chitta Ranjan Das	与会学者	1987年10月10日	International Seminar on Tribal Culture in a Changing World
1034-06	Chitta Ranjan Das	丁乃通	1988年7月31日	
1034-07		丁乃通	1974年12月14日	手写信函，信息无法辨认
1034-08	Magatet Low	丁乃通	1976年7月30日	
1034-09	William J. Soraparu	丁乃通	1977年3月	信函系手写
1034-10	Alvin P. Cohen	丁乃通	1977年6月12日	
1034-11	丁乃通	Alvin P. Cohen		信函系手写草稿，无日期
1034-12	Lauri Honko	丁乃通	1976年10月7日	
1034-13	Lauri Honko	丁乃通	1977年1月18日	
1034-14	Douglas Bush	丁乃通	1976年12月24日	
1034-15	Nicolas C. Pano	丁乃通	1978年5月19日	
1034-16	Lauri Honko	贾芝	1983年3月25日	
1034-17	丁乃通	Professor Roger Abrahams	1978年11月1日	

(续表)

资料编号	寄信人	收信人	时间	备注
1036-01	Heda Jason	丁乃通	1971年3月16日	
1036-02	Heda Jason	丁乃通	1971年9月5日	
1036-03	丁乃通	Heda Jason	1972年2月22日	
1036-04	Heda Jason	丁乃通	1972年3月6日	
1036-05	丁乃通	Eder	1972年3月18日	
1036-06	Heda Jason	丁乃通	1972年8月30日	
1036-06：附①	Heda Jason	丁乃通	1972年8月30日	信函附件
1037-01	Dr. Rainer Schwarz	丁乃通	1980年3月14日	汉语手写稿
1037-02	Nai-tung Ting	Dr. Rainer Schwarz	无	手写稿
1037-03	Robert L. Kindrick Dean	Nai-tung Ting	1981年6月11日	
1037-04	Robert L. Kindrick Dean	Nai-tung Ting	1983年9月13日	
1037-05	Otto Schnitzler	Nai-tung Ting	1980年1月6日	
1037-06	梁雅贞	丁乃通	1982年11月4日	梁雅贞，台湾人，硕博皆就读于西德（West Germany），从事中德民间故事比较研究
1037-07	Jin	Nai-tung Ting	无	信函系手写稿
1038-01	Nai-tung Ting	The Editor of Asian Folklore Studies	1981年9月16日	

---

① "1036-06：附"表示此份资料为"1036-06"号资料的附件。此份资料为海达·杰森应丁乃通的要求而撰写的一封公开信，系资料1036-06海达·杰森致丁乃通信函（1972年8月30日，打字机打印纸质稿）的附件，海达·杰森连同信件一并寄给了丁乃通。

（续表）

资料编号	寄信人	收信人	时间	备注
1038-02	Ruth-Inge Heinze	Nai-tung Ting	1981年9月30日	鲁特–英格·海因策，南亚和东南亚研究中心，加利福尼亚大学，伯克利（Ruth-Inge Heinze, University of California, Berkeley, Center for South and Southeast Asia Studies）
1038-03	Professor Peter Knecht	丁乃通	1981年10月8日	彼得·耐赫特教授，《亚洲民俗学研究》编辑（Professor Peter Knecht, The Editor of Asian Folklore Studies）
1038-04	丁乃通	Professor Peter Knecht, The Editor of Asian Folklore Studies	1981年10月22日	原信日期标为9月22日，根据信件内容可以推断为月份笔误。实际日期应为10月22日
1038-05	J. W. Heisig	丁乃通	1981年11月2日	
1038-06	Nai-tung Ting	Professor Peter Knecht	1981年11月11日	
1038-07	Alex Scobie	丁乃通	1979年9月11日	
1038-08	丁乃通	Alex Scobie	1979年12月28日	
1038-09	David Wagenknecht	丁乃通	1983年1月19日	
1038-10	Lauri Honko	丁乃通	1982年11月4日	
1038-11	梁雅贞	丁乃通	1982年10月1日	原信落款时间为1982年中秋，经核查相应日期为当年10月1日。梁雅贞，西德巴伐利亚班贝格大学时年博士在读

(续表)

资料编号	寄信人	收信人	时间	备注
1038-12	Warren E. Roberts	丁乃通	1979年7月5日	
1038-13	Patricia Haseltine	丁乃通	1980年8月15日	
1038-14	丁乃通	R. Schwarz	1980年4月17日	1980年3月14日史华慈致丁乃通信函（1037-01）回信
1039-01	Dr. Ines Köhler-Zülch	丁乃通	1983年3月24日	
1039-02	Christine Schmits	丁乃通	1983年3月24日	
1039-03	Gun Herranen	丁乃通	1983年3月25日	
1039-04	贾芝	丁乃通	1983年10月15日	
1039-05	贾芝	丁乃通	1985年5月8日	
1039-06	段宝林	丁乃通	无	手写信函，应在1983—1986年间，具体日期原信未标注
1039-07	S. Y. Teng	丁乃通	1985年5月10日	当时还健在的丁乃通和滕先生的哈佛同窗：杨连升（Yang Lien-sheng），越·祖维尔（Yue Zunvair），约翰·费尔班克（John Fairbank）
1039-08	John Miles Foly	丁乃通	1985年4月15日	
1039-09	何万成	贾芝	1985年5月8日	何万成，加拿大
1039-10	Anne Watters	丁乃通	1984年2月1日	
1039-11	Hiroko Ikeda	丁乃通	1985年3月6日	池田弘子，夏威夷州火奴鲁鲁市夏威夷大学玛诺阿分校（University of Hawaii at Manoa）东亚文学系，1980年退休。1985年，71岁
1040-01	Beth Stiffler	丁乃通	1983年9月29日	

附 录

(续表)

资料编号	寄信人	收信人	时间	备注
1040-02	Leslie F. Malpass	丁乃通	1982年11月23日	
1040-03	Douglas Bush	丁乃通	1977年7月26日	
1040-04	Douglas Bush	丁乃通	1977年9月5日	
1040-05	丁丽霞	Dr. Haseltine	1982年3月26日	
1040-06	丁乃通	Brown	1982年3月29日	
1040-07	Pat Haseltine	丁丽霞	1982年3月21日	
1040-08	John Sekora	丁乃通	1982年3月18日	
1040-09	丁乃通	Lauri-Honko	1979年1月20日	
1040-10	Lauri Honko	丁乃通	1978年9月2日	
1040-11	丁乃通	Lauri-Honko	1978年8月15日	
1040-12	Roberts	丁乃通	1974年12月1日	
1040-13	Leeua-Salakasi	丁乃通	1977年2月22日	
1040-14	丁乃通	Provost Carpenter	1981年11月27日	
1040-15	丁乃通	Roberts	1976年12月17日	
1040-16	Bruce H. Carpener	丁乃通	1981年12月9日	
1040-17	丁乃通	Lauri-Honko	1978年5月14日	
1040-18	Chistine Schmidt	丁乃通	1981年6月5日	
1040-19	丁乃通	Lauri-Honko	1975年12月8日	
1040-20	Lauri-Honko	丁乃通	1973年3月23日	
1040-21	丁乃通	Lauri-Honko	1978年4月12日	
1040-22	Lauri-Honko	丁乃通	1978年4月1日	
1040-23	丁乃通	Pentti Laasonen	1977年10月5日	
1040-24	丁乃通	Lauri-Honko	1977年1月31日	
1040-25	丁乃通	Pentti-Laasonen	1977年1月31日	
1040-26	丁乃通	Lauri-Honko	1977年4月22日	
1040-27	Dr. Kurt Ranke	丁乃通	1977年10月19日	
1040-28	Grayce Nothcross	丁乃通	1977年6月7日	
1040-29	丁乃通	Otto-Schmitzler	1976年9月18日	
1040-30	丁乃通	Colleagues	1975年12月8日	
1040-31	Kay L. Cothran	丁乃通	无	无日期,据内容推断写于1975年7月1日之前

(续表)

资料编号	寄信人	收信人	时间	备注
1040-32	丁乃通	Margaret Low	1976年8月20日	
1040-33	丁乃通	Lauri-Honko	1973年4月29日	
1040-34	丁乃通	Lauri-Honko	1976年10月16日	
1040-35	丁乃通	Lauri-Honko	1976年8月17日	
1040-36	丁乃通	Beth-Stiffler	1983年12月27日	
1040-37	Beth Stiffler	丁乃通	1983年11月14日	
1040-38	Douglas Bush	丁乃通	1974年8月22日	
1040-39	Otto Schnitzler	丁乃通	11月24日	年代缺失，邮戳中的信息疑似1980年
1044-01	丁乃通	Robert J. Adams	1968年9月6日	
1044-02	Robert J. Adams	丁乃通	1968年9月6日	
1044-03	Robert J. Adams	丁乃通	1968年9月27日	
1044-04	曾培光	丁许丽霞、丁乃通	1968年10月9日	
1045-01	Mia Arpiainen (Mrs.) Office Secretary (Academia Scientiarum Fennica, Helsinki)	丁乃通	1979年6月4日	
1045-02	Warren Roberts	丁乃通	1979年7月31日	
1045-03	Menyl Marcus Secretary	丁乃通	1979年7月31日	
1046-01	丁乃通、丁许丽霞	丁乃通夫妇的朋友们	1987年12月15日	
1049-01	Roy S. Teele	丁乃通夫妇	1963年7月2日	
1049-02	Roy	丁乃通夫妇	1964年2月16日	
1057-01	Christine Schimidt	丁乃通	1980年12月10日	杂志《法布拉》，哥廷根（Fabula, GötTingen）
1063-01	Wenner V. Will	丁乃通	1980年3月11日	
1100-01	Christine Schimit	丁乃通	1982年3月2日	
1100-02	王枳文	丁乃通	1983年2月	

（续表）

资料编号	寄信人	收信人	时间	备注
1100-03	Peter Knecht	丁乃通	1982年5月29日	
1100-04	伟超	丁乃通	1983年3月12日	
1100-05	贾芝	丁乃通	1983年3月12日	
1100-06	段宝林	丁乃通	1983年3月18日	
1100-07	振萍	丁乃通	1983年3月14日	
1100-08	Mary Ellen Brow	丁乃通	1981年11月11日	
1100-09	Mary Ellen Browd	丁乃通	1982年8月4日	
1100-10	丁乃通	Dr. Honko	1983年1月21日	
1113-01	丁乃通	Irving N. Rothman	1970年2月14日	

附表4-3　文稿目录表

资料编号	标题	性质	发表期刊或文集	发表时间	备注
2001-01	Vachel Lindsay's "The Chinese Nightingale": Analysese and Reassessment	首页废稿			
2116-01	The Use of Folktales in the Works of John Heywood				
2015-01	Vachel Lindsay's "The Chinese Nightingale": Analyses and Reassessment	修改稿			
2016-01	《评马克·本德的译著〈七姑娘与巨蟒——彝族民间叙事诗〉》（A Review on *Seventh Sister and the Serpent: Narritive Poem of the Yi People*. Translated by Mark Bender, Beijing: New World Press, 1983.）	书评	《母题——国际民俗学与文学研究通讯》（Motif: International Newsletter of Research in Folklore and Literature）	1990年2月	

(续表)

资料编号	标题	性质	发表期刊或文集	发表时间	备注
2017-01	《20世纪中国民间故事的搜集与研究》（Collection and Study of Folktales in Twentieth-Century China）	论文			
2018-01	民间故事中的独立影响性、自发性和即时性（Singleness of Effet, Spontaneity, and Immediacy in the Folktale）				
2030-01		某论文参考文献			手稿
2031-01	《中华人民共和国民歌》（The Folksong in The People's Republic of China）	论文（定稿，Final Drafts）			丁乃通与丁丽霞合著，疑似未刊出
2034-01	《中国民间叙事中的西方人》（The Westerner in Chinese Folk Narritives）	会议论文，后收录于会议文集	《人类的民俗》（Folklore of Mankind）第一卷		1978年8月27日寄出
2034-02	《东西方语境中的中国民间叙事》（Chinese Folk Narritive in an East-West Context）	会议论文			未刊。1968年11月美国民俗学会年会（Annual MeeTing of the American Folklore Society）之"民俗与东西方冲突"讨论会（symposium,"Folklore and the East-West Conflict"）会议论文
2034-03	中国传说中的令人高度敬仰的职业（The Highly Admired Professions in Chinese Legends）	论文			

(续表)

资料编号	标题	性质	发表期刊或文集	发表时间	备注
2036-01	《美国华人学生的笑话与传说：他们的背景与含义》（Jokes and Legends about Chinese Studies in America: Their Background and Meaning）	随笔			未刊出
2038-01	《答海西希》（A Reply to Mr. Heisig）	对海西希先生关于《中国民间故事类型索引》书评的回应			1981年9月16日丁乃通先生致《亚洲民俗学研究》（Asian Folklore Study）编辑信函附件
2040-01	丁乃通与艾伯华中国民间故事类型比较表				手稿
2044-01	《东西方语境中的中国民间叙事》（Chinese Folk Narritive in an East-West Context）	会议论文			未刊 同2034-02
2045-01	《三个中国叙事圈的发展历史——其对于文类及传播研究的重要性》（The Historical Development of Three Chinese Narritive Cycles: Its Significance to Genre and Transmission Research）	论文			未刊
2046-01	《中华人民共和国民歌》（The Folksong in the People's Republic of China）	论文			手稿，疑似未刊出 cf. 2031-01

(续表)

资料编号	标题	性质	发表期刊或文集	发表时间	备注
2046-02	《1979年至今》（1979 to Present）	论文废稿			打印稿，未刊。标有字样"不要"。可能为会议论文《20世纪中国民间故事的搜集与研究》（Collection and Study of Folktales in Twentieth-Century China）结尾部分
2048-01	《论449A型》（On Type 449A）	评论	美国民俗学杂志，第100卷，第395期（Journal of American Folklore, Vol. 100, No. 395）	1987年1月—3月	
2049-01	《老子——思想家与诗人》（Laotzu: Thinker and Poet）	文稿			疑似未刊
2052-01	中国民间故事类型索引（正文＋增补Ⅰ&Ⅱ）	书稿			打印稿
2057-01	《人生如梦——亚欧"黄粱梦"型故事之比较》（Years of Experience in a Moment: A Study of a Tale Type in Asian and European Literature）	论文			手稿
2058-01	Type 100–199	书稿			手稿
2067-01	《人生如梦——亚欧"黄粱梦"型故事之比较》（Years of Experience in a Moment: A Study of a Tale Type in Asian and European Literature）	论文			打印稿

（续表）

资料编号	标题	性质	发表期刊或文集	发表时间	备注
2072-01	The Cannibalistic Cranimother: A Study of a Subtype of AT 333 in China	文稿			
2072-02	Motifs	文稿			
2072-03	参考书目	文稿			
2099-01		参考书目			手稿 1555A–1691
2101-01	索引手稿	手稿			1975手稿
2113-01	Chatternton and Keats : A Re-Examination	文稿			

附表4-4 学术性参考文献目录表

资料编号	文献责任者	文献名称	出版者	出版地点与时间	备注
3004-01	沈风人	《夕阳荒草吊雷锋》《西湖古今谈》	大东书局		手抄文摘
3004-02			东亚书局		白蛇传说相关文献目录。手抄稿
3014-01		《歌谣周刊》第52号	北大歌谣研究会	1925年4月27日	第2—5版
3014-02		《歌谣周刊》第65号	北大歌谣研究会	1925年10月26日	第1—3、8版
3014-03		《歌谣周刊》第75号	北大歌谣研究会	1926年1月4日	第1、4、5、8版
3014-04		《歌谣周刊》第91号	北大歌谣研究会	1926年5月17日	第2—3版
3027-01	钟敬文	《儿童游戏歌谣》《民间文艺丛话》			第41—56页

(续表)

资料编号	文献责任者	文献名称	出版者	出版地点与时间	备注
3027-02	钟敬文	《中国的水灾传说及其他》			加利福尼亚大学图书馆（Library of the University of California）藏
3027-03	钟敬文	《中国的天鹅处女故事——献给西村真次和顾颉刚》，《民众教育季刊》第3卷第1号（民间文学专号）	浙江立民出报馆	1933年1月31日	第2—47页
3027-04	钟敬文	《蛇郎故事试探》《青年界·民间文学讲话》第2卷，第1号		1932年3月20日	第59—78页
3027-05	钟敬文	《呆女婿故事探讨》，《民间文艺丛话》（中山大学民俗丛书，第3卷）		1969年	台北重印本（Chung Ching-wen "Essays on Folkliterature"），第109—115页
3027-06	钟敬文 赵景深	《致赵景深君论徐文长故事》《民间文艺丛话》（中山大学民俗丛书，第3卷）		1969年	台北重印本（Chung Ching-wen "Essays on Folkliterature"），第116—121页
3035-01	狄西海	《浅谈民间口头文学与民俗"教媳妇"》			论文。狄西海系山西省民间文艺家协会理事。第1—8页
3043-01	吴泽霖 陈国钧	《贵州苗夷社会研究》			1004传说，825B洪水（神话）
3043-02	庄学本	《西康夷族调查报告》			825B神话
3068-01	启明 雪林	《关于菜瓜蛇的通信》，《语丝》第44期		1925年9月14日	第366—367页
3068-02	子荣	《明译伊索寓言》，《语丝》第49期		1925年10月19日	第402—403页
3068-03	谷万川 周作人	《大黑狼的消息》，《语丝》第52期		1925年11月9日	第432页 大黑狼的故事与蛇郎故事比较讨论
3068-04	一·乂	《〈小〉五哥的故事》，《语丝》第53期		1925年11月16日	第447—448页
3068-05	沅君	《镜花缘与中国神话》，《语丝》第54期		1925年11月23日	第462—467页

（续表）

资料编号	文献责任者	文献名称	出版者	出版地点与时间	备注
3071-01	钱南扬（Ch'ien Nan-yang）	《谜史》（*A History of the Riddles*）	Folklore Books Company Ltd.	1928年初版，1969年复印（中山大学民俗丛书，第27卷）	全书
3072-01		《龙王公主》			手抄
3072-02		《土像为祟》，《述异记》卷16			第36a—36b页
3072-03	陶宗仪	《辍耕录 卷第四》，《丛书集成》第218卷			第71—72页
3072-04	吴守礼	《荔镜记戏文研究》，《亚洲民俗·社会生活未刊》第7卷		1970年	出版地：台北
3073-01	赵俊贤	《说书起源问题质疑》《文学遗产增刊十辑》	中华书局	1962年	出版地：北京 第102—107页
3073-02	滕固	《中世人的苦闷与游仙的文学》，《小说月报号外·中国文学研究》第17卷	商务印书馆	1927年	出版地：上海 第2—5页
3073-03	吴庚舜	《关于唐代传奇繁荣的原因》，《文学研究集刊》（第一册）	人民文学出版社	1964年	出版地：北京 第78—97页
3074-01		《孟姜女故事研究（12）通讯》，《北京大学研究所国学门周刊》Ⅲ		1925年10月28日	第10—17页
3074-02		《孟姜女故事研究（13）通讯》，《北京大学研究所国学门周刊》第4期		1925年11月4日	第15—19页
3074-03		《孟姜女故事的研究通讯》，《北京大学研究所国学门周刊》第7期		1925年11月25日	第10—15页
3074-04	范宁	《牛郎织女故事的演变》，《文学遗产增刊一辑》	作家出版社	1955年	第421—433页

(续表)

资料编号	文献责任者	文献名称	出版者	出版地点与时间	备注
3074-05	吴曾	《能改斋漫录》，《丛书集成》第291卷			第437—439页
3076-01	容肇祖	《附西陲木简中所记的〈田章〉》（见《岭南学报》2卷3期，1933年6月出版），《民俗》第113期			第4—11页
3076-02		《"中央"研究院民族学研究所集刊》			第47、74页
3076-03	柯蓝	《杂谈收集、研究民间故事》，《人民文学》第2卷第2期		1950年6月1日	第45—47页
3076-04	祝秉权	《搜集整理民歌的一些体会》，《四川大学学报》第8期		1958年第一期	第41—47页
3077-01		高山族约分为九族			
3077-02	胡元俅	《两广瑶山调查》	中华书局	1935年	
3077-03	胡耐安	《中国民族系史简编》	蒙藏委员会	1968年初版	
3078-01	陆永恒	《近年来中国民间文艺复兴运动的经过——为南华文艺提倡"民主文艺"而作》，《南华文艺》Ⅰ，第2期		1932年6月16日	
3078-02		《五十年来的中国俗文学》			第24、25、56、72、73、88、100、101页
3078-03	娄子匡	《台湾的俗文学资料研究》，《台湾文献》（Report of Histoirco-Geographical Studies of Taiwan）第八卷第三期		1962年9月	第181—188页。100个故事文本，故事、传说、寓言、笑话和动物故事等
3078-04	叶德均	《民间故事书目》，《青年界·民间文学讲话》Ⅱ，第5期	北新书局	1932年12月20日	第119—129页
3078-05		《文化供应社求征广西民间文艺启事》，《时论分析》第17期		1940年1月1日	通讯处：桂林施家园五十八号文化供应社编辑部

（续表）

资料编号	文献责任者	文献名称	出版者	出版地点与时间	备注
3078-06		《钦定四库全书总目卷一百四十二·子部·小说家类三》			
3078-07	刘半农	《国立中央研究院历史语言研究所民间文艺组工作计划书》，《天地人》第2期		1936年3月16日	第58—59页，刘半农遗著
3078-08	郑师许	《我国民俗学发达史》，《民俗季刊》第2卷，第1—2期		1943年5月	广州中山大学（娄子匡，《民俗专刊》第四册，重印），第54—59页
3085-01		《民间文学》第18期		1956年10月	第12—20页
3090-01	钟敬文	《中国地方的传说》，《民俗学集镌》			第53—95页
3090-02	钟敬文	《中国印欧民间故事之相似》，《文学周报》第二卷		1922年	第181—188页
3090-03	钟敬文	《种族起源神话》		1920年春	第2—19页
3090-04		《略谈中国的神话》		1916年夏	第72—77页
3090-05	钟敬文	《民间文艺新论集》	中外出版社	1950年	
3090-06	林山	《盲艺人韩起祥——介绍一个民间诗人》		1945年	第157—174页
3092-01	王统照编	《山东民间故事》	上海儿童书局		第4页
3092-02	张维华	《汉武帝伐大宛与方士思想》，《中国文化研究期刊》第3卷		1943年9月	第1—12页
3092-03	沅君记	《回回教进中国的源流》，《北京大学研究所国学门月刊》第1卷第6期		1927年9月20日	第567—578页
3092-04	赵兴时	《宾退录》卷一，《丛书集成》第314卷			第4—6页
3092-05	赵兴时	《宾退录 卷六》，《丛书集成》第315卷			第69—71页
3092-06	王恽	《玉堂嘉话 卷二》，《丛书集成》第326期			第14—17页
3092-07	陆容	《菽园新记》，《丛书集成》第330卷			第218—223页

（续表）

资料编号	文献责任者	文献名称	出版者	出版地点与时间	备注
3092-08		《庸闲斋笔记》卷八			第1—2页
3092-09		《庸闲斋笔记》卷十			第11—12页
3095-01		《民间文学》第34期		1958年1月	第32—59页
3095-02		《民间文学》第34期		1958年1月	第92—98页
3095-03		《民间文学》第36期		1958年3月	第35—40页
3110-01	云南省民族民间文学丽江调查队编写	《纳西族文学史》（初稿）	云南人民出版社	1960年2月	出版地：昆明
3114-01	吴玉成	《粤南神话传说及其研究》	中山书局	1932年	出版地：广州

附表4-5　故事文本文献目录表

资料编号	责任者	文献名称	出版者	出版时间与版次	备注
4002-01	恩·霍扎编写 王崇廉、范之超 译	《蒙古民间故事》	少年儿童出版社	1955年7月	藏于哈佛大学哈佛-燕京研究所中日图书馆（CHINESE-JAPANESE LIBRARY HARVARD-YENCHING INSTITUTE AT HARVARD UNIVERSITY ORIENAL JAN. 20 1956）；编号：5769.366/1500
4003-01	邢舜田编绘	《金钥匙》	少年儿童出版社	1953年12月第2版	
4005-01	云南省民族民间文学西双版纳调查队搜集整理	《葫芦信》	中国青年出版社	1959年	藏于哈佛大学哈佛-燕京研究所中日图书馆（CHINESE-JAPANESE LIBRARY HARVARD-YENCHING INSTITUTE AT HARVARD UNIVERSITY MAY 25TH 1961 DAIAN）；编号：5769/1497

（续表）

资料编号	责任者	文献名称	出版者	出版时间与版次	备注
4006-01	萧中游 编	《巧媳妇》	民安书店	1961年12月	出版地：香港
4006-02	萧中游 编	《太白龙》	民安书店	1961年12月	出版地：香港
4007-01	萧甘牛编著	《铜鼓老爹》	少年儿童出版社	1955年3月	
4008-01	肖丁山 搜集整理 陈世五 插图	《笛歌泉》	四川人民出版社	1957年	出版地：成都
4009-01	孙星光等 搜集整理	《修禹庙》	上海文艺出版社	1959年10月第1版	淮河民间故事，出版地：上海
4010-01	俞樾	《春在堂丛书》			
4013-01	熊塞声 余金 编	《巧媳妇》			连环画；825B-1180 ORIGINAL 926G->926G1 926N->926G P149-210
4019-01	（清）袁枚	《子不语》	上海文明书局		上海进步书局印行
4021-01	柏烈伟 著	《小学生文库》第一集（故事类）《蒙古民间故事》	商务印书馆		
4022-01	徐松石	《粤江流域人民史》			
4023-01	波·鸿杰 光天 林木 整理	《民间故事椰子垫头》	上海文化出版社		
4024-01	施百英	《中国民间故事集》			第42—46、112—118、224—229、267—295页
4024-02		《中国民间故事》	通俗出版社		第1—7页
4024-03	施百英	《中国笑话集》			第1—13页

(续表)

资料编号	责任者	文献名称	出版者	出版时间与版次	备注
4024-04	沈百英 编	《中国童话集》		1961年	第117—127页 出版地：香港
4026-01	单超	《仙桃园》		1959年	出版地：上海 第10—17页
4026-02	单超 整理 黄润华 插画	《雪原红花》	作家出版社	1958年11月第1版	西藏民间故事，出版地：北京。故事文本：《雪原红花》《绿叶姑娘》《最好的厨师》《宝贝山》《乌龟驮碑的故事》
4027-01	钟敬文	《楚辞中的神话与传说》（中山大学民俗丛书，第11卷）		1969年	专著。台北重印本（Chung Ching-wen, Mythe and Legends of the Ch'u Tz'u）
4032-01	董均伦 江源	《石门开》	少年儿童出版社	1955年	
4033-01	李奕定 选辑	《中国历代寓言选集》			第74—130页
4033-02	李奕定 选辑	《中国历代寓言选集》			第169—223页
4033-03		《云南各民族民间故事选》	人民文学出版社	1962年	出版地：北京。芝加哥大学图书馆，远东馆藏。（The University of Chicago Library, Far East Library）
4041-01	严大椿	《民间故事》	上海国光出版社	1948年11月再版	
4042-02		《铁别卓母与歇别司祖》			有经书记载（927B）
4043-01	吴泽霖 陈国钧	《贵州苗夷社会研究》			（1004传说）（825B洪水）史诗
4043-02	庄学本	《西康夷族调查报告》			152-163（825B）神话
4044-01		《民间故事》			
4044-02		手抄民间叙事文本			《外国爪子闹中原》（210, 309），《洋人进京 太后回朝 洋人回国》《雪耻新闻篇》《雪耻四季歌》《日本大地震》等。

（续表）

资料编号	责任者	文献名称	出版者	出版时间与版次	备注
4044-03	俞正燮	《癸巳存稿》			丛书集成，第36卷
4044-04	李子长	《潮汕民间故事》（第一辑）	广东人民出版社	1957年	
4044-05	李子长	《六安传说》		1929年12月20日	《北京大学研究所国学门月刊》第3期，第342—244页
4044-06		《少年新志》			第20卷，第1期，第14—44页
4053-01	周青桦	《台湾客家俗文集》（第一集）	中原文化出版社	1965年	国立北京大学民俗丛书
4053-02	周青桦	《台湾客家俗文集》（第二集）	中原文化出版社	1967年	国立北京大学民俗丛书
4054-01		《灰姑娘》			ATT 510
4056-01		《孟姜女》			据四川清末刻本（1908年）编排，据清末湖州新市镇张聚贤刻本（1890年左右）并校江苏苏州石印本
4059-01	董均伦 江源	《金须牙牙葫芦》	天津人民出版社	1956年	56p ph5363
4060-01	袁柯	《中国古代神话》	北京中华书局	1960年	《世界是怎样开始的（上）》《皇帝和蚩尤的战争》《后羿和嫦娥的故事》《远国异人》《夏以后的传说》
4066-01	句道兴 撰	《搜神记一卷》			敦煌070
4068-01		《北京大学研究所国学门周刊》Ⅰ，第1期		1925年10月14日	
4068-02		《北京大学研究所国学门周刊》Ⅰ，第3期		1926年12月20日	

(续表)

资料编号	责任者	文献名称	出版者	出版时间与版次	备注
4068-03		《北京大学研究所国学门周刊》Ⅰ，第4期		1927年1月20日	
4068-04		《妇女与儿童》第19卷第14期		1935年	第91—97页
4068-05		《妇女与儿童》第19卷第14期		1935年	第171—172页
4068-06		《妇女与儿童》（台北reprint）			第22—32页
4068-07		《妇女与儿童》（台北reprint）			第92—96页
4068-08		《妇女旬刊》第19卷第4号		1935年2月1日	第45—48页
4068-09		《妇女旬刊》第19卷第5号		1935年2月11日	第56—57页
4068-10		《妇女旬刊》第19卷第7号		1935年	第80—81页
4068-11		《民众教育》第5卷第4、5期		1937年2月1日	第94—103页
4068-12		《民众教育》第5卷第9、10期		1937年7月1日	第30—33页
4068-13		《民众教育》第5卷第9、10期		1937年7月1日	第36—37页
4068-14		《民众教育》第5卷第9、10期			第80—85页

（续表）

资料编号	责任者	文献名称	出版者	出版时间与版次	备注
4068-15	台静农	《山歌原始之传说》,《语丝》第10期,第8版		1925年1月19日	第82页
4068-16	开明	《谈〈目连戏〉》,《语丝》第15期,第4版		1925年2月23日	第118页
4068-17	雪林	《菜瓜蛇的故事》,《语丝》第42期		1925年8月31日	第352页
4068-18	张荷	《蛇郎精》,《语丝》第15期		1925年10月26日	第413—414页
4068-19		《骷髅头报恩》（吉林）,《妇女杂志》第7卷第1号,民间文学		1921年1月	第104—109页
4068-20		《人为财死鸟为食亡》、《幸运的乞丐》（浙江上虞）,《妇女杂志》第7卷第2号,民间文学		1921年2月	第94—97页
4068-21		《偷老虎的窃贼》《天财》,《妇女杂志》第7卷第3号,民间文学		1921年3月	第86—87页

（续表）

资料编号	责任者	文献名称	出版者	出版时间与版次	备注
4068-22		《老虎外婆》（浙江吴兴）、《彭祖》（山西），《妇女杂志》第7卷第4号，民间文学		1921年4月	第86—89页
4068-23		《大话老》（广东合浦），《妇女杂志》第7卷第5号		1921年5月	第94—97页
4068-24		《张不大》（山东），《妇女杂志》第7卷第6号		1921年6月	第94—99页
4068-25		歌谣第85首，《妇女杂志》第7卷第6号		1921年6月	第103页，手抄歌谣：第99—103页
4068-26		《马郎》（山东临沂），《妇女杂志》第7卷第8号，民间文学·故事		1921年7月	第95—100页

（续表）

资料编号	责任者	文献名称	出版者	出版时间与版次	备注
4068-27		《直脚野人》（浙江余姚）、《俊女婿》（山东临沂）、《喜鹊做媒》（湖北竹溪），《妇女杂志》第7卷第8号，民间文学·故事		1921年8月	第96—99页
4068-28		《牛郎》（奉天），《妇女杂志》第7卷第9号，民间文学·故事		1921年9月	第102—109、112页
4068-29		《落星石》（山东临沂）、《刘海》［江苏吴县（1995年撤销）］、《黄金与盐草》（广东合浦），《妇女杂志》第7卷第10号，民间文学·故事		1921年10月	第95—99页

（续表）

资料编号	责任者	文献名称	出版者	出版时间与版次	备注
4068-30		《十个怪孩子》（浙江）、《皮匠驸马》（浙江平湖）、《影》（山西），《妇女杂志》第7卷第11号，民间文学·故事		1921年11月	第92—97页
4068-31		《龙肝》（湖北竹溪），《妇女杂志》第7卷第12号，民间文学·故事		1921年12月	第88—93页
4068-32		余兴童话《负义之蛙》，《妇女杂志》第5卷第9号		1919年9月	第10—11页
4068-33		余兴童话《怪雌鸡》，《妇女杂志》第5卷第10号		1919年10月	第10—15页，故事类型：567A
4068-34	伍孟纯	余兴《驴子剃头》，《妇女杂志》第4卷第3号			第1—2页

(续表)

资料编号	责任者	文献名称	出版者	出版时间与版次	备注
4068-35	窃九生	余兴童话《一文钱》,《妇女杂志》第4卷第5号			第7—8页
4068-36	周介然	余兴童话《聪明知县》,《妇女杂志》第4卷第7号			第5—6页
4068-37	观钦	余兴童话《盗与虎》,《妇女杂志》第4卷第10号			第1—5页
4069-01	吴枌 编写	《买凤凰——中国寓言、传说、故事集》	湖北人民出版社	1955年12月第1版	出版地:武汉
4070-01	董均伦 江源	《玉石鹿》		1956年	
4070-02	山河	《金石匣》		1956年	
4074-01	浇铃	《述异记》(上),卷16			第7a—7b页
4074-02	赵兴叶	《宾退录 卷五》,《丛书集成》			第56—59页
4074-03	董均伦 采录(中国民间文艺研究会 主编)	《传麦种》	人民文学出版社	1952年	第39—41页
4074-04	徐中玉	《七夕故事》,《国闻周报》第13卷,第33期		1936年8月24日	第39—41页

(续表)

资料编号	责任者	文献名称	出版者	出版时间与版次	备注
4074-05	福庚	《雁荡传说》，《上海文学》第29期		1962年2月5日	第55页
4074-06	钱南扬	《梁山伯与祝英台的故事》（续周刊第八期），《北京大学研究所国学门月刊》I，第3期		1926年12月20日	第320—322页
4074-07	台静农	《淮南民歌第一辑》（续歌谣周刊九十二号），《北京大学研究所国学门周刊》，第4期		1925年11月4日	第20—23页
4074-08	静闻	《六安传说》，《北京大学研究所国学门周刊》，第4期		1925年11月4日	第23—24页
4074-09	李宗荣	《艾狗》，《草地》第34期		1959年4月	第30页
4076-01		《旧小说》			第13—15、40—41、46、72、79、96、141—142、150页
4076-02		《续夷坚志卷二》			第30—31页
4076-03	罗鑫（彝族）	《阿依处和阿依苟》			第48页，彝族民间故事

（续表）

资料编号	责任者	文献名称	出版者	出版时间与版次	备注
4076-04	萧汉	《扬州传说中之徐文长》，《扬州的传说》			第30—35页
4076-05		《民间文学》第27期		1957年6月	第2—3、86—93页
4076-06		《民间文学》第35期		1958年2月	第81—91页
4076-07		《民间文学》总第88期，1963年第1期		1963年2月4日	第73—76页
4076-08	邱影	《盗金牛》		1952年	第9—11页，香港
4076-09	王燮	《红灯》《石姑岭》		1957年	第42—51页，故事类型：301，部分
4076-10	恩和巴图 搜集 思乐 翻译整理	《松树姑娘》			第56—63页，故事类型：313Ⅱbc,Ⅲ
4076-11	叶镜铭	《嫁蛇精》（富阳民间故事），《民俗》第91期			第22—27页，故事类型：433D
4076-12	世科	《民俗》第122期			第34—37页
4076-13	黄得时 江肖梅	《丑女变美妇》，《台湾民间故事新集》	青文出版社	1972年	第88—93页
4079-01	肖甘牛编写	亮眼宝石（低）（苗族民间故事）	少年儿童出版社	1957年7月第1版	
4079-02	葛方 萧庄 整理 郝红章 插画	肖茶和莺石	通俗读物出版社	1956年6月第1版	

（续表）

资料编号	责任者	文献名称	出版者	出版时间与版次	备注
4080-01	刘思平搜集整理	《长白山人参的传说》	北京通俗文艺出版社	1957年	15个故事都与长白山人参故事有关
4082-01		《民间月刊》Ⅱ第1期		1932年10月	第27—39、53—63页
4082-02		《民间月刊》Ⅱ第3期		1932年12月	第5—14、26—35、40—51、59—70、75—78页
4082-03		《民间月刊》Ⅱ第4期		1933年1月	第65页
4082-04		《民间月刊》Ⅱ第5期		1933年2月	第25页，312A；第45—49、72—75页
4082-05		《民间月刊》Ⅱ第6期		1933年3月	第2—5、9—21、24—42页
4082-06		《民间月刊》Ⅱ第7期		1933年7月	第4—30、158—183页
4082-07		《民间月刊》Ⅱ第9期		1933年11月	第192—193、208—217页
4082-08		《民间月刊》Ⅱ第10、11期		1934年4月	第332—335、348—353、370—379、384—389、400—405、428—431页
4083-01		《民间文学》第77期		1961年8月	第3—25、47—59、83—94页
4083-02		《民间文学》第78期		1961年9月	第17—39、41—59页
4083-03		《民间文学》第79期		1961年10月	第19—29、38—75页
4083-04		《民间文学》第80期		1961年11月	第3—23、36—48、53—59、67页
4083-05		《民间文学》第81期		1961年12月	第47—52、56—59页

(续表)

资料编号	责任者	文献名称	出版者	出版时间与版次	备注
4084-01		《民间文学》第15期		1956年6月	第4—51、65—75页
4084-02		《民间文学》第16期		1956年7月	第43—71页
4084-03		《民间文学》第17期		1956年8月	第10—99页
4085-01		《民间文学》第17期		1956年9月	第37—75页，551A*
4085-02		《民间文学》第18期		1956年10月	第55—88页
4085-03		《民间文学》第19期		1956年11月	第3—73页
4085-04		《民间文学》第21期		1956年12月	第28—75页
4086-01		《山妖的宫案》		1956年2月	第65—74页 出版地：北京
4086-02		《民间文学》第10期		1956年1月	
4086-03		《民间文学》第12期		1956年3月	第19—33、36—86页
4086-04		《民间文学》第13期		1956年4月	第3—21、41—45页
4086-05		《民间文学》第14期		1956年5月	第17—37、75—95页
4087-01		《延河》		1957年1月	第66页
4087-02		《山花》		1957年5月	第51页，291A；第52—55页，613
4087-03		《山花》		1957年6月	第50—61页
4087-04		《山花》		1957年8月	第67—72页
4087-05		《山花》		1957年9月	第57—61页，465A
4087-06		《山花》		1957年10月	第41—48页，825B
4087-07		《山花》		1957年11月	第64—68页

(续表)

资料编号	责任者	文献名称	出版者	出版时间与版次	备注
4087-08		《山花》		1957年12月	第38—45页，122G，333C，181+157
4087-09		《山花》		1958年1月	第28—32、35—40页
4087-10		《山花》		1958年3月	第49—51页
4087-11		《山花》		1958年7月	第58页
4087-12		《山花》		1958年9月	第32—46页
4087-13		《山花》		1959年2月	第28—29页，461A
4087-14		《山花》		1959年7月	第41页=民间文学，1961年1月，第67—69页=KCMC，第117—119页=宋（4），第111—114页
4087-15		《山花》		1959年8月	第38页
4089-01	云南人民文工团圭山工作组 搜集，黄铁、杨知勇、刘绮、公刘 整理，杨永青 插画	《阿诗玛——撒尼族叙事诗》	中国少年儿童出版社	1956年	465A 出版地：北京
4089-02	中国民间文艺研究会 主编 云南省民族民间文学丽江调查队 搜集整理	《创世纪》（纳西族创世史诗）	人民文学出版社	1962年10月 第1版	出版地：北京
4090-01	钟敬文 编著	《民间趣事》	北新书局	1926年10月	
4091-01	北京文艺编辑部 编 王礼诚等 整理	《扁担开花》	北京通俗文艺出版社	1957年	11篇民间故事

附　录

（续表）

资料编号	责任者	文献名称	出版者	出版时间与版次	备注
4093-01		《民间文学》第31期		1957年10月	第2—3页，目录
4093-02		《聪明的希热图汗》（蒙古民间故事），《民间文学》第31期		1957年10月	第24—41页
4093-03	吾那马吉 讲述 郑伯涛 记	《公主的头纱》（维吾尔民间故事），《民间文学》第31期		1957年10月	第48—52页
4093-04		《民间文学》第31期		1957年10月	第53—71页。谢馨藻整理《跌耐辣》（苗族民间故事），故事类型：408+400C；《老猎人和皇帝》（苗族民间故事），故事类型：462；《恶毒的后母》（苗族民间故事），故事类型：555*+465A；《傻子》（苗族民间故事），故事类型：1685H；《蚂蚁和喜鹊》（苗族民间故事）
4093-05		《民间文学》第31期		1957年10月	第79—84页。冉启庸整理《一对仙鹅飞上天》（黔南苗族根古歌），故事类型：970A，1957年2月搜集；《根古的郎》（黔南苗族民间叙事诗）1957年1月31日搜集
4093-06		《民间文学》第32期		1957年11月	第2—3页
4093-07		《民间文学》第33期		1957年12月	第20—49页。吉云整理，朱武景译《六兄弟》（延边朝鲜族故事），故事类型：513；《延边朝鲜族俗谈》；马逸仙、王树村搜集整理《杨柳青年画的故事》；张世杰搜集《灶王爷》（传说）；吴子信搜集《灶王的来历》

（续表）

资料编号	责任者	文献名称	出版者	出版时间与版次	备注
4093-08	张士杰搜集	《民间文学》第33期		1957年12月	第59—81页。《腊八粥》（河北省民间传说），1955年搜集，1957年10月整理；《烧画》（河北民间故事），1957年4月记；《逆水行船》（河北民间故事），1956年7月搜集；《金沙滩》（河北民间传说）；《通天塔》（河北民间传说）；《无梁寺》（河北民间传说）
4094-01		《民间文学》第37期		1958年4月	第43—86页
4094-02		《民间文学》第38期		1958年5月	第73—99页
4094-03		《民间文学》第40期		1958年7、8月	第164—199页
4095-01		《民间文学》第34期		1958年1月	第65—81页
4095-02		《民间文学》第35期		1958年2月	第26—52页
4096-01		《泷花》（兄弟民族文学专号）		1957年4月	第26—27页
4096-02		《泷花》（兄弟民族文学专号）		1957年6月	第15—17页，1525N
4096-03		《泷花》（兄弟民族文学专号）		1957年7月	第8—14页；第18—19页，114B
4096-04		《泷花》（兄弟民族文学专号）		1957年8月	第23—24页
4096-05		《泷花》（兄弟民族文学专号）		1958年1月	第36—37页
4096-06		《泷花》（兄弟民族文学专号）		1958年2月	第40—41页，563。=肖甘牛民间故事选，第144—147页

（续表）

资料编号	责任者	文献名称	出版者	出版时间与版次	备注
4096-07	贵州文艺社编	《贵州文艺》第87期（半月刊）	贵州省文学艺术工作者联合会出版	1956年8月10日	第78—81页，出版地：贵阳
4096-08		《贵州文艺》第91期		1956年10月10日	第47—51页
4096-09		《群众文艺》Ⅰ，第1期		1949年10月1日	第23—26页，出版地：上海
4096-10		《群众文艺》Ⅰ，第2期		10月15日	第26页，《狐狸偷蜜糖——民间故事》
4096-11		《群众文艺》Ⅰ，第4期			第28—30页
4096-12		《群众文艺》Ⅰ，第6期	上海新华印书厂	1949年12月15日	第21—22页
4096-13		《草地》		1957年2月	第34—35页
4096-14		《草地》		1957年3月	第17—20页
4096-15		《草地》		1957年7月	第35页
4096-16		《草地》		1957年12月	第37—40页
4096-17		《草地》		1959年2月	第16—17页，910E
4096-18		《草地》		1959年4月	第28—29页
4098-01	罗振玉	《敦煌石宝遗书·老子化胡经》			
4102-01	上海民间故事编委会	《上海民间故事》	上海文艺出版社	1960年	

(续表)

资料编号	责任者	文献名称	出版者	出版时间与版次	备注
4103-01	邵子南	《赵巧儿送灯台》	重庆人民出版社		
4104-01	萧崇素	《奴隶与龙女》	中国儿童出版社	1956年	
4105-01	胡寄尘	《中国民间传说》	上海商务印书馆		
4106-01	徐晋	《呆话》	香港	1954年	
4106-02	徐晋	《鬼话》	香港	1954年	
4107-01		《湖南民间故事集》	湖南人民出版社	1959年	
4108-01	萧甘牛	《金芦笙》（瑶族民间故事）	少年儿童出版社	1955年	
4109-01	萧崇素	《骑虎勇士》	重庆人民出版社	1956年	
4109-02	萧崇素	《青蛙骑手》	重庆人民出版社	1956年	
4114-01	王燮	《石姑岭》	重庆人民出版社	1957年	
4115-01	谈少诗	《中国民间故事》	星洲世界书局	1961年	《民间文学选集》
4115-02	谈少诗	《中国民间寓言》			

附表4-6 外文文献目录表

资料编号	责任者	文献名称	出版者	出版地与出版时间	备注
5001-01		The Play of the Weather		1968	
5011-01	I. I. Vtorovym	Written in the Voronezh District			
5011-02		Gumda, the Hero			
5012-01		Journal of American Folklore Volume 87, Number 346		1974 Nov., Dec.	

（续表）

资料编号	责任者	文献名称	出版者	出版地与出版时间	备注
5014-01	P. M. Klingest	Geschichte Giafast des Barmeciden Ⅱ		1816	
5029-01	Richard M. Donson	Ⅵ A Gallery of Folk Heroes, American Folklore	University of Chicago Press	1959	pp. 199–243
5029-02	Lewis J. Hall, James W. Bagby	Letters, Paul and Babe, ST. LOUIS POST-DISPATCH		1972, Aug. 16, Wednesday	ST. LOUIS POST-DISPATCH, Founed by Joseph Pulitzer December 12, 1878
5030-01		Lindsay's "The Chinese Nightingale"			pp. 76–77
5030-02		Vachel Lindsay, American Writers			pp. 384–385, pp. 392–393
5030-03		Three Aprils and a Poet			p. 71
5031-01	Mareile Flitsch un Ingo Nentwig	Sammlung un Erforschung der Volksliteratur und des Volkstums des Nordostens der Volksrepublik China			
5037-01		Folk Literature, Eneychopaedia Biettonica, Macriopaedia, Vol. 7			
5038-01	Wolfram Eberhard	Review on Nai-tung Ting: A Type of Chinese Folktales in the Oral Tradition and Major Works of Non-religious Classical Literature.		1980	pp. 137–140
5038-02	David Holm	"A Book Review on A Type Index of Chinese Folktales. By Nai-tung Ting", The China Quarterly 84	The Contemporery China Institute of the School of Oriental and African Studies, London University	Dec. 1980	pp. 782–785

(续表)

资料编号	责任者	文献名称	出版者	出版地与出版时间	备注
5038-03	C. H. Wang	"A Book Review on A Type Index of Chinese Folktales. By Nai-tung Ting", Journal of Asian Studies, 40. 2		Feb. 1981	pp. 367–368
5042-01	American Folklife Center · The Library of Congress	Folklife Center News, Volume 15, Number 1		Winter 1993	
5047-01	Kristina Lindell, Jan-öjvind Swahn, Damrong Tayanin	The Flood: Three Northern Kammu Versious of the Story of the Creation			pp. 183–200
5047-02	Kristina Lindell University of Lund.	Stories of Suicide in Ancient China: An Essay on Chinese Morals			pp. 167–239
5054-01		Notes et Melanges, Une Version Annamite du Conte de Cendrillon			
5054-02	A. Landes	Cntes Tjames		1887	pp. 78–93
5054-03	Rooth	Cinderella Circle			pp. 15–19, pp. 53–81, pp. 88–99, pp. 103–159, pp. 191–204, pp. 229–236
5055-01	Tome	Reyue Des Traditions Populaires, No. 1		1898年1月	pp. 311–337
5055-02	Tome	Reyue Des Traditions Populaires, No. 2		1898年2月	
5055-03	Adhémrd Leclère	Histoire de Con Tam et de Con Cam, Cambodge: Conter et Légendes	Librairie Enule Bouillon	Paris: 1895	pp. 91–98

（续表）

资料编号	责任者	文献名称	出版者	出版地与出版时间	备注
5055-04	Adhémrd Leclère	Néang Kantoc, Cambodge: Conter et Légendes	Librairie Enule Bouillon	Paris: 1895	pp. 70–90
5055-05	Ruth G. Sun	A Willow Wand and a Brocde Slipper, Legend of Seagull and Fool		1967	pp. 126–129, the state of vermont
5055-06	George Schuldz	The Story of Tam and Cam			pp. 143–153, 越南传说
5061-01	Puymaigse	Theodore Goseph Boudet 1861–1901	Les Viewx Castillian	1862	pp. 36–37
5061-02	M. M. Penger	The Ocean of Story	Chas L. Sawyes Ltd.	1927	pp. 224–225, pp. 244–249
5061-03	Liheskind A. J.（ed.）	Der Dchant von Badajoz		1946	pp. 74–81
5061-04		Persian Works in Translation			pp. 181–187
5062-01		Reve Celtigue, Vol. X		1889	pp. 214–227
5062-02	J. J. Mared（tr.）	Muhammad, al-Mahdi al-Hafnawi Contes du Cheykh El-Mohdig, III		Paris: 1835	pp. 255–301
5062-03	F. M. Luzel	Légendes Chrétiennes de la Basse-Bretagne, Vol. 1		Paris: 1881	pp. 248–249, pp. 240–241, pp. 222–223
5062-04	Luzel	Le Chateau de Cristal, François Masie 1821–1895, Contes Populasies de la Basse-Bretag		Paris: 1887（1967 reprinted）	pp. 40–41, pp. 60–65
5062-05	J. G. Herder	Liheshend		1786年2月25日	pp. 6–12
5062-06	Renben Levy	"The Enchanted Island", The Three Desvishes and Other Persian Legends	Oxford University Press	London: 1923	pp. 156–164
5062-07		Count Lucanor, Chapter XII		1899	pp. 77–85
5062-08		Laegaire Mac Crimthainn			pp. 180–185, 鬼故事（ghost tale）

(续表)

资料编号	责任者	文献名称	出版者	出版地与出版时间	备注
5063-01	Sir Wallen Scott	Notes and Appendix to Thomas the Rhymer, Border Minstrelsy		1932	pp. 90–97
5063-02	Albert Wesselski	Märchen des Mettelallirss		Berlin: 1925	pp. 179–180, pp. 255–256
5063-03	Albert Wesselski	Narkissos oder das Spiegelbild, Grehiv Orientalni: Journal of the Czechoslovak, Vol. 7		1935	pp. 37–63
5063-04		Don Torribio en de Deken van Badajoz			pp. 145–203
5063-05	Di Glessardio Wesselofsby (ed.)	Giovannida Prato		Bologna: 1867	pp. 262–269
5064-01		Time-within-Time Account in a Meddah Tale of the 18th Century		1727	文本
5064-02		Besprechungen, Fabula V		1962	pp. 167–168
5064-03	Warren S. Walker	The Archive of Turkish Wral Narrative: Timeless Capsule of Cultures East and West		1975, September	pp. 1–7, 重印本
5064-04		Heinnich von der Hoger, Gesommt Oherteuer Ⅲ			pp. 611–623
5064-05	Herg Willielm (1835–1902)	Dentsche Lage in Elsass		1872	pp. 274–276
5064-06	Edwin Sidney Narthand	The Science of Fairy Tales	Walter Scott	London: 1891	pp. 180–185
5064-07	Edwin Sidney Narthand	The Science of Fairy Tales	Walter Scott	London: 1891	pp. 222–229
5064-08		Meister Perus			pp. 158–169
5064-09		Der meister von Paris			pp. 195–203
5064-10	E. J. W. Gihh	The History of the Forty Vezirs		1886	pp. 16–21
5065-01	Putlibai D. H. Wadia, No. 20 - Dêvki Rúni	Folklore in Western India, The Indian Antiquary, Vol. 23		1984, June.	pp. 160–164

（续表）

资料编号	责任者	文献名称	出版者	出版地与出版时间	备注
5065-02	Frere Mary	Old Deccan Days	John Mulsay	London: 1868	pp. 1–17
5065-03	J. Hinton Knowles	Folktales of Kashmis	Kegan Paul, Trench, Trübnes and Co.	London: 1893	pp. 127–129
5065-04	Charles Swynnerton	The Two Little Princesses，Indian Nights'Intertainment	Elliot Stock	London: 1892	pp. 330–342
5065-05	Denys Bray (Collected and tr.)	"Brāhūi Tales"，Acta Orientalia, Vol. XVII, pass 1		1938	pp. 65–88
5065-06	H. Parker	Village Folk-tales of Ceylon	Lugac Co.	London: 1910	pp. 113–119
5065-07	Francis B. Bradley-Bush	Bengal Fairy Tales	N. Y. John Lane	London: 1920	pp. 40–44
5065-08	Geoge W. Cox	Aryan Folklore, Review		1870	pp. 119–123
5065-09	N. Andriani	"Sanqiresche Taksten"，Land-en Volkeukunde van Nederlandsche Indie, ses 5, Vol. 10	Mastinus Nijhoff	Gsavenhage: 1894	pp. 8–11
5065-10	T. J. Begemer	Volksdichtung aus Indonesien Sagen, Tierfaleln und Märchen	Mastinus Nigoff	Hage: 1904	pp. 372–375
5065-11	Geo. Fr. D'Penha	Folklore in Salsette, No. 17.- A Cinderella Variant，The Indian Antiquary, Vol. XXII		November, 1893	pp. 306–315
5065-12	Geo. Fr. D'Penha	Folklore in Salsette, No. 8.- The Salsette Cinderella，The Indian Antiquary, Vol. XX		April, 1891	pp. 142–147
5065-13		Folk Tales from New Goa, India. 5. A Sardine Transformed into a Man, Journal of American Flolk-Lore			pp. 24–26
5065-14	Mis Leslie Milre	The Story of a Witch, Folklore		1910	pp. 257–259

(续表)

资料编号	责任者	文献名称	出版者	出版地与出版时间	备注
5065-15	Shovona Devi	The Orient Pearls, Indian Folklore	Macmillan	London: 1915	pp. 57–62
5072-01	Wilhelm	Die Märchen der Weltliteraltur			pp. 8–9
5072-02	Ebhard	FFC120 Typen chinesischer Volksmärchen			p. 19
5073-01	Ed. A. Fischer Sechzigster Band	Zeitschrift der Wentschen Moigeuläudischen Gesellschaft		Leipzig: 1906	pp. 335–351
5074-01	Richard Wilhelm	Chinese Myth			pp. 69–75
5075-01	日本放送协会 编	《日本昔话名汇·厄难克服》		东京昭和23年	pp. 89–92
5075-02	波多野太郎	白蛇传补遗			pp. 152–191
5075-03	关敬吾	日本昔话集成			
5076-01		Bücherbeiprechungen, Zeitschrift für missionskunde und Religionswissenchaft, v. 49			pp. 225–243
5076-02	Verdeutscht von FRIENDRICH WELLER	Zehn Volkseryählungen aus Peking, Anthropos		1937	pp. 743–773
5076-03	Adele M. Field	Chinese Fairy Tales, List of Illustrations, Preface		1912	广东民间故事集，流传时间：1873—1889年
5076-04	Friedrich Weller	Zehn Pekinger Erzählungen, Zeitschrift der Deutschen Movgenlandischen		Leipzig: 1934	pp. 138–176
5081-01	Adile M. Fielde	Chinese Fairy Tale		N. Y. Putuam, 1912	pp. 5–125
5088-01	D. Richard Wilhelm	Chinesische Volksmärchen	Verlegt ber Engen Diederichs	Jena: 1919	
5097-01	Maximo Ramos	The Creature at Midnight		Philippine: 1967	pp. 70–101

(续表)

资料编号	责任者	文献名称	出版者	出版地与出版时间	备注
5097-02	Walten William Skeat	Malay Magic; Being an Introduction to the Folklore and Popular Religion of the Malay Peninsula		New York: Benjamin Bloom, 1972	pp. 157–170
5097-03	W. E. Haney	Tales from the Aborigines	Robert Hale, Ltd.	London: 1959	pp. 103–107
5097-04		Conte type n 333 LE PETIT CHAPERON ROUGE			
5111-01	S.I. HAYAKAWA	LANGUAGE IN THOUGHT AND ACTION			
5112-01	Geoffrey Yarlott	Coleridge and the Abyssinian Maid	Methuen Co.	London: 1967	pp. 80–87
5112-02	Mary Grahsm Lund	"Sources of Chatterton's Genius", *The University of Kansas City Review* XXV (spring)		1959	pp. 216–217
5112-03		Chapter XVI Romantic Archaism: Imaginative Fullfilment			pp. 276–285
5112-04	Bertrand H. Bronson	Chattertoniana, Modern Languag Quarterly, XI, No.4		Dec. 1950	pp. 417–424
5112-05		Reviews, Modern Language Notes		Feb. 1932	pp. 122–125

附表4-7 其他文件目录表

资料编号	文件性质	文件名称	文件责任者	文件时间	备注
6016-01	回忆性文章	《怀念丁乃通先生》,《民间文学·人物春秋》	贾芝	1990年2月	
6016-02	回忆性文章	《丁乃通》(*Nai-tung Ting, 1915–1989, Nacbrichten*)	梁李雅贞(Yeajen Liang-Lee)	1990年2月	第123—125页

(续表)

资料编号	文件性质	文件名称	文件责任者	文件时间	备注
6016-03	讣闻	《编辑专栏》（Editor's Box），《母题》（Motif）	丹尼尔·拜恩斯（Daniel R. Barnes）		第2页
6019-01	订书单	FINNISH FOLKLORISTICS		1975年	
6019-02	文献价格表	AKATEEMINEN KIRJAKAUPPA		1974年	
6019-03	参考文献	A. Dundes			第31页
6025-01	照片	叶意贤给丁乃通的照片（给敬爱的老朋友：丁乃通博士，为纪念在贵舍住几天：1977年11月17—20日）		1977年11月	共一张，摄于1977年11月，1978年1月由加利福尼亚州（531 West 159 Street, Gardena, Calif. 90248）寄出。参见附录九
6025-02	照片	丁乃通单人照；丁氏夫妇合照			共两张
6028-01	地图	手绘分布图			
6028-02	剪报	城市中的家族			
6034-01	会议手册	International Seminar on Tribal Culture in a Changing World		1987年10月10日	由东方与奥里萨研究所（Institute of Oriental and Orissan Studies）举办，随1987年10月10日萨达西·米斯拉（Sadasiv Misra）致丁乃通信函寄送
6034-02	会议综述	国际民间叙事研究学会第七届会员大会	Gun Herranen, Secretary	1979年8月16日	地点：苏格兰，爱丁堡
6034-03	会议手册	International Seminar on Folk Culture			会议将于1978年12月19日—23日在印度奥里萨邦（Orissa）举办，手册随1978年3月20日 H. C. 达斯致丁乃通信函邮寄

(续表)

资料编号	文件性质	文件名称	文件责任者	文件时间	备注
6037-01	西伊利诺伊大学任教信息对照单	08010 F041	Western Illinois University	1983年8月30日	
6038-01	剪报	《踏实的信心》	金荣华（笔名：炎桦）	1979年10月6日	评丁乃通《中国民间故事类型索引》，原载高雄市《台湾时报》
6039-01	会议论文	《近年来中国民俗学的新发展》（"New Development of Chinese Folklore, in recent years"）	贾芝	1983年6月27日	贾芝时任中国民间文学艺术研究会副会长，研究方向为民间文学。此次会议未能成行
6039-02	课程安排与介绍等	课程名称：民俗学概论，秋季，英语357（English 357 Introduction to Folklore Fall）	丁乃通		参考书目有阿兰·邓迪斯所著《民俗学研究》（*The Study of Folklore*）等
6039-03	会议通知	1984年7月18日举行挪威卑尔根大会，1985年8月26—30日将举行民歌问题分析讨论会	玛咖·库墨，罗尔夫·威尔海姆·布兰德尼赫，斯戴梵·托普（Zmaga Kumer, Rolf Wilhelm Brednich, Stefaan Top）	1984年	国际民族学与民俗学会 S. I. E. F.（Société Internatioanle d'Ethnologie et de Folklore），民歌委员会（Kommission für Voksdichtung），哥廷根
6039-04	亲属关系证明信草稿	与丁乃时等的亲属关系证明	丁乃通		出生地：杭州

（续表）

资料编号	文件性质	文件名称	文件责任者	文件时间	备注
6044-01	"民俗学与东西方冲突"会议论文	Britishers in the Folklore of Bengal, India	Asutosh Bhattacharyya	1968年11月10日	University of Calcutta, Calcutta, India
6044-02	"民俗学与东西方冲突"讨论会日程	Symposium: Folklore and the East-West Conflict	Presiding: Robert J. Adams（Indiana University）	1968年11月10日	美国民俗学会年会部分议程，议程两小时，会议论文共四篇
6050-01	课程论文	Some Family Folklore	Jeffney L.Wells		#955-398 For Dr. Ting Instructor of English 337
6051-01	课程论文	Two Regional Tales	Sangdy Ormsbee	1971年3月9日	Dr. Ting English 337
6072-01	论文	Publication Laws and Regulations in China Before 1949	丁许丽霞		
6077-01	中国地图			1966年	第154页
6077-02	西藏地图				
6077-03		《新疆民族表》		1947年6月	
6077-04		《台湾山胞分布图》			

(续表)

资料编号	文件性质	文件名称	文件责任者	文件时间	备注
6077-05	资料复印账单	Library Photographic Service Rates	加利福尼亚大学总图书馆	1970年4月	伯克利
6077-06		客家分布地图		1950年10月增订	
6077-07		客家迁徙路线图		1950年12月增订	
6097-01	图书借阅单		丁乃通 丁丽霞	1979年9月18日—19日	托马斯杰斐逊北阅览室
6099-01	剪报	《千载恋歌 万古幽情》——牛郎织女故事探员	陈辰辉	1981年8月29日星期六	《芝加哥论坛》第4版
6099-02	剪报	《三凡市数千人庆祝哥伦布节时学者认华人先到美洲 有石锚和信史为证据 考据显示扶桑国即现在的墨西哥》		1979年10月11日星期四	《华侨日报》第12版
6100-01	剪报	*Folklore sale-cheap*		1981年	

附录五　印欧民间故事型式表[①]

序号	型式号	型式名称	民间故事型式情节梗概	页码	备注
1	一	邱匹德与赛支式（Cupid and Psyche Type）	1.一个美女为一个属于超自然种族的男子所爱。 2.他在夜间现形像另一个人，警告伊不要注视他。 3.伊违背了他的命令，因而失却了他。 4.伊去找寻他，并克服了许多艰难而完成其工作。 5.伊结果复得到了他。	15	
2	二	麦罗赛那式（Melusina Type）	1.一男人爱上了一超自然种族的妇人。 2.伊应允和他同居，倘他在星期中的某一日不去看伊。 3.他违背了伊的命令，因而失却了伊。 4.他去找寻伊，但不复找得到。	16	
3	三	天鹅处女式（Swan-maiden Type）	1.一男人见一妇人带了娇艳的衣服在海边洗澡。 2.他窃偷了衣服，伊陷入他的权力中。 3.数年后，伊寻着衣服逃去。 4.他不能再找到伊。	16—17	
4	四	皮涅罗皮式（Penelope Type）	1.男人出去旅行，妻留在家。 2.伊守信待他的归来。 3.他为伊而归来。	17	

[①] 本表内容参见［美］约瑟·雅科布斯编：《印欧民间故事型式表》，杨成志、钟敬文编译，民俗学会编审，国立中山大学语言历史学研究所1928年版。

（续表）

序号	型式号	型式名称	民间故事型式情节梗概	页码	备注
5	五	哲诺未亚式（Genoveva Type）	1.男人出去战争，妻留在家。 2.因传来一种虚妄的嫌疑反对其妻，他叫伊去死。 3.伊被放逐，但没有被杀。 4.丈夫回来，发见（现）他的错误。 5.他再去寻找伊，因而夫妻重归旧好。	17—18	
6	六	判赤京或"生命指南"式（Punchkin of Life-Index Type）	1.一巨人以其灵魂藏于外物，（"生命指南"）娶了一个有爱人的妇人。 2.爱人搜索而发见（现）了伊，强迫伊杀死伊的丈夫。 3.伊去寻探"生命指南"在何处，巨人屡次不睬伊，但最后终于泄了秘密。 4.伊毁坏了"生命指南"，因而杀死伊的丈夫。 5.同伊的爱人私逃。	18—19	
7	七	参孙式（Samson Type）	1.丈夫有巨人之力，寄寓于外物。 2.妻不诚实对他，问其秘密；他拒绝久之，然终以告。 3.伊泄露秘密给他的敌人，他因而被毁灭。	19—20	与第六对看
8	八	赫剌克利斯式（Herocules Type）	1.丈夫有巨人之力。 2.他贞实的妻的一个前爱人，决意杀了他，劝其妻赠夫一礼物。 3.伊没有恶意地这样做了，夫终以此被杀。	20	
9	九	蛇儿式（Serpent Child Type）	1.一母亲无子女。伊说只要有一个，即使是一条蛇一只兽亦好。 2.伊果在床上产生了一个小孩，竟如伊所希求的。 3.伊把小孩嫁给一男子或娶一妇人，在夜里能变成人形。 4.伊脱弃他皮而焚烧之。以后伊的小孩脱离蛇或兽的形态。	20—21	前两个母题与中国民间故事类型人心不足蛇吞象异文的开头相同

（续表）

序号	型式号	型式名称	民间故事型式情节梗概	页码	备注
10	一〇	恶魔罗伯式（Robert the Devil Type）	1.一母亲或父亲发愿献小孩给恶魔，倘使他们能得到一个。 2.小孩诞生了，恶魔便要求之。 3.小孩逃走，与恶魔决斗，或施诡计。 4.结局克服了恶魔而得自由。	21—22	
11	一一	金小孩式（Goldchild Type）	1.一母亲求得某一种食物；这食物使伊怀孕。 2.伊丢开了些食物；被一只牝马或牝狼吃了一部分，一部分生长起来；牝马或牝狼亦同时怀孕。 3.小孩与小马，或小兽与植物，成为极表同情的孪生。 4.母亲寻杀伊的小孩，但他的孪生兄弟，小马或小兽救了他。 5.他们更格外冒险。	22—23	
12	一二	利尔式（Lear Type）	1.一父亲有三女孩。他试验伊们的爱，末女不明说许多爱，他就逐去了伊。 2.父亲陷于困难，大的两女孩都不帮忙他，只从最幼的那里得到助力。	23	幼女母题，中国蛇郎民间故事类型多以此开头
13	一三	侏儒式（Hop o'my Thumb Type）	1.父母甚贫，舍弃了他们的孩子。 2.末子屡次引导其兄弟返家，但末了终归失败。 3.他们陷入于一个超自然存在的法力中，但末子袭击了他，他们因此得逃脱。	23—24	末子母题
14	一四	里亚塞尔米亚式（Rhea Sylvia Type）	1.母亲或被杀，或离弃小孩们数分钟。 2.他们由一只野兽哺乳。 3.他们经过了许多艰险。 4.结果受承认而登王位。	24—25	

（续表）

序号	型式号	型式名称	民间故事型式情节梗概	页码	备注
15	一五	杜松树式（Juniper Tree Type）	1.一继母恶其继子，因而杀死他。 2.怪诞的情境跟了来，小孩的灵魂回生：第一变成树；第二变成鸟。 3.继母受惩罚。	25	民间故事类型蛇郎的后半部分
16	一六	和尔式（Holle Type）	1.继母使继女为家中使婢。 2.继女以伊的和顺招来幸运。 3.别一女孩因伊的恶癖而得到不幸。	25—26	
17	一七	卡斯京式（Catskin Type）	1.一父亲失掉他的妻，发誓要再娶一个像他前妻一样的。 2.决心要娶他的女儿。 3.伊带了三件美丽的衣服逃走。 4.伊在别国与一王子结婚。	26—27	
18	一八	金发式（Goldenlocks Type）	1.三王子出行获一新娘，大的两个失败了。 2.第三的王子终得了新娘。 3.两个大的伏杀而几死之，掠夺了新娘。 4.他回复了，放逐其兄弟们。	27	比照云中落绣鞋民间故事类型
19	一九	白猫式（White Cat Type）	1.一王命令儿子们做一种工作，应承成功的继承他的王位。 2.大的两个被魔术迷惑了；小的破坏了魔术，释放了他们，完成工作。	27—28	
20	二〇	辛得勒拉式（Cinderella Type）	1.三姊妹中最小的被使为灶婢。 2.姊姊们去赴一个跳舞会，最小的以超自然方法得了一件美服，亦往赴跳舞会。 3.这事经过了三次，末次最小的脱置了伊的拖鞋。 4.王子以其拖鞋而找见伊，并与伊结婚。	28—29	后多称此民间故事类型为灰姑娘

（续表）

序号	型式号	型式名称	民间故事型式情节梗概	页码	备注
21	二一	美人与兽式（Beauty and Beast Type）	1.三姊妹中最小的受轻蔑。 2.父出旅行，应承给她们每人一种赠物。最小的只要求一朵花。 3.当取花时，父陷入危险，他应许交出他的女儿以赎他的生命。 4.因此女儿极富饶，并得了一个漂亮的爱人。 5.姊姊们谋害爱人，几置之死地。 6.最小的救了他的生命。	29	与第一对照。类中国民间故事类型蛇郎，1—4几乎重合，5和6被害者不同，蛇郎中为幼女
22	二二	兽姊妹夫式（Beast Brother-in-law Type）	1.一人有数姊妹与兽结婚。 2.少年去从事了一种工作。 3.他因兽姊妹夫的帮助而完成之。	30	
23	二三	七只天鹅式（Seven Swans Type）	1.一女子有七兄弟都变成了鸟。 2.伊付出沉默的代价以寻求他们的释放。 3.伊陷入极危险中，几失之，但他们终获释放。 4.伊与国王结婚。	30—31	
24	二四	孪生兄弟式（Twin Brothers Type）	1.两兄弟甚相爱。他们各出去旅行。 2.在出发之先，他们互交换了一件表证物，以此，他们可互相知道彼此的健康与荣华。 3.一个陷入危险。别个确知之。 4.救了他。	31—32	
25	二五	从巫术中逃出式（Flight from Witchcraft Type）	1.两兄妹（或两爱人）在妖术或继母、巨人的法力之下。 2.兄学习了巫术，或妹得了这种法力。 3.用口唾或用苹果种，他们欺骗了他们的看管者而遁逃。 4.他们被追赶，几度变了他们的形态（或间阻了障碍物）来闪避追赶。 5.他们终于杀死了追赶者。	32—33	

（续表）

序号	型式号	型式名称	民间故事型式情节梗概	页码	备注
26	二六	太白式（Bertha Type）	1.一王子遣迎那将和他结婚的王女。伊与伊的侍女同伴出发。 2.侍女把王女从船中推下，自己假扮作新娘。 3.王女寻见了国王，诈伪因以泄露。	33	
27	二七	哲孙式（Jason Type）	1.一英雄至异国，爱上了一王女。 2.王试其诸般技艺，这些技艺使他以王女的帮助而成功。 3.他与伊私奔，被追赶。 4.他离弃了新娘，（A）或他自己没有错过（因其母亲的接吻使他忘却了过去），（B）或出于故意。 5.新娘或破坏了魔术，或得复仇。	33—34	与第二五对看
28	二八	谷德纶式（Gudrun Type）	1.一新娘被一妖精或一英雄攫去。 2.被找回来了，或以厄运的缘故致毁灭于抢夺者之手。	34—35	
29	二九	悍妇驯服式（Taming of the Shrew Type）	1.伊是骄傲与悍泼的。 2.他以暴戾驯服了伊。	35	
30	三〇	脱剌是卑耳德式（Thrush-beard Type）	1.一王愤怒他的女儿，因伊的骄傲，把伊嫁给一个乞丐。 2.乞丐使伊为婢，以挫折伊的志气。 3.他旋即泄漏他自己是一个王，他的求婚从前曾被伊所轻蔑。	35—36	
31	三一	睡美人式（Sleeping Beauty Type）	1.一王女被警告不要触着某一种物件。 2.伊竟做了伊所被禁止的，因而熟睡了。 3.许多年后，一王子发觉了伊的酣睡，吻而叫醒伊。	36	

(续表)

序号	型式号	型式名称	民间故事型式情节梗概	页码	备注
32	三二	赌婚式（Bride Wager Type）	新娘（极小作丈夫）的获得，从—— 1.解答一种联系的谜语。 2.表演几种技艺。 3.与一怪物决斗。 4.使伊发笑。 5.发见（现）一种秘密。	36—37	"极小"，可能为"极少"意
33	三三	约克与豆茎式（Jack and Beanstalk Type）	1.一人攀登一株树，或一条绳子，或一座玻璃山，达到了一个奇怪的地方。 2.他从此处偷了一竖琴，银子，一金蛋，或一王女。 3.他回到地上。	37、39	对比中国民间故事类型黄粱梦。另，第38页和第39页内容顺序颠倒
34	三四	旅行地狱式（Journey to Hell Type）	1.一人沿着地道下至一个神秘的地方。 2.他屡经艰险而逃脱。 3.他从地下救出一王女。	39	对比中国民间故事类型云中落绣鞋
35	三五	杀巨人约翰式（Jack the Giant-killer Type）	1.一人与巨人或魔鬼竞斗。 2.他用他优越的狡计欺骗他们。 3.他使他们自杀。	38	与第四三对照
36	三六	波力飞马斯式（Polyphemus Type）	1.一人为一巨人拘禁狱中。 2.他弄盲了巨人。 3.他藏匿在一架撞墙车之下而逃走。 4.巨人极力去骗他回来，但败于智巧。	38、40	
37	三七	斗法式（Magical Conflict Type）	1.两人同有超自然的法力互相竞斗。 2.他们经过许多变形。 3.善良者克服了那恶劣者。	40	
38	三八	巧智退魔式（Devil Outwitted Type）	1.一人与恶魔订一种契约。 2.人以巧智退恶魔。	41	

附　录

（续表）

序号	型式号	型式名称	民间故事型式情节梗概	页码	备注
39	三九	大胆约翰式（Fearless John Type）	1.一少年不知恐惧。他被带与（1）人，（2）死尸，（3）精灵接触。 2.他与精灵在一间鬼屋中历过三次险，并强夺了他们的黄金。 3.他在睡眠中被一桶金鱼倾覆在身上，他才懂得什么是恐惧。	41—42	
40	四〇	预言实现式（Prophecy Fulfilled Type）	1.由一超自然者造成一种预言，说某一小孩不杀死一王，即要与他的女儿结婚。 2.王图（屠）杀小孩。 3.王用了一些手段，想达其图（屠）杀之目的，却反促成预言的实现。	42	
41	四一	法术书式（Magical Book Type）	1.一人由某种方法，得了支配魔鬼的法力。 2.他不能制御其手段，他们毁灭了他。	42—43	
42	四二	盗魁式（Master Thief Type）	1.一少年前去学习盗劫。 2.他盗窃了农夫以建立他的信用，表明自己是一个贼。 3.他以智巧败了群盗，被接纳为盗魁。 4.他回到家，要求乡绅的女儿为妻。 5.他完成所从事的工作。	43—44	
43	四三	勇敢的裁缝匠式（Valiant Tailor Type）	1.一裁缝匠喘一口气杀死了七只苍蝇，相信他自己是一个英雄。 2.他以智巧败（1）巨人，（2）人们。 3.他与一王女结婚。	44	
44	四四	威廉·退尔式（William Tell Type）	1.一暴君命令一射手射置在他自己儿子头上的苹果或坚果。他获了成功。 2.暴君被问在射夫腰带里预备着之箭的用途，并受其恐吓。 3.许多年后，射手杀死了暴君。	44—45	

(续表)

序号	型式号	型式名称	民间故事型式情节梗概	页码	备注
45	四五	忠实约翰（Faithful John Type）	1.一王子有一忠实的仆人，他曾从危险中救了他。2.王子因误会惩罚仆人，他变成了石。3.以王子和新娘的泪，从魔术中救出了仆人。	45	
46	四六	茎勒特（式）（Gelert Type）	1.一人有一忠诚的猎犬，它曾从危险中救了他的小孩。2.人因误会杀了犬。3.当他发觉错误时已经太迟了。	46	原书无"式"字，系笔者据英文名称加注
47	四七	报恩兽（式）（Grateful Beast's Type）	1.一人救了数只兽，并从陷阱中救了一人。2.兽们使它们的恩人致富，但人却想破坏之。	46—47	类ATT 160感恩的动物，忘恩的人。另，原书无"式"字，系笔者据英文名称加注
48	四八	兽、鸟、鱼式（Beast, Bird, Fish Type）	1.一人施恩于地上的一只兽、空中的一只鸟和水中的一条鱼。2.他陷入于危险或从事工作。3.他以报恩动物的帮助，得逃脱或成功。	47	
49	四九	人得到超兽类的权力（Man Obtains Power over Beasts）	1.以他的狡智。2.以他的音乐的法力。	47—48	
50	五〇	亚拉丁式（Aladdin Type）	1.一人有一超自然性能的宝贝，或一家庭由仙人所给予的一种礼物，它会招来幸运。2.以愚蠢失之。3.终于寻了回来。	48	
51	五一	金鹅式（Golden Goose Type）	1.一人有一与前相似（五〇）的宝贝。2.因愚蠢失之。3.永远找不回来。	49	

附　录

（续表）

序号	型式号	型式名称	民间故事型式情节梗概	页码	备注
52	五二	禁室式（Forbidden Chamder Type）	1.一女（或男）与一高位者结婚。2.伊（或他）被允许自由出入于新屋中的每间屋，除了其中的一间。3.禁室被探访，发见（现）其中充满恐怖。4.匹偶者知之，因试其惩罚而被杀。	49—50	
53	五三	贼新郎式（Robert-Bridegroom Type）	1.一女子订婚于一个变装的盗贼。2.伊探访他的城堡，发觉了他的职业。3.伊以几种表证在伊的亲戚们面前定他的罪，他因而被杀。	50	
54	五四	骸骨呻吟式（Singing Bond Type）	1.兄弟（或姊妹）以羡望或嫉妒杀了别人。2.经许多日后，死尸的一片骨为风所吹，宣告了暗杀者。	50—51	
55	五五	白雪姑娘式（Snow White Type）	1.继母憎恶伊的继女，谋杀之。2.继女最后束手待毙。3.但为英雄保全其生命，继母受惩罚。	51	
56	五六	拇指汤式（Tom Thumb Type）	1.一母亲想得一子，甚至其子如拇指亦得。2.果然生了那样的儿子，他以他的狡智及小身躯建设了许多功业。	52	ATT 700 Tom Thumb后半部分情节
57	五七	安德洛麦达式（Andromeda Type）	1.一条龙扰乱了一个地方，并要求献一个女子给它。2.王女做了这种献物。3.龙为英雄所杀，英雄与王女结婚。	52	

333

(续表)

序号	型式号	型式名称	民间故事型式情节梗概	页码	备注
58	五八	蛙王子式（Frog-Prince Type）	1.一王子变成可厌的兽形。2.他给一点好处一个女子，他要求伊留他一夜。3.伊实行了。他因此解了咒，他们遂得结婚。	53	
59	五九	刺谟皮斯地理忒士京（式）（Rumpelstiskin Type）	1.女子人家给伊许多难事做。2.得一个侏儒帮了伊，但要猜着他的名。3.他偶然把其名泄露于别人，给伊听到了，于是脱离了他的要挟。	53—54	原书无"式"字，系笔者据英文名称加注
60	六〇	动物语言式（Language of Animals Type）	1.一儿子从一方术师学动物语言。2.为他的父亲所驱逐，因他说要超越过他。3.得动物语言之智识而成业。4.卒胜过父亲（教王、皇帝）而复归于好。	54	
61	六一	靴中小猫式（Puss in Boots Type）	1.末子只得到遗下来的一只小猫。2.小猫怂恿王去相信它的主人有巨大的产业。3.小猫的主人与王女结婚。	55	ATT545B Puss in Boots rabbit / fox
62	六二	狄克喜亭吞式（Dick Whittington Type）	1.一贫乏的少年得了一只猫。2.他把猫当卖品送到海外。3.猫在一个被耗子所骚扰的国土中卖得了高价，少年因以致富。	55—56	
63	六三	正直与不正直式（True and Untrue Type）	1.两同伴齐出旅行，一个温和，一个粗暴。2.粗暴的先得利了利益，别个以窃听恶魔（或其他）的话而得幸运。3.粗暴的亦试学之，但为恶魔所灭。	56	
64	六四	死人报恩式（Thankful Dead Type）	1.英雄还债给一未埋葬的人，他因此得埋葬。2.亡魂帮助他成就其工作。	56—57	

（续表）

序号	型式号	型式名称	民间故事型式情节梗概	页码	备注
65	六五	笛手皮得式（Pied Piper Type）	1.一个有法术的音乐家解救了一个城的兽害。2.他被拒绝了所应得的酬报，乃以拐骗全城的儿童为报复。	57	
66	六六	驴、台及棍棒式（Ass, Table, and Cudgel Type）	1.一少年以其服务得酬报，接受了一只能产金子的驴，移时又接受了能听命令而摆满了食物的台。2.两物为一鄙劣的小店主窃去。3.他接受了第三种礼物，那是一把能听命令的棍棒，他以此棍棒使小店主归还了他别的两种礼物。	57—58	
67	六七	三蠢人式（Three Noodles Type）	1.一绅士与一做了些愚蠢之事的女子订婚。2.他发觉伊非常愚蠢，发愿不结婚。3.他发现了三个蠢人，便回去和伊结婚。	58—59	重叠趣话
68	六八	替泰鼠式（Titty Mouse Type）	1.同伴的动物，一个死了，一个悲伤。2.别的都同情地悲伤，直至全世界陷于苦楚。	59	重叠趣话
69	六九	老妇与小豚式（Old Woman and Pig Type）	1.老妇不能赶小豚过栏；伊去求助于犬、杖、火、水、牛、屠夫、索、鼠、猫。2.猫依了要求去做，使别的也牵连着干下去，直至小豚越过了栏。	59—60	重叠趣话
70	七〇	亨利-坟尼式（Henny-Penny Type）	1.雌鸡以为天将坠下来，去告诉王，遇了雄鸡、鹅、火鸡。2.最末，他们遇着狐狸，它把它们带到自己的洞穴而尽吃之。	60	重叠趣话

附录六　灰姑娘民间故事类型异文举隅

序号	异文名称	异文出处	异文内容	流传国家
1	叶限	（唐）段成式撰，方南生点校：《酉阳杂俎》续集卷一《支诺皋上3》，中华书局1981年版，第200—201页。	南人相传，秦汉前有洞主吴氏，土人呼其为吴洞。娶两妻，一妻卒，有女名叶限。少惠善淘（一作钩）金，父爱之。末岁父卒，为后母所苦，常令樵险汲深。时尝得一鳞二寸余，赪鳍金目，遂潜养于盆水，日日长，易数器，大不能受，乃投于后池中。女所得余食，辄沉以食之。女至池，鱼必露首枕岸，他人至不复出。其母知之，每伺之，鱼未尝见也，因诈女曰："尔无劳乎，吾为尔新其襦。"乃易其弊衣。后令汲于他泉，计里数百（一作里）也。母徐衣其女衣，袖利刃行向池呼鱼，鱼即出首，因斫杀之。鱼已长丈余，膳其肉，味倍常鱼，藏其骨于郁栖之下。逾日，女至向池，不复见鱼矣，乃哭于野。忽有人被发粗衣，自天而降，慰女曰："尔无哭，尔母杀尔鱼矣！骨在粪下，尔归，可取鱼骨藏于室，所须祈之，当随尔也。"女用其言，金玑衣食随欲而具。及洞节母往，令女守庭果。女伺母行远，亦往，衣翠纺上衣，蹑金履。母所生女认之，谓母曰："此甚似姊也。"母亦疑之，女觉遽返，遂遗一只履为洞人所得。母归，但见女抱庭树眠，亦不之虑。其洞邻海岛，岛中有国名陀汗，兵强，王数十岛，水界数千里。洞人遂货其履于陀汗国，国主得之，命其左右履之，足小者履减一寸。乃令一国妇人履之，竟无一称者。其轻如毛，履石无声。陀汗王意其洞人以非道得之，遂禁锢而拷掠之，竟不知所从来，乃以是履弃之于道旁，即遍历人家捕之，若有女履者，捕以告。陀汗王怪之，乃搜其室，得叶限，令履之而信。叶限因衣翠纺衣，蹑履而进，色若天人也。始具事于王，载鱼骨与叶限俱还国。其母及女即为飞石击死，洞人哀之，埋于石坑，命曰懊女塚。洞人以为媒祀，求女必应。陀汗王至国，以叶限为上妇。一年，王贪求，祈于鱼骨，宝玉无限。逾年，不复应。王乃葬鱼骨于海岸，用珠百斛藏之，以金为际，至征卒叛时，将发以赡军。一夕，为海潮所沦。成式旧家人李士元所说。士元本邕州洞中人，多记得南中怪事。	中国

（续表）

序号	异文名称	异文出处	异文内容	流传国家
2	灰姑娘	[法]贝洛：《法国童话选》，倪维中、王晔译，外国文学出版社1981年版，第105—112页。	从前有一个绅士，他在第二次结婚时，娶了一个从没有见到过的特别傲慢的女人。她有两个女儿，她们的性格和脾气跟她们的妈妈完全一样。绅士的前妻也有一个女孩儿，她既非常温柔，又无比善良，这是因为女儿继承了妈妈的品质——她的妈妈是世界上最好的人。 　　继母来家不久就发起脾气来了：她不能容忍这个女孩子的好品质，因为这样的好品质使她自己的两个女儿显得越发可憎了。她叫女孩子做家里最脏最累的活儿：洗餐具、刷楼梯、打扫继母和她两个女儿的卧室。晚上，女孩子睡在房顶尖角的阁楼上，用一点点稻草当褥子；而她的两个姐姐呢？她们住在铺着拼花地板的房间里，那里摆着最时髦的床和从头到脚都能照见的大穿衣镜。可怜的女孩子默默地忍受着痛苦，不敢告诉她的爸爸。因为如果说出来，爸爸准会骂她——爸爸是完全听继母摆布的。 　　女孩子干完活，就坐在壁炉旁边的灰堆上，家里人因此叫她"灰屁股"。她的二姐没有大姐那么粗野，就把她叫作"灰姑娘"。灰姑娘虽然衣衫褴褛，但是还比服饰华丽的两个姐姐美丽一百倍。 　　有一次，国王的儿子举行舞会，邀请所有的贵人参加。两个姐姐也被邀请了，因为她们也是全国有名的人物。她们高兴得要命，忙着挑选最漂亮的衣服和首饰。这可又苦了灰姑娘：她要把她们的衬衫烫平，还要在袖口上浆。她们两个却只顾谈论着穿戴式样： 　　"我呀，"大姐说，"我要穿那件大红天鹅绒舞裙，再配上英国花边。" 　　"我呢，"二姐说，"我只穿平常的裙子，不过一定要披上那件金花外套，再系上钻石头带，那就肯定会引人注目了。" 　　人们请来了高级理发师，为她们设计最新式的发型，同时还买来了巧匠精制的假痣。她们把灰姑娘叫来，问她好看不好看，因为她有高雅的审美观。灰姑娘给她们出了很多好主意，甚至还主动帮她们梳头。她俩感到十分满意。 　　梳头的时候，她们对灰姑娘说："灰姑娘，你想去参加舞会吗？"	法国

(续表)

序号	异文名称	异文出处	异文内容	流传国家
2	灰姑娘	[法]贝洛:《法国童话选》,倪维中、王晔译,外国文学出版社1981年版,第105—112页。	"哎呀,我的小姐,你们是在取笑我吧?这不是我能去的地方呀!" "可不是吗,灰屁股上舞会,岂不是个大笑话!" 要是换了别人,早把她们的头发弄乱了,但是好心的灰姑娘仍然把她们的头发梳得特别精美。 两个姐姐沉醉在快乐之中,几乎两天没有吃饭。她们为了把腰弄得更细,用了很大力气拉断了一打多束腰带。她们从早到晚对着镜子不停地打扮。 快乐的一天终于来到了。两个姐姐出发去参加舞会了。灰姑娘久久地凝视着她们远去,直到看不见为止。后来她哭了。 她的教母见她流泪,过来问她为什么哭。 "我多么想……我多么想……"她哭得那么伤心,连话都说不下去了。 教母是个仙女。她对灰姑娘说:"你多么想去参加舞会,是不是?" "嗯,是呀!"灰姑娘说着,叹了口气。 "那好吧,"教母说,"你要做个好姑娘,我可以送你到那里去。" 她把灰姑娘领到她的房间里,说:"你去花园里摘一个南瓜来。" 灰姑娘马上到花园里摘了一个最好的南瓜,交给教母。她猜不出南瓜怎么能帮助她参加舞会。教母把南瓜挖空了,只剩下外壳,然后用仙杖一点,南瓜立刻变成了一辆美丽金光闪闪的四轮马车。 接着,她看了看捕鼠笼,发现里面有六只活的小老鼠。她叫灰姑娘打开笼门。当这些小老鼠出来时,她用仙杖一点,每只小老鼠立刻变成了一匹骏马。六匹美丽的带有鼠灰色斑纹的大马组成了一个漂亮的马队。 到哪里去找一个车夫呢?教母正在为难,灰姑娘说:"我去找大捕鼠笼,看能不能把里面的老鼠变个车夫。" "对,快去看看吧。"教母说。 灰姑娘取来来了大捕鼠笼,里面关着三只大老鼠,其中一只长着长须。仙女选中了这一只,用仙杖一点,它就变成了一个胖胖的车夫,嘴边蓄着特别漂亮的胡子。 随后,她对灰姑娘说:"你到花园的水缸后面捉六只壁虎来。"	法国

（续表）

序号	异文名称	异文出处	异文内容	流传国家
2	灰姑娘	[法]贝洛：《法国童话选》，倪维中、王晔译，外国文学出版社1981年版，第105—112页。	灰姑娘拿来了壁虎，教母立刻把它们变成了六个仆人。他们穿着镶边的衣服，跟在马车后面，殷勤地侍候着，仿佛从来就是专干这一行的。 　　仙女对灰姑娘说："好啦，有了这一切，你就可以上舞会去了，高兴吗？" 　　"我真高兴。可是，我的衣服还是这么破破烂烂呢。" 　　教母用仙杖在灰姑娘身上轻轻一触，灰姑娘立刻披上了缀满金银宝石的衣裳。她接着又给了灰姑娘一双世界上最美丽的羽绒鞋。灰姑娘打扮好以后，就上了马车。教母嘱咐她必须在半夜十二点以前离开舞会，并且警告说，如果超过一分钟，马车会重新变为南瓜，骏马要还原为小老鼠，仆人将成为壁虎，她身上穿的也将依旧是破衣烂衫。 　　灰姑娘答应一定在夜半以前离开舞会，然后兴高采烈地上了路。 　　王子得到通报，说有一位陌生的贵公主来到。他马上跑出去迎接，亲手扶公主下了马车，然后把她迎到宾客满座的舞厅里。大厅里顿时寂静下来，跳舞的人们停住了脚步，小提琴也不再作响。人人目不转睛地凝视着这位不知名的姑娘的惊人美貌，大厅里所能听到的只有那轻轻的赞叹声："啊，她是多么美丽！"国王本人虽然年事已高，但也不禁注目欣赏，同时低声地对王后说，他已经多年没有见过这标致可爱的女孩子了。所有的贵妇人专心地打量起她的头饰和衣裳，打定主意要在第二天仿制，如果能买到足够精美的料子和请到高级的裁缝的话。 　　王子请公主坐在最尊贵的位子上，然后要求和她跳舞。她跳得那么优雅多姿，大家更加赞赏不已。丰盛的筵席摆上来了，年轻的王子一口也没有吃，他被公主的美貌吸引住了。公主来到两位姐姐的身边坐下，待她们十分殷勤，还把王子给她们的橙子和柠檬分送给她们两个人。两位姐姐感到非常惊奇，因为她们一点也不认识她。 　　时钟敲响了十一点三刻，灰姑娘向满座宾客深深地行了个屈膝礼，迅速地离去了。	法国

(续表)

序号	异文名称	异文出处	异文内容	流传国家
2	灰姑娘	[法]贝洛:《法国童话选》,倪维中、王晔译,外国文学出版社1981年版,第105—112页。	她一回家就去找教母。她向教母道谢以后,说第二天还想再去,因为王子已经邀请了她。灰姑娘正向教母叙述舞会经过的时候,传来了两个姐姐的敲门声。她便出去开门。 "你们这么晚才回来啊!"她一边说,一边揉着眼睛打呵欠,还伸了个懒腰,好像刚从梦中醒来一般。其实,自从她俩出门以后,她一刻也没有睡过。 "要是你也在舞会上,你就不会困倦了。"一个姐姐说,"那里来了一位人们从未见过的最美丽的公主。她待我们可好了,还送给我们橙子和柠檬呢。" 灰姑娘心里快乐极了。她问姐姐那位公主叫什么名字,姐姐回答说,大家都不知道,王子还为这事而感到烦恼呢,为了知道她的名字,他宁愿舍弃自己的一切。 "那么,她一定很美了?"灰姑娘微笑着说,"啊,你们真幸运!我能见见她吗?嗨,雅伏特小姐,把你每天穿的那件黄裙子借给我吧!" "哼,听你说的!"雅伏特小姐说,"把我的衣服借给这下贱的灰屁股,除非我发疯了!" 灰姑娘早就料到她会这样说,所以感到很自在。如果姐姐真的把衣服借给她,她反而会感到为难了。 第二天,两个姐姐又来到舞会。灰姑娘也来了,她打扮得比第一天还要漂亮。王子一刻也离不开她,不停地跟她说着温情脉脉的话。年轻的姑娘陶醉了,连教母的嘱咐都忘了:她以为那时还不到十一点,哪知时钟已敲了十二下。她急忙站起来,像一匹小鹿疾奔而去。王子紧紧地在后面追赶,但还是没有追上。路上,她掉了一只羽绒鞋,被王子小心地捡到了。 灰姑娘回到家里,几乎连气都喘不过来了。马车和仆人都不见了,身上穿的依旧是破衣烂衫。所有华丽的服装都已经失去,剩下的只有一只羽绒鞋,一只和半路上掉下的一模一样的羽绒鞋。 人们查问宫廷卫士有没有见到一位公主出门,卫士们说只见到一个衣衫褴褛的年轻姑娘奔了出去,那姑娘与其说像一位小姐,不如说更像个村姑。	法国

(续表)

序号	异文名称	异文出处	异文内容	流传国家
2	灰姑娘	[法]贝洛：《法国童话选》，倪维中、王晔译，外国文学出版社1981年版，第105—112页。	两个姐姐从舞会回来了。灰姑娘问她们玩得愉快吗，那位美丽的公主有没有在场。她们告诉她说公主倒是来了，可是十二点钟刚到，她就急忙跑走了。她跑得那样匆忙，连羽绒鞋都掉了一只，那是一只世界上最美丽的羽绒鞋。王子捡到这只鞋以后，只顾欣赏它，再也不跳舞了。毫无疑问，他已经深深地爱上那位穿羽绒鞋的美人了。 　　她们确实说对了。几天以后，王子请人吹吹打打地宣布：哪个姑娘能穿上那只羽绒鞋，他就和她结婚。人们拿着这只鞋先让所有的公主试穿，再让所有的爵女试穿，最后试遍了整个宫廷里的小姐，全都枉然。后来人们把鞋拿到灰姑娘的两个姐姐那里，两个姐姐用尽平生的气力，想把脚塞到鞋里，但也只是白白地辛苦了一场。灰姑娘看到她们试穿，认识这是自己的鞋，就笑着说： 　　"让我也试试吧，看能不能穿上！" 　　两个姐姐讪笑起来，嘲弄她。王子派来的试鞋官仔细端详了灰姑娘，觉得她非常美丽，就说他奉到命令，可以让所有的女孩子都来试。他请灰姑娘坐下，把羽绒鞋拿到她的小小的脚边。灰姑娘毫不费力地一下子穿上了，不大不小，合适得像模子一样。两个姐姐大为惊讶。但是，使她们更加吃惊的是，灰姑娘从口袋里取出另一只小小的羽绒鞋，穿到了另一只脚上。 　　这时候，教母来了。她用仙杖在灰姑娘身上一点，灰姑娘全身上下就披上了比以前更加华美的衣裳。 　　两个姐姐这时才认出灰姑娘就是她们在舞会上见到的美人。她们跪倒在灰姑娘脚下，请求她宽恕她们过去对她的虐待。灰姑娘把她们扶起来，拥抱她们，并说她已经真心地原谅了她们，要她们永远爱她。 　　灰姑娘装扮好以后，被引去与年轻的王子相见。王子觉得她从来没有这样美，几天之后，就和她结婚了。 　　灰姑娘既美丽，又善良。她把两个姐姐接到宫中居住，就在当天，让她们和宫中的两位贵人成了亲。	法国

(续表)

序号	异文名称	异文出处	异文内容	流传国家
3	灰姑娘	[德]格林兄弟：《格林童话》，施种等译，上海译文出版社2011年版，第64—74页。	从前有个有钱人，他的妻子病了。她感到自己快要死了的时候，便把自己的独生小女儿叫到床前，对她说："亲爱的孩子，你要虔诚、善良，这样，亲爱的上帝一定会帮助你，而我愿意从天上向下望着你，常在你的身边。"说完，她就闭上眼睛咽了气。这姑娘每天出门到母亲坟上大哭一场，为人一直虔诚、善良。当冬天来到的时候，白雪皑皑，下得坟上好像罩了一层白布。春天的太阳重又把那层白雪融化，这时，孩子的父亲已经娶了一个后妻。 　　这位后妻带着前夫所生的两个女儿改嫁过来了。她们的容貌又美又白，而她们的内心又毒又黑。对这个可怜继女来说，一段艰难的时光来临了。 　　"难道让这个蠢货待在我们的房间里不成！"她们说，"谁想吃面包，谁就得干活。你这个厨房丫头赶快出去干活吧。"她们拿走了她的漂亮的衣服，给她穿件旧的灰罩衣和一双木拖鞋。 　　"瞧这骄傲的公主和她的一身打扮啊！"她们叫，她们笑，领她进入厨房。她在那儿必须从早到晚干重活，天没亮就起身，拎水，生火，煮饭，洗衣。除这以外，那两个妹妹想出种种恶作剧来欺侮她，嘲笑她，故意把豌豆和扁豆撒在灰里，要她坐下来把豆子一粒粒拣出来。【蛇郎型，难题】晚上，她干得累了，不再有床给她睡，她只能躺在灶边的灰堆里。因为她外貌一直灰不溜儿，肮脏异常，因此她们就叫她灰姑娘。 　　且说那位父亲有一次想去望弥撒，他问后妻带来的两个女儿，他应该带点什么东西回来给她们。 　　"漂亮的衣服。"一个说；"珍珠和宝石，"另一个说。 　　"可是你，灰姑娘，"他说，"你想要什么？" 　　"爹，我要的是你在回家的路上撞到你帽上的第一根树枝，请你折下带给我。" 　　于是他为两个继女买了漂亮的衣服、珍珠和宝石；他在回家的路上，骑马穿过一个绿色丛林时，一根榛树枝轻轻擦过……把他的帽子碰落在地上。这样，他就把那根树枝折下带回家。到家时，他把两个继女所希望得到的东西交给了她们，也把那根榛树枝交给了灰姑娘。	德国

（续表）

序号	异文名称	异文出处	异文内容	流传国家
3	灰姑娘	[德]格林兄弟：《格林童话》，施种等译，上海译文出版社2011年版，第64—74页	灰姑娘向父亲表示了谢意，就去她母亲的坟上，把树枝栽在上面，大哭一场，哭得泪水掉到坟上，并浇湿了榛树枝。于是这根树枝栽活了，长大起来，成了一株美丽的树。灰姑娘一日三次来到树下，哭哭啼啼，祈求上帝，每回都有一只小白鸟飞到那树上，只要她说出一个希望，那只小鸟便把她希望的东西扔给她。 　　有一次，国王举行一个盛大的婚礼宴会，这宴会要持续三天，国内所有年轻、漂亮的仕女都受到邀请，国王打算为自己的儿子物色未来的新娘。这两个异母妹妹也算是上等少女，她们听说自己也受邀参加宴会，便把灰姑娘叫到跟前说："你给我们梳头发，给我们刷鞋子，把腰带上的扣子装装紧，我们要到王宫里去参加盛大的宴会。" 　　灰姑娘只得依从她们，但是她哭起来，因为她也希望去参加那儿的舞会，她请求继母允许她去。 　　"你，灰姑娘，"继母说，"浑身上下是灰尘和肮脏，也要去参加舞会？你没有像样的衣服和鞋子也想跳舞？" 　　但是由于灰姑娘的一再恳求，继母终于开口说："我有一钵头扁豆已经撒在灰里，如果你能在两小时内重新把它们拣出来，那么就可以一起去。"【难题1】 　　于是灰姑娘穿过后门，走进花园，大声叫道："你们这些乖巧的小鸽子，你们这些小斑鸠，你们天空下所有的鸟儿，都来这儿帮我拣扁豆： 　　'好的拣进钵头， 　　坏的吞进你们的咽喉。'"【穿插歌谣】 　　这时有两只小白鸽来到厨房的窗台上，跟在小鸽子后面的是一些小斑鸠，最后天空下叽叽喳喳蜂拥着飞来了成群结队的小鸟，全都围在灰堆边。小鸽子点了点头，开始哗剥哗剥、哗剥哗剥地啄起扁豆。其余的鸟儿也随后哗剥哗剥、哗剥哗剥地把所有的好扁豆啄进了那个钵头，一小时刚过，它们已经结束了工作，所有的鸟儿重又飞出去了。【动物相助，解决难题1】 　　于是灰姑娘把一钵头扁豆递给继母，心里很高兴，以为这下子一定会允许她去参加宴会了。 　　可是那继母说："不，灰姑娘，你没有像样的衣服，你不能去参加舞会，你这副样子只会给人笑话。" 　　灰姑娘一听哭了，她继母便说："如果你能够在一小时内把我满满的两钵头扁豆从灰堆里拣得干干净净，那么你可以一起去。"她一边说，一边心里想："这一点她绝不会做得到。"【难题2】	德国

343

(续表)

序号	异文名称	异文出处	异文内容	流传国家
3	灰姑娘	[德]格林兄弟：《格林童话》，施种等译，上海译文出版社2011年版，第64—74页。	继母把两钵头扁豆倒进灰里，灰姑娘走出后门，来到花园，大声叫道： "你们这些乖巧的小鸽子，你们这些小斑鸠，你们天空下所有的鸟儿，都来这儿帮我拣扁豆： 　'好的拣进钵头， 　坏的吞进你们的咽喉。'"【穿插歌谣2】 这时有两只小白鸽飞进厨房的窗台，随后来的是小斑鸠，最后天空下叽叽喳喳蜂拥着飞来了成群结队的小鸟。它们全都围在灰堆四周。小鸽子点了点头，开始哗剥哗剥、哗剥哗剥地啄扁豆，其余的鸟儿也哗剥哗剥、哗剥哗剥地啄了起来，把所有的好扁豆全都拣进钵头。半个钟点还没过去，它们已经把扁豆啄完了，又一次飞了出去。【解决难题2】 灰姑娘把钵头端给继母，以为这会儿准能让她去参加舞会了。可是继母说："这一切都帮不了你忙，你不能一起去，因为你没有像样的衣服，你不可以跳舞。要不，我们不得不因为你而丢脸。"说完，她就转过身去不再理睬灰姑娘。她赶紧带上自己的两个骄傲的女儿离开了。 当屋里再没有别人的时候，灰姑娘走到母亲坟上的榛树下号啕起来： 　"你摇摇，你抖抖，小榛树， 　把金银丝编织的衣鞋扔给我。" 这时有一只鸟儿给她扔下一件金银丝编织的衣服和一双用真丝和银丝刺绣的缎子鞋。【银丝履】她匆匆忙忙穿起衣鞋，便去参加舞会了。她的继母和两个异母妹妹都认不出她了，她们以为她一定是外国的一位公主，她穿了金银丝编织的衣服有多漂亮啊。她们压根儿没想到她就是灰姑娘，她们还以为灰姑娘仍坐在家里的脏物中间，从灰堆里找扁豆。 可王子向着她走过去，握住她的手和她跳起舞来。王子再也不愿和别的人跳舞了，他挽住她不肯放手，要是有别的人过来邀请她跳舞，王子便说："这是我的舞伴。" 他们一直跳到晚上，她想回家去了。可王子说："我也一起走，我陪你去。"因为他想看看，这是谁家的姑娘。可她最后从他身边溜走，跳进鸽子棚。这位王子在一旁等待，直到灰姑娘的父亲回来，王子对她的父亲说，那位外国的公主跳进了鸽棚。	德国

344

(续表)

序号	异文名称	异文出处	异文内容	流传国家
3	灰姑娘	[德]格林兄弟：《格林童话》，施种等译，上海译文出版社2011年版，第64—74页。	父亲心里想："难道是灰姑娘不成？"他吩咐人把斧头和锄头拿来，他拿这些工具把鸽棚劈成两半，但是鸽棚里没有人。 当那个继母和两个异母妹妹回到家里时，灰姑娘已经穿了脏衣服躺在灰堆里，一盏昏黄的油灯在灶龛里点燃。原来灰姑娘钻进鸽棚以后，很快便在棚后跳下地，奔到那株小榛树那儿，脱下漂亮的衣鞋放在坟上，鸟儿重新把衣鞋取走，接着她穿起灰色的旧罩衫，坐在厨房的灰堆里。 下一天，当宴会重又开始时，父亲和继母以及两个异母妹妹又离家走了，灰姑娘跑到榛树那儿说： "你摇摇，你抖抖，小榛树， 把金银丝编织的衣鞋扔给我。" 于是鸟儿扔下比上一天更加华贵的衣服。灰姑娘穿了这套衣服在舞会上重现时，人人都对她的艳丽感到惊讶。 王子已经在等待着她的到来，一见面便挽住她的手，只愿跟她跳舞，不再和别的姑娘跳。要是有人前来请她跳舞，王子便说："这是我的舞伴。"【情节和具体描述的复沓】 到了黄昏时分，姑娘想离开，王子便跟着她，要看她走进谁家的屋子。但是灰姑娘跑得很快，把他甩掉了。她跑进自家屋后的花园，那儿有株美丽的大树，树上挂满金灿灿的梨子，灰姑娘爬上树，像松鼠那样敏捷地在树枝间窜来窜去。王子可不知道她躲到哪儿去了。王子等在那儿，直到她的父亲到来。 王子说："那个陌生姑娘从我身边逃走了，我相信她跳到梨树上去了。" 父亲想："这难道是灰姑娘不成？"他派人去拿斧子来把树砍倒，但是树上已经没有人了。 继母和两个妹妹来到厨房时，灰姑娘已经躺在灰堆上，如同平日一样。原来她刚从梨树的另一边跳下地，又一次把那些华贵的衣鞋交给了小榛树上的鸟儿，穿上了自己的灰罩衫。【情节和具体描述的复沓】 第三天，父亲、继母和两个异母妹妹离家时，灰姑娘又跑到母亲坟上，对小榛树说： "你摇摇，你抖抖，小榛树， 把金银丝编织的衣鞋扔给我。"	德国

345

(续表)

序号	异文名称	异文出处	异文内容	流传国家
3	灰姑娘	[德]格林兄弟：《格林童话》，施种等译，上海译文出版社2011年版，第64—74页。	于是那鸟儿扔给她一件豪华的、闪闪发亮的衣服，仿佛从来没有一件衣服有这般高贵；鸟儿又扔给她一双纯金做的鞋子。【银丝履变金丝履】她穿了这些衣服去参加舞会时，大家见了她都惊奇得谁也不知道该说什么才好。王子只和她一人跳舞，如果有人邀请她跳舞，王子说："这是我的舞伴。" 　　到了黄昏时分，灰姑娘又想离开了，王子决意要送送她。可她很快地又从他身边溜走了，他想跟也跟不上。但这回王子用了一条妙计，他让人在每级台阶上统统涂上柏油；这样一来，姑娘左脚上的金鞋在匆忙的奔逃中粘在石级上了。王子把这只鞋捡起来，这鞋是那么精致、小巧，用纯金做成。 　　第二天早上王子拿了这只鞋子跑去找那个姑娘的父亲，对他说："除了正好穿得上这只金鞋子的姑娘以外，我不要别的姑娘做我的妻子。" 　　这时那两个异母妹妹非常高兴，因为她们都有一双好看的脚。那个大的带着鞋子进房间试穿，她的母亲站在一旁。可这位姑娘的脚趾大，没法穿进去，这只鞋对她来说太小了。于是她母亲递一把刀子给她说："把脚趾削削小。如果你当了王后，你就用不到走路了。" 　　【削足适履】 　　姑娘把自己的脚趾削小，硬把脚塞进鞋子；她忍着痛，出去见王子。王子把她当作自己的新娘，扶她上马，便和她骑马走了。但他们回王宫时非得打灰姑娘母亲的坟前经过不可。那儿有两只小鸽子歇在小榛树上叫道： 　　"你瞧瞧，你瞧瞧， 　　血在鞋中淌， 　　鞋子太小了， 　　真正的新娘还在家。" 　　于是王子瞧她的一双脚，看见血从鞋里往外涌。他拨转马头，把假新娘送回家去，说："这不是真正的新娘。" 　　那个年岁小一点的妹妹也要试穿那只鞋。她拿鞋进房间试穿起来，幸好脚趾都能进去，但她的脚后跟太大了。她母亲递给她一把刀，说："在后跟上削掉一块，要是你当了王后，那就不用走路了。" 　　姑娘果真在脚后跟上削掉一块，硬把脚塞进鞋里，她忍住痛出去见王子，王子把她当作新娘扶上马，带着她骑马走了。他们在经过那株小榛树时，那两只小鸽子歇在树上高声叫道：	德国

（续表）

序号	异文名称	异文出处	异文内容	流传国家
3	灰姑娘	[德]格林兄弟：《格林童话》，施种等译，上海译文出版社2011年版，第64—74页。	"你瞧瞧，你瞧瞧， 血在鞋中淌， 鞋子太小了， 真正的新娘还在家。"【歌谣复沓】 王子低头看她的脚，只见血从她的鞋里似泉往外涌，把她的一双白袜子全染红了。于是他又拨转马头，把这个假新娘送回家。【情节复沓】 "这也不是真正的新娘，"他说，"你们没有别的女儿了吗？" "没有了，"灰姑娘的父亲说，"只有我已故的妻子留下一个矮小、迟钝的灰姑娘；这姑娘不可能是新娘。" 王子说，应该把这个姑娘送来看看，可那个继母回答说："啊，不，这姑娘太脏了，实在见不得人。" 但王子一定要见她，他们不得不把灰姑娘叫来。先让她洗洗手，洗洗脸，然后让她去见王子。她向王子弯腰行礼，王子把金鞋递给她，姑娘坐在一张小凳上，把脚从沉重的木拖鞋里脱出来，伸进金鞋，这鞋仿佛就是为她浇铸的，非常合适。她站起身来，王子端详她的脸，认出她就是曾经跟他跳过舞的漂亮姑娘，便惊叫起来："这是真正的新娘！" 继母和两个异母妹妹大吃一惊，恼恨得脸色变得煞白；但王子却扶灰姑娘上马，带着她走了。他们经过小榛树时，两只小白鸽叫道： "你瞧瞧，你瞧瞧， 鞋里没血淌， 鞋子不太小， 真正的新娘娶回家。" 鸽子叫过以后，便从树上飞下来，停在灰姑娘的两个肩上，一只在右边，一只在左边，它们一直歇着不走。 王子的婚礼将要举行时，那两个虚伪的异母妹妹前来奉承讨好，想和王后共享幸福。一对新人前往教堂时，那个年长的妹妹走在右边，那个年幼的妹妹走在左边：两只鸽子啄去她们每人一只眼睛。婚礼举行后，一对新人走出教堂时，年长的走在左边，年幼的走在右边：两只鸽子又把她们的另一只眼睛啄去。因为她们为人恶毒和虚伪，所以受到瞎眼一辈子的惩罚。【善恶终有报】	德国

附录七 蛇母题民间故事简况与部分异文梗概

附表7-1 中国蛇母题民间故事文本资料来源概况一览表

序号	索引作者	索引	故事文本来源	故事文本采录年代
1	金荣华	《中国民间故事类型索引》，中国口传文学学会2007年版	《中国民间故事集成》	20世纪70年代—21世纪初
2			《中华民族故事大系》，上海，1995年	20世纪90年代
3			《中国民间故事全集》，王秋桂，台北，1994年	20世纪90年代

附表7-2 《集成》中包含蛇母题的民间故事简况表

序号	标题	出处（卷次，页码）	类型	民族	异文
1	猴子断理	四川，676—677页	155 忘恩兽再入牢笼（中山狼）		
2	老虎的下场	西藏，266页	155 忘恩兽再入牢笼（中山狼）+157A	藏族	
3	老虎到底是老虎	西藏，1002—1004页	155 忘恩兽再入牢笼（中山狼）	藏族	一、1004—1005页；二、1006页
4	人心不足蛇吞相	四川，527—528页	285D人心不足蛇吞象（相）		
5	书生与龙王	浙江，633—634页	285D人心不足蛇吞象（相）		
6	人心不足蛇吞相	浙江，642—643页	286D人心不足蛇吞象（相）		
7	人心无救蛇吞象	北京，723—724页	287D人心不足蛇吞象（相）		724—725页
8	人心不足蛇吞相	吉林，519—520页	288D人心不足蛇吞象（相）		521—523页
9	人心不足蛇吞相	辽宁，551—553页	289D人心不足蛇吞象（相）		
10	人心不足蛇吞相	福建，580—581页	290D人心不足蛇吞象（相）		581—583页
11	人心不足蛇吞相	甘肃，589—590页	285D人心不足蛇吞象（相）		一、590—591页；二、592—593页

（续表）

序号	标题	出处（卷次，页码）	类型	民族	异文
12	人心无底蛇吞象	宁夏，322—324页	285D人心不足蛇吞象（相）	回族	
13	人心不足蛇吞象	河南，649页	285D人心不足蛇吞象（相）		
14	人心不足蛇吞象	广西，669—671页	285D人心不足蛇吞象（相）		
15	人心不足蛇吞相	海南，443—445页	285D人心不足蛇吞象（相）		
16	人心不足蛇吞象	山西，491—493页	285D人心不足蛇吞象（相）		493—495页
17	割龙肝	湖南，599—600页	285D人心不足蛇吞象（相）		
18	人心不足蛇吞相	江西，554—556页	285D人心不足蛇吞象（相）		
19	人心不足蛇吞象	河北，535—536页	285D人心不足蛇吞象（相）		
20	秤杆的由来	云南，782—783页	285D人心不足蛇吞象（相）		
21	喝水	西藏，1001—1002页	286A.1禽鸟救人反被杀		
22	假法海作乱	浙江，288—289页	411 蛇女（白蛇传）		
23	白蛇与青蛇	福建，210—212页	411 蛇女（白蛇传）		
24	张三学生和狐仙女	山西，548—551页	411 蛇女（白蛇传）+844A		
25	蛇郎	四川，483—484页	433D 蛇郎君		484—487页
26	蛇郎	四川，858—860页	433D 蛇郎君	彝族	
27	蛇大哥	四川，1172—1174页	433D 蛇郎君	羌族	
28	癞疙宝的故事	四川，1174—1177页	433D 蛇郎君+440 A	羌族	
29	嫁蛇郎	浙江，605—606页	433D 蛇郎君		
30	烂良心变猪狗	浙江，606—609页	433D 蛇郎君		
31	柴郎哥	陕西，493—494页	433D 蛇郎君		
32	蛇郎与三姑娘	吉林，419—421页	433D 蛇郎君		421—422页

(续表)

序号	标题	出处（卷次，页码）	类型	民族	异文
33	蛇郎	辽宁，398—400页	433D 蛇郎君		一、400—402页；二、403—408页
34	蛇郎君	福建，607—610页	433D 蛇郎君+876		
35	沙郎哥	甘肃，438—440页	433D 蛇郎君	东乡族	
36	三姑娘与白蛇王子	甘肃，441—444页	433D 蛇郎君	裕固族	
37	石郎官人	甘肃，444—446页	433D 蛇郎君		
38	佘货郎拾妻	宁夏，336—337页	433D 蛇郎君		
39	三妮儿和花郎	河南，445—447页	433D 蛇郎君		
40	老臊狐与花花小蛇郎	江苏，544—549页	433D 蛇郎君+333C		
41	花花蛇和三姑娘	广西，619—622页	433D 蛇郎君		
42	蛇郎	广西，622页	433D 蛇郎君		
43	夺妹婿的丑大姐	广西，622页	433D 蛇郎君		
44	蛇郎	广西，622—623页	433D 蛇郎君	壮族	
45	蛇郎	广西，623页	433D 蛇郎君	瑶族	
46	大蛇后生	广西，623页	433D 蛇郎君	苗族	
47	七妹与蛇郎	广西，623页	433D 蛇郎君	仫佬族	
48	桑妹和大蟒	广西，623页	433D 蛇郎君	毛南族	
49	拉提和蟒蛇	广西，623页	433D 蛇郎君	京族	
50	三姑娘与癞蛤蟆	广西，623—625页	433D 蛇郎君	彝族	
51	七妹和青蛙郎	广西，626—628页	433D 蛇郎君	壮族	
52	麻雀的传说	海南，270—272页	433D 蛇郎君		
53	蛇姻缘	海南，381—383页	433D 蛇郎君	黎族	
54	蛇仙	海南，383—386页	433D 蛇郎君	黎族	
55	蛇郎	山西，463—465页	433D 蛇郎君		一、465—467页；二、467—469页
56	三妹与蛇郎	湖南，534—544页	433D 蛇郎君		
57	菜花蛇	湖南，544—546	433D 蛇郎君		
58	白菜姑娘	湖南，546—548页	433D 蛇郎君		
59	蛇郎	湖北，432—433页	433D 蛇郎君	土家族	

附 录

（续表）

序号	标题	出处（卷次，页码）	类型	民族	异文
60	白花蛇招亲	江西，497—498页	433D 蛇郎君		一、499—500页；二、500—501页
61	青蛤蟆娶亲	河北，476—479页	433D 蛇郎君+440 A		
62	三姐妹	河北，547—551页	433D 蛇郎君+333C+210		551—556页
63	花花蛇和翠花	河北，559—560页	433D 蛇郎君		
64	蛇佳与彩秀	云南，1171—1175页	433D 蛇郎君	苗族	
65	蛇哥	云南，1197—1200页	433D 蛇郎君	瑶族	
66	盖脸虫	贵州，390—392页	433D 蛇郎君	水族	
67	蛇公子和锦鸡七妹	贵州，602—604页	433D 蛇郎君		
68	狗耕田	四川，495—496页	542 狗耕田（丁503E 野人和精怪的帮助）		
69	狗耕田	四川，877—878页	542 狗耕田（丁503E 野人和精怪的帮助）	彝族	
70	一只牛虱	浙江，639—640页	542 狗耕田（丁503E 野人和精怪的帮助）+1655		
71	神香豆	陕西，474—475页	542 狗耕田（丁503E 野人和精怪的帮助）		
72	俩兄弟	福建，610—612页	542 狗耕田（丁503E 野人和精怪的帮助）		612—614页
73	黄狗犁田	甘肃，485—487页	542 狗耕田（丁503E 野人和精怪的帮助）+715B		一、478—490页（+715B）；二、490—491页
74	白狗犁田	宁夏，318—320页	542 狗耕田（丁503E 野人和精怪的帮助）+715B		

(续表)

序号	标题	出处（卷次，页码）	类型	民族	异文
75	老黄狗犁地	河南，423—425页	542 狗耕田（丁503E 野人和精怪的帮助）+1655+715B		
76	卖香香屁	江苏，573—574页	542 狗耕田（丁503E 野人和精怪的帮助）+715B		
77	老通和小容	广西，551—552页	542 狗耕田（丁503E 野人和精怪的帮助）	侗族	
78	老大和老二	广西，562—563页	542 狗耕田（丁503E 野人和精怪的帮助）+910E	水族	
79	羊角竹	广西，649—652页	542 狗耕田（丁503E 野人和精怪的帮助）+598		
80	黄狗耕地	山西，428页	542 狗耕田（丁503E 野人和精怪的帮助）+1655		附记：+715B，430页
81	老大和老二	湖南，558—559页	542 狗耕田（丁503E 野人和精怪的帮助）		
82	王老大和王老二	湖北，413—414页	542 狗耕田（丁503E 野人和精怪的帮助）	苗族	
83	叔侄分家	江西，566—567页	542 狗耕田（丁503E 野人和精怪的帮助）+598		
84	香香屁	河北，495—497页	542 狗耕田（丁503E 野人和精怪的帮助）		
85	黑黑和白白	河北，497—498页	542 狗耕田（丁503E 野人和精怪的帮助）		

(续表)

序号	标题	出处（卷次，页码）	类型	民族	异文
86	秀才与三仙	四川，507—508页	554 动物感恩来帮忙		
87	蒋娃和牛角蜂	四川，524—526页	554 动物感恩来帮忙		
88	鸡卵娶妻	浙江，618—619页	554 动物感恩来帮忙+440A		
89	王恩和石义	甘肃，435—438页	554 动物感恩来帮忙		+301
90	害人精	湖北，415—416页	554 动物感恩来帮忙+160		
91	田好人献宝	湖北，451—453页	554 动物感恩来帮忙+160	土家族	
92	娶皇姑	河北，482—485页	554 动物感恩来帮忙		
93	扁担船	贵州，600—602页	554 动物感恩来帮忙	布依族	
94	叫人蛇	吉林，405—406页	554D 蜈蚣救主（丁554D*）		
95	跃跃物杀嬉嬉蛇	河南，484—485页	554D 蜈蚣救主（丁554D*）		
96	蛇为什么有毒	海南，284—285页	554D 蜈蚣救主（丁554D*）		
97	金狮子	四川，493—494页	555D 龙宫得宝或娶妻		
98	瓜葫芦	四川，498—499页	555D 龙宫得宝或娶妻		
99	王恩和石义	吉林，528—531页	555D 龙宫得宝或娶妻		二、+160+301
100	海镜宝	福建，573—574页	555D 龙宫得宝或娶妻+301A		
101	王恩和石义	甘肃，430—435页	555D 龙宫得宝或娶妻+613+301		
102	报恩记	甘肃，475—478页	555D 龙宫得宝或娶妻		+560
103	神帽	河南，393—394页	555D 龙宫得宝或娶妻		

(续表)

序号	标题	出处（卷次，页码）	类型	民族	异文
104	猎人与公主	西藏，411—413页	555D 龙宫得宝或娶妻+301	藏族	+301，414—416页
105	张斫柴和李打鱼	山西，392—394页	555D 龙宫得宝或娶妻+465		
106	柳玉	山西，394—397页	555D 龙宫得宝或娶妻+465		
107	金葫芦	山西，406—408页	555D 龙宫得宝或娶妻		
108	开海石	山西，408—410页	555D 龙宫得宝或娶妻+465		
109	傻宝的故事	湖南，617—620页	555D 龙宫得宝或娶妻+465		
110	射太阳的英雄	云南，122—124页	555D 龙宫得宝或娶妻	哈尼族	
111	扎体和他的后娘	云南，1089—1091页	555D 龙宫得宝或娶妻	拉祜族	
112	狗吃月亮	云南，132—133页	612 三片蛇叶	傈僳族	
113	能识鸟兽语言的国王	云南，1542—1543页	670 动物的语言	傣族	
114	西瓜里有条大花蛇	陕西，519—520页	747 善心人和感恩鸟（丁 480F 奇异的难题类）		
115	金瓜籽	吉林，488—489页	747 善心人和感恩鸟（丁 480F 奇异的难题类）		
116	亨卜和脑儿卜	辽宁，511—526页	747 善心人和感恩鸟（丁 480F 奇异的难题类）	朝鲜族	
117	金瓜	福建，623—624页	747 善心人和感恩鸟（丁 480F 奇异的难题类）		
118	燕儿和陈家兄弟	甘肃，478—479页	747 善心人和感恩鸟（丁 480F 奇异的难题类）		

（续表）

序号	标题	出处（卷次，页码）	类型	民族	异文
119	怪怪谷	山西，482—484页	747 善心人和感恩鸟（丁480F 奇异的难题类）+598		484—485页
120	红步和兰步	湖南，564—565页	747 善心人和感恩鸟（丁480F 奇异的难题类）		
121	金鸟报恩	湖南，646页	747 善心人和感恩鸟（丁480F 奇异的难题类）		
122	小燕子报恩	河北，525—526页	747 善心人和感恩鸟（丁480F 奇异的难题类）		
123	卓玛与南瓜	云南，1091—1093页	747 善心人和感恩鸟（丁480F 奇异的难题类）	藏族	
124	两颗南瓜子	贵州，668—669页	747 善心人和感恩鸟（丁480F 奇异的难题类）	仡佬族	
125	一氅金子	浙江，772—773页	834A 无福之人金变蛇		
126	癞蛤蟆变元宝	吉林，495—496页	834A 无福之人金变蛇		497—498页
127	寻元宝	山西，453—454页	834A 无福之人金变蛇		
128	万旦问佛	江西，512—513页	834A 无福之人金变蛇+461A		+461A，515—517页
129	腊良和腊洪	云南，1388—1389页	834A 无福之人金变蛇	阿昌族	

附表7-3 《大系》中包含蛇母题的民间故事简况表

序号	标题	出处（卷数，页码）	类型	民族
1	老虎到底是老虎	02, 296—300页	155 忘恩兽再入牢笼（中山狼）	藏族
2	鳄鱼的死	06, 930—931页	155 忘恩兽再入牢笼（中山狼）+157A	傣族
3	老倌和鳄鱼	07, 983—984页	155 忘恩兽再入牢笼（中山狼）	佤族
4	猎人与黑熊	08, 634—636页	155 忘恩兽再入牢笼（中山狼）	高山族
5	喀孜与蛇	14, 493—495页	155 忘恩兽再入牢笼（中山狼）	塔吉克族
6	猎人与凶狮	16, 366—368页	155 忘恩兽再入牢笼（中山狼）	门巴族
7	会说话的鸟儿	01, 446—448页	286A.1禽鸟救人反被杀+286A+286B	
8	智慧鸟	01, 623—626页	286A.1禽鸟救人反被杀+286A+286B	蒙古族
9	百鸟坟	09, 219—220页	286A.1禽鸟救人反被杀（救人之鸟未死）	水族
10	白蛇传	01, 56—63页	411 蛇女（白蛇传）	
11	菜瓜蛇的故事	01, 268—270页	433D 蛇郎君	
12	蛇郎	01, 295—304页	433D 蛇郎君	
13	五姐儿	01, 849—853页	433D 蛇郎君	回族
14	小兰光	03, 228—231页	433D 蛇郎君	彝族
15	美娘与厄绍	03, 773—778页	433D 蛇郎君	布依族
16	蛇郎	05, 164—172页	433D 蛇郎君	瑶族
17	麻雀的故事	07, 70—73页	433D 蛇郎君	黎族
18	大姐和三姐	07, 471—478页	433D 蛇郎君	傈僳族
19	姐抢妹夫	09, 143—145页	433D 蛇郎君	水族
20	盖脸虫	09, 166—170页	433D 蛇郎君	水族
21	沙郎哥	09, 489—493页	433D 蛇郎君	东乡族
22	孤女与蛇小伙	10, 270—272页	433D 蛇郎君	景颇族
23	什兰哥	10, 839—847页	433D 蛇郎君	土族
24	七妹与蛇郎	11, 500—504页	433D 蛇郎君	仫佬族
25	桑妹与大蟒	12, 716—719页	433D 蛇郎君	毛南族
26	蛇大哥	13, 195—201页	433D 蛇郎君	仡佬族
27	三姑娘与白蛇王子	15, 236—243页	433D 蛇郎君	裕固族
28	拉提和蟒蛇	15, 360—363页	433D 蛇郎君	京族
29	怪人和三姑娘	15, 962—966页	433D 蛇郎君	鄂伦春族
30	狡猾的鳝鱼	09, 983—984页	255 鳝鱼挑拨是非	纳西族

(续表)

序号	标题	出处（卷数，页码）	类型	民族
31	狗耕田	01，257—259页	542 狗耕田（丁503E 野人和精怪的帮助）	
32	石榴	01，375—379页	542 狗耕田（丁503E 野人和精怪的帮助）	
33	两兄弟	02，768—773页	542 狗耕田（丁503E 野人和精怪的帮助）+598	苗族
34	两兄弟	05，204—209页	542 狗耕田（丁503E 野人和精怪的帮助）+613	瑶族
35	狗耕田	01，257—259页	542 狗耕田（丁503E 野人和精怪的帮助）	
36	石榴	01，375—379页	542 狗耕田（丁503E 野人和精怪的帮助）	
37	两兄弟	02，768—773页	542 狗耕田（丁503E 野人和精怪的帮助）+598	苗族
38	两兄弟	05，204—209页	542 狗耕田（丁503E 野人和精怪的帮助）+613	瑶族
39	黄狗耕田	06，250—252页	542 狗耕田（丁503E 野人和精怪的帮助）	哈尼族
40	五兄弟	07，146—149页	542 狗耕田（丁503E 野人和精怪的帮助）	
41	哥哥与弟弟	08，600—604页	542 狗耕田（丁503E 野人和精怪的帮助）+715B+1655	高山族
42	两兄弟的故事	09，821—823页	554 动物感恩来帮忙	纳西族
43	分家	12，383—389页	554 动物感恩来帮忙+715B	撒拉族
44	黄狗小巴儿	13，609—611页	554 动物感恩来帮忙	锡伯族
45	白腊杰与白腊车	16，868—869页	554 动物感恩来帮忙	基诺族
46	蛇为什么有毒	07，245—246页	554D 蜈蚣救主（丁554D*）	黎族
47	猎人海力布	01，453—456页	555D 龙宫得宝或娶妻	蒙古族
48	谁娶到那位姑娘	02，774—782页	555D 龙宫得宝或娶妻+301A	苗族
49	长工与龙女	03，268—270页	555D 龙宫得宝或娶妻	彝族
50	善良的拔位	04，133—137页	555D 龙宫得宝或娶妻	朝鲜族
51	一千只黑头绵羊	06，377—394页	555D 龙宫得宝或娶妻	哈萨克族
52	救命葫	07，386—393页	555D 龙宫得宝或娶妻+554+465E	傈僳族
53	阿勤和龙女	09，146—148页	555D 龙宫得宝或娶妻	水族

(续表)

序号	标题	出处（卷数，页码）	类型	民族
54	穷寡崽	13，207—210页	555D 龙宫得宝或娶妻	仡佬族
55	腊塞与龙女	14，602—609页	555D 龙宫得宝或娶妻	怒族
56	孔四迪与龙女	15，654—657页	555D 龙宫得宝或娶妻	独龙族
57	汤久嘎布当上了吉波	16，311—321页	555D 龙宫得宝或娶妻	门巴族
58	放牛娃与鹅姑娘	16，668—672页	555D 龙宫得宝或娶妻	珞巴族
59	人为什么不懂禽兽的语言	01，894—899页	670 动物的语言	回族
60	能识鸟兽语言的国王	06，804—805页	670 动物的语言	傣族
61	懂鸟兽语言的国王	15，811—816页	670 动物的语言	鄂伦春族
62	白龙斗黑龙	14，321—323页	738 蛇斗	普米族
63	燕儿和陈家兄弟	01，443—445页	747 善心人和感恩鸟（丁480F 奇异的难题类）	
64	孩子和燕子	06，437—442页	747 善心人和感恩鸟（丁480F 奇异的难题类）	哈萨克族
65	燕子和葫芦	09，831—832页	747 善心人和感恩鸟（丁480F 奇异的难题类）	纳西族
66	小燕衔来南瓜籽	11，214—215页	747 善心人和感恩鸟（丁480F 奇异的难题类）	达斡尔族
67	三个南瓜	11，564—566页	747 善心人和感恩鸟（丁480F 奇异的难题类）	仡佬族
68	小燕子	12，692—694页	747 善心人和感恩鸟（丁480F 奇异的难题类）	毛南族
69	燕子	13，827—828页	747 善心人和感恩鸟（丁480F 奇异的难题类）	锡伯族
70	卖葫芦	16，860—863页	747 善心人和感恩鸟（丁480F 奇异的难题类）	基诺族
71	灭鼠取宝	06，253—254页	834A 无福之人金变蛇	哈尼族
72	腊良和腊洪	13，892—893页	834A 无福之人金变蛇	阿昌族

附表7-4 《全集》中包含蛇母题的民间故事简况表

序号	标题	出处（卷，页）	类型	民族
1	聪明的小兔	10云南（四），473—476页	155 忘恩兽再入牢笼（中山狼）	傣族
2	以恶报善	39青海，216—220页	155 忘恩兽再入牢笼（中山狼）	哈萨克族
3	狡猾的鳝鱼	07云南（一），413—415页	255鳝鱼挑拨是非	纳西族
4	龙肝	09云南（三），457—461页	285D 人心不足蛇吞象（相）	白族
5	人心不足蛇吞相	25河北，447—450页	285D 人心不足蛇吞象（相）	
6	忠实的仆人	32黑龙江，262—265页	286A.1禽鸟救人反被杀+286A+916+921H.1	鄂温克族
7	智慧鸟	36蒙古，385—389页	286A.1禽鸟救人反被杀+286A+286B	蒙古族
8	蛇的头和尾巴	36蒙古，499—500页	293A身体的两个部分不和	蒙古族
9	白蛇的传说	23江苏，368—378页	411 蛇女（白蛇传）	
10	龙王潭	40西藏，46—49页	411 蛇女（白蛇传）	藏族
11	蛇郎	01台湾，243—246页	433D 蛇郎君	
12	七姐妹割草	11云南（五），84—96页	433D 蛇郎君	傈僳族
13	叽啾桂	12贵州（一），370—377页	433D 蛇郎君	水族
14	美娘与厄绍	13贵州（二），222—230页	433D 蛇郎君	布依族
15	汉龙和培善	14贵州（三），374—379页	433D 蛇郎君	侗族
16	青蛙花	15四川（一），506—520页	433D 蛇郎君	羌族
17	姐妹俩	25河北，430—434页	433D 蛇郎君	
18	三姑娘和白蛇王子	29甘肃，354—362页	433D 蛇郎君	裕固族
19	蜜蜂当媒	35宁夏，335—339页	433D 蛇郎君	回族

(续表)

序号	标题	出处（卷，页）	类型	民族
20	吴姐儿	35宁夏，340—345页	433D 蛇郎君	回族
21	什兰哥	39青海，373—385页	433D 蛇郎君	土族
22	老黄狗犁地	24河南，438—443页	542 狗耕田（丁503E 野人和精怪的帮助）+715B+1655	
23	黑黑和白白	29甘肃，215—222页	542 狗耕田（丁503E 野人和精怪的帮助）	
24	黄狗种地	33吉林（一），330—334页	542 狗耕田（丁503E 野人和精怪的帮助）+715B	
25	阿理	04广西（一），419—424页	554 动物感恩来帮忙	毛南族
26	天上怎样会有月蚀	07云南（一），460—470页	554 动物感恩来帮忙+465E	佤族
27	孤儿和七公主	11云南（五），279—285页	554 动物感恩来帮忙	傈僳族
28	蛇为什么有毒	03广东，510—512页	554D 蜈蚣救主（丁554D*）	黎族
29	蜈蚣和吴山	28陕西，76—83页	554D 蜈蚣救主（丁554D*）	
30	龙女小三妹	09云南（三），444—450页	555D 龙宫得宝或娶妻	白族
31	草凳上的小狗儿	13贵州（二），371—382页	555D 龙宫得宝或娶妻+742+876	布依族
32	吉哈与蛇女	16四川（二），262—276页	555D 龙宫得宝或娶妻+738	彝族
33	札西	16四川（二），348—361页	555D 龙宫得宝或娶妻	彝族
34	龙女报恩	19湖北，393—397页	555D 龙宫得宝或娶妻+742A	
35	南墙一枝花	28陕西，487—489页	555D 龙宫得宝或娶妻	

(续表)

序号	标题	出处（卷，页）	类型	民族
36	两个宝葫芦	30辽宁（一），447—452页	555D 龙宫得宝或娶妻+465+592A.1	
37	善良的拔卫	34吉林（二），329—333页	555D 龙宫得宝或娶妻+465	朝鲜族
38	猎人海力布	36蒙古，79—82页	555D 龙宫得宝或娶妻	蒙古族
39	孤儿、黄狗和龙女	36蒙古，359—381页	555D 龙宫得宝或娶妻	蒙古族
40	神药的故事	11云南（五），51—57页	612 三片蛇叶	傈僳族
41	纳布娄斯	11云南（五），527—531页	612 三片蛇叶	拉祜族
42	能识鸟兽语言的国王	10云南（四），447—449页	670 动物的语言	傣族
43	人为什么不懂禽兽的语言	35宁夏，33—40页	670 动物的语言	回族
44	吉哈与蛇女	16四川（二），262—276页	738蛇斗	彝族
45	白花蛇	19湖北，398—400页	738蛇斗	
46	三个南瓜	05广西（二），514—517页	747 善心人和感恩鸟（丁480F 奇异的难题类）	仫佬族
47	燕子	08云南（二），467—468页	747 善心人和感恩鸟（丁480F 奇异的难题类）	哈尼族
48	杜扎	18湖南（二），418—423页	747 善心人和感恩鸟（丁480F 奇异的难题类）	苗族
49	孩子和燕子	39青海，267—273页	747 善心人和感恩鸟（丁480F 奇异的难题类）	哈萨克族
50	两个箱子	38新疆（二），387—394页	750C.2 勤劳善心女神仙赐财宝	乌孜别克族

附表7-5 《大正藏经》中的蛇母题民间故事举隅

序号	象征意义	故事文本	册数出处	册数页码	备注
1	恶意	……周旋教化，经一大国，国有豪姓，亦明众书，睹普施仪容堂堂，光华炜晔，厥性惔怕，净若天金，有上圣之表，将为世雄也，谓普施曰："有欲相告。"愿足圣人，吾有陋女，愿给箕帚之使，答曰："大善。"须吾还也。即进路之海边。附载渡海。上岸入山。到无人处。遥观银城宫殿明好。时有毒蛇绕城七匝体大百围。见普施来仰然举首。普施念曰。斯含毒类必有害心。吾当兴无盖之慈以消彼毒也。夫凶即火也。慈即水矣。以水灭火何尝不灭。即坐兴慈定。愿令众生早离八难。心去恶念逢佛见法。与沙门会。得闻无上真明道。心开垢灭如吾所见也。兴斯慈定。蛇毒即灭垂首而眠。普施登其首入城。……即复前行。睹黄金城。严饰踰银。又有毒蛇围城十四匝。巨躯倍前举首数丈。普施复思弘慈之定。蛇毒即消垂首而眠。登之入城中。……即复前行。睹琉璃城。光耀踰前。又有毒蛇巨躯甚大。绕城二十一匝。仰首瞋目当彼城门。复坐深思普慈之定。誓济众生。毒歇垂首。登之而入城中。……	《本缘部·六度集经》卷第一《布施度无极章》第一（九）	第3册第4页	从略有怨愤到强烈的仇恨
2	恶意	…… 如何转轮族 今殄灭于尊 尊口恒习言 与是复与是 今反行乞求 如何不耻世 生性柔体婉 今反卒被恶 本犹芙蓉花 今出火相烧 尊今唯宜速 出心之恶奇 毒蛇卒入舍 当寻掷弃去 今不审王意 念尊心摧肠 不忆缘尊恼 犹昼更遭冥 不谓当有是 妙德柔软子 望应节雨泽 反雨火释族 如是大慈父 以善养育尊 忽舍养父王 如行欺失善 ……	《本缘部》下《佛本行经》第二卷（一名佛本行赞传），宋凉州沙门释宝云译《佛本行经车匿品第十二》	第4册第69页	从略有怨愤到强烈的仇恨

（续表）

序号	象征意义	故事文本	册数出处	册数页码	备注
3	嫉妒或骄傲	闻如是。一时佛在罗阅祇比留畔迦兰陀尼波迦蓝。优连聚落有一泉水。中有毒龙名曰酸陀梨。甚大凶恶。放于雹霜。伤破五谷令不成熟。人民饥饿。时有婆罗门。呪龙伏之令不雹霜。五谷熟成经有年载。此婆罗门。遂便老耄呪术不行。而时有壮婆罗门。呪术流利举声诵呪。云便解散令不雹霜。五谷丰熟人民欢喜。语婆罗门在此住止。当共供给令不乏少。婆罗门言。可便住于彼常共合。敛输婆罗门不使有之。自佛来入国广说经法。人民大小咸受道化得道甚多。诸龙鬼神皆悉为善不作恶害。风雨时节五谷丰贱。更不供给婆罗门所须。婆罗门往从索之。诸人民辈逆更唾骂而不与之。时婆罗门心起瞋恚。蒙我恩力而得饱满。反更调我。欲得破灭人民国土。便问人言。求心所愿云何得之。人语之言。饭佛四尊弟子。必得从愿如心所欲。时婆罗门即设饭食。请大迦叶舍利弗目连阿那律。饭是四尊至心作礼求心所愿。我今持此所作福德。愿使我作大力毒龙破灭此国。必当使我得此所愿。时舍利弗道眼观之求何等愿。知婆罗门心中所念愿作毒龙欲灭此国。时舍利弗语婆罗门。莫作此愿用作龙蛇害恶身为。若欲求作转轮圣王。若天帝释魔王梵王尽皆可得。用此恶身不好愿为。时婆罗门答舍利弗言。久求此愿适欲得此不用余愿。时婆罗门举手五指水即流出。时舍利弗见其意坚证现。如此默然而止。时婆罗门及妇二儿俱愿作龙。死受龙身有大神力至为毒恶。便杀酸陀梨龙夺其处住。便放风雨大堕雹霜。伤杀五谷唯有草秸。因名其龙阿波罗利。妇名比寿尼。龙有二子。一名玑鄢尼。	《佛说菩萨本行经》卷中	第3册第116页	
4	嫉妒或骄傲	菩萨往昔以瞋因缘堕于龙中有三种毒。所谓气毒眼毒触毒。又由别报福业力故。身具众色如七宝聚。不假日月光明所照。常与无量百千诸龙。周匝围绕以为眷属。变现人身容色端正。住昆陀山幽邃之处。……龙曰。我虽兽身善达业报。审知小恶感果尤重。如影随形不相离也。我及汝身今堕恶道。皆由先世造作罪因。汝当忆念如来所说。非以怨心能解怨结。唯起慈忍可使消除。譬如火聚投之干薪。转增炽然无有穷已。以瞋报瞋理亦如此。……龙王复言。我昔与汝无量世时。先于佛所会受戒法。心非清净复不坚持。为求名闻而相憎嫉。以是因缘堕于恶道。我会发露故能忆持。汝由复藏今皆忘失。汝今应当忆本正念。发慈忍心净修梵行。	《菩萨本生鬘论》卷第三《慈心龙王消伏怨害缘起第七》	第3册第338页	

(续表)

序号	象征意义	故事文本	册数出处	册数页码	备注
5	欲望或烦恼	（一一七二）如是我闻。一时佛住拘睒弥国瞿师罗园。而时世尊告诸比丘。譬如有四蚖蛇凶恶毒虐。盛一箧中。时有一士夫语向士夫言。汝今取此箧盛毒蛇。摩拭洗浴。恩亲养食出内以时。若四毒蛇脱有恼者。或能杀汝。或令近死。汝当防护。而时士夫恐怖驰走。忽有五怨。拔刀随逐要求欲杀。汝当防护。而时士夫畏四毒蛇及五拔刀怨。驱驰而走。人复语言。士夫。内有六贼。随逐伺汝。得便当杀。汝当防护。而时士夫畏四毒蛇五拔刀怨。及六内贼。恐怖驰走还入空村。见彼空舍危朽腐毁。有诸恶物。捉皆危脆无有坚固。人复语言。士夫浚。是空聚落。当有群贼来必奄害汝。而时士夫畏四毒蛇五拔刀贼。内六恶贼。空村群贼。而复驰走。忽而道路临一大河。其水浚急。但见此岸有诸怖畏。而见彼岸安稳快乐清凉无畏。无桥船可渡得至彼岸。作是思维。我取诸草木缚束成筏。手足方便渡至彼岸。作是念已。即拾草木。依于岸傍缚束成筏。手足方便截流横渡。如是士夫兔四毒蛇五拔刀怨。六内恶贼。复得脱于空村群贼。渡于浚流。离于此岸种种怖畏。得至彼岸安稳快乐。我说此譬。当解其义。比丘。箧者。譬此身色麁四大。四大所造精血之体。秽食长养沐浴衣服。无常变坏危脆之法。毒蛇者。譬四大地界水界火界风界。地界若诤能令身死。及以近死。水火风诤亦复如是。	《杂阿含经》卷第四十三	第2册第313页	
6	欲望或烦恼	居士。尤去村不远有大毒蛇。至恶苦毒黑色可畏。若有人来愚不痴亦不颠倒。自住本心自由自在。用乐不用苦甚憎恶苦。用活不用死甚憎恶死。于居士意云何。此人宁当以手授予及余支体作如是说。蛰我蛰我耶。居士答曰。不也瞿昙。所以者何。彼见毒蛇便作是思维。我若以手及余肢体。使蛇蛰者死无疑。设不死者定受极苦。彼见毒蛇便思远离愿求舍离。居士。多闻圣弟子亦复作是思维。欲如毒蛇。世尊说欲如毒蛇。乐少苦多多有灾患。当远离之。若有此舍离欲离恶不善之法。谓此一切世间饮食永尽无余。当修习彼。	《中阿含经》卷第五十五中《阿含经晡利多品晡利多经第二 第五后诵》	第1册第774页	

附录八　图像资料

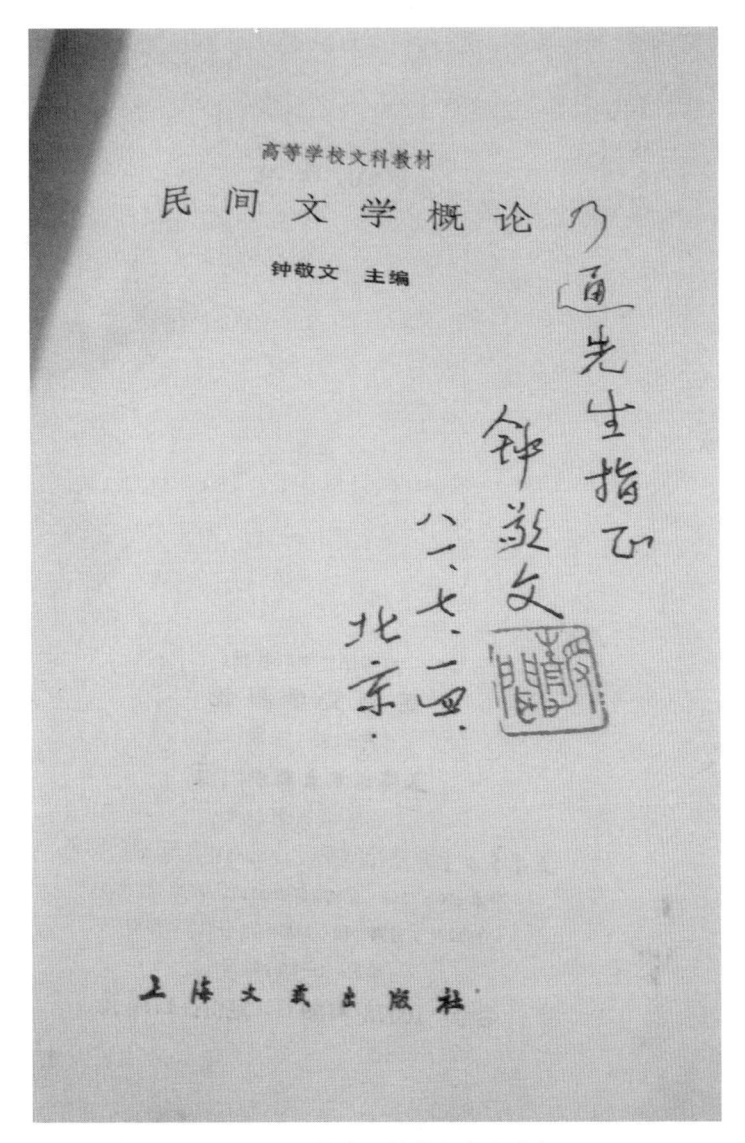

丁乃通特藏：钟敬文先生赠书
2014年12月 于中国社会科学院民族文学所资料室　白帆摄

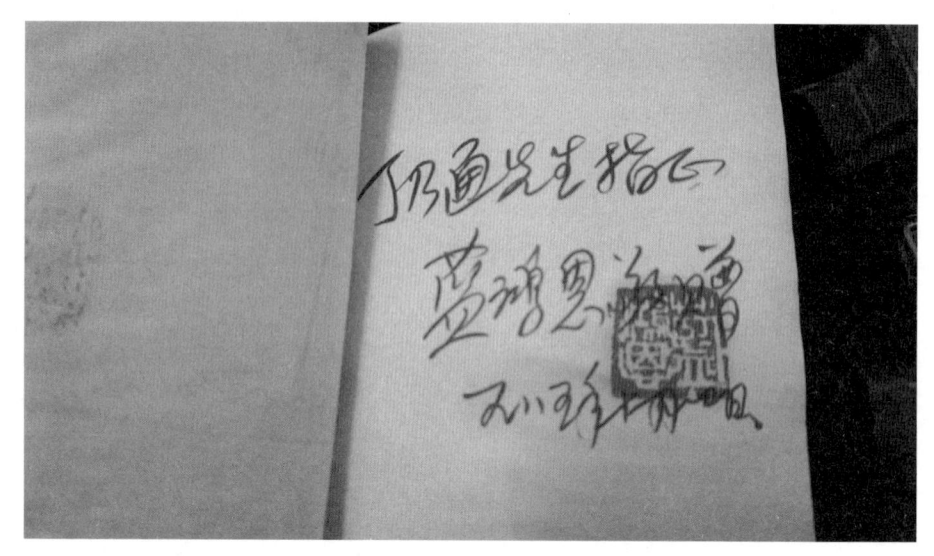

蓝鸿恩先生赠书
2014年11月 于中国社会科学院民族文学所资料室 白帆摄

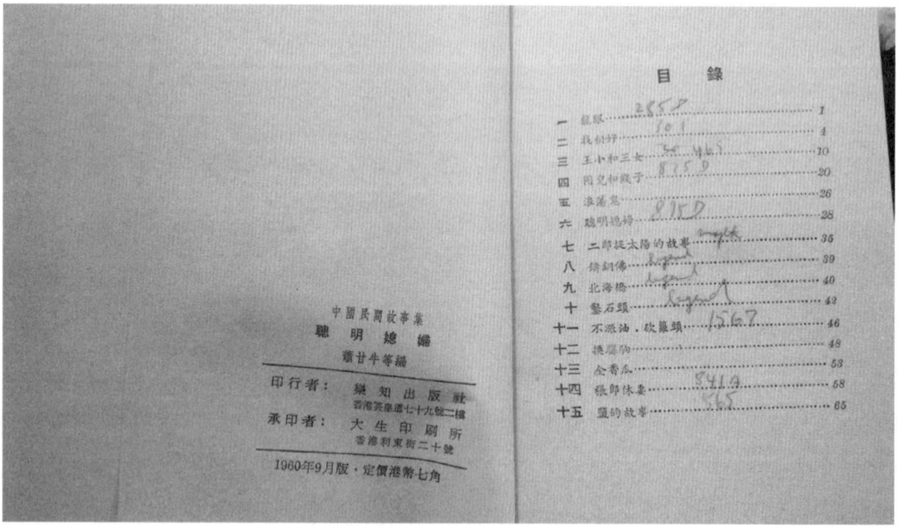

丁乃通先生分类手记
2012年5月 于中国社会科学院民族文学所资料室 白帆摄

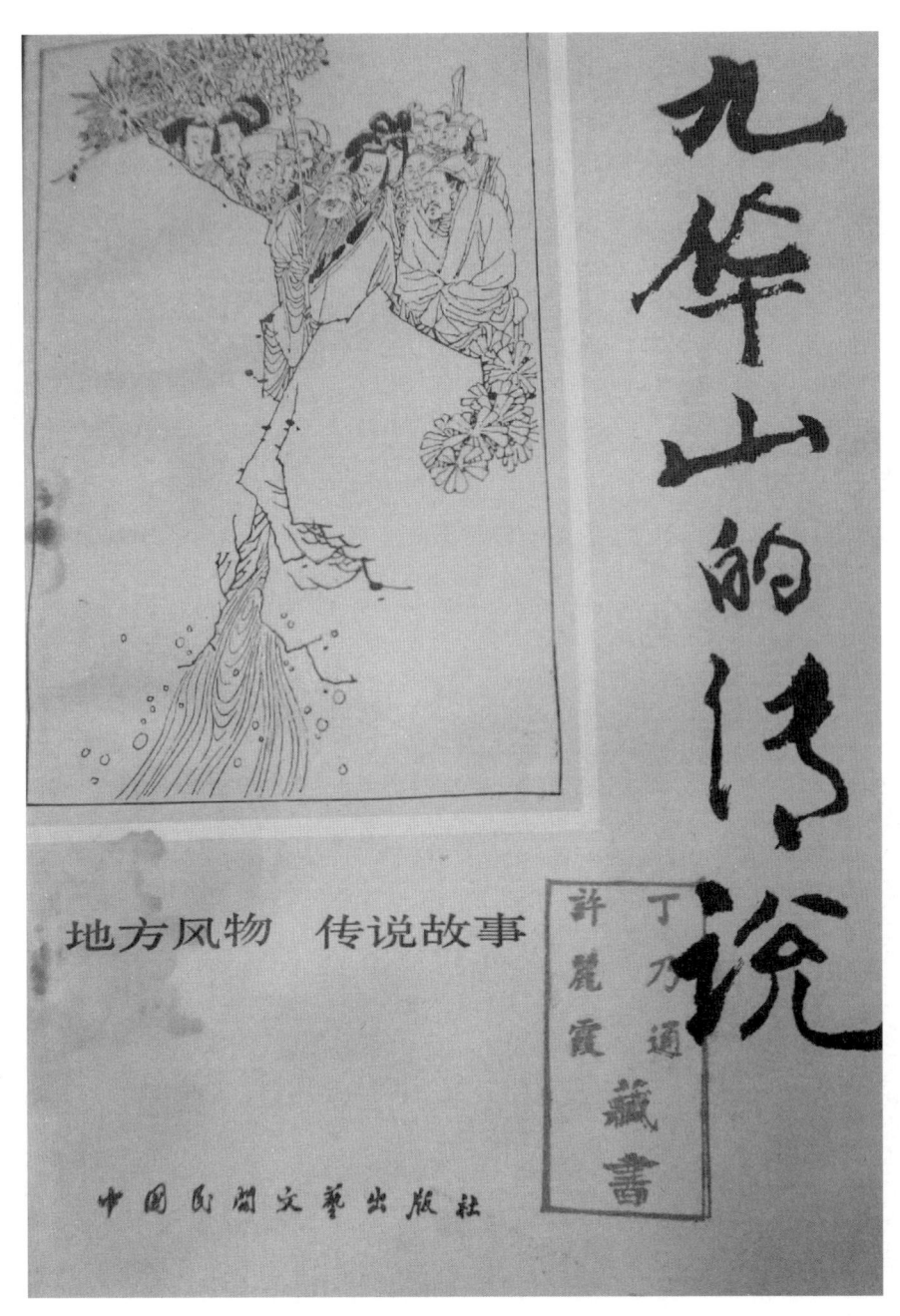

附 录

藏书《九华山的传说》封面
2011年11月 于中国社会科学院民族文学所资料室 白帆摄

丁乃通与叶意贤合影
2013年9月 于中国社会科学院民族文学所资料室 白帆摄

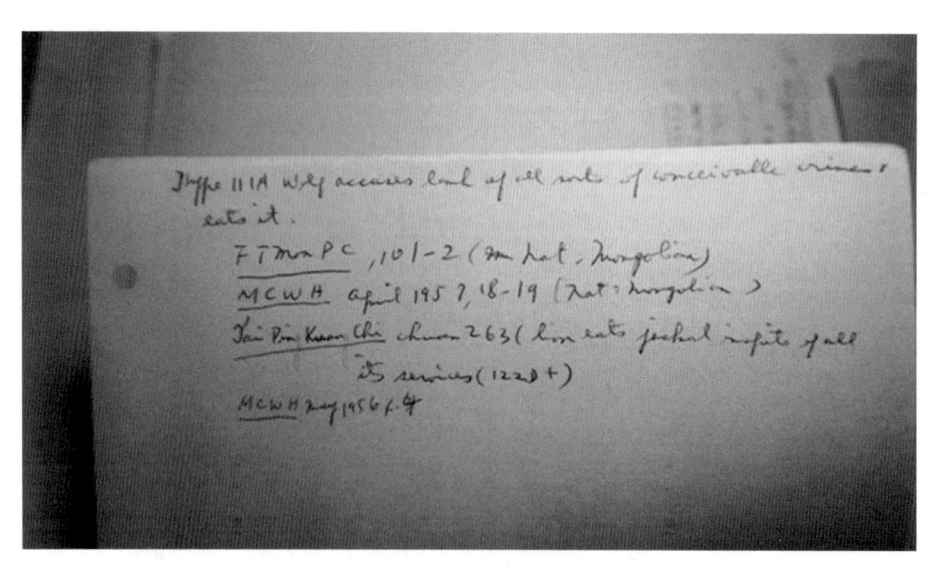

丁乃通《中国民间故事类型索引》手稿
2014年6月 于中国社会科学院民族文学所资料室 白帆摄

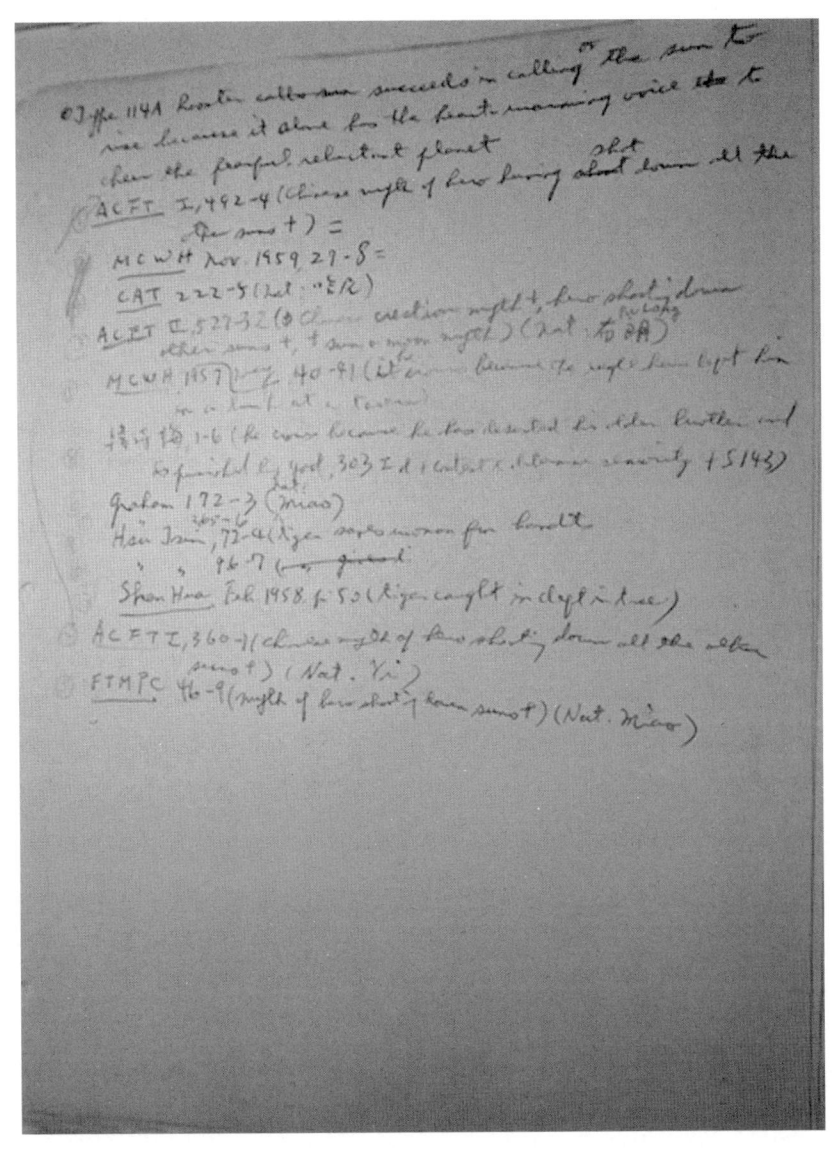

丁乃通特藏之标有民间故事异文流传民族的《中国民间故事类型索引》手稿
2014年12月 于中国社会科学院民族文学所资料室 白帆摄

后 记

之一

本书的完成离不开前辈和师长们的点拨与提携，以及同窗的启迪与鼓励。

国外专家学者，芬兰的劳里·哈维拉提（Lauri Harvilahti）教授、德国的卡尔·赖歇尔（Karl Reichl）教授和克里斯托弗·施密特（Christoph Schmitt）教授、美国的格里高利·纳吉教授（Gregory Nagy）和马克·本德尔（Mark Bender）教授、日本的樋口淳（Atsushi Higuchi）教授以及韩国的崔仁鹤（Choi In-Hak）教授，慷慨地为本书提供了不可多得的外文材料和中肯的写作建议。国内学术前辈，尊敬的刘魁立教授、金荣华教授、刘守华教授、乌丙安教授以及郎樱教授，给予了籍籍无名的学术后辈以无私而耐心的指导。另外，钟进文教授、杨利慧教授、安德明教授、陈岗龙教授、林继富教授、王杰文教授、萧放教授、万建中教授、施爱东教授、郑土有教授、陈丽琴教授以及本人的硕士研究生导师陈金文教授等诸位师长，在本文的写作以及本人的学术成长过程中都给予过宝贵的建议。中国社会科学院民族文学所吴晓东、王宪昭、阿地里·居玛吐尔地、刘大先、刘亚虎、汤晓青、吴英、莎日娜、姚慧以及刘畅等诸位老师，在本人专业基础素养方面的培养与督促不可多得。中国社会科学院马克思主义研究学部、文哲学部、历史学部、社会政法学部、经济学部和国际研究学部在研究生院开设的非民俗学专业课程，拓宽了本人的学科视野，丰富了本人的学术思维。

中国社会科学院研究生院翁建敏老师、韩育哲老师、王泳军老师、任朝旺老师和袁宝龙老师，在本人学习和工作上耐心指导。同窗韩小南、赵天宁、李桃、黄令坦、杨喆、哈布日图娅等与本人在学习和工作中砥砺前行。同门师姐方彧、屈永仙，师兄李丹阳，师弟刘先福，师妹潘琼阁，民族文学所博士后刘漱、王尧、王丹、杨杰宏、毕传龙以及侯姝慧与本人在学术上的交流弥足珍贵。

中国社会科学院学部委员朝戈金研究员和巴莫曲布嫫研究员，为我们创造了接触和了解国内外学术前沿动态的诸多机会，营造了严谨专业的学术氛围。在此一并致以深深的谢意。

需要特别感谢的是本人的博士研究生导师尹虎彬研究员。尹老师在对本人的学术训练与指导方面极富耐心，谆谆教诲，循循善诱，孜孜不倦。

此外，感谢挚友徐彦超、杨云雪、刘明、曹晓燕、李兴洪、陈海霞、黄尚茂、张艳、赵社娜、张娜、姚敏、赵赟、李晓曈、古屿鑫、温珂多年来的鼓励和陪伴。

最后，感谢家人，尤其感谢父母。

丙申仲春 于京
2016年3月11日

之二

4月22日是丁乃通先生的诞辰日，也是丁先生逝世的周年纪念日。

与此题结缘，始于2011年。那一年，本人刚刚踏入中国社会科学院研究生院的大门，进入少数民族文学系，开始攻读民俗学专业口头传统研究方向的博士学位。幸运的是，入学之初，本人就在导师尹虎彬研究员以及导师组成员朝戈金研究员的准允和指导下，开始接触丁乃通特藏的资料，并将丁乃通民间故事类型相关研究作为博士学位论文的选题。攻读硕士学位期间，民俗学研究方向的基本学术训练，已然让本人对丁乃通先生的《中国民间故事类型索引》有了初步的认识，这是一部工具书，是民间叙事学研究界公认的必读书。

寒暑四易，基础文本文献资料的整理基本完成。每一个标签的粘贴，每一个字符的录入，每一页资料的翻开，每一次快门的按下，都是庄重而严肃的，漫长而持续的静谧和不期而遇的发现所带来的惊喜，谱写成那段生命里最具意义的乐章。其间，每每遇到瓶颈，导师耐心细致的教诲总会令我如拨云见日、醍醐灌顶、令人豁然开朗、柳暗花明。几乎所有与本人在国际、国内学术会议上攀谈过的学术巨匠们在听闻导师之名时，都会发出一致的感叹："你真的太幸运了，他是一位非常好的导师。"诚然。他是《故事的歌手》的译者，是在功成名就之时依然肯十年磨一剑的学者。

进入第五年，论文框架基本敲定，学术史部分日渐明晰。先后五易其稿，终于成文。在具体的写作过程中，随着对丁乃通特藏资料的反复阅读和深度思考，我领略到了一个缜密的学术体系建立的过程。多语种资料提供的多维度思考方式，数量丰厚的学术文献的积累，耐心细致不计名利的学术精神，为中国民间文学研究正名的使命感和责任感的鞭策，一位华人学者强烈的中国人身份意识，如此种种，或许是其学术研究之所以可以成为一座高峰的原因。高山仰止，对学术研究始终心存敬畏，或许是吾辈今后的必由之路。

时至今日，中国社会科学院研究生院已重组更名为中国社会科学院大学，本人也已成为中国艺术研究院的助理研究员，社科院研究生院"笃学、慎思、明辨、尚行"的校训，已深深铭刻在心底，而中国艺术研究院作为科研单位所给予的，是本人学术生命赖以生存和成长的丰厚土壤。

感谢青年学术文库答辩委员会各位老师的点拨，感谢科研管理处各位同事以及本书责任编辑陈冬梅、周海燕为此书付出的辛劳。感谢近年来各位领导、同事和亲友的支持与鼓励。

今年是丁乃通先生诞辰106周年、逝世32周年，尹虎彬研究员逝世一周年，谨以此书向丁先生和恩师致以深切的缅怀和祭奠。

辛丑仲春 于京
2021年3月13日